致马克·H

别再烦我

暗夜学派

[美] 路易斯·贝亚德——著 石婷婷——译

Louis Bayard

THE SCHOOL OF NIGHT

重庆出版集团 重庆出版社

图书在版编目(CIP)数据

暗夜学派 /(美) 贝亚德著; 石婷婷译. —重庆: 重庆出版社, 2014.2
书名原文: The school of night
ISBN 978-7-229-07288-9

Ⅰ.①暗… Ⅱ.①贝… ②石… Ⅲ.①长篇小说—美国—现代 Ⅳ.①I712.45

中国版本图书馆 CIP 数据核字(2013)第 294290 号

暗夜学派
ANYE XUEPAI
[美]路易斯·贝亚德 著 石婷婷 译

出 版 人:罗小卫
责任编辑:陈渝生
责任校对:刘 艳
装帧设计:重庆出版集团艺术设计有限公司 · 王芳甜

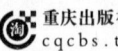

重庆出版集团
重 庆 出 版 社 出版
重庆长江二路 205 号 邮政编码:400016 http://www.cqph.com
重庆出版集团艺术设计有限公司制版
自贡兴华印务有限公司印刷
重庆出版集团图书发行有限公司发行
E-MAIL:fxchu@cqph.com 邮购电话:023-68809452
重庆出版社天猫旗舰店
cqcbs.tmall.com
全国新华书店经销

开本:680mm×980mm 1/16 印张:21 字数:355 千
2014 年 2 月第 1 版 2014 年 2 月第 1 次印刷
ISBN 978-7-229-07288-9
定价:35.00 元

如有印装质量问题,请向本集团图书发行有限公司调换:023-68706683

序幕

这样的事情一周会出现三四次。

那不是梦，更像是幻觉，与她分离，却又模糊地为她而来。

这样的幻觉每次都会聚集在一个男子身上。在九月的一个晚上做工到深夜，汗水顺着他的眉毛和脖子滑下，他低垂着头——她想他在祷告，但她从未听过像这样的祷辞。

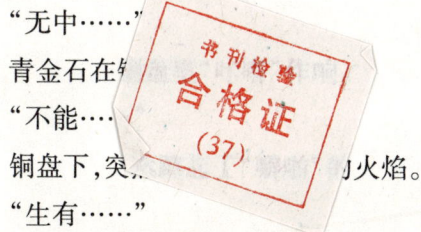

“无中……”

青金石在铜[illegible]

“不能……”

铜盘下，突[illegible]的火焰。

“生有……”

一阵青灰色薄雾蓦然升起，旋又化作粉末。空气因而变得凝重。

男子猛地向上伸出双手，仰天呼啸。四个世纪之后，她仍可听见他的呼喊。

“暗夜学派万岁！”

THE SCHOOL

第一部分

在此缔结三对如同婚姻的密切联系。

测天仪与星盘结为连理；

太阳与星星也永修同好，如同姐弟；

还有一对是曾经对战的航海图与罗盘，

从此愿意维持船长和大副的关系。

~

托马斯·哈里奥特

《海的三桩联姻》

~

OF NIGHT

华盛顿特区,2009 年 9 月

1

尽管有违常理及我的个人意愿,但这的确是一个爱情故事。它开始的地方不在别处,恰恰是在阿朗索·威克斯的葬礼上。

阿朗索算是我成年以后相当熟悉的朋友。但在他死后的几个月里,我才了解到关于他的许多事:例如,他大清早就要来一杯灰雁伏特加和石板街冰淇淋。他从未读过亚历山大·蒲柏的作品——因为太现代了,但却绝不放过每一期《华盛顿邮报》上的连环漫画(甚至包括"家庭马戏班")。他是小人、骗子和窃贼。为了一本原版的《布西·德·昂布阿》[①],他会不惜手刃祖母。还有就是,他爱我。

但在我们为阿朗索哀悼(不管是服丧或是别的什么事情)的最初几个月里,最让人惊讶的莫过于发现他是天主教徒。他从未告诉过他的父母——一对居住在罗克维尔市的犹太教徒夫妇,算不上严守教规。他们是在清理他的档案柜时发现洗礼证书的。在几番家庭辩论之后,阿朗索的姐姐谢拉开始张罗着寻找主持葬礼的神父。但后来有个朋友告诉她自杀在天主教会里是不可饶恕的大罪。于是她选择在福尔杰莎士比亚图书馆举行追悼仪式。那地方是大理石建造的。除此以外,那儿还拥有全世界藏数最多的莎士比亚印刷作品以及堆成小山的伊丽莎白时期文卷。换句话说,福尔杰和阿朗索干过的事大体上差不多:翻箱倒柜,搜寻几世纪以前被原作者随手丢弃的文献。谢拉为不必焚香感到高兴,但当她站在大厅入口处接待吊唁者时,好像又为其他什么事而突然心烦起来。

---

① 英国伊丽莎白时期的戏剧家、诗人查普曼的作品。

“亨利，”她低声说，“我忘了自己讨厌鲁特琴。”

这还不算最糟的呢，我提醒她，我上回在福尔杰参加了一个餐馆老板的追悼会。那人是个佛教徒。我们听了整整一个小时的藏乐：指钹、鼗鼓，还有一个身形魁梧的双声唱歌手。那人裹着山羊皮，怒目圆睁，在一次次的和弦之后吼上几嗓子。

“况且，”我补充道，“鲁特琴四重奏可是你的主意。”

“唉，我原以为他们会带来六弦提琴或双簧管什么的。”

“依照传统，当一个伊丽莎白时期的收藏家去世，总会有鲁特琴的伴奏。”

不仅仅是鲁特琴。社会名流也前来向阿朗索致哀。透过大厅里悬挂的长剑和战戟，随处可见一些非同寻常的名流身影：一位国会的助理图书馆馆长，一位史密森尼学会的副会长，一位来自毛里求斯的大使……甚至还有一位美国参议员，那是受威克斯家资助的老朋友。他在这间屋子里运筹自如，仿佛置身于政治行动委员会的早餐会上。我想，阿朗索若泉下有知，定会感到惊讶不已且荣幸之至。

“我有没有提到过你是遗嘱执行人？”谢拉说道。

她转过身，刚好看到我脸上的表情。

“如果你不愿意，”她说，“我也能理解。”

“不，我很荣幸。”

“有些钱，我想。不是很多……”

“要是我不知道自己在做什么，会有问题吗？”

“没问题，”她说，“你今天唯一需要操心的，是说话。”

她朝我眯起眼睛，额前一绺未染色的头发如同战妆一般闪耀着。

“你做了准备的，对吧，亨利？阿朗索讨厌结巴，你知道的。”

正是出于这个原因，我事先把致辞写在了索引卡上。但当我把卡片依次排在讲台上时，它们让我感到了一阵奇怪而强烈的厌恶。于是，在最后一刻，我决定把它们撂在一边。我看向那三百多个吊唁者，他们分散地站在近三千平方英尺的陶制地砖上，在带状装饰的穹形天花板下……我有意从小事情讲起。也就是说，我谈起了与阿朗索·威克斯的相遇。

那是大学一年级开学的第一天，而阿朗索是我遇到的第一个同学。

由于我当时也不认识其他人，所以还以为所有学生都跟他一样。（“我很遗憾，现在他们不一样了。”我说。）阿朗索做的第一件事就是给我来了一杯飘仙一号甜酒——他把酒装在一只小小的雕花玻璃容器中，放在裤子后袋里。在得知我打算念英文专业后，他问起我关于《冬天的故事》[1]的看法。我才说了约莫三句话，他就打断了我，并告诉我我是多么的蒙昧。（“他的原话就是蒙昧。”）当我告诉他我没读过查普曼时，嗯，我以为他当即就不会再理会我了。但他却约我一道吃饭。

“那是实实在在的一顿饭，”我说，“有好几道菜。”席间他向我解释说大学的饭菜是出了名的致癌物。“当然，科学发展一直以来都受到压制，”他说道，“但研究发现一致表明，那些垃圾是会杀了你的。”

杀了你——我还来不及收回这话，它就已在开着冷气的房间里激起了一阵寒战。是的，在那一刻，我真希望时光倒流，回到伊丽莎白时代。那时候，这个大厅应该是个喧闹的消遣之地，没完没了的假面舞会、戏剧和舞蹈。人们在地板上穿梭不息，狗儿在乱叫，农耕气息随处可闻。我的声音不过是交织在众多声音中的一丝罢了。

阿朗索买了单，我急急地往下说。他通常都会这么做，而且给的小费差不多等同于账单金额。他认为我对于《冬天的故事》的看法其实不像他最初想的那么愚蠢，但我还是该读一读查普曼。

“在你找到一个不错的非主流诗人之前，”他说，“你什么事儿也成不了。”

我把没用到的索引卡规规矩矩地摆成一小堆，然后瞟了一眼结束语：

“在我看来，阿朗索极其自信。那时我还只是个来自郊区的孩子，而我的这位同龄人已经表现得像个教授了。教授们跟我一样怕他。他们理当如此，因为他是……”

他是什么？现在我已记不得当时想说什么了，因为她走进了大厅。事实上，她就是以这样的方式替我说完了这句话，或者，说出了另一句截然不同的话。她迟到了起码四十分钟。而且时至今日，我依然不敢保证，如果她衣着得体，我是不是一样会注意到她。我是指跟当时在场的其他

---

① 莎士比亚后期的浪漫喜剧之一。

人一样，穿着黑色的羊毛和绉绸衣物。而她穿着一条旧式的 A 字连身裙……棉质的……绯红色！——上身绷得紧紧的，裙摆却蓬松而轻快。她仿佛对这样的穿戴习以为常，看上去比屋里的任何一个人都自在。

没人对她说一句话。我们极有可能在等她发现自己的错误。噢，婚礼地点是在街对面的圣公理会教堂！

但她丝毫没有来错地方的意思。她在第三排最末端的位子上坐下，然后从容地看向讲话者。

也就是我。

有那么一瞬间我忘记了自己正在致辞的事实。

“阿朗索，”我说，“是一位——一位伟大的收藏家，我们都知道这一点。正因如此，今天才有这么多人集聚在这儿，是不是？但对我来说，在他所有的藏品中，没有一样……如他本人一般独特。所以……”——说完，快说完——“所以这就是我将要记得的事。”

谁在我之后讲话的？我无法告诉你。我一坐下就开始进行数据采集工作。这活挺难。因为她坐在我身后两排稍偏北的位子上，这意味着我得不时从座位上转过身去，还要假装自己不是这屋里最讨厌的家伙。不过隔着那么多的人头和帽子，我终究又看到了她：一头浓密的深色头发，一只奶油色的胳膊向后悬在椅背上。最诱人的还是那对锁骨，在她那纤柔的颈项下长驱直入，留下了富于开拓精神的坚韧注解。

然后，讲台上传来阿朗索母亲那抽泣的女低音。

“我心里甚感欣慰，”她说，“看到这么多人聚在这里向我的儿子表达哀思，是极大的欣慰。”

你也许认为我应该有种负罪感，因为此刻，我并没有哀悼她的儿子。你只对了一半。事实是，你在葬礼上也能跟在婚礼上一样走运。其实更走运。因为人总需要被安慰一下的。

况且阿朗索应该比谁都清楚，悼念他是件多么麻烦的事。他没有孩子，也未曾惹上情感纠葛，他从来就未招惹过任何事或任何人。但他还是一样能够理解我。“完事儿了就回来，”我还能听见他说，“我要给你看看马格斯和夸特里奇书目上的一封信，是写给克莱格霍尔的领主的……”

于是，在仪式结束时，我相信自己已获其恩准，可以开始下一步行动

了。然而,当我站起来时,另一个女人的声音在我身后响起:

“亨利!“

莉莉·彭茨勒。这个女人身形粗短健壮,紧绷绷的如同一个职业摔跤手。一簇簇灰头发乱糟糟地盖住她好似长豆角一般的眼睛,双手各抓一把鸡尾酒会用的餐巾纸。她带着惯有的、备受折磨的慈善气息。

“需要帮助吗?”我问。

“我需要帮助?”

莉莉曾是阿朗索的文书。我之所以说文书,是因为她名片上印的就是这个。“文书的意思就是收集主人的纸质破烂。”她曾如此解释。她眼下干的就是这个。

“保安让我们等了将近一个小时,”她告诉我,“花店的人搞错了,送来了百合。阿朗索讨厌百合。负责餐饮的人刚刚才到。刚刚——才——到。在人离开这个世界之前,你知道,就是在他们自残身亡之前,应该要求他们——我说的可不是国会令,亨利,某种神圣的命令就规定了,在找死之前,安排好自己的追悼会,行不?买好花圈,搭起吧台,雇好该死的餐饮供应商,然后再自杀。”

“我明白你的意思。”

“这……”那叠餐巾纸开始上下晃动,“这才算完成自杀,我们都知道。”

“需要帮助吗?”我又问了一次。

她看着我。

“我们一直挺想你,亨利。你最近都不怎么来看我们了。”

“噢,是,有点忙。教学事务,还有那些约稿。反正这样那样的……”

“还有件事。”她说,细细地看着我。

“怎么?”

“噢,反正晚点过来吧。我们会在五点钟守灵,在‘倒房子’餐厅的顶楼。布瑞吉特会唱首伤感又过时的歌,我想是《夏日的最后一朵玫瑰》。不过想想,还是别麻烦了。”

接着,她挤出一丝笑容,缓缓转过身,费力地向着跟她差不多高的宴会桌走去。

至此不过一分钟的光景，但已够长了。那个红衣女子已经不见了。我在大厅里晃荡，心不在焉地看着那些陈列的箭弩和经数字化处理的《第一对开本》[①]——通过触摸屏可以翻页，好似魔法一般。而我能感觉到的，只有我不断增强的挫败感，正在将我包围。

最后，在我的最东边，一只修长而苍白的手臂出现了，如同一道闪电，推开入口处的橡木门。

她正动身离去。静静地走，如同静静地来。

又一次地，命运弄人。不过这回不是莉莉·彭茨勒，而是阿朗索九十八岁的祖父。他把我错认成了他的一个侄孙，任凭别人怎么说他都固执己见。直到那位真正的侄孙——一个从弗吉尼亚州森特维尔市来的宠物保险推销员亲自出面调停，这位老先生方才善罢甘休。我赶紧三个大跨步追至门厅，夺门而出后站在了炫目的赤热里……

她已经走了。

在这九月初的热浪里，我一个人站在大理石台阶上。汗水沿着我的衣领流下，我的周围升起一股仿佛轮胎燃烧的气味。玉兰正在生长……还有紫薇……此外并无他事。

难以解释向我袭来的那种沮丧。我是一个四十多岁的男人，不是吗？失望对我来说是家常便饭。正常些，亨利。

接着听见身后有人喊道：

"啊，你在这儿！"

这腔调是如此熟悉，以至于我还以为是阿朗索的某个亲戚（威克斯家曾是望族）。但来者却是另外一人：一个刚步入老年的男子，满头银发，仪表堂堂，身段瘦削挺拔。他看上去异常精神，皮肤好似经过浮石抛光。虽然他只是短暂地跟我握了一下手，但他笑容和蔼，还带着那么点踌躇。此人大可在一幕BBC情景喜剧里饰演教区牧师，骑着挂了大箩筐的自行车出场。

"卡文狄什先生，"他说（确实是英国口音），"能否同你谈谈？"

"谈什么？"

---

① 莎士比亚的第一部戏剧集，包含36部戏剧，在其死后出版。

就在那儿,专属于我的小小的线性轨迹断裂了。因为他接下来说的话仿佛早已说过。阿朗索仿佛也在他那积水的墓里说着同样的话。也许我的某些部分也在合鸣。我们全在一部无助的和弦之中,不那么合调,却也无法分割。

“暗夜学派。”

2

“我说错了什么吗?”老人问道。他凝视的目光不再踌躇。

“没有。”

“我这样问只是因为你好像吓了一跳。”

“噢,没,只是……”我用手轻轻摸了一下脑门,“说来话长,这一整天……刚才活像阿朗索的鬼魂经过一般。”

“谁说不是呢?”

老人一边自顾自嘀咕,一边把手伸进外套,拿出一把伞。伞是黑色的,挺实用。他食指一掀,“嘭”地撑开了伞。

“太阳晒得我不舒服。”他说。

“不好意思,请问如何称呼。”

他并不急于让我知道,不过最终还是告诉了我:“伯纳德·斯泰尔斯。”

在他纯正贵气的英国腔里,带着那么一点点极其轻微的凯尔特人口音,仿佛一个已经戒烟之人的衣服上残留的烟草味道。

“很高兴认识你。”我说。

“或许你听人提起过我?”

“我不太出来走动。”

“噢,好吧,”他以轻松的口吻说道,“和可怜的阿朗索一样,我也是搞收藏的。不过在不同的地域。”

“在英格兰吗?”

“白金汉郡。离沃德斯登庄园不太远。”

“哦,如果是那样,你能大老远地赶来真是太好了。”

“噢,”伯纳德·斯泰尔斯说,“我不可能不来。”

他的语气与举止并无明显变化。变化仅仅在于我的皮肤——在大气压下感到瘙痒。

“你能相信吗?”他缓缓地转动伞柄,“这是我头一回到贵国首都。一切在我看来都如此不真实。”

我想,他说“不真实”是明显夸张了。但转向左边,我看见华盛顿纪念碑仿佛一朵思想的云,从国会大厦的脑子里浮现出来。

“噢,”我说,“我明白你的意思。抱歉我们这儿太热了。”

“对,这儿太难受了,简直让人无法呼吸。也许我们还是该进去。”

但路却被一个额头好似保险杠的高个子男人挡住了。

“这是霍道尔。”伯纳德·斯泰尔斯说。

这是斯堪的纳维亚人的姓氏,但我不清楚他来自什么民族。他那一度曾是深褐色的皮肤已褪却成不均匀的浅棕色。在那黑色羊驼外套的映衬下,他的脖子白得如同象牙。大衣松松地罩着里面的T恤,上边印着樱桃红色的“我♥华盛顿”字样。一想到这T恤要装下这么大的块头就令人害怕。

“恐怕霍道尔是唯一能在这乌烟瘴气的环境里活得滋润的人了。至于我自己嘛,我倒更喜欢你们美国功效强大的空调系统。我们可以进去了吗,卡文狄什先生?”

我们走进了屋子,一股热浪也尾随而至。有那么一两秒钟,我们周围的空气似乎发生了电离。在屋子中央,莉莉·彭茨勒和餐饮商起了争执。她在停下来重新摆盘时,迅速朝我们瞟了一眼——先看看我,再看看斯泰尔斯,然后皱起眉头,前额上出现了一道分割线。然后她开始自顾自地犯嘀咕,就像个疯婆子。

“也许我们应该到剧场去谈,”老人说,“我想那儿的上层边座不错,更私密些。”他步伐坚定,甚至当他走上铺着地毯的台阶时,还能继续说话。

“真是个不错的小模仿品。当然，真正的伊丽莎白时期的剧院都是没有屋顶的，对不对？也没有这些舒适的座椅。尽管如此，还是挺可爱的。我想知道正在上演什么剧目。”

“哦，是……《爱的徒劳》。”

“那不是挺合适嘛。”

“是吗？”

“我想知道服装是不是现代的。不，我一点也不想知道。在这个问题上，我早就落伍啦。现在随处可见穿着牛仔裤的阿金库尔的乌瑞斯和伊摩琴，穿着三扣西装的考德领主。你知道吗，接下来罗密欧与朱丽叶就要互发短信了：该死的阳台。天啦，罗密欧，大笑。我爱你。噢，我听到你在说，各有各的品位。但这也称得上是品位吗？在我看来，这些不过是神经质罢了。在我这一生中可见过比紧身衣裤可怕得多的东西。我们越早给孩子们打预防针，提醒他们对付这些可怕的事，他们就越是坚强……”

他在边座的前排坐下，抬眼看着天花板上细细绘就的伊丽莎白时期的蓝天——这比户外真实的天空可爱多了。他沉浸在阴暗之中，然后伸手抓住包厢的栏杆。

“你认识阿朗索很久了。”他终于说道。

“是，认识。”

“我相信你也是他的遗嘱执行人。”

我看着他。

“显然是这样。”

“那样的话，我想你可以帮我解决一个小问题。”

“那得看是什么问题。”

他开始擦拭包厢栏杆。皱纹出现在了他的眼角唇边。

“我最近遗失了一份文件。”他说。

“很遗憾。”

“这是我非常想找到的文件。”

“哦。”

我们陷入了沉默。最后，我以极为礼貌的口吻问道：

“而你找我就是因为……?”

“噢!你看,是阿朗索把这文件给借走了。”

“借?”我盯着他。

“好吧,总的来说,我比较愿意体谅人们的行为。我肯定,要是可怜的阿朗索还活着的话,他一定会按时将文件归还给我的,可现在他已离开了尘世……”他对着天花板挥挥手,“真是可惜。”

“是很有价值的文件吗?”

“只是对我这样一个多愁善感的老人才有价值。不过从历史角度看,它也够分量。卡文狄什先生,你一定比任何人都能欣赏它的价值。”他靠着栏杆,诡秘地补充道,“在对伊丽莎白时期的研究上,你可是当今最令人敬畏的学者,对吧?”

那一刻,温度明显下降了,或许是因为我的脸在发烧。

“你能这样想,实在让我受宠若惊。而且你居然还记得我的名字!”

“千万别自谦!我怎么会忘记1992年你在奥瑞尔学院读的论文——《大英帝国与白银诗人》。”

“当时你在场吗?”

“哦,没错,我觉得你的论文极为有力地反驳了认为罗利①只是个业余作家的观点。尽管我是个沙文主义者,但还是为一个像你这样的美国人能理解罗利性格中的英国特色而感到吃惊。我认为也只有莎士比亚比他更具英国特色了。”他咂咂嘴,“总而言之,你的讲座引人入胜,而且非常全面。我相信,我们很多人都认为你将大有作为。”

“那很抱歉,让你们失望了。”

“哦,但你没让我失望,”他回答,“至少现在还没有。考虑到你的专业背景以及你和阿朗索长久的友谊,我想请你帮忙找到那份小文件是再合适不过的了。”

他还在擦拭栏杆。来来回回,反反复复。

“但那份文件到底是什么?一张契约?还是贸易商的兑票?”

“一封信,仅此而已。”

---

① 沃尔特·罗利爵士(1554—1618),英国伊丽莎白一世时期的廷臣、探险家和作家。

“收信人是谁?”

“不清楚。只有第二页保存下来了。”

“好吧,谁写的?”

他什么也没说,但双手轻轻颤抖着,这说明他之前已被问过同样的问题。然后他转向我,带着大大的微笑。

“噢,老天,”我低语道,“罗利。”

“正是他!”他高兴得鼓起掌来,“想想看。我是在九个月前发现这封信的。格雷旅馆路上一家律师事务所正在清理存档——你清楚的嘛,这些文档可老旧了,都有好几个世纪的历史了。他们大概听闻我在这方面的名声,所以请我过去鉴定一下,看看有没有什么建议。当然,他们根本不认得这封信,所以我以较低的价格把它买了下来。”

他的话音里的确带着满意的感觉。一些藏家挥金如土——阿朗索就是这样,而另一些人则锱铢必较。

我说:“斯泰尔斯先生,请原谅。但我一向质疑署名为罗利的文件的真实性。再说,这封信曾被烧过……”

“换了我是你,我也会非常谨慎。但我可以向你保证,这封信的确是真的。”

“你也能保证说是阿朗索拿了这信吗?”

他缓缓地点了点头,满头银丝随之微微晃动。“噢,没错。可以说,他干得很隐秘。事发后好几个星期,我们甚至都不知道这封信不见了。后来,在我们试图摸清隐情时,我们细细检查了所有的安保档案,最终发现了阿朗索行窃的证据。”他微笑着,“即使是在模糊不清的安保录像上,也能清楚识别出阿朗索的身影。”

“但市面上已有罗利的其他信件了。阿朗索何苦要偷这一封信呢?”

“我想是这封信的特殊内容引得他这么干的。”

斯泰尔斯有意沉默了一阵,之后突然轻拍了一下脑门,以不无讽刺的震惊语调说道:

“噢,我怎么忘了!我有一份复印件可以给你看看。”

他轻轻打了个响指,霍道尔就立刻站到了我们旁边,一手拿着纸,一手拿着手电筒。

“幸好我早有准备,一买下这封信就立即对它进行了数字化处理。卡文狄什先生,我想请你亲自过目,你不会反对吧?”

“当然不会。”

“那么请便。”伯纳德·斯泰尔斯说,一边将纸打开。

那个包厢陷入了寂静之中,但我周围的一切却又展现出有声的力量。霍道尔的身材如同杨树一般高大。斯泰尔斯的头微微倾向我。我的手被照射在手电筒的光束下。读着纸页上的词句,我仿佛听到笔尖潦草划过纸面发出的声音。

他并非柯特如此相待的第一个情人。他瞬息间就能翻云覆雨;无论狂风如何肆虐,他都能为魔鬼或救主召唤出证言。查普曼每为其邪说而甚感痛心,就会得人劝慰,谓之不过是柯特惯常的玩笑罢了。

我为此耗费笔墨,但深信将得你包涵。除却缅怀旧事,我的确找不到更好的疗伤良药。于此乱世追忆我们亲切的学院——我们曾经欢聚的地方;在那里,你守护神般的天赋曾使众星黯然失色。回忆带给了我莫大的慰藉。

谨致最美祝愿。

我还没看完结尾,就已经瞟到那再熟悉不过的签名:

你最忠诚的朋友,最谦卑的仆人

W.罗利
德文府
此年3月27日

“沃尔特·罗利。”我的声音很微弱。

我抬起头,只见老人的目光如同鱼鳞般闪烁着。

“噢,远远不止,卡文狄什先生。这是你和阿朗索毕生追求的东西。”

“啊,至于那个嘛——”

“亲爱的孩子,没必要跟我装。我刚刚向你展示的证据已经证明了暗夜学派的存在。”

我表示同意："经初次检验，应该是这样。"

"我向你保证，再验上十遍二十遍也是同样如此。卡文狄什先生，想说什么就直说吧，这可是超乎寻常的历史发现。我觉得这或许能催生一部绝佳的专著。这也许会重整某人的学术生涯。"

他停顿了一下，换上较为轻松的口吻继续道：

"不幸的是，仅凭这样一份数字拷贝，你我都重整不了任何事情。一个九岁孩子都能在家里的电脑上制造出同样的东西来。不行，为了我们的共同目的，恐怕我们必须拿到原版。"

我低头盯着那张留着方形折痕的纸。那些经过数字化处理后的词句再一次跃入眼帘："我们亲切的学院——我们曾经欢聚的地方。"

然后我想起了阿朗索生前向我发出的最后一条信息。

"这个我能留着吗？"我无力地问道。

"当然。"

我立即将纸放进上衣口袋，轻拍了两下，几乎听到它发出鸽子般可爱的"咕咕"声。

"嗯，斯泰尔斯先生，这件事我可以答应你。在接下来的一段时间，我会整理阿朗索的文件。要是发现了你的那份文件——唔，这么说吧，我会留心的。怎么样？"

他若有所思："留心——这个说法很不错。不过在我听来，它缺乏紧迫性。"

"如果情况需要，我可以抓紧。"我说。

短暂的沉默之后，他突然爆发的笑声穿越过了都铎式的房梁。

"得有不错的回报，卡文狄什先生，这才是你的意思吧？我应该想到的，重返学术界算是好的回报吗？"

"谁说我想重返学术界？"

他朝我咧嘴一笑，毫不掩饰赞誉之色："学场失意，商场得意。那好，我先付你一万美元定金。你要是找到了我要的东西，我会在交货时付给你余下的九万美元。或者，我按照现行汇率换成欧元给你？"

我一听钱数，哪还想得到汇率问题——甚至连沃尔特·罗利也顾不上了。当时，一堆事情浮现在了我脑中：我房东的律师给我写了一封措辞严厉的信……我那1995年产的丰田卡罗拉车需要更换遥控钥匙发射器，并且那辆车严格说来不属于我……仪表板上的小柜里塞满了透支的支票。(有些时候，我把那些票据当作舒洁纸巾来用。)

“就美元吧。”我说。

他靠向我这边。

“那你保证不会有其他事让你分心了吧?”

这是我第一次感受到伯纳德·斯泰尔斯的野蛮态度。

“什么事都得放一边。”我说。

他又打了个响指。霍道尔立马出现，拿着皮制护封的支票簿和高仕笔。据说一个人越是了不起，他的签名就越小。至少斯泰尔斯的签名就是如此——寥寥几笔，类似于精微细小的日本字笔画。一转眼，支票就放在了我的手上。

“化学银行。”他边说边站起来，“应该可以立即兑付。余下的钱嘛，我说过，等你把那封信带来，我们一手交钱，一手交货。”

“这段时间你上哪儿待着?”

他的回答很简单:“会会朋友，再待上个把星期。我想这段时间足够你完成任务了。”

“那我怎么跟你联系?”

他把伞夹在胳膊下:“我会联系你的。恐怕我得走啦。有人答应了我，带我私下参观这儿的档案室。要是不太麻烦，请代我向阿朗索的家人致以最深切的同情。他的死是世界的一大损失。还有——”他站得笔直，“尽管这可能会显得很没品位，但我还是要说，很高兴跟你做买卖，卡文狄什先生。”

“我也很高兴。”我说道。

临别前，我们没有握手。他只是点了点头，笑得甚至有点局促。只是刚要离去，他又想起什么来，说道:

“知道吗，我最好的几笔买卖都是在葬礼上敲定的。所以我老爱说，死亡之中总是突现生机。”

3

我同暗夜学派之间的缘分，完全是源于阿朗索·威克斯的胳膊肘。

那是我们大一那年的冬天，我们正在观看学生表演的《爱的徒劳》[①]，已经演了约两小时二十分钟。我和阿朗索是抱着完全不同的目的前来观看演出的：阿朗索要测试一下他那美式英语更适于莎剧演出的理论。“伊丽莎白时期的人们很喜欢辅音发音，亨利。”而我则是因为迷恋在剧中扮演法国公主的大二女生。我想起，她曾在问我借关于乔叟的笔记时对我微笑。那微笑充满了许诺，让我心猿意马，根本没听见剧中那瓦国王正在吐露衷肠，诉说他对公主的爱意。我只是一心等着公主回来。

正因如此，我完全错过了那个关键时刻。而且，要不是因为阿朗索的胳膊肘，我根本就不会知道自己错过了什么。当时，他横过胳膊，凿在我第四到第五根肋骨之间异常柔软的部位。

我猛一抽气：“他妈的干吗？”

他沉默了也许两到三秒钟。在那短短的瞬间，我的卑劣程度一再上升，达到顶点。

“没事儿。”阿朗索低语道。

在接下来的演出中，他都很安静。甚至在演出结束后的好长一段时间里，他也什么都没说。但夜里晚些时候，阿朗索在锐利地扫视了一眼裙房后，同意再给我一次机会。他的手指游走在油腻的桌面，再现了第四幕第三场的那一时刻：国王的随从之前发誓不近女色，后又不得不忏悔自己背信弃义。因为他们恋爱了。

在将自己的恋情和盘托出后，他们又非要肆无忌惮地批评彼此的品

① 莎士比亚所著的一部喜剧。

位。尤其是国王,他奚落自己最好的伙伴俾隆,因为他热恋着长着一头乌发的罗萨琳。国王说她黑得就像乌木一般。而俾隆辩驳道,她那黝黑的面庞才是美的极致。阿朗索接着诵出国王的回答。那一刻,屋里的每一只啤酒杯随之发出嗡鸣:

"一派胡言!黑色是地狱的象征,是囚牢的幽暗,是……

"暗夜……学派……"

在莎士比亚的剧本里,"暮夜的学院"这几个单词是用的斜体大写字母。

我回应道:"那又怎样?不过是即兴的隐喻。这在十四行诗里随处可见。那黑暗女郎——我情人的双眼——丝毫不像太阳……"

廉价的杜松子酒总是让他变得宽宏大量,所以他只是摆弄着他的餐巾,并不对我发火。

"事实上我并不能因为你错过了这个场景就责怪你,亨利。哪怕是在1594年、1595年或者不论哪一年,观众都有可能错过这一幕。我想只有为数不多的观众知道是怎么回事。就在那一刻,亨利!"他似笑非笑地说,"我想他们震惊的喘息总能传到莎士比亚的耳朵里。他正在舞台的侧翼等候着。"

阿朗索的话开始揉搓着我们周围的空气。是的,我开始感到气息拂过了我的发际线。

"他们为什么那么震惊?"我问。

"因为这个北方的小暴发户、这个斯特拉特福德手套商的儿子,正在嘲笑一些英国有史以来最伟大的人物。是的,这是真的。沃尔特·罗利,克里斯托弗·马洛[①],还有其他六个人。《爱的徒劳》不过就是对这些伟人的嘲讽,奚落他们的自命不凡。就因为这个词语——暗夜学派——莎士比亚就硬生生地把他们拖到了光天化日之下,让他们曝光于世。"

"你的证据是……?"

"噢,看在上帝分上,如果你不信我,就去读一读布拉德布鲁克[②],读

① 克里斯托弗·马洛:1564—1593,英国诗人、剧作家。
② 布拉德布鲁克:20世纪的文学研究学者,莎士比亚权威。

一读坦能鲍克[1]，读一读莎士比亚该死的戏剧。那瓦国王和他的宫廷。雅顿公爵和他的宫廷。普洛斯彼罗。哈姆雷特！莎士比亚一次又一次地回到一个相同的主题上去：学者——拥有真正创造力的人。亨利，他们与世隔绝地工作，基本上都因其思想而遭到放逐，而这些角色都来源于罗利所创的学院的成员。"

阿朗索和我有一点不同，酒精让他更加健谈，酒越廉价，他的嗓门就越大。

"我还是不懂，"我说，"这曾是个什么学院？"

"最机密、最才华横溢——老天，是伊丽莎白时期所有社团里面最大胆的一个学院。"

他低头靠近桌子，定睛看着我，仿佛我是撞球台上的白色母球。

"准备好了么，亨利？"

没有任何序言，他将我带回到了 1592 年。

沃尔特·罗利本是当时杰出的廷臣，后因同女王的一名侍女秘密结婚而惹恼了女王。于是他被放逐到他位于多塞特郡的庄园，并琢磨出了一种消磨时间的方式。这显然是一种雄心勃勃的方式：他要把同辈中最伟大的思想家召集在一起，并给予他们一辈子都在寻求的自由——说出自己想法的自由。

"这将是——老天，刚才剧里是怎么说的？小学院？"

"潜心思索人生的艺术。"

"就是这样。"

好吧，谁能拒绝这样的邀请呢？马洛不能。

诺森伯兰的"巫师伯爵"——亨利·珀西不能。[2]

乔治·查普曼不能，他的诗人朋友马修·克里登以及威廉·华纳也不能。他们一个接一个地到来，群集于多塞特。

从一开始，这个学院的成员就清楚他们所冒的风险。他们的活动极

---

① 坦能鲍克：20 世纪早期多产的文学研究学者、传记作家和古文书学家，因其对莎士比亚及其同时代人物的研究而著名。

② 亨利·珀西：诺森伯兰九世伯爵，系英国贵族，是伊丽莎白一世时期最具权势和财富的廷臣之一，因其对科学和炼金术的狂热被世人冠以"巫师伯爵"的称号。

其隐秘，仅在夜晚进行。据我们所知，他们没有保留任何谈话记录，也没有出版任何发现成果。要不是莎士比亚给他们冠了个名，他们甚至连名字都没有。

“然而……”阿朗索的食指抵着桌面，活像一只锥子，“他们是伊丽莎白时期当权派的最大威胁之一。”

“为什么?”

“因为他们谈论无人敢说的事情。他们质疑耶稣的神性。他们质疑上帝是否真正存在。他们演练着黑暗的艺术:炼金术、占星术、异教信仰、撒旦崇拜……他们无所不谈，亨利。他们竟敢——竟敢想象出一个没有教义和君主政体的世界。这个世界仅凭人类思想引领。他们的学说就像一把小刀，静静地插入了伊丽莎白时期正统信仰的心脏。”阿朗索双眼放光，声音低沉，“但他们全都付出了高昂的代价，亨利。”

他带着明确无误的玩味态度，勾勒出他们最后的结局。马洛，在一个沙龙中被杀。(“因为账单吗? 我认为不是，亨利。”)罗利被处决了。华纳，离奇死亡。巫师伯爵，在伦敦塔中被关了整整 17 年。克里登，最终穷困潦倒。

“而最终没有倒下的，”我感到有些晕眩，“是那个局外人，莎士比亚。”

我想，这是自我们认识以来头一回，阿朗索的眼里闪耀出同志的光芒。

“完全正确! 这真是最甜蜜而又最苦涩的讽刺。这个乡巴佬演员就念了个语法学校。他进不了罗利创立的学院，即使他想去(很有可能也去过);就这样一个人，他却经受住了政权的更迭。从伊丽莎白一世到詹姆士一世，暗夜学派被迫关闭，但莎士比亚却幸存下来。”

“他自己的小学院。”我喃喃道。

阿朗索缓缓地陷入了座椅中。

“确实是这样，”他说，从鼻孔中喷出登喜路牌香烟长长的烟雾，“暗夜学派让位给了莎士比亚，成就了白昼学院。”

我猜我们最后是在凌晨两点结的账。阿朗索付了账单，还跟往常一样留下整齐的一叠钱作为小费。天知道那有多少，不过酒保却是笑着的。

“亨利，”阿朗索说，“我想我是醉了。”

现在我相信了，“喝醉”本身就是一个滑稽的词。这个词从阿朗索·威克斯的嘴里说出来，变得尤其好笑。他不明白为什么，我也说不清楚，但是他也接受了我的这种思维方式。

“醉了！”他尖声叫着，“喝——醉了！”

我们离开时，酒保已经收起了笑容。我们每一步都走得极其认真，像要把人行道锉平似的，又突然不约而同地冲过大街，双臂晃得像风车一样。我们在拿骚礼堂的大门前停下，抬头凝望着它的白塔——在深紫色夜空的映衬下带着一种奇特的恐怖感。一大片蓝色的云从南边掠过来，寂静笼罩在每一扇长玻璃窗、每一道拱门以及每一个滴水嘴上。

“亨利。”

阿朗索的声音从遥远的地方向我传来。

“什么？”

“我们来办自己的学院吧。”他说。

“我们已经在学院里了。”

我以前从未、之后也再没看到他那样咧嘴大笑了。他的嘴像闸门那样打开，接着，一个全新的阿朗索犹如洪水向我袭来。

“暗夜学派，”他说，“我们自己的。开始吧。”

4

阿朗索葬礼仪式结束的第二天，我就把伯纳德·斯泰尔斯的支票存进了我剩下的银行账户里，果真次日就兑现了。这是好事，因为那天上午我把三个月的滞纳租金付给了房东，还取了整整两百元的现金。我就这样悠闲地走向联合车站和莉莉·彭茨勒共进午餐，牛仔裤兜里揣着钱，感觉好像同时在过圣诞节和复活节。

莉莉选了一个叫“美国”的多层餐馆。这家餐馆除了名字来头很大，菜单也着实不小，和出口标志差不多。我猜菜单里一定有卡津鸡杂饭、纳瓦霍炸面包、爱达荷州便宜的炸薯条以及新英格兰炖肉……绝不比莉莉的那一摞折叠文件轻。这些文件堆在我们中间，好像哈德良长城一样挡住了莉莉的脸，却依旧挡不住她的声音。

“你已经拿到阿朗索公寓的备用钥匙了，对吧？好，听着，这里面有三份遗嘱复印件，已经盖章并公证过了。你必须要求遗嘱认证，但不能涉及任何法庭诉讼程序。阿朗索做什么事儿都请了律师。这个文件夹里面有他所有的租赁合同和信用卡，你得把这些东西给停掉。这儿还有一堆联系信息：社保、邮局、书刊订阅、专业会员资格。不要忘了给他的房产建个银行账户——美国银行的最好，因为那有阿朗索的货币市场基金。他还贷款在麻州大道上买了两套房子，所以从现在开始你得继续还贷。又是春季了，你得提交一份个人纳税申报单；不过别担心，我在克利夫兰公园认识一个很不错的会计师……”

直到服务生的出现才打断了她片刻未停的讲话，他问我们看过菜单没有。

“没，还没有呢，”她厉声说道，“再给我十五分钟。现在我没法考虑吃的事儿。十五分钟。到时给我上一杯内格罗尼酒，要纯的，撒点儿苏打，谢了。”

在文件堆的另一侧，一只又白又小的手伸出来挥了两下就把服务生给赶走了，犹如扇去什么臭味似的。活脱脱就是阿朗索的动作。

“我说到哪儿了？噢！这个文件夹里是阿朗索的债主名单，根据欠钱时长排的序。我建议立即把钱还给卡尔弗特·伍德利酒业。先前还有个石膏板承包商一直在告他，名字我想不起来了，所有资料都在这个文档里，还有关于这个案子在小额诉讼法庭的处理情况……”

我们楼下就是联合车站的主楼。盘子和银具碰撞发出的回声又在大理石面砖上弹回……在这杯盏交错的声音之下，来来往往的人群正发出单调的喧嚣。上班族、购物者、乘客，正驶向某个地方。

“亨利，我说不上来。你在听没？”

“我只是在想阿朗索为什么没指定你做他的遗嘱执行人。”

她从一堆文件中抬起那张涂满脂粉的脸，望着我："我……"

"你肯定会做得更好。你有所有的记录，什么事该找什么人——你全知道——我是说，你简直就像是这世上数一数二的阿朗索专家。"

"亨利，"她说，"看着我，我像是有时间做遗嘱执行人的吗？"

这是事实，她未来六个星期的日程都已排满。我知道，是因为她可以飞快报出日程表上的每一条：麦格斯拍卖会、北京书展、在伦敦和旧金山与经销商的会面、在夏洛茨维尔一个珍本藏书学校的会议、米兰大有可为的前沿交流。她的安排一个接一个，每个新条目都带着相同的暗示：亨利的日程表里什么都没有。

"无论如何，"她继续说，语气放软了些，"你不该低估你自己。你知道，阿朗索从来都没低估过你。他每拿到某个四开本或者一封信件就想知道你的看法。'哦，亨利会喜欢这个的。我都等不及要给他看看了。'他尊重你，真的。"

我停下来思考这个问题：在自杀前给某个人打电话是对他的尊重吗？或者说，其实是一种更大的荣耀？

我依然清楚地记得那个早晨。五月十二日，雨断断续续地下着，空气中飘散着呛人的花粉。我正坐在游隼意式咖啡馆的露台上。在这家刚好位于东市南边的咖啡馆里，我点了一杯两块多美元的新亚美尼亚种植园咖啡，面前放着笔记本电脑，以及一堆画着横格的纸。那是孩子们的作文。我为弗州赫恩登一间乡村学校举办的创意写作赛做评委，报酬是三百美元。此次比赛的主题是"哇噢"。总的来说，我为自己能揽到这活而感到幸运，但我却一篇作文都没读——而且接下来似乎也不太可能读。一上午我基本上都在克雷格网站上写交友广告。这已经是我今年第三次这么干了。

白人男子，离异，44 岁，体格匀称，爱干净，专业人士，现寻生活乐趣及伴侣，可能是长期的……

事情由此变得复杂。博览群书……必须深夜致电互诉衷肠……且不排除小孩。每一行词句都因为难堪而变得湿冷。直至最后，我发现自己完全是朝着非小说的方向在发展。学术贱民……工作不固定……一丝羞耻的气味……因为过去两段死去的婚姻回忆而备受折磨，但受的折磨也许还不够。

失败如何在不知不觉间改变了一个人,这依旧让我费解。前一分钟,你还是个年轻人,晃着膀子,精力无处发泄。你从大街上一路走来,大口吸入花粉。而后一分钟,你就成了一个从汤尼克夫酒吧走回家的家伙了。走得很慢。最好隐藏起你的状况。你在回家前永远都意识不到,其实没有人真的在监视你。无论你认为你曾如何在世界的外骨骼上打了洞,那其实都早被吸收不见了。

我正想着,手机开始震动。它其实是越过桌面、慢慢地朝我爬了过来,仿佛在回应我写出来的广告。

我扫了一眼来电显示:"未知号码。"阿朗索总是在我的诺基亚手机里输入这样的联系信息。我想这让他很开心。眼看着电话安静下去,突然一个短信又让它活了过来。我甚至等了整整五到十分钟才去接收。

从我的语音信箱深处传来了阿朗索从牙缝里发出的声音。他慢吞吞地拉长了声调。

"亨利,打给我。暗夜学派又开学了。"

这个古老的名字对我产生了什么样的影响呢?我周围是意大利浓咖啡的热气、咖啡豆以及 iPod 播放的音乐,而这几个字——暗夜学派——却遗世独立。最后,我实在没有办法使其融入周围的环境,只好把这条信息完全删除了。

那一刻,我心里有一个声音说道:我已经毕业了。

这不是真的,但却让我完全相信,我能把这个电话从脑海里冲走。就在那个夜晚,九点钟刚过,阿朗索叫了一辆出租车(当然,因为他跟其他曼哈顿人一样不愿意买车),说要去麦克阿瑟大道的尽头——那是在马里兰州的某个地方,他以前肯定从没去过。司机还记得他,因为他跟往常一样给了大笔小费,而且迄今为止还从来没有哪个旅客像他一样要求在太阳下山后在国家历史公园下车。下车后,阿朗索进行了也许是他生命中的第一次远足,走了五分之一英里;在那之后,他攀上了华盛顿渡槽观景台,跳进了波托马克河。

他选了个不错的地方:这条河流载着山泉,在马瑟乔治这个地方慢慢变窄,然后汇入大瀑布,倾流直下 76 英尺。

这是阿朗索留下的东西:名仕手表;一双铁狮东尼的高级成品鞋;一张便笺,在他浸胀的手中……

为你黑色的影子和孤寂,
我甘做祝圣的献祭。

他至死都热爱查普曼。别以为我忘记了那首特别的诗歌的名字:《夜的影子》,也别以为我忘记了那一群可能曾给予这首诗灵感的人。

总之,不要认为我忘记了阿朗索最后的讯息。暗夜学派又开学了……

在他投河之后的两天,他那约瑟夫·阿布德牌黑色束带雨衣就被冲上了熊岛,上面沾满了血迹。对于我们这些认识他的人来说,通过这件雨衣,我们得以最近距离地接触到一具真实身体的东西。因为不管什么天气,他都穿着这衣服,甚至在浴室也不会脱掉。几周之后,我们的威克斯法官就说服了他在地方遗嘱检验法院的老同事们,让他们批准关于阿朗索的死亡申诉。官方的死亡鉴定很快就出来了,现在全世界都可以尽情哀悼阿朗索·威克斯了。

现在我也可以一遍又一遍地问自己同样的问题:是谁重开了暗夜学派?学院成员都是些什么人?阿朗索的自我灭亡也是其课程的一部分吗?

尤其有一个问题,一直在我心头挥之不去:如果我回了他的电话会有何不同?那个简单的行为会让我付出怎样的代价?

所有这一切都在静静地侵蚀着我的内心……接着一位叫伯纳德·斯泰尔斯的人又在阿朗索的葬礼上把我拉到了一边,仅凭寥寥数语,就让所有事情重见天日。

暗夜学派又开学了,而我却还蒙在鼓里。

“亨利。”

莉莉的声音像绞刑具一样缠绕着我。

“这真是想入非非,”她说,“你或许可以私下里做这事。”

她把文件夹推到一边，前臂扭作一团，活像马后腿一般。

“跟我讲讲伯纳德·斯泰尔斯。”我说。

她看了我很久，说：

“你想知道什么？”

“我不大清楚。他为人规矩吗？”

她挥了挥餐巾。“他是格罗里埃俱乐部的成员。他比一百个苏丹加起来还要富有。为了一本莎士比亚四开本他可以连命都不要。看起来算规矩吗？”

她接着告诉我，斯泰尔斯绝非无名小卒，而是英国最杰出的藏书家之一。他最早的藏书是约翰逊和博斯威尔的，后来发现这些读本越来越难找到，于是转而收藏伊丽莎白时期的作品。没人知道他的钱从哪儿来，但他的手头总是很宽裕，从来都不用靠卖掉存货来购置新藏书。据说在他那乔治时代风格的宅子里藏有价值几千万英镑的书籍和配图鲜明的手稿，但这些宝贝从未对公众开放过，所以也没人清楚到底有多少。有那么一两次，女王陛下被获准进行了私下的探访，还有传言说斯泰尔斯即将获得大英帝国勋章。

“女王是一回事，”我说，“国王怎么看他？”

“你是说阿朗索。”

“是啊。他和斯泰尔斯的关系怎样？”

莉莉敲几下桌子，说道：“复杂，就像他和所有人的关系一样。不过，更加复杂。”

说到底，她说，他们之间的纷争具有哲学意味。阿朗索搜寻书籍是为了从中获得知识，而斯泰尔斯则是为了搜寻本身带来的快感。

“他们之间是有些口角。”莉莉说道，“当然了，在史诺顿的事情上，阿朗索永远无法原谅斯泰尔斯。”

“说说怎么回事。”

“噢，上帝，这是两三年前的事了。科尼利厄斯·史诺顿是阿朗索的一个老朋友，在圣保罗大教堂附近开了一个小书铺。一天晚上，他到邮差公园去散步，结果没出得来。进去时还是个大活人呢。“

“被打劫了？”

“但抢的不是钱。唯一给拿走的东西是《斯托年鉴》的初版。”

“那为什么阿朗索要怪斯泰尔斯?”

“因为他知道斯泰尔斯垂涎那本年鉴很久了。但是那会儿大家都垂涎那年鉴,而且没有证据证明是斯泰尔斯干的,所以警方从没找他问话。这不过是阿朗索和他耸人听闻的闹剧罢了。”

“但这使阿朗索产生了动机。”我半是自言自语地说道。

“什么动机?”

那时我才意识到还没对她讲我和斯泰尔斯的相遇。我将罗利信件的复印件从衬衫口袋里拿了出来,展开放在桌上,并告诉了她我是如何得到这件东西以及原件遭遇了什么。

“我从没见过这东西,”她压低了声音,“你确定是阿朗索拿了原件?”

“斯泰尔斯是这么说的。”

“但那不——那不是阿朗索的作风。不是的。”她从桌边抽身往后靠在了椅子上,“我不明白,亨利。”

“我也不明白。我是说,即使这文件是真的,在现今市场上要卖到多少?五万?六万?”

“我想差不离吧。”她轻轻说道。

“那为什么伯纳德·斯泰尔斯要出两倍的价钱把它买回去?”

“我不……”

她苍白的脸开始下沉,眼睛里有东西在打转。

“我希望……”

她一直努力克制的悲伤现在终于如潮水般袭来。我想着,我在这里会不会是个安慰?我——一个在女人的泪水面前变得不知所措的男人?我所能做的就是把餐巾硬塞给她,喃喃说道:

“我知道,我知道。”

“不,你不知道。”她回答。

她把餐巾按在脸上,麻木地摩挲着皮肤。我记得很多年前,阿朗索曾向她求婚。她有生以来第一次、或许也是最后一次拒绝了他。这对双方来说都是一种莫大的解脱。

莉莉这番情绪来得快,去得也快。她很快就喝完了端上来的内格罗尼酒,接着又点上了一杯,就着吃她的缅因州龙虾卷。午餐快结束时,她几乎已经到了一种危险的欢乐边缘。她轻抚着自己稻草般的头发,向铁轨扫了一眼,噘嘴说道:

“是你的朋友么,亨利?”

我顺着她的目光看向大厅:一个高个子男人背靠陶立克柱子站着,身穿黑色小羊驼外套,也盯着我们在看。霍道尔身上只有一样东西跟我上次见他时不同了:他的 T 恤。三十码开外都能看清上面的字母:自由万岁。

霍道尔似乎对自己被人发现一事毫不在意,还像以往一样安静。他四处转了转,把衣服的领子竖起来,然后不慌不忙地和来来往往的车辆混在一起,朝美铁公司的车站走去。

“斯泰尔斯的人?”莉莉问道。

“是。”

我们看着他走掉。

“亨利,”莉莉说道,“可以给你一些友情提示么?”

现在,她的第二杯内格罗尼酒开始起作用了。她说出的每一个音节都带着苦艾酒的气味。

“别跟绅士藏书家们搞到一块儿。”

5

只用了十秒钟,就一下在谷歌上搜索到了《每日电讯报》的讣告:

科尼利厄斯·史诺顿,死于 12 月 3 日,享年 66 岁,生前是古书商以及收藏家,因其怪诞的商业做法以及近来对伊丽莎白时期历史学家约翰·斯托著作的研究贡献而为人所知?

对史诺顿的死亡情况描述还不足两行(警方仍在询问)。但我很走运，在倒数第三段看到了对死者的一段褒奖。而这段溢美之词恰恰来自伯纳德·斯泰尔斯。

科尼利厄斯对古籍抄本的热情极大地感染了我们。我们将永远缅怀他。

“而且我到死都喜欢他的初版？”我大声念着。

这时，我的座机突然响起。我拿起听筒，只听得伯纳德·斯泰尔斯辛辣的男中音倾泻而出。

“卡文狄什先生，我们的进展如何？”

在那一刻，他突然显得离我如此之近。我发誓他几乎就站在我对面，从我肩膀上方窥视着我？

“快了。”我说，“快了……那个，我给过你我家的电话吗？”

“确实没有？”

“来电号码没登记，所以我才问的。”

“我相信是正当的理由。好，现在告诉我，有没有我那可怜的小文件的消息？”

“哦！”我坐着转椅从电脑旁移开，“抱歉，最近在忙阿朗索的房产和其他事。信托责任……”

“那自然。”

“但我迟早会看到它的。我真的非常有信心。”

“这个嘛……”他发出一阵干笑，“听上去不错，卡文狄什先生。可不幸的是，我待在这儿的时间相当有限。”

“是的，我明白。”

“尽管我觉得你所在的城市很迷人。”

“当然。”

有那么三四秒钟，电话那头突然安静下来。我正想着电话是不是已经切断了——斯泰尔斯的声音又蹿了回来。

“明天我再打来，可以吗？”

“或者我打给你也行，如果你——”

“我想我得走了。我答应了霍道尔去弗农山。继续往前，卡文狄什先生！”

往前。

我挂上电话,那个词语如同一棵内疚的刺那样扎痛了我。我拿了伯纳德·斯泰尔斯的钱——还花了其中一小部分——事儿却没做多少。我并没睁大眼睛,也没有寻找线索。我只是在等着这份文件从天上掉下来。

好吧,至少有一件事我可以办到。我可以搜寻那份文件最有可能的藏身之处:阿朗索的公寓。

毕竟我有钥匙。我所缺乏的只是意志。我指的是那种力量:细细筛查阿朗索的财物;嗅着旧衣物堆中散发出的他的气息;感觉到他的灵魂追着我从一间屋走到另一间屋。这大大超出了一个遗嘱执行人的承受范围。我需要有人陪伴。

于是我给莉莉打了电话。但呼叫被转到了她的语音信箱。那时我所能做的,就是给她留言,叫她第二天同我在阿朗索的公寓里碰头。

"可以的话就下午一点。给我个信儿。"

至少又多了一天缓刑期。而且我本来就有一大堆事情要做。需要处理的文件堆积如山:恐吓信、缩短的项目、电邮骂战,以及一个人生活之中的各种繁杂之事。

其中大部分都是欠账。犹如汪洋的欠账。

我至少看到三套房贷。还有信用卡、住房权益贷款、拖欠的工资(可怜的莉莉)、未付的皮肤科诊疗费用、旅行社,还有普洛赛克红酒进口商。通通没有付款。这些账单后面是一堆收款公司,但他们同样无功而返。阿朗索几乎在每一个经济领域都欠着那么一小笔钱。

至于资产状况……想要弄清楚就更难了。他从外祖母那里继承了一笔还算可观的遗产,足够他在康涅狄格大道上购置一套租金管制的单身公寓。但他却一下子在大教堂高地那边买了一个双套间,还配备了私人藏书库。他所有的钱——以及他的生活——无不与书相关。而他唯一赚钱的主意则是投进更多的钱。

我不止一次地在想,是不是因为过去罪孽深重,所以现在要做他的遗嘱执行人来偿还业障。尤其是那日深夜,我发现了一个马尼拉纸信封,上面用黑色的魔术记号笔写着我的名字。

亨利

里面只有一张纸。纸上写着另外两个名字。

第一个：埃默里·斯维尔。后面写着一个252区号的电话号码。几分钟后我打了过去，发现那边已经停机。

剩下第二个名字。它和第一个名字奇怪地押着韵：克拉丽莎·戴尔。

区号是904。管它是哪里。

&

我第二天上午拨通了这个号码，立即有人接起电话——“你好”——声音听上去干脆直接，好像一直都保持着警觉。也许她的确如此，因为当我告诉她我是谁的时候，她说：

“我一直在等你。”

我告诉她我正帮阿朗索处理遗产。我还告诉她我是在他的一个文件里面看到了她的名字，想知道在阿朗索生前他们是否有过什么交易？

“我们应该谈一谈，亨利。”

“我们不是正在——我是说，我们正在谈啊……”

“最好面谈。”

“你看，问题是我在首都……”

“我也是。”

我费了好大劲才坐起来：“这我还不知道。”

“你在家吗，亨利。”

“呃……”我把手从脸上拿下，“算是在家。”

“在什么位置。”

“在——你知道国会山吗？”

“当然，如果方便的话，我乐意登门拜访。”

我停下来，审视着自己周围的惨象。阿朗索的文件——我倒是可以重新摞起。窗户旁边的一堆苍蝇尸体——我可以扫荡干净，不是吗？（尽管我已经两周没有碰那些东西了。）但对于冰箱垂死挣扎的嘎吱声和客厅石膏墙上的绿色淤青，我就无能为力了。

“你知道吗？”我说，“清洁工刚刚来了，吸尘器有些吵。她要过好一会儿才走呢。我们干吗不另找个地方坐坐呢。明天或者——”

“你大概知道‘公牛羽毛’吧?”她说。

“知道啊。”

“就在那儿见吧。今天中午十二点,我来订位子。”

我还没来得及说什么,她就“咔嗒”挂断了电话。

我瞥了一眼收音机闹钟,还有四十分钟可以收拾成人样。

应该冲个澡,再刮刮胡子。但从我呼出的气息中还是闻得到波本威士忌的酒味,于是我吞了一把薄荷爽口糖,在手腕上涂了点香水,最后又额外往我那不错的牛津鞋里喷了点儿除臭剂。

我到“公牛羽毛”时,已是十二点过五分。提议在这儿见面很是奇怪:这是一家中型汉堡店,连着一个捕捉公驼鹿的夹子。国会议员及其说客经常光顾这里。偶尔会有一家出行的游客,热得实在不行,从林荫道跑到这儿来坐坐。

在那样的环境中,很容易就认出克拉丽莎来。她穿着一条黄色的太阳裙,背靠着墙壁,正专注地看着我,跟之前打电话时一个样。

“亨利。”她说。

我伸出手来,可还没同她握手就顿住了。

她就是出现在阿朗索葬礼上的那个女人。

我先前的看法必是很不全面的。她的年龄比我想的要大一些——三十一或者三十二岁。在光线的直射下,她洁白的皮肤上多出一些此前未见的雀斑。浓密的黑发也比之前乱得多——发梢纠缠不清。至于眼睛,那颜色不再像是太妃糖,倒更像是在平底锅里煎得过久的什么东西……

或者乌木,我想着,突然记起了那瓦国王的话。黑得就像乌木一般……囚牢的幽暗……

就这样,我又回到了多年前在裙房中与阿朗索的交谈,并在一个缓慢的弧度之下重回主题。

“暗夜学派。”我喃喃低语。

“正是。”克拉丽莎·戴尔说。

6

事情是这样的。阿朗索·威克斯差不多每年都要破产一到两次。一种模式也就随之固定下来。阿朗索会卖掉他的一些库存书籍(利润一般,但情感代价却是巨大的)。他不再喝灰雁伏特加,而改喝瑞典产的思维卡伏特加。他不再去杰夫主厨餐厅用餐,而改吃韩式外卖;关键是他会更愿意接受讲座邀请。若换作平时,他一准会把那些邀请函扔进炉子里烧掉。

对那些一心想跟他会会的公共图书馆、作家中心、宗谱社团独立组织而言,这倒不是坏事。不久就有传言说,阿朗索这位全国知名的收藏家和学者,现在可以出来让大家见识见识了。只要你支付差旅费、酬金和餐费,还有不吝酒水就成。

总是会有人对这样的买卖感兴趣。于是在2009年2月一个星期四的晚上,阿朗索动身前往佛罗里达州圣奥古斯汀的善维俱乐部。

听克拉丽莎讲起来,唯一比阿朗索的光临更值得关注的,就是她的到来。她完全是碰巧在当地一家小摊上看到阿朗索讲座的通知。但在某个紧急关头,她却在圣马可大道上拐错了方向,所以几乎是错过了这场演讲。她迟到了15分钟,想在后排找个位子悄悄坐下,但是阿朗索的声音似乎在那儿找到了她,仿佛真切地轻敲着她的手臂。

"伊丽莎白时期被压抑的无意识。"他正说道。

她对阿朗索的世界毫无概念,所以不知道从本科开始他就已经排练过这个主题。暗夜学派,在他看来,就是英格兰都铎王朝的心理阴影。谢伯恩城堡是罗利位于多赛特的住宅。从那儿巨大的窗户望出去,罗利和学院里的博学之士们似乎看到恐怖正游走在光天化日之下。他们看到了杀人的密谋,那是国家支持下的刑讯。信奉天主教的市民被处死。持异议的知识分子被暴力镇压。而围绕在这恐怖周围的,则是一种巨大且不安的沉寂。只有在谢伯恩,这样的沉寂才能被打破。只有在夜晚最黑暗的时候,真理的破晓才会出现。

“光明自暗夜之中走来。”阿朗索在善维俱乐部里如是说道。

而在克拉丽莎的身上,似乎也出现了黎明。她还记得,身旁的人群似乎渐渐消失,世界自行溶解了,剩下的只有她和阿朗索,一根隐形绳索缠绕在他们周围。

于是克拉丽莎·戴尔做了一件从小学到中学、甚至在大学时都不曾做过的事:她在课后留了下来。

“我想让他知道我的感受。”她说。

“那在你解释了你的感受之后,他作何反应?”

“你是说,他吓得逃出门去了吗?”

她发出的元音带着极轻的西班牙语口音——门儿。

“事实上,他很客气,”她说,“天晓得为什么,我净是对他说些蠢话。而他微微笑着,笑得顽皮而又有趣。我一开始还以为他肯定蛮开心,后来才意识到他的唇形原本就长成那个样子。

“天生的。”我表示同意。

然后我低头看着我的芝士汉堡。天知道我怎么会点了这东西。我一点胃口也没有,只看了一眼就用餐巾把它给罩上了。

她接着说道:“于是在那之后,我们给对方发了几封友好的电子邮件。他还给我发了些有趣的文章。然后五月份——五月十二日——他给我发了条奇怪的语言邮件。暗夜学派……”

“……又开学了。”我轻声和道。

“你也收到了同样的信息。”

“是啊。”

“于是乎,”她说,“我们来了这儿。”

她的嘴唇颤抖着——展露出了一丝笑容,很快就消失了。但这笑容足以凸显她红润且自然的双唇了。

“好吧,”我说着,竭力使自己重新集中注意力,“还有一点我不太明白。为什么你一开始要去听阿朗索的讲座?你是……”

我抛出了下面的问题,但想到一个可能会有的答案就退缩了。

“你在这个领域么?”

她轻轻皱眉:“什么领域?”

“英国文学。或者——历史。反正就是相关的什么学术领域。”

“噢!”她喊道,“天啊,拜托!才不呢!”

这回她真笑了。我不确定是否能道出这给她带来的变化。这么说吧,那一种半透明的笑意,使得她整张脸看起来出人意料的轻松。不,不止如此。一个全新的她从那个笑容中出现了。只是那个她之前一直都在。

“我绝不能算个文学读者,”她说,“我的意思是,我在中佛罗里达大学主修商业。我想我这一辈子也就读过一部莎士比亚戏剧。对那些东西知道得太少,真是惭愧。”

“那为什么你会在那儿?”

“那为什么,这很难解释。”她的叉子在一堆绿色蔬菜沙拉和蓝纹干酪中打转,“我想,那是因为阿朗索的研究主题与我个人关系重大。”

“真的吗?”

“嗯,是的。”她说,“事实上,我看见过。亲眼所见。”

“看见过什么?”

她双颊泛红。

“我看见过暗夜学派。”她说。

“是……在什么图片里?”

“在我脑子里。像做梦,但又不是在做梦。”

“这样的情况经常发生?”

她耸了耸肩,拿叉子叉起一小撮蓝纹干酪。一看到这个东西我的胃就开始不得安宁。

“那你的幻觉和所有这些情形——持续多久了?”我问道。

“我不知道,几乎一年了吧?也许更长。”

“每天夜里都这样?”

“每周一到两次吧。不过有时候会连续三四个晚上都是如此。”

她微微低下了头,对我腼腆一笑,说:

“我是说,我不想听起来是在吹嘘或怎么的,亨利。但是暗夜学派,这实在是我的个人诅咒。”

她审视着我，眼睛显得干涩而警觉。

“你不信。”她说。

“嗯……是。那个……是啊。”

“换了我也这样，”她兀自点了点头，“也不会信。但问题是，不管你是否信我，阿朗索确实是出了事。现在，也不论我们是否愿意，我们都给绑在一根绳上了。”

她将叉子放下，双手交握在一起。

“某种更大的力量开始发挥作用了。亨利，你应该也感觉到了。从阿朗索死时就开始了。”

而我现在唯一意识到的，只是我体内的旋涡。肾上腺素激增，使得我的心脏强力起搏，瞳孔放大。

我费力地出了口长气，将盘子推到一边。“你知道吗，克拉丽莎？反正对不住，我没感觉到什么更大的力量。至于穿越时间的幻象？我认为，很明显——”

“是我疯了。”

“还有，知道吗？我没有跟你绑在一块儿。我没跟任何人绑在一块儿。为此我还有些——有些谢天谢地，现在更是如此。好了，至于阿朗索？他没出事，事情是他自找的。自杀是主动行为，不能用被动语态描述。行了吗？”

现在，她也把自己的盘子推到了一边。“我在圣奥古斯汀见到的那个人绝对不会自杀，”她说，“再过一百万年也不会。”

我的耳后渗出一道道汗水，眼球在眼眶里动来动去。

“你知道我是对的。不是吗，亨利？”

我盯着手表——12 点 50 分。莉莉可能已经在等着我了。“很抱歉。”我小声说道，摇晃着站了起来。

“怎么了？”

“我得去一趟阿朗索的房子。”

突然，克拉丽莎也站了起来，就在我的跟前。

“我也去。”她说。

“噢……”我摆摆手，“知道吗？你会觉得很无聊的。”

但她已经招来了服务生。账单送过来了，她一把将它从光滑的人造革皮夹子里抽了出来，颇为快活地说：

“你不介意我请客，对吧？”

她眼波一转，瞅了我一下，又说：

“你看起来不像会介意的那种人。”

&

阿朗索的屋子原是两套单独的公寓。但是他买通了大楼物管，把分隔墙给拆了，重新建了一个大套房，想整出顶层豪华套间的派头。西侧是卧室。里面有一个衣橱、一张挂了帐子的四柱大床和带有叶形装饰的卷轴。东侧是厨房，极其朴素，几乎不曾使用。（如果没有记错的话，冰箱里面仅有一瓶香槟和一罐芥末。）

南边呢？那儿有一个阳台，面积几乎和里屋差不多大。现在我正朝那儿走去。正午的暑气里，在我下方是一个睡着了的庭院。喷泉在潺潺流淌；旁边是个操场，跟往常一样空无一人，一排西克莫无花果树立在那儿，似乎留意着随时迎接国家教堂的钟声。

“你有没有发现这里很冷？”

克拉丽莎站在门口，揉搓着她露在外面的洁白的手臂。

“二十摄氏度，”我解释道，“百分之五十二的相对湿度。藏书的最佳环境。”

“也增加了不少电费吧。电力公司一定超爱阿朗索。”

“也许没有那么喜欢。”我说着，想起了我房间地板上那堆电力公司的催款通知单。

“哎，亨利，告诉我你在找什么，这样也许会好点儿。”

“一份文件。”我说。

“文件？”

“文献。”

“旧的？新的？”

“旧的。”

“噢，既然如此……”

不用她来说明。那就是阿朗索房里太过显眼以至易被忽略的东西。

他的藏书库——一个配备了气候控制装置的钢筋水泥碉堡，约有300立方英尺。这个藏书库如此的大，好像是紧急迫降在阿朗索的客厅里似的。

“你知道密码吗？”克拉丽莎问道。

“知道。除非他更改了密码。”

我端端正正地站在钢板门前……但从我的视线边缘却总能瞄到什么东西。

阿朗索的大理石面茶几之下，躺着一只黑色的仿鳄鱼手袋。里面是一部黑莓珍珠手机。我一下觉得很眼熟。

是莉莉的。

她上哪儿都带着这部手机，还曾把它比作自己的第二个子宫。现在，我拿到了这部电话，并且盯着屏幕上的语音信箱标志。至少有三条信息（有一条应该是来自于我）。莉莉现在却不在这儿，读不到这些信息。

我把她的黑莓手机塞进了口袋，指尖渐渐地产生了一阵奇怪的麻木感。

别想太多。我对自己说。她就在某处。

我不太可能指望她来为我们打开藏书库。我必须要做的，只是回忆起乔治·查普曼的死亡日期——我曾烂熟于心，就像自己的生日一般——然后我需要把这数字输入键盘板。

但就这么个简单的事儿，都比想象中的困难。十二月，对吗？

12……

日期是……到底是哪天？

16……

现在只剩下年份。但我的一只手已经不听使唤了。我只得举起另一只手按了下去。

1……6……3……4。

一开始我还以为自己记错了。但紧接着出现了一道绿光，打破了下午三点的阴郁。接着是一阵高声鸣响。

密室的门发出消化不良的声音。克拉丽莎和我各抓着一个门把手——我们的手摩挲出一阵极轻的“噼啪”声——一起往外拉门。

门像两片嘴唇一般张开……一阵寒冷而沉重的气息旋涌而出。伴随着一声热烈的喘息，门慢慢地打开了。同时，莉莉·彭茨勒从里面滚了出来。

她手脚摊开，像一张波斯地毯，静静地躺在那儿，一动不动。灰蓝色的喉咙和长春花般紫色的嘴唇。脸庞……瞪着一双眼睛，眼睑肿胀……脸部带着一种自然的阴影。

惨白的爱丽丝蓝，我想着，突然感觉到一种奇怪的成就感。

我拼命压制住从内心冒出的笑声。只有克拉丽莎沉着地跨过这个女人的尸体——仿佛那真是一张地毯。她盯着藏书库里面看了一阵，然后宣布：

“书，阿朗索的书不见了。”

7

在念大学之前，我从没碰到过叫奥古斯特的人。进校第一周，我就遇到了两个。在此后的二十七年间再也没见过其他人叫这个名字的。直到那天在阿朗索的公寓里，才又遇上了一个。他的名字叫奥古斯特·艾克里——奥古斯特·艾克里警探——来自暴力犯罪部门。此人的体魄应是如同控球后卫一般，不过正在渐渐发福；留着花花公子一般的时髦胡须，长着一双圆鼓鼓的眼睛；眼神凝重而固执，破坏了本应滑稽的形象效果。有那么一两次我看到他在微笑，但不确定他是否眨了眼睛。

一个法医摄影师正围着莉莉的尸体打转。移动犯罪实验室的技术员们进进出出，挤满了阿朗索的藏书库。两个穿着制服的警察正站在公寓门外，一副茫然无聊的样子。

外面停满了警车、两个当地新闻记者,以及一群忧心的寡妇:她们都是这座公寓楼的房客。她们想知道,在华盛顿西北部这样一个居民几乎都是自然死亡的地方,怎么会发生这样的坏事。

艾克里警探有不同的想法。他既不表现出尊重,也没巧舌如簧,仿佛犯罪现场是在阿纳卡斯蒂亚的另一边,他盯着密室看,好像这是一个毒品实验室似的。

“这有通风口。”他说,“鼓风机。”

“是这样。”我说。

“工作正常吗?”

“据我所知正常。”

他轻轻地拧了一下领带:“那这个女人就没有理由窒息而死。她现在就应该活着。”

“警探?”克拉丽莎说着,往前迈了一步,“我可否说两句?”

一道褶皱出现在了奥古斯特·艾克里的额头上。他转过去正对着她。

“女士,你的名字是?”

“克拉丽莎·戴尔。我想我能帮上忙。”

“啊。”

你可以用很多方式说“啊”,但都不会比这个“啊”更打击人了。

“我能说的就是,”她说,“威克斯先生的藏书库是根据银行保险库的结构来建造的。这意味着需要安装灭火装置。传统的自动喷水灭火装置是不行的,因为会把书全部打湿。那还不如烧了呢,对吧?”

警探前额的皱纹加深了。

“现在大部分的银行,”克拉丽莎说,“使用一种叫哈龙的气体,相当安全,毒性也不大。但如果不是受管制的实体组织,也可以使用二氧化碳。”

“二氧化碳。”

“别担心,警探,我什么也不碰。我想请你注意藏书库的屋顶。假设现在着火了。在那样的情况下,天花板就会释放出二氧化碳,明白了吗?它会在整个书库蔓延,把氧气都挤出去,这样就会让燃烧没有反应物。想象有一只手,好吗?把所有的氧气都按在了地板上。”

“那么……”艾克里朝藏书库走近了一步,“如果着火时有人真在里面……”

“他们只有几分钟时间。如果他们知道这个灭火系统的工作原理,他们会一直趴低,因为如果还有氧气的话,那只会是在低处。而当我们发现彭茨勒小姐时,她却完全是这个样子。”克拉丽莎跪下来,仿佛要做祷告。“她的脸紧紧地贴着门缝。我猜测她是努力想要获得空气。”

警探又拧了一下领带。

“那又怎么引发了烟雾报警器呢?”

警探的一个技术人员给出了答案。他从藏书库里走出,举着一个塑料袋,仿佛那是件战利品。袋子里装着一个浸湿的烟蒂,不足一英寸长。你简直会认为这小东西不值得现在这番详细审查。

“彭茨勒小姐抽烟么?”艾克里警探问道。

“我没有看见过,”我说,“或许以前会吧。”

“怪了。不抽烟,但又把一支点燃的烟带到藏书库,然后还把自己给锁里面了。我不知道。要我说,那简直就是……”他吹了声口哨。

“也许是其他人的烟呢。”我说。

“那其他人在哪里?如果烟还燃着的话,那扔烟头的人肯定就在不远处。暂时不说烟头,要是彭茨勒小姐知道自己身处什么样的困境,她为什么不打电话呢?大楼物管、911 都行啊。”

我有些懊悔地从口袋里掏出了莉莉的黑莓手机。

“我们在沙发那儿找到的。”我说,竭力让声音保持平稳。

艾克里警探看着警员将手机封装进袋子里,然后又把视线投向藏书库。

“没有空气,”他几乎是在自言自语,“没有电话。没人听得见她的尖叫。”

“也没有书。”克拉丽莎说。

艾克里挑起了眉毛:“请问你说什么?”

“警探,我不是要贬低彭茨勒小姐的死。但这里还发生了另一起非常严重的犯罪。威克斯先生的全部藏书都不见了。”

"是这样吗?"

克拉丽莎和艾克里一道朝我转了过来,等着我证实。

"恐怕她说得对,警探。阿朗索拥有全世界最受尊重的伊丽莎白时期藏书:莎士比亚的四开本和对开本、都铎时期诗人的作品初版,还有伊丽莎白女王的一本圣经。我们说的书籍——价值将近三四百万或者五百万美元。而且还是保守估计。"

"难道他不会全都卖了吗?"艾克里问道。

"他也许会卖掉一两本,以前他也这么做过。但绝不可能卖掉所有库存。就是不可能。"

"为什么不可能?"

"藏书就是他的生命。"

但阿朗索不就是要了自己的命吗？他之前就有所准备,抹去了电脑硬盘里的东西。然后他又小心翼翼地将自己从地球上抹掉。这倒是他少有的彻底。

&

不到五点,法医完成了最后的现场取证,准备将莉莉·彭茨勒放进塑料存尸袋里。当他们把那个矮胖的身体抬上轮床时,我突然感到心里释放出了什么。悲伤。这是我突然间意识到的。莉莉·彭茨勒把她的一生都献给了一个男人,而这就是她得到的报答。

阳台的门仍然敞开着。由于公寓控温系统的缘故,外面的空气形成了一股高压。我能听见,藏书库里传来阿朗索的温度湿度计毫无节奏的疾行声——对湿度和温度的每一次波动提出抗议。

"卡文狄什先生。"

艾克里探长招呼我过去。

"我记得你说过你是威克斯先生的遗嘱执行人。"

"是的。"

"那我希望你能满足一下我的好奇心。他的藏书投保了吗?"

我眨着眼睛。

"呃,是的,投保了。"

"那谁是受益人?"

要是倒回两天之前,我也没法告诉他。但在阿朗索文件的海洋里进行连续数小时的撒网式搜寻之后,我已经知道是谁了。"我,"我说,"我是受益人。"

我完全可以料到他会张大了嘴。但是我没想到的是,他微妙地提高了声音,说道:

"这下有你受的。"

8

我第二天早上醒来时浑身是汗。手机在我的裤兜深处吵闹着。

"卡文狄什先生!"伯纳德·斯泰尔斯说,"我们刚刚看到了关于彭茨勒小姐死亡的报道。真是太惨了!"

我脑子里的迷雾立马烟消云散。因为我想到的不是斯泰尔斯,而是他那个沉默的密使——霍道尔。当时他就站在联合车站的主楼里,抬头盯着我和莉莉。

"是,"我说,"太惨了。"

"我跟她很熟,你知道的。她那脑子确实该死的好使。我总觉得阿朗索能有她真是走运。"

"有意思,"我说,"你知道我昨天在哪儿。或许你能告诉我你昨天又在哪儿。"

我本想让自己听起来只是随口一问。但是我的声音却出卖了我,因为斯泰尔斯迟疑了一小会儿。

"呃,就像我之前提过的,我们本来计划去爬弗农山。但天气太热,似乎不适合在外面闲荡。所以我们就去了罪与罚博物馆。"

"我知道了。"

“那个地方有趣得很。哦，等一等，我们还看到了关于阿朗索藏书被偷的消息。简直可耻得不行！不要紧，这些东西总会在某个地方出现的。”

“科尼利厄斯·史诺顿可能会有不同意见。”我说。

“谁？”

“你的老朋友。他死时是将《斯托年鉴》带在身边的。据我所知，那本书再没出现过。”

我停了几秒钟，补充道：

“史诺顿有些类似阿朗索。他有某样你想要的东西。”

“那么，打断一下，可我并没法将科尼利厄斯·史诺顿跟什么事情扯上关系。至于阿朗索嘛，他所拥有的那样东西并不属于他。我想这我之前说得很清楚了。我们是说好了的，卡文狄什先生，你得找回法律上属于我的文件。”

“如果我不行呢？”

“如果你真的觉得自己办不了这事，那就只需将支票还给我。然后我俩就没什么干系了。你……”他说话的声音渐渐变小，且拉长了音调，“你还没有兑现支票吧，卡文狄什先生？”

我垂下眼皮：“当然已经兑现了。”

“哦，”他说，“哦，哎呀。”

“听着，我只想打开天窗说亮话，好吗？如果在你和阿朗索之间、或者你和其他任何人之间——有什么有趣的事情发生——你都必须让我知道。”

“我可以向你保证，卡文狄什先生，我没什么可隐瞒的。你呢？”

&

十分钟后，克拉丽莎打来电话。

“你在哪儿？”我问。

“在你家门外。”

我走到窗边，看到她那一团乱糟糟的黑发，在正午的阳光下显得出奇的坚定。我再看了她一会儿。其实根本用不着看那么久。接着，她蓦地转过头来,抓住了我的视线,朝我挥了挥手。

“噢,是了,嗨,”我对电话说道,“你怎么知道我住哪儿的?”

“我把你捎回这儿的。出租车。昨晚上。”

“对。”

“我可以上来么?”

“老实说,这有点儿乱。”

“你最好把她给开了。”

“谁?”

“你的清洁女工啊。如果昨天她来过,那可就是没有尽责。”

“哦,是了。听着,给我十分钟,我马上下来。”

那天早晨她闻起来有一股防晒霜的味道,其中一种运动型无油防晒霜会让人想起老爸的剃须水。而且,说实话,在我父亲的衣柜里也能轻易找到她穿的那种马德拉斯棉布短裤。这裤子确实很好地展现了她的双腿——苗条,略有肌肉感,同时符合欧几里得几何学的恰当比例。我尽量不盯着她的腿,但不确定自己是否真的做到了。

“我们去斯坦顿公园吧,”克拉丽莎说,“那里阴凉些。”

一开始她走得极快。我不得不努力跟上。过了几个街区,她的精力基本耗尽了。正因如此,当我们到达公园的时候,她看上去就好像正在跨越太阳的铁砧一般。

“热。”她喘着气。

我们在一棵樱桃树下找到了根长凳。我递给她一张手帕——立马看到了帕布上的小洞。但也来不及收回了。我们陷入了沉默。

“你好像对这地方蛮熟。”我最终开口说话了。

“我在第四大街上租了个房子。”

那么克拉丽莎·戴尔是我的邻居。真够荒唐的。已经多久了?

“一间公寓,”我说,“听起来似乎是长住。”

“对我来说不是。”

我们对面的长凳上坐着一排保姆,她们的手臂交叠,连成了一条不间断的直线,并带着一种极为不祥的预感注视着我们。她们带的孩子们正画着粉笔画,或爬着滑梯。他们会突然停下,瞪着我们,仿佛一群动物嗅探着暴风雨来临的气息。

“你上哪儿学的关于银行保险库的狗屁知识?”我问。

我早已忘记把一个女人逗笑是件多么让人高兴的事情。她发出惊奇的“咕哝”声……闪现了一下红得惊人的牙龈……又突然伸出一只白皙的手捂住嘴。

“我在银行干过,”她解释道,“这是以前的事了。”

她擦去脸上的汗水,把打湿的手帕展开放在膝上。

“听着,亨利,我拿到了阿朗索的硬盘。”

我盯着她。

“怎么弄的?”

“这个嘛,”她叽叽喳喳地说道,“首先我把它从电脑先生里拿了出来。”

“不,我是问什么时候。”

“警察来之前。”

那也就三四分钟的时间。不会更长。

“我包里总带着螺丝刀。”她说。似乎这就解释了所有的事情。

“硬盘可是证据。”我说。

“如果被擦除就不是了。”

“但如果被擦除的话……?”

“好吧,擦除,再擦除。如果你在 IT 行业里干过,亨利,你就会知道的。”

她尽可能耐心地跟我解释,硬盘并不真的删除信息,而只是做个已删除的标记。如果信息没有同其他数据一起复制,那么在很多情况下是可以恢复的。

于是,克拉丽莎·戴尔在拆了阿朗索的硬盘之后,在她租来的屋子里秘密地将它装到了自己的电脑上,用 Windows 浏览器扫描了文件结构,最终想办法恢复了几个 Word 文件。更重要的是,还恢复了一些私人约会数据。

她直接点进了 5 月 12 日的条目——阿朗索在世的最后一天——在他的待电列表上发现了三个人的名字。

“我，”她说，“你，以及……”

“埃默里·斯维尔。”

我告诉了她我是怎样在阿朗索的文件夹里发现斯维尔的名字的，就在她名字的正上方。她的双颊浮现出一丝不易察觉的愉悦。

“好吧，”她说，“你打了他的电话，然后呢？”

“那边停机了。”

“你没有在谷歌上搜索一下他吗？没关系，我搜了。他有一个网站，叫作‘斯维尔的古玩’什么什么的。昨晚睡前我投了封电邮给他。你猜怎么着，今天一大早，我就收到了回信。”

“他说什么？”

“他很小心，不想通过电脑或者手机跟我谈，问我是否能去见见他。”

“他在哪里？”

“北卡罗来纳的纳格斯黑德。”

252，我想起来了。斯维尔的区号。

“开车要五个小时，亨利。每年这个时候不会太堵。如果我们明天走——假如七点走——我们还可以赶到那儿吃午餐。”

“早上七点。”

“嗯，是啊，避开高峰。你有其他事情要忙吗？”

如果没有其他事情，我还有阿朗索的文件要处理，乱糟糟的一大堆呢。要开账户，付账单，还要赴约。上帝啊，帮帮我吧，现在还有莉莉的追悼会。最要紧的是，在调查正在进行的当儿，一个哥伦比亚区的警探会对我这种跑路的行为非常反感。

在我面前一堆事务如大山压顶……怎么着？一个女人却偏偏想要去一个度假胜地来一次欢乐自驾游？

“那就七点吧。”我说。

9

“谁是柯特?”克拉丽莎问道。

我们离南里士满还有半小时车程,而她已经霸占了我的95款丰田卡罗拉的副驾座位。她低着头在看伯纳德·斯泰尔斯的那份复印件。她的头发垂在两侧,像投票间一般将她与周围世界隔离开来。

“柯特。”我重复道。

她说:“开始这一行提到,他不会是第一个——情人,我想是这样——让柯特如此相待。他瞬息间就能翻云覆雨……”

“噢,是的。那是马洛。”

“马洛?”

“嗯,可能是。”

“是那个克里斯托弗·马洛?”

“对。”

“好像是个剧作家。”

“好像肯定是个剧作家。”

“那他是罗利的朋友?”

“已经证实是的。罗利曾以戏谑的口吻应和过马洛的一首诗。还有些人曾指控马洛‘向沃尔特·罗利爵士和其他人宣扬无神论’。”

“其他人?是指那个学院吗?”

“不清楚。指控者是罗利的对手——埃塞克斯伯爵的同伙。因此埃塞克斯伯爵或许是想一石二鸟、同时给俩人抹黑。不过,这也许纯属捏造。”

“要不然他们就真的彼此认识,而且真是无神论者。”

“也许吧。”

阿朗索一向不怎么使用“也许”这个词。克拉丽莎也不太用。现在因为听到这词,她瘪起嘴,好像一个被人责备的小孩子。

“好吧,”她说,“还有一件事。如果这封信真是罗利写的,他怎么会连自己的名字都拼错呢?你看,R-a-w-l-e-y,我的意思是,i去哪儿了?”

我按压着太阳穴:“你在开玩笑,对吧?”

“没有。”

“你真不知道伊丽莎白时期的拼写规则?”

“喂,我的专业是商务。”

“好吧。英语语言在那时还没有规范。那时没有官方字典。也没有——没有这样的文化信条,认为每个单词的拼写方式总是固定的。所以人们只是根据听到的发音来拼写,或者只要达意即可。拿莎士比亚来说吧,这个名字有过差不多十六种不同的拼写。而他本人对此的拼写又与我们现在的方式不同。”我说。

“那罗利呢?”

“他自己的拼写是一种,他父亲是另一种,而他同父异母的兄弟又是另外一种。在不同的文件里,罗利的拼写又各不相同。版本多得让你都无法相信。我们唯一比较确定的就是这个名字的发音。”

“好吧,但我一直以为这个名字里面有字母i呢。R-a-l-e-i-g-h。”

“这件事你可以怪他的遗孀。他死了,她还活着,所以对这个名字,她想怎么拼就怎么拼了。只是最近学者们决定再次把i去掉。我可以告诉你为什么,但需要好几个小时呢。同时我有个问题想问你。”

“问吧。”

“如果你是商务专业的,那为什么没在哪个地方从事商业工作呢?”

她的鼻梁上方皱成了一个三角形。

“你那是什么语气,亨利。”

“抱歉,只是你——你似乎有大量的时间,坦白说是毫无时间限制。还有一笔可随意支配的收入。这种情况下,我是想知道秘密所在。也许全世界都该知道。”

"那全世界都会觉得很无趣的,"她答道,"如果你想知道,我就告诉你吧。我收购了一家公司,叫策远统计,专业从事自动化内容协商。公司拥有23名员工,总部位于新汉普郡的曼彻斯特。2006年的总销售额为8310万美元。如果我这么说不算太直接的话,亨利,你可以去谷歌上查一下整个公司的运营情况。"

"那你为什么来华盛顿?"

她微微垂下黑色的睫毛。

"向阿朗索表达敬意。"

"他会感动的。"

"同时教育我自己。"

"关于什么?"

"一切。"

她把文件放回仪表盘上的小柜里,然后伸长了腿,轻松地靠在车椅头靠上。

"没什么,亨利。我没指望你相信我。"

&

我想问,为什么我应该相信一个连参加葬礼都不知道该怎么着装的女人?

再问问,我自己又有多值得信任呢?我的丰田车,严格说来并不属于我。那是我前女友的车,她现已在霍博肯定居。严格说来,她都不知道我在用这车。用车的合法性问题从未叫我太担心过,因为在伯纳德·斯泰尔斯来此之前,我都没钱养车,也就没把它从宾夕法尼亚大道的车库里开出来。在过去整整的一年里,这辆车都被扔在车库中。等我和克拉丽莎去到车库寻车时,发现车身完全被灰尘覆盖了。有人还在后窗上划拉了一句话。

看在上帝分上……

"嗯,有意思,"克拉丽莎说,"看在上帝分上做什么?哦,不急,这儿写着呢,'把我洗干净'。"

我们在南国会街的水花洗车场停了下来,接着去隔壁的麦当劳吃了早餐三明治。从那儿往南，到达目的地的直线距离是95英里。收音机响不起来了，但车身倒是一直发出“嗡嗡”声。我脑子里也持续地响着杂音：莉莉从藏书库里滚出来的画面、霍道尔的旅游衫和阿朗索染了血的雨衣在我的大脑中交替出现。

其间还穿插着：克拉丽莎。她锻炼得宜的形体、纤细的手腕以及强劲的锁骨，暗示着隐藏起来的力量。在她的大腿贴着树脂座椅的地方传出了汗水的味道。

“我应该相信你，让你来开车。”最后我说道。

“很好，”她说，“你开车就像我已经去世的奶奶一样。”

我们离开了64号大道，驶进了一个休息站。这里看起来很新很干净，让人觉得亲近。休息站里有扇形窗和正在播出CNN节目的电视。还有一个大大的星际百事可乐售卖机。克拉丽莎从里面拿了两罐无糖苏打水。她把头仰起，将饮料持续不断地灌进食道，当即就喝光了第一罐。

她把另外一罐放在了车载杯架上。这是一系列近乎滑稽的准备工作的第一步。侧镜？没问题。后视镜？没问题。位置刚好调整到12.5度角了吗？没问题。我们所需的只是休斯敦的通行证了。

“我认真想了想，”她说，“我们也许用不着相互信任。我是说，你不相信那个叫斯泰尔斯的家伙，但你一样为他工作。”

“工作。”我重重地拉下了副驾驶座位的遮光板，“除非有个什么我不知道的养老保险计划，不然我可算不上他的员工。我只负责提供一个可交付成果。”

“就像顾问。”

“你要这么说也行。”

“你还是不信任他。”

我盯着路边的橡树和紫薇，它们快被夏末的暑气烤干了。

“我不知道，”我说，“只要有他在，人们就会变得很脆弱，不知什么时候就是死期。”

“你认为他和莉莉有什么牵连。”

“是的。嗯，是。不仅仅是莉莉。”

她看着我。

“阿朗索?”

“你自己说过的,记得不?阿朗索是这个世界上最不可能自杀的人。想想他给我们留下的信息。并不太长,‘嘿,知道么?暗夜学派又开学了’。他已经准备行动了,完全是蓄势待发。”

除非,我想,他走得太远,已经回不来了。

“他留给我们的信息,一定跟罗利的信有关。”克拉丽莎说。

“我也这样想。”

“那意味着他认为信是真的。”

“他肯定是这么想的。伯纳德·斯泰尔斯肯定也这么想。不然他干吗费这么大功夫要把信拿回去?”

她停下来想了一分钟。

“所以你觉得,他是因为太想得到这封信而杀了阿朗索。”

“我不知道,”我耸了耸肩,“你不得不承认有这个可能性。”

“但斯泰尔斯是个书商,对吧?我的意思是,书商——他们是喝茶、穿羊毛背心的绅士。”

我告诉了她科尼利厄斯·史诺顿的事情。他就是个绝对典型的书商,单单因为一册书的缘故,在伦敦中心被人杀害。我对情况描述得越多,就发现自己越来越倾向于同意阿朗索对这类事件的判断。我难道没尝过伯纳德·斯泰尔斯的厉害?我真相信他不会为了自己看中的目标而杀人吗?

我们沉默了好一阵。甚至连汽车发出的杂音都在我们沉重的思绪下渐渐减弱。

“有件事我想知道。”克拉丽莎说。

“什么事?”

“你认为那封信是真的么?”

我头靠着车窗。那一瞬间,车窗玻璃对于我来说似乎仅仅是一片极其脆弱的薄膜,隔开车外的热浪和车内的冷气。我的头其实并没靠在物质形态上,而是靠在思想意识上。

“你知道吗?”我说,“我已经不再参与那些事情了。关于沃尔特·罗利文件的问题,这世上你最不应该问的人就是我。真的。”

我仍闭着眼,但还是能感受到她。她那炙热的目光。

“但你曾是大学教授,对不对?你一定曾在什么地方有过终身教职吧。”

“曾经是。”

一阵格外沉重的停顿。

“好吧,”她说,“我完全明白了,你不想谈论这个。直接叫我闭嘴得了。”

我原本是那么打算的,我想。但在此刻,因为某些我说不上来的原因,泄露真相似乎比隐藏事实更为容易。

于是,我告诉她,一天,一个东宾夕法尼亚大学年轻的助理教授收到了一份珍贵的礼物——是沃尔特·罗利写的一首诗,之前一直不为人知。

那不是一首普通的诗,而是罗利写给他年轻妻子的情诗。她是伊丽莎白·斯罗克莫顿,曾是女王的侍女。她和罗利秘密地结了婚。但他们的婚姻随着第一个孩子的出世而暴露了。女王一怒之下将罗利投入了伦敦塔。他后来买得了自由,但没能恢复自己在女王心中或宫廷中的地位。

在这首刚被发现的诗作中,罗利深思了爱的代价——这个女人是他毁灭的原因。而她又恰好跟女王同名。初读起来,这首诗的效果迷人而又复杂:罗利在两个伊丽莎白的极点之间摇摆不定。

有两个鉴定专家都认为这是一首真作。但卖家——一个定居在开曼的秘鲁藏书冒险家却要价极高。买它的钱一部分来自研究账户,一些来自系主任,一些来自比赛的奖金。剩下的呢?跟阿朗索·威克斯借的。

这份文件是在文艺复兴研究学会的年会上公诸于世的。可不是在什么酒店宴会厅的隔音间里搞的那种每二十分钟八页纸的推销演讲,而是占了整个舞厅,来了好几百个学者……还有记者、摄影师……接下来这个星期,在该领域的权威期刊上就会出现大篇报道……还会与主要的大学出版社签订书约……这一切使人感受到一丝引而不发的魔力。

在问答环节开始十分钟后,一个来自伯克利、戴着弗兰克·辛纳屈式波点领结的老教授站了起来。他那温和的声音从后排传来:

“我想你是被骗了,教授。”

接着他出示了同样的一首诗,也是那个秘鲁冒险家卖给他的。只不过人家跟他说这首诗是马洛写的。

&

“最后，”我说，“我们才找出了这首诗的真正作者：威廉·亨利·爱尔兰。”

“从没听说过这人。”

“十八世纪出了名的恶棍。他的伪作还包括整整一部莎士比亚戏剧。还有一封莎士比亚写给妻子的信，末了还加上一束诗人的头发。他为了掩人耳目，把伪造的东西写在伊丽莎白时期的空白书页上，就这样糊弄了好多鉴定家。”

我继续道：“一下子什么都完了。我的文章报废了，书约没有了。这世上再也没有一家期刊愿意发表我写的任何东西。系主任太太在员工招待会上悲哀地看着我。我完了。”

“那你的罪行就是，”克拉丽莎说，“让人蒙了。”

“也许，我本该坚强点，把这转化为后现代研究。你看，‘这是我对于真实与虚假二重性的毁灭式解读’。我的意思是，老兄，说到底，什么是真实性呢？”

我有些畏缩地摇了摇头：“我做不到，绝对做不到。而且我不能忍受自己成为部门的败类。”

“你又不是第一个这样的。”

“但在我的世界里，这确实是第一次。你知道当人们有话题忌讳时，他们是怎么跟你说话的吗？他们的声音里有很大的压抑感。他们没有说出来的东西才让你感觉刺耳。”

“所以你去了安静的地方。”

“我去了有朋友的地方。而我那时只有一个朋友：阿朗索。这就是为什么我在华盛顿安顿了下来。”我强迫自己睁开眼。“阿朗索有人脉，而我又需要工作。七年前，这看上去倒是个不错的主意。况且人得感恩啊。那段灵魂黑暗的漫长日子就别提了。”

我想，更糟的，是思想灰暗的岁月。一个副教授在社区学院教大一学生们写作，每学期 2000 美元的报酬；为非营利机构写基金提案；为半月刊写餐馆评论;校对;给人编辑简历;还有一些辅助律师业务;写倡议书——根据客户需要,呈请对矿物燃料征税或者警告别对气候变化大惊小怪;为犹太裔夏令营编写小册子;在社区艺术中心夜校教书;周期性地为埃迪·鲍尔品牌干点活。

是,很多事我都没对克拉丽莎提起。还有更多的事,我根本就不愿想起。

“现在你知道了。”我说。

“不,等等。还有续集。多少年过去了,一个叫伯纳德·斯泰尔斯的人出场了。他说,‘打扰一下,我有一封沃尔特·罗利的信。’你现在在想——”

“杀了我吧。”她笑道,“你本来可以拒绝他的。”

“是啊,瞧,他把这小东西放在了我的手里。我手头紧,正需流动资金。”

她想了想,突然以欢快的声调说道:

“知道什么事情困扰着我吗?我们没有信件的前面部分。我想知道这是写给谁的。谁是这个‘守护神般的天才’?”

“对,是他。”

“哦,老天。”

“怎么了?”

“你知道是谁,亨利。你知道自己知道。”

但我之前并不知道。直到那一刻,当所有的事情都在大脑中重现——过去一周发生的事情、那封不全的信——同那些过去的对话、几近遗忘的图景以及北卡罗来纳州和风习习的银色沙滩融合在一起。所有这一切最后凝结成了一个人。他的名字是:

“哈里奥特,”我说,“这封信是写给托马斯·哈里奥特的。”

THE SCHOOL

第二部分

你们，被飞扬的精神占据，

被赋予灵巧智慧与雄才伟略。

来同我一起，为神圣的黑夜，

献上你的全部力量，且痛恨光芒……

没有笔可将永恒书写，这不会浸在苍茫的暮夜。

~

乔治·查普曼

《夜的影子》

~

OF NIGHT

英格兰，艾尔沃思，1603 年

10

他仍然梦见弗吉尼亚。

那里总是盛夏。空气中到处飘浮着潮湿的物质，弥漫着一股柿子腐烂的呛人气味。云朵在阳光的映射下亮得刺眼。

他去的时候还是个年轻小伙子：二十五岁，满腹书卷，总想躲着日光。他毫无准备——他怎会料到，迎接他的是怎样的大千世界？挂毯一般的柔软草坪，雪松、冷杉、枫树和橡树，葫芦和南瓜，牡蛎、蚌壳，厚壳的核桃以及如同仙果般甜美的草莓，一条河——河道某几处跟泰晤士河的宽度相当。有时候他觉得不能承受了，但一段时间后，离开的想法更让他难以承受。

他会不时因为惊讶而发不出声音。在这片盐分过重的蛮荒地带，生长着二十八种（根据他的个人估计）西方人从未见过的野兽。由谁来负责找到它们、认识它们并且给他们命名？牛津郡的汤姆·哈里奥特，将书写一个新世界的篇章。

有好几周他都在四处游荡。每一天都是新的：绘制枪鱼鹰的飞翔状态，测量本地鲱鱼的身长，比较烹调当地豆子（比英国豆子要扁，不过总的来说也一样好吃）的不同方式，研究当地树皮的染色属性。到现在为止，当地印第安部落的阿尔冈昆人都没怎么去打扰他，所以他倒是有大段时间独自待着，几乎都瞄不见人。在最为安静的休息时间，他能想象，在他那广袤无人的绿色岛屿上，自己就是主宰。

我将在这里，他记得自己曾这样想过。永远。

在他和平的王国之外，世界却正在分崩离析。殖民者们从一开始就和印第安人有矛盾。小冲突不断爆发，村子被放火劫掠，一名酋长被人暗杀。所以当弗朗西斯·德雷克爵士到来，并意外地召他们回国时，殖民地的领袖们欣然接受了他的盛情。回英国去！远离这些野蛮人！他们绝对没想到，他们中会有人希望留下。

在一场飓风到来的时候，他们离开了。天空黑暗，海里掀起的碎浪几乎高过桅顶。哈里奥特乘坐的小船不停地在沙洲上搁浅。船员们急着离开，于是开始抛下甲板上的东西。他看着他的箱子、书籍、手稿和仪器——他的星盘、直角器和磁石——统统沉入了喧嚣的海水中。在船员把一切都扔掉之后，哈里奥特的傍身之物只有穿着的衣服、塞进靴子里的书稿以及口袋里的一把草。

在德雷克严峻的呼喊声中，哈里奥特看着海岸线在迷雾和冰雹中渐渐模糊。

&

蛮荒如今已成为久远的记忆。他现住在英格兰最豪华的宅子的荫蔽处。在这里，大自然被拉出来又推回去，已经驯服。特别能让哈里奥特感到愉悦的就是，一年里有三四次，看着泰晤士河弯道里的河水溢上河岸，从峡谷中漫出。滚滚水流朝着赛昂府的陈列室涌来，汇成一个棕色的大水塘。

在这里，房子的主人以一种富于仪式感的方式迎接泰晤士河的涨潮。以前有人试过，但无人可以阻挡潮水的到来——如果有谁可以的话，那一定是亨利·珀西。这位诺森伯兰伯爵是现代贵族的典范：多疑却忠诚，鲁莽却温和，语调虽慢却应对敏捷。他心不在焉，却善于交际。他才华卓越，是诗人与科学家的资助者。他的血统古老而高贵：伯爵爵位传至他这一代，已是第九世了。赛昂府曾前后四次举办宴会款待女王。他登上赛昂府的塔楼，北望伊灵城，西看艾尔沃思，东眺伦敦，南见里士满的皇宫。无论转向何方，他都能看到大约4000英亩的森林、农场和牧场，全都在他的治下。

这都显示出了他的性情。甚至他的府邸，即使无可争辩地证明了他的伟大，也充满了禁欲和诙谐色彩。正因如此，他才看着泰晤士河浑浊恶臭的河水漫至他猎靴的脚尖。

“我们变成了新亚特兰蒂斯人!”

伯爵没有刻意向谁说话,但肯定是对托马斯·哈里奥特说的。他现在正站在伯爵身边。哈里奥特读过柏拉图用希腊文写的关于亚特兰蒂斯的文章。他被许多人——包括伯爵本人——认作是英格兰最伟大的自然哲学家——但也被很多人看作能力超凡的魔鬼。

讽刺的是:在见过哈里奥特的同乡中,最多只有二十多个人能认出他来。他在世上度过了四十三年的人生光阴,比他的父母都活得长。终其一生,他的生活方式与普通人大相径庭。在那些愈加幽暗的岁月里,他也想过重返弗吉尼亚。

但凭良心说,他又怎可抱怨呢?他在这片土地上拥有自己的住所和少量仆从,更不消说一年一百磅的进账了。他什么也不用做,只需要挥舞着镰刀、在大自然的秘密中辟出一条路来。

但是,随着时间的推移,内心的秘密开始越来越多地占据他的时间和注意力。悲伤成为了他的第二层皮肤,像灰尘般包裹着他。他几乎大半个夜晚都无法入睡,而白天则比夜晚更加难熬。他随时可能会毫无预兆地大哭起来——像个女人似的,且言行激烈——这样的状况并不总能隐藏起来。两周前,他正跟捕鼠人说着老鼠在锡镴容器中出没的事情,突然感到双眼刺痛,涌出了泪水。

“你还好吧,哈里奥特先生?”

他强迫自己微笑,以安抚的声调说了一句话,却吓得捕鼠人往后退了一步,紧紧盯着自己的靴子。他说:

“很抱歉,给你添麻烦了。”

&

如果由哲学家来评判,他们一定会说,他的痛苦是一种天赋。亚里士多德曾写道:“忧郁,将人提升到神圣的高度。”阿格里巴[①]也曾写道:“忧郁情绪具有这样一种力量,据说可以吸引某些魔鬼进入我们的身体,并经

① 阿格里巴:1486—1535,德国的魔法家、神秘学家、占星家和炼金师。

由魔鬼的附体与活动，人将说出许多非凡异事。”在杜勒的伟大版画上可以看到这个原理：忧郁是一个黑面女子，却因其忧郁而无比诱人。从她的抑郁中升起创作的阶梯。不同的世界交叠超越。

但就哈里奥特来说，忧郁并非谋略，而是一种与生俱来的权利。他想象着，自己来到世间时吸入了一朵卷云。在他八九岁上下，他母亲因为要做肉汁，打发他到屠夫那里去。这差事原本没什么特别。只是屠夫一看见他就笑软了：这么个小男孩，脸上的表情却是打娘胎里带出来的悲伤。

甚至连罗利也为此取笑过他。

“也许，托马斯，如果你不是总穿黑衣服的话，你的情绪可能会好些。想一想吧，你已经不在牛津了，没必要再像个修道士一样。”

但是，很久以前在谢伯恩的那些夜晚，看着那些白色的脸庞在烛光中游走，唤醒了他作为一个再洗礼派教徒的灵魂。

“看在上帝分上，”他记得曾这样说过，“我们甚至看不见自己写的字。有必要搞得这么戏剧化吗？我们必须把工作变成一出戏剧吗？”

果不其然，马洛最是忍俊不禁。

“你当然认为在那控诉中我们不是唯一要被传讯的人。汤姆，但如果弥撒不是戏剧，那又是什么呢？婚礼是什么？演讲是什么？加冕礼又是什么呢？你想知道为什么我是剧作家吗？因为我知道，我们每时每刻都置身于某一部戏剧之中。我们只有在一种叫作剧院的舞台上，才能置身于真正的剧院之外——置身于我们的生活之外——并且看清其本来面目，汤姆。当然，我是指生活的悲剧。”

&

几年之后，在十二月一个冷得有些邪的晚上，罗利邀他去看戏。应该说是把他给拽去的。因为那时马洛已死，剧院已经不再有原来的风味。哈里奥特不喜欢那种装出来的亲密……噪音和异味繁杂不堪……油头粉面的廷臣坐在舞台边缘……流氓无赖聚集在一起大声喧哗……方言俚语混杂着乱用……喜剧和悲剧随意混合，像丢进同一口锅里炖煮的肉。这一切与亚里士多德对戏剧的定义相去甚远。

但今晚，至少罗利没带他去天鹅剧院或环球剧院，而是带他去了中殿律师学院的礼堂。在那儿,一群学法律的学生聚集在双层托臂梁屋顶下,以忘掉自己正在学习的任何知识。

“你会欣赏这部戏的。”罗利说。

欣赏。这个谓语的意思是如此含蓄。当四个演员——盛装有如任何一位西敏寺的廷臣——聚在高桌前时,哈里奥特只是觉得讨厌。

他们扮演的角色是几个西班牙的年轻人。这几个高傲的傻瓜发誓要潜心向学并为此弃绝女色。他们的国王宣称,那瓦——

将成为世界的奇迹;

我们的宫廷将成为一所小小的学院,

潜心思索人生的艺术。

震惊的感觉是慢慢到来的——是一种非现实的聚集。甚至国王还没说完,哈里奥特就开始怀疑他是否存在。这出戏是否存在。还有看戏的自己,是否也存在。

然而,不可否认,罗利唇边露出了沉重而满足的微笑。哈里奥特现在明白了:罗利是想再一次听见这个名字。

我们小小的学院。

&

他们从一开始就有意效法柏拉图,因此他们总是特别重读名词前的那个形容词。我们小小的学院。这个小小学院的大事情……我可否为我们这极小的学院提议一个主题?

而现在,莎士比亚——这个手套商的儿子(鞋匠的儿子马洛过去总这样叫他)通过这极为粗鲁无礼的一幕,把他们的名字吹成了矫饰浮夸的气球。好一个学院,莎士比亚告诉观众,等一个漂亮女孩经过,我们就将看到他们的思想是如何的深刻。

而在此,在现实的中殿学院之中,观众们对这样的信息欢迎之至。在那两个小时里,哈里奥特坐在有垫子的长凳上,为周围的笑声而错愕震惊。所有那些年轻的律师,他们都在取食他的尸体。

那夜晚些时候,他沿河岸街走着,转过身,甚至看见罗利的贴身男侍也在回忆中朝他讥笑。

“嗯。”罗利说。

这个大人物今晚的着装很低调:他的珍珠都被缝进了黑色天鹅绒里。几乎可以说他是在微服出行。的确如此——要不是因为他那六英尺的身高。这让他比街上的任何一个人都高出一个头来。

“没关系,汤姆。就算现在全世界都跟我们作对,也不要介意。三十年河东,三十年河西。”

罗利那晚走得一瘸一拐——那是当年突袭加的斯[1]战役留下的后遗症。那时爆炸的弹片如同许多箭头一样,嵌进了他的左腿。他们走了一段时间。然后,罗利说话了,口音里有着明显的德文郡宽元音。

“奇怪的短语。”

“哪个?”

“暗夜学派。”

11

在那一瞬间,他们采用了这个名字。就他们两人。

因为这个名字很合适,不是吗?难道他们不总是深夜聚在一起吗?在老城堡的废墟里,远离仆人的住所……他们八个人侃侃而谈,直到天边升起玫瑰般的朝霞……他们说的每一个字都是绝密。

如果有人想讨论一本禁书——马基雅维利、蒙田、阿格里巴的《论神秘哲学》或是海华德的《亨利三世史》——他们会把书塞进布袋子里偷运出去。他们的讨论没有记录,没有摘要。每人只会拿到一支用来照路的蜂蜡蜡烛。那意味着在一开始时,聚会的房间比黑夜更暗。

然后,当他们的眼睛逐渐适应了周围的环境,他们会看到黑暗中布满

① 加的斯:西班牙南部主要海港之一。1596 年英西战争期间被英军攻陷。

了各种阴影:隐约可见一团模糊的灰色,在那儿低语。哈里奥特有时候认为,是看不见的听众在促使大家提出艰深的问题。

马洛总是挑战最难的问题。

“摩西是个骗子! 证明是或不是。”

他们又像回到了大学时代。马洛提出,摩西使用埃及的法术来恐吓、欺骗希伯来奴隶。然后查普曼又警告说,对于摩西启示的玷污和亵渎会让犹太教和基督教信仰的神庙倒塌。其他所有人又会各自拾柴,延续着讨论的火势。如果到了最后,他们没有得出结论——好吧,他们从来就没想要结论。

当黎明绽放出第一缕曙光,罗利会从他的袋子里取出一瓶加那利白葡萄酒,并给每个人都倒上一杯。

“致我们小小的学院。”

他们会一起重复这个名字,感到欢欣雀跃。因为不管问题有多难,他们都知道这是某种奇迹——确切地说,不是思想——而是渴望。不管他们的地位声望如何不同,他们都想知道,自己能知道什么,又不能知道什么。

他们在一起,使彼此变得勇敢。因此诺森伯兰爵士,这个经过改革的浸会教徒会做出一件他从不敢在公开场合做的事情:批判《至尊法案》,指责它使天主教徒成为了逃亡者;马修·克里登提出,地球的寿命远不止像教会神父说的6000年,而是接近16000年;威廉·华纳在酩酊大醉之时质疑人的身体复活;而罗利有天晚上也忍不住提出关于灵魂的同样的问题。

一个又一个的夜晚就这样过去。每天清晨,当他们倒在床上时,他们只感到筋疲力尽的疼痛和喜悦。夜里说过的话几乎忘了一半。

但也并未完全忘记。尽管他们发誓要严守秘密,但他们聚会时讨论的内容到底还是走漏了风声。

一年以后,马洛就因宣称“摩西是个玩把戏的骗子”而被指控为渎神及异端。一个耶稣会的教士曾经警告读者远离罗利的“无神论学派”以及“巫师”哈里奥特,称他教年轻人嘲笑旧约和新约,并且把“上帝”这个单词倒着拼。

没过多久，一个来自华威郡的手套商之子就开始写一部喜剧。剧中有一群愚蠢的知识分子。他们将自己封闭在一个"小小的学院"里，玩火自焚。

他们所有的戏剧才华和辩论方法，都以碎片般的、歪曲的、难以辨认的形式重现。他们就像相互怂恿着游向海里的小男孩，已经游得太远太深。而他们必将付出代价。

马洛被杀，没有任何正当的理由。查普曼被逼得穷愁潦倒。罗利被拉到了一个教会委员会面前，因为他被指控否认身体复活及灵魂存在。

但没人的名声比哈里奥特更加污迹斑斑了。那些跟他素未谋面的人完全相信他就是一个恶魔、一个魔法师，专门引诱年轻人……

苏格拉底背负的骂名也不过如此。好在还没人给哈里奥特递上一杯毒酒——噢，这当然是因为他不同于苏格拉底：他远离了世人的视线。

是的，在那个动荡的年代，需要极高的智慧才能过托马斯·哈里奥特那样的生活：靠着庇护人的资助、与世隔绝地安静生活；威尔士母山羊是他唯一的伙伴。

今年开春较晚。运货马车的轮子仍卡在路上的车辙里——他能听见车夫的咒骂，就像教堂里刺耳的啷当钟声——凛冽而潮湿的风从河那边吹来。牛奶在桶边凝结成了硬皮。但这儿有知更鸟。它们正发狂地在水中找寻食物。棕柳莺则在柳枝间飞来飞去。几个月来，他头一回能闻到大地渐次释放出的芳香，一种接着另一种。

甚至此番景象也会让他停下来思考：我们的秘密不也是这样被泄露的吗？马洛不也是在春意盎然的时候被谋杀的吗？

至于罗利……他惧怕冬天的结束，难道就没有特殊的原因吗？因为女王做了一件人们从未想过她会做的事情：她死了。她的继承者从北边突奔而至，而过去曾傲踞于这片土地之上的伟大人物现在却岌岌可危。比如沃尔特·罗利。

罗利跟新国王绝对合不来，人人都知道。詹姆士偏好和平，罗利却是为战争而生。詹姆士讨厌烟草，而罗利却经营烟草生意。詹姆士是个虔诚的神学家，而罗利……噢，人人都知道他来自无神论学派，托马斯·哈里奥特则是学派的领头人。

无论怎样，很久以前在谢伯恩度过的那些夜晚仍可对他们造成伤害。仅在女王去世两周之后就读到了罗利的来信，着实让人惊讶。字里行间都是对厄运的陈述：

我为此耗费笔墨，但深信将得你包涵。除却缅怀旧事，我的确找不到更好的疗伤良药。于此乱世追忆我们亲切的学院——我们曾经欢聚的地方……莫大的慰藉……

哈里奥特盯着那些文字——莫大的慰藉。

信纸躺在他的手中：那么虚弱，仿佛即将腐化。他应该把信撕了，应该烧掉。这样的时期，随时可能有人通风报信，所以必须守口如瓶。詹姆士国王、罗伯特·西塞尔[1]，还有诺森伯兰本人……每个人都坐在一张近乎无限的网的中央，吸引着各种秘密、同盟和敌人。

哈里奥特将信举至烛边，看着信页左上角被烧得卷起来。

他把信抽了回来。

他的右侧发生了一点小骚动。他猛一抬头，见一个身着灰褐色长袍的年轻女子，弯腰靠在他的工作台前，正读着一张文稿。她的脸好像戴着一副专注的面具，嘴唇默念着每一个音节。

她抬起头来，看到了他的目光。她的眼里全是害怕。他也一样。这样的见面的确太不寻常。所以在接下来的瞬间，他的大脑开始重新构建刚才的场景。

而她已经走了——她的皮鞋刮擦着木地板——他听见自己异常急切地朝她大喊。

“你识字吗？”

---

① 罗伯特·西塞尔：1563—1612，索尔兹伯里一世伯爵，曾在詹姆士一世继位时发挥积极作用，主要负责国家安全及情报工作。

北卡罗来纳州，外滩，2009 年 9 月

12

克拉丽莎的推测是准确的，我们开过 158 号大桥驶向外滩群岛的时候正午刚过。若换作是夏天的周末，光是堵过这座桥就可能会浪费我们一小时的生命。但这是九月第二周的星期四，孩子们已经返校，父母们也跟着上班去了。沿路的商业区和位于南克罗坦高速路上的黄石加盟公园里空空荡荡的。

在纳格斯黑德，我们在海边找到一家叫塘鹅臂的汽车旅馆。在这搭着薄墙的旅馆里，有坏掉的碎冰机和空空的自动售货机。室外游泳池（现已关闭）里覆盖着一层树枝和糖果包装纸。我们能看到的所有房客都是狗——各种各样的狗，而且根据汽车旅馆的规定，都不足 50 磅——北京哈巴狗、玩具贵宾犬、长毛腊肠犬。最奇怪的是一只迷你雪纳瑞，它从电梯里悠闲地走出来，完全无人看管，享尽了自由。

我订了两个相连的单间。克拉丽莎坐在大厅里查收电子邮件。还没有来自我们那位捉摸不定的书商——埃默里·斯维尔的信息。我们已经饿得不行了，于是朝着当地一家“五个家伙”汉堡专卖店走去。现在，看到猪肉和黄油竟让我们异常鼓舞。于是我一头就扎进了盘子。克拉丽莎也是如此。过了一会儿，我们重新坐好，有些尴尬地擦掉手上的油脂。

“跟我说说这个哈里奥特吧。”她说。

于是我开始讲述我所知道的关于他的事情——我都忘记了自己还知道这些——一件接着一件浮出水面。十五分钟过去了，我还在讲着。克拉丽莎终于伸出一只手来打断我。

“好了，等等，”她说，“让我看看我是否搞清楚了。托马斯·哈里奥

特是那个时代最伟大的科学家之一。他与开普勒通信，影响了笛卡尔，早在哈雷之前七十五年就观测到了哈雷彗星。他发现了某种折射定律——那是什么来着？斯梅尔定律？”

“斯涅尔定律。”

“他比斯涅尔更早发现了这个定律。他是第一个发现木星卫星的人，第一个观测到太阳黑子。他是——我都弄不清了——弹道学和密码——还有球面几何的先驱——”

“以及代数，”我说，“是哈里奥特创造了这个……”

我在最后一张干净的餐巾纸上画了两个符号。

<　　　>

“噢，老天，”她低声说道，“鳄鱼吞了更大的数字。我上二年级时科莱宝特夫人就是这样跟我们解释的。”

她慢慢研究着那两个符号，然后又抬起头来看着我。

“那哈里奥特和暗夜学派有什么关系？“

“好吧，”我说，“他作为参与者一开始就在罗利的赞助者名单里。”

“他都做什么呢？”

“大部分时候都是闲逛。不，那样说不公平。他教罗利航海，为他打理生意上的事，测量他的土地。他自始至终都忠诚不渝，甚至在诺森伯兰来请他时也是如此。”

“诺森伯兰又是……？”

“亨利·珀西，巫师伯爵。他是罗利的另一个朋友，又一个著名的学院成员，富可敌国。他给哈里奥特一年一百英镑，只是为了让他住进赛昂府。”

“除了住在那儿，他还干吗？”

“思考。”

“嗯，”她说，“不用申请终身教职，没有学术答辩。很好的活儿嘛。”

她将椅子往后倾斜，身体跟着脚趾头一块晃动起来。

“信里面的那一行，”她说，“关于‘守护神般的天赋……’”

“‘曾使众星黯然失色’，是的。如果真的有暗夜学派，哈里奥特就是学院领袖。”

“那为什么我们不知道这个人？我是说，他是第一个探访美洲的英国科学家，对吧？他在殖民地失落之前就到过这里了。”

“那你得怪托马斯·哈里奥特本人。”我说，“他在世时什么也没发表。他的笔记在一个半世纪后才为人所知。我们还在试图了解他知道些什么、又是何时知道的。”

我告诉她，就在去年，学者们找到了一份标明了日期的文件，证明了哈里奥特是第一个绘制了月球概貌的人，比伽利略还要早六个月。危海、静海、丰富海……上面都有。如果哈里奥特在接下来的四到五年间继续修绘月球地图，那在几十年之内都将是无人能及的。

“观察月亮，”克拉丽莎双手捧着自己的脸，“在那个时代，他一定是个梦想家。”

她那迟钝的眼睑让她看起来就像一个梦想家。

“你害怕过吗，亨利？”

“当然。”

“我是指毫无缘由的害怕。”

“这个，我不知道，”我挠了挠脸，“也许总会有原因的，只是你需要去弄清楚。”

她看着我。

“如果那就是你所害怕的呢？”她问道。

&

餐厅外面出现了对流天气。一边是厚厚的、潮湿的烟状云层……而另一边，太阳正从云层中迸射出光芒……克拉丽莎正固执地向前走着。她低头盯着自己穿着凉鞋的双脚，看它们如何踏在路面上。

“他长什么样子？”她问道。

“你是指哈里奥特么？”

“是啊。”

“你为什么想知道？”

她什么也没说，只是看着双脚。

“你看见过他，”我猜测道，“是吧？”

她躁怒地一颤，乱糟糟的头发似乎爆出了答案。

“看，”我说，“我知道我以前不太接受你。有关你的——不管你——我是说，这些是幻觉，对吧？”

“阿朗索把这称为‘神交’。”她轻轻说。

“啊，是吗？你跟他说了。或许你也可以告诉我。”

“他的思想比你稍微开化一点。”

“好吧。此时此刻，我就做一次英勇的——坦白说是一次有男子气概的尝试——打开我的思想，好不好？打开一毫米。”

她朝我瞪圆了眼睛。

“继续说，”我喘着气说，“我真想知道。”

于是，就在那个地方，在弗吉尼亚的人行小道上，在离塘鹅臂三个街区、离当地的“猫头鹰”餐厅不到两个街区的地方，克拉丽莎·戴尔对我讲述了这个不知哪夜就会入她梦来的男子。

他总在夜晚的场景里出现。那是九月的深夜，她也不清楚自己如何知道那是九月的。他穿着一件黑色的羊毛斗篷，戴着呆板的黑色方帽。褶皱使那看起来像是一顶四角帽。他从头到脚都是黑色，这样便更突出了他的脸庞：如鱼一般苍白，表情冷峻，仿佛戴了面具。

“是个教士吗？”我问。

“我想不是的，”她说，“没有十字架，没有耶稣受难像，更没有跪拜礼。”

“那他到底在你梦里做什么？在你的这一个梦里？”

“他拿着一把石头。看起来像青金石。他把石头扔进了一个铜锅里。锅下生着火。他一直在说话，重复着四个单词，一遍又一遍。”

“什么词？”

“Ex nihilo nihil fit.”

她停了下来——也许是听到由自己的声音说出来而觉得惊讶。

“是阿朗索破译出了这话的意思。”

“无中不能生有。”

“没错。”

“那人就说了这些？”

“不,不,说完之后,他就仰起头——呼喊,真是大声呼喊。不过是用的英语。至少我认为是英语。”

“他喊什么?”

“‘暗夜学派万岁!’”

她没有尖声叫喊,这让我大大地松了一口气。但在她模仿那个动作时,却有种不可名状的东西——她的脖子突然向后一仰,好像有人给她套上了一副绞刑具。

“你以前从没听过那个名字吗?”我问。

“从来没有。我现在才听到。”

我们不知不觉又开始走了起来。我们走得很近,都擦着了彼此的手肘。

“所以你说你看见过暗夜学派,”我说,“就是这个意思吧。”

她点点头。

“你看见其他人没有?”

“我倒希望我看见了。”她回答,唇角上扬。

“那好,最后一个问题。如果再让你看见,你会认得出他的脸吗?”

“亨利。要是这个男人差不多每周都到你卧室里来,你肯定会记住他长什么样的。”

&

克拉丽莎的笔记本电脑比我的更新更快,于是我们把它放到旅馆铺着格纹被的床上,然后在谷歌搜索栏里输入了几个字……出来一幅图片。

“是这个人么?”我问道,把屏幕转向她那边。

图片里的男人是个小个子,像个人猿,表情警觉,长着一颗不合比例的大脑袋。他穿着普通的白色轮状皱领衣,手里拿着一支笔,他身边环绕着一段拉丁文:Si malum, meum peccatum … si bonum, Dei donum….

她一见图片就大笑起来:“你是说真的吗?”

“是。”

“可他看起来就像是某个人的宠物啊。”

“就告诉我,是不是这人。”

“绝对不是。”

她看着我。

“我猜这就是托马斯·哈里奥特吧。”她说。

“不,”我说着,又把屏幕转回自己面前。“不过很长一段时间以来人们都认为这就是他本人。没关系,看看这哥们呢?”

这次是一个比较上得台面的候选人了:瘦削的脸,光洁的额头,小尖胡子,薄薄的嘴唇。似乎可以洞察一切的大眼睛,带着一种深邃却谦逊的庄严。

“嘿,哇噢。”

她的手指在这图片上打圈,低头向着屏幕越凑越近,脑袋一会儿偏向左边一会儿偏向右边。

“好吧,这胡子,”她说,“看起来差不多。但前额太突出了些。我觉得不是……”

她向后靠着,最后一次定睛看着图片。

“不,”她说,“不是他。”

她看着我的眼睛,长舒了一口气,颧骨透出了两片粉红色。

“很好,”我最后说着,“因为这个人可能也不是哈里奥特。看来我们没有一幅明确的画像:没人知道他长什么样。”

她站了好一会儿,看着窗外,轻轻地“咕哝”了一声,接着从床上站了起来。她也许没意识到她的头发在背光下显得颜色更深。阳光在她的手臂上绽放。

“那告诉我,”她说,“我通过了吗?”

“第二个测试,通过了。”

“第一个是什么?”

我轻轻合上屏幕,把笔记本放在一边。

“暗夜学派的测试,”我说,“托马斯·哈里奥特是不可能说出这几个词的。这是由莎士比亚创造出来的,不是哈里奥特。”

“哈里奥特自己就不能用这个词吗?”

“他怎么会用呢?莎士比亚写戏剧的时候,这个学院——如果确实存在过的话——几乎已经垮掉了。他们是不会给自己起任何名字的。”

她转过身来,盯着我。

“那么你一直在误导我,亨利。”

“没有,我只是将你置于语境之中。”

她斜靠着窗棂。“去他妈的语境。”她说。

这是我第一次听见她咒骂,但最让我吃惊的是她的疲惫。她的身体渐渐停工,就跟她昨天在斯坦顿公园里一样。

“抱歉,”她说,“我想打个盹儿。”

我本来想提醒她这是我的卧室。但我还是慢悠悠地下了楼,去到被这个旅馆特意命名为海洋走廊的地方。这名字带着那么一丝感伤。空气里带着呛鼻的盐味。在我北侧的沙滩椅上坐着一条裹了毯子的马耳他犬。它凝视着大海,活像疗养院里的老太太。我们坐在那里,就我们俩,坐了整整一个小时,望着海燕麦草。每当我昏昏入睡时,莉莉·彭茨勒就会突然把我抓回来。莉莉,和她那张蓝色的脸。

我回去的时候,克拉丽莎还醒着,正抬头看着天花板上的风扇。

“《华盛顿邮报》,”我说着,把报纸扔到了她头边的床头柜上,“上面有莉莉的讣告。”

“说什么?”

“不知道,还没看呢。”

克拉丽莎抓起报纸,迅速地翻到了都市版背后那页。

“喂,等一下,”她说,“你说过她没有家人。”

“据我所知是没有。”

“好吧,这上面说,她有个表妹,叫作乔安娜·弗罗比西尔。住在马里兰州的海厄茨维尔。”

海厄茨维尔离莉莉的公寓只有二十分钟车程,但并不是这距离让我心生疑惑。

“再念一遍那名字。”我说。

“乔安娜·弗罗比西尔。你知道?”

“是的,我知道。”

13

在阿朗索死后的那段日子里，我不止一次地问自己一个同样的问题。要是没有人看到他跳河会怎样？

他自杀留下的字条就会被风吹走，手表鞋子之类的物件也可能轻易落入小偷手里。几天之后被冲上熊岛的衣服，不过又一块破布而已，不值得对任何人提起。

是的，要不是命运授予了他一个证人，他本会不声不响地就从这个世界上消失。

一个来自海厄茨维尔的四十六岁女人在金矿圈附近进行徒步运动。那时已经接近傍晚，她迷路了。由于没有手机信号，她决定择道向河边走去，希望能找到人帮忙。

之后她告诉警察，在她走进华盛顿渡槽观景台的时候，她看到的就是一件卡其布雨衣，在黑夜里晃动。待走近一看，才发现衣服里裹着的人。接着，她本能地朝着平台顶端那个安静的身影跑去……那人跳了下去。

她惊呆了，眼看着那个身体消失在湍急的水流之中。那是个多云的夜晚，她又没带手电筒。不管这个男人是谁，不管他有何种悲伤，他都已经不在了。

在几周后对阿朗索案件的讯问中，她告诉法庭这次经历让她学会了珍惜生命，绝不要把任何人和事看成是理所当然。我记得自己当时在想，根本没人能创作出这样一个如此投入感情的证人形象。

“她的名字就叫乔安娜·弗罗比西尔吧？”克拉丽莎问我。

我点点头。

“两个乔安娜·弗罗比西尔同时来自海厄茨维尔的概率有多大？”

“又同时和一个死人有关？不会很大。甚至是不太可能。”

克拉丽莎晃动着双脚。

“没人问问这个女人是否认识阿朗索吗？或者是否听说过他？”

“为什么要问？”我说，“这只是讯问，又不是审判。发生的案件已经记录在案。阿朗索的家人想要息事宁人。”

“那如果莉莉的表妹当晚就在河边的话……”

我用指关节抵着太阳穴：“那一定是莉莉送她去的。”

“但是为什么呢？”

“因为需要一个目击证人。”

“为什么？”

我不得不在脑子里先默念一遍，然后再开口回答：

“因为这是让人们相信阿朗索是自杀的唯一办法。”

因为有太多他不会自杀的原因。他不会离家几英里就为了做一件在其公寓几个街区外就能完成的事。

不管是谁选择了那座桥，一定是想好了特定的标准。必须得是一个又远又黑、人迹罕至的地方，而且得是一个永远不会有人确切知晓到底发生了什么事的地方。

“呦，”克拉丽莎说，鼓起脸颊吹了口气，“如果你是对的——”

“如果我是对的，莉莉·彭茨勒就参与了一个杀人的阴谋。”

在随后的安静之中，我方才说的最后一个词组似乎就在我们之间的空气里缓缓地循环，让我们能全方位地思考它的意思。

我知道。那是我对莉莉说过的话，那是在她活着时我最后一次看见她。我知道。

不，你不知道。

克拉丽莎和我看着彼此。

“警察？”她最后提示说。

我从钱包里掏出了名片，在手机上用力拨着号码。

“我是奥古斯特·艾克里警探，现在不方便接你的电话……”

我留了一条含糊的信息和一个电话号码，沉思良久之后，说了一句：“嗯，多谢。”

接下来的几分钟，我们坐在那里，听着空调的窗机“嗡嗡”作响。

“还是没有回信?”我问道。

“谁?”

“斯维尔先生,那个书商。”

克拉丽莎心不在焉地拿起她的手机,浏览新信息。

“没有。”

“我们离开这里怎么样?”

“去哪儿?”

我差点想说:任何地方。但我其实想到了一个特定地点:罗利堡国家历史遗址。

这处遗址不在海边,而是位于距海几英里的内陆。四百年前,托马斯·哈里奥特和他的殖民者同伴们曾在那附近安营扎寨。现在,最初的殖民地已不复存在。唯一留下哈里奥特的印记的,是一条原生态小路,因为某些难以理解的原因而被命名为“托马斯·哈里奥特小径”。

“哦——”克拉丽莎说道,“我喜欢那名字的发音。”

这淘气的评论足以使我放慢脚步,落在了后面。但这样一来,我反而得以欣赏到她迈开雪花膏一般白净光滑的双腿跨步走在小路上的模样。我向前赶了一百码,再次赶上了她。

“我在想你已经结过婚了,亨利。”

“结过一两次。差不多。”

“那出了什么问题呢?”

“嗯,我想是因为我吧。我们需要谈这个么?”

“不。”

我们现在唯一能听见的是我们的脚步——踏在松针铺成的湿软的小路上,发出很轻的声音。

“那你到底是怎么回事,亨利? 怎么就留不住个女人呢?”

“嗯……”

“你可以很好的。”

“呃——任何人都可以。连环杀手也……”

“你长得很好看。”

上帝,我脸红了。

“你是就我的年龄而言。”我说。

“就任何年龄而言都是如此。”她迎上了我的目光,回答道,“甚至称得上勾人的男子。”

“噢,每次都是我被勾住,之后又被很快释放。”

“那是怎么回事呢?”

“看来我们真得谈这个。”

“你要不愿意就算了。”

我捡起一根棍子,轻轻挥向一棵红桑。

“问题不在于我曾是什么样的人,而在于我曾不是什么样的人。”

“你曾不是什么样的人呢?”

她的语气颇为放肆。但当我看着她黑巧克力色的眼眸时,我发现……不,应该说,我迷失了。有一两秒钟的时间。

“噢,你知道,我不是那样的人——就是,拥有光明而闪耀的未来。我原以为自己有。但我没有。而且不幸的是,我也不是艺术家。”

“即便有一个好女人爱你也不行吗?”

我停下来思考这个问题所暗示的意思。

“说实话,不行。这就是我第二次婚姻的教训。”

“哦,没关系。我想你是个好老师。”

“这取决于你对老师的定义。”

“说说。”

“呃……比如我从未落过一节课?”

“很好。”

“我从未跟任何一个学生睡过觉。”

“到目前为止是没有。”

接下来,我突然发现自己沉湎于对克拉丽莎·戴尔的幻想之中:她披着头发,涂着紫红色唇膏,穿着褶边格子裙,从我办公室的门边探进头来。

卡文狄什教授?

这效果太过色情,也太过不真实了。使人唯一可能产生的反应便是大笑。一分钟过去了,我还在笑着。

“所以啊,”她说,“你是知道的。”

“知道什么？”

“怎么才能开心。”

“啊，是啊，”我说，“我突然就开心起来了。”

我本想问问克拉丽莎的历史，但我不确定自己是否真想知道。或者说，我还不清楚，知道要比不知道好。

我们继续走着。慢慢地，我们脚下的路开始变斜。雪松和橡树间白雾渐浓。突然之间，什么树也没有了。我们站在了沙地边缘，望出去只见一片翻涌着的灰白色海水。

罗阿诺克海峡。

我第一次看见它时还是个孩子。但我不记得如此湍急的水流。由于有风，海浪卷成了圆齿状的小涡，此起彼伏。其最深处不过几英尺。但这只有当地人才知道。至于外来人……托马斯·哈里奥特是否曾在这海峡里搁浅过呢？

“哈里奥特从未结过婚。”

“嗯，”克拉丽莎说，“他没结婚并不说明他没有爱过什么人。”

“没有历史记载。”

“你也说过没有关于他出生的记载。但他确实出生了啊。”

我们在那儿站了一会儿，彼此相隔两码。疾风从南边吹来，一对海鸥突然振翅向东飞去，留下一串鸣叫。

“看，”克拉丽莎说，“我从没告诉过你这个。”

“嗯。”

“这个人……管他是谁。”

“就是在你脑子里的人。”

“是在我的幻觉里。呃，我在想怎么说才能不会让你觉得我更疯。”

“接着说。”我告诉她。

“他似乎确实处于某种——某种不能想象的极度痛苦之中。表现在他的脸上、身体……还有全部。”

“那么，”我有意不看她。“他是在试着为自己疗伤，对不对？用所有那些东西，包括石头？”

“我不知道。”

她捡起一个松果，把它扔进海里。

“托马斯·哈里奥特是怎么死的？”

“癌症。相信我，你也许已经注意到了。先从他的鼻子开始，然后蔓延到嘴。他死时基本上已经毁容了。”

报应，我曾这么想(那时候我还相信“报应”一说)。不只是对他吸烟的报应，更是因为他在同胞间推广烟草。就他俩，哈里奥特和罗利献力把英国变成了一个烟民的国度。

“他死时多少岁？”克拉丽莎问道。

“六十岁。或者六十一。”

“那是哪一年的事？”

“1621 年。”

“哪个月呢？”

“我想是七月。”

“噢，在我的幻觉里，那是九月。或者十月。反正是在秋天。”她说。

她沉默了一会儿，然后又出其不意地说：

“来这儿真好。”

“嗯。”

这或许纯属偶然：她裸露着的小臂轻擦着我，我们各自的皮肤发生着碳化反应。我转向她，正要说话，只听得身后传来其他的声音：杜鹃花和桑树轻微的“噼啪”声。

我转过去时，眼前忽然闪过一道白色的影子。或者是米白色。也许是一只衣袖……或一只裤管……或者什么都不是。无论那是什么，它就像梦一样从我眼前经过。而我——我可能曾是最早的英国殖民者中的一个，游走于这异域的植物之中，敞开了每一处感官。

接着，下方传来了现世的声音。克拉丽莎的手机在她的裤子后袋里响了起来。

“演出时间到。”她说道。

“是埃默里·斯维尔吗？”

“是，他现在想见我们。其实是越快越好。”她说，抬起眼睛看着我，“他说事情紧急。”

14

埃默里·斯维尔住在海边一个名叫“焦油脚人[①]”小区的地方。这个名字完全无法体现出那些木质的 A 字形房屋的现状:正在剥落的白色涂料、坏掉的窗框、松垂的晾衣绳,一堆一堆的枯死的海燕麦草……每一处地方都处于腐朽的全盛期,但惨状全然不及七号房屋。它看上去就像是在为自己离海最近而进行着赎罪:三英寸的大块防水纸的两侧都已被扯坏,从前的台阶已被炭渣取代,前院的玩具盒里放着烟蒂、粉化的贝壳,以及烧焦的柏树苗。

看看这个地方,要不是有人在门的三角楣上装了新刷的标识,你一定会以为这荒废很久了。白色的底板上用浅绿色的油漆涂着:斯维尔古书和印刷品。

我们小心翼翼地踏上骨骸一样的门廊。克拉丽莎轻轻地敲了敲烂得有些坑坑洼洼的门。门摇晃着打开了,如同梦的入口。

“斯维尔先生?”

现在已过七点,太阳正渐渐沉入喧嚣的另一边。房子内部潮湿黑暗。我们听见身后传来一阵柔和却坚定的声响,一个男人隐隐地从阴影中走了出来。我们先看见了他白色的赤脚,接着他的整个形体游入了我们的视野之中。

“啊,你们好。”他说道,带着一丝蝗虫谷的口音。

他穿着一件浅灰色外套,只是看起来有点旧了,领带上印满了天鹅图案。他张开嘴,笑得羞涩而又迷人。但他的整体形象——窄肩、女人一样宽大的臀部——雾蒙蒙的眼镜片、超大的眼镜框——灰色发冠,发际线褪

---

① 焦油脚人:美国北卡罗来纳人的别称。

成了一个可怕的拱形——这实在太怪异了，我都没法回应他的问候。

“你一定是斯维尔先生。”克拉丽莎说道。

“来点儿茶吧。”他说。

他又走进黑暗之中，几分钟后再度现身。他手里的瓷壶已有裂纹，放在一个雄鸡保温套里。另一只手里端着一只茶盘，里面的瓷杯边缘看起来脏兮兮的，但杯壁却是一片纯白。

“请坐吧。”他说道。

他示意我们坐到一个老旧的印花棉布沙发上。沙发垫上印着狩猎的场景，有的地方像是被老猫的呕吐物给弄脏了（其中一个靠背向前倾斜，就好像在打瞌睡）。屋子里没有咖啡桌，于是他只好把茶杯和托碟往我们膝上一放，就直接开始倒茶了。

“我希望你们度过了一段愉快的旅途。我一直都觉得现在是一年中来这儿的最好时候了。那些讨厌的游客都走了。噢，我想你们是游客，但不是真正的游客。不，我把你们看成朋友，我希望这样说不算太冒昧。戴尔小姐，需要加糖吗？得小心。上周我把粗粒盐当作糖加进一位朋友的茶里。她是再也不会喝这种正山小种红茶了。”

放在膝上的茶杯中升起了一股苦味。我很快地呷了一小口，便把茶杯放在了地板上。

“不好意思，斯维尔先生，你说事情紧急。”

“是，之前的确如此。”

“也许你可以解释一下？因为你现在看起来没有丝毫危险呀。”

他舐着嘴唇，镜片后的目光闪烁不定。

“我不确定……恰好现在……”

“斯维尔先生，”克拉丽莎向他探过头去，“我可以向你保证，好吗？我们都是可以信任的人。我们三人都有一个共同点。我们是在阿朗索死前最后跟他说过话的人。”

“我想是的。”他说道，听上去略带厌烦。

“‘暗夜学派又开学了’，这不就是他告诉你的吗？”

“我想他是说过。”

“我们相信阿朗索的信息也许与他获取的一份文件有关，”克拉丽莎说道,“是一封沃特尔·罗利写给托马斯·哈里奥特的信件。他的死或许与这封信有关。”

“除非我们找到这封信件,不然很多人可能都会有生命危险。”我补充道。

“有意思,”斯维尔缓缓低下头,喝了口茶,“我是指危险这个东西,我的意思是,就算你看见了也未必意识得到。”他露出了一排微突的灰色牙齿,“卡文狄什先生,你记得首批探险家们造访印第安人的村庄时发生了什么吗?你可以在哈里奥特的书中找到答案。在招待了好几天这些访客之后,当地村民却开始大批地死亡。没有人能够解释。这些陌生的白人穿着钢铁外壳。面对基本的生存,他们如此无助,如此无望——并且有能力施行这样的杀戮,甚至毫无停止的迹象……”

他伸手指向光。

“他们是带菌者。”我说道。

“带着帝国的病毒吗?是的。但谁会想到呢?谁能想象我们可能携带的又是什么呢?”

克拉丽莎从沙发上站了起来,说道:“斯维尔先生,恕我直言,我会非常乐意在其他的场合与你讨论任何关于历史和病毒的问题。但是现在已经有两个人死了,我想这是你与我们合作的最佳时机。也许最好说说现在这里的情况到底怎样。为什么你想要我们到这儿来?”

他一口吞下了杯里的茶,也许还吞了两口空气,然后狂乱地盯着他的手表。

“噢,《小蟋蟀占美尼》[1]! 我马上回来。”

我们看着他“噔噔噔”地爬上台阶,推开一扇门,又在身后随手将它关上了。

“咳,”克拉丽莎叹道,又瘫进沙发,“你觉得我疯了。”

“没有,是书疯了。”

因为书本随处可见,以至于人们几乎看不到它们的存在。这屋里到处都是书,一堆叠着一堆,布满灰尘。油毡地板上也散放着书,而且都堆

① 《小蟋蟀占美尼》:一部迪士尼动画片。

到了灰泥粉刷的、有裂缝的天花板上去了。薄木板制的书架都快装不下了。

大部分都是精装本。旧的恐怖小说、老的入门指南、《读者文摘》的合集、过世已久的高尔夫球手写的窍门……至少有五册《渔夫的鞋》的发排稿版本。书越是看上去不得了,其书名就越是显得莫名的晦涩:《轻木模型》《基础中级意大利语录音练习》《安大略玫瑰协会1918年鉴》。不时会有一两件发光的宝贝——比如说,一本印着哥特式木版画的《简·爱》。但一切都毫无章法可言,只有偷窃癖的冲动。

但若说埃默里·斯维尔在书籍管理方面花费俭省,他倒也没有完全忘记自己的职责。我注意到屋内湿度较低,气温在二十度左右。这是藏书的理想条件——如果这儿有什么书是值得收藏的话。

克拉丽莎和我听见临近的脚步声,将手放回膝上,并组织好面部表情。当我看清来者不是埃默里·斯维尔、也非我此前见过的任何一个人时,我依旧保持着镇静。

他块头很大,像一台无霜冰箱。穿着一件伐木工人短衫,留着已出现星点白斑的大胡子。他的腰腹凸起,显得模糊不清。脚步声轻却清晰,是钢帽工人靴。他在最下面的一级台阶上止住了脚步,抬起下巴。那时我才认出他来。他那种僧侣般的轻蔑神情从未消失,无论藏得多深也能看得出来。

"我知道你会来的。"阿朗索说。

15

"上帝啊!"克拉丽莎低声说道。

我看着阿朗索向我们蹒跚走来,透过他浓密的胡须隐约可见嘴唇的形状。

“亨利。”他说。

我们越来越近。我还没明白过来，就已经将手放在了他胸口的正中——指端感觉到他心脏的跳动——然后我将他推倒在地。

他整个地倒了下去，四肢张开，像断壁残垣一般散躺在脏兮兮的油毡地板上，舌头像块场记板一样伸了出来。

我看了他好一阵，然后走了出去。

&

事实证明并不远。埃默里·斯维尔的后院是一座用压紧的沙子堆成的小平顶山，上面扔着啤酒瓶、烟蒂，还有一个燃料添加剂的空罐子和一张破烂的篮球网。一个旧的“禁止停车”标志牌在一排形容枯槁的钢丝栅栏上不停地拍打。现在已是傍晚，天色渐渐暗了下去；海水有如银鳞般的片段，穿过摇晃的海燕麦草冲上岸来。

即使是踏在沙上，他的步履依旧清晰可辨。

“亨利。”

“走开。”

“我已经走过了。”

我转过身，见他举着双臂。

“不，”我说道，“那不够，阿朗索，不够的。你可以解释到下个星期二，但那远远不能补偿你之前的所作所为带来的后果。”

“看来我让人感到哀痛了？”他的靴子嵌进沙中，“哎，我曾经希望，可是……”

他抬起头来，看着我再一次向他走去。我一把拍开他的手，与他凑得很近，吐出了在我脑海中燃烧的两个字：

“我……操。”

阿朗索踉跄着退后了几步，靠在一个翻倒的垃圾箱上。

“亨利，”他说道，“根据你对我的了解，请你告诉我，我这样大费周章，仅仅是为了跟你捣乱吗？”

“噢，噢，我还不算什么。如果我能唤起你的记忆的话，还有你的家人。我想你有父母和姐姐，记得吗？更别提莉莉了……”

“我知道,”他说,“我知道莉莉的事。”

“那你也应该知道,在为你服务了这么多年后,她得到了什么样的报答。”

“亨利,你不会理所当然地就认为——”

“那好,你告诉我该怎么去想。在一小时前,你还是个死人。而两天之前,莉莉还活着。那告诉我该怎么去想。”

“我宁愿砍掉自己的右臂也不会伤害莉莉,也不会允许别人伤害她。你知道的。”

“可你还是跑了,”我说道,“却把你的烂摊子留给了她。”

我再次转过身去,看见他仍坐在那该死的垃圾桶上,懒懒地侧着头。他那双小得出奇的脚正在沙地上画着抛物线。

“莉莉知道后果。”他说道。

“哦,当然啦。”

“亨利,她知道我的事,打一开始就知道。”

“所以她为了你说谎。”

“当然。”

“还有她的表妹,也为你说谎。”

“乔安娜吗?首先,报纸上说得不对,她是莉莉的继表妹。她们俩多久没见了,我不知道,有一千年了吧。乔安娜需要钱做整容手术——她又没法从其他经济来源那里得到钱,包括她前夫——因此……她只好找到了莉莉.”

“莉莉告诉她,只要她假装看见了压根没发生的事情,她就可以拿到钱。”

“差不多吧。”

“这个继表妹现在在哪儿?”

“在五渔村,脖子刚整过。希望她喜欢这个新脖子。为这我可卖了一本利利的《恩底弥翁》原版。”

我想到了阿朗索的藏书库。有人将它洗劫一空,拿走了约翰·利利、约翰·邓恩、约翰·斯托以及其他所有人的书。

“你的书。”我的声音微弱。

"那事我也知道了。"

这儿没有椅子,于是我一屁股坐到了地上,手肘放在膝盖上,手指捋过脑袋。

"你到底为什么要伪造自己的死亡?"我问道。

"亨利,"他说,"如果我不把自己干掉,别人就会把我干掉。"

他站起来,示意我向房子走去。

"来吧,你会听到一切。"

但我却坐在沙砾里,感觉寒冷在吞噬我的双腿。伴随着一种令人心痛的吃惊,我想,我可以离开。离开这一切。翻过沙丘……滚下海滩……径直走向大海。

我得说,我没有自杀的意图。很早以前我就打消了那些念头。不,我只是寻求逃离。我能清楚地想象自己在波浪的摇篮里,顺着月光的踪迹,我的皮肤就像海豚一般闪烁发光。但十分钟过去了,我仍在原地,丝毫没有要去实现想法的意思。是什么阻止着我?

答案已经紧紧地拴住了我,而我甚至毫无察觉。

"亨利!"阿朗索的声音像一只集结号角,"我们没有整个晚上的时间!"

&

埃默里·斯维尔的房里亮着两只没有灯罩的40瓦灯泡,克拉丽莎在光亮里移动,好像手持扫帚的香炉执事。

"我不明白的是,"我说道,"你到底凭什么认为伯纳德·斯泰尔斯要杀你?"

"那我凭什么认为太阳每天早上都会升起?因为之前发生过同样的事情。就这样。"

"那么斯泰尔斯是一个连环杀手?只是因为在伦敦,一个倒霉蛋的书被人抢了?"

"一个倒霉蛋?噢,上帝啊,埃默里,你告诉他吧。"

埃默里过来了,穿着一件印有"赤裸烧烤"的围裙,端着一盘刚从袋子里拿出的培珀莉农场牌松塔饼。

“你知道,阿朗索说得很对。不仅有科尼利厄斯·史诺顿,还有费城的一个可怜的图书管理员——”

“梅齐·哈兹布林克。”

“被扔到了一辆公交车下。那被他视作骄傲与快乐的本·琼森的作品哪儿去了?哪儿都没有,就是这样。就在去年秋天,一位玄学派诗歌的研究专家——南安普顿大学的——他叫什么来着,阿朗索?”

“麦格拉斯。”

“写了一篇关于赫伯特的催人泪下的文章。他从人文学院的房顶上掉了下来。不是跳下……是掉下。那封被他锁在书柜里的信——约翰·邓恩于1602年3月7日写给乔治·摩尔爵士的信——又上哪去了?”

斯维尔把盘子重重地搁在了地板上,好似强调一般。

“不见了,就是这样。”

“而每次发生这样的事情之前,”阿朗索拿起一块曲奇说道,“斯泰尔斯都曾出价要买下提到的那些书或者手稿。但他都被拒绝了。每次,在那些人死时,他就在附近某个地方。同他一道的还有他那个杂种打手。”

说到这里,霍道尔的影子再次飘回到我眼前。他警觉地站在联合车站的长廊里。我大步走向窗户,用力把窗框推到最高。

“不好意思,”我说,“我不相信。这都是编的梦话,是——藏书神话。”

“神话,”阿朗索生硬地说,“但并非谎言。”

“谢谢提示,但如果你真的非常担心自己的生命安全,干吗不报警?”

“警察?”他反问道,表示怀疑,“告诉他们什么呢?说一个和蔼的、年长的英国绅士对我进行拐弯抹角的威胁吗?这甚至没法通过警局接待员那关。”

他吞下了最后一块曲奇,有条不紊地将每根手指吮吸干净。

“亨利,我知道你跟斯泰尔斯谈过。”

“你怎么会知道?”

“莉莉告诉我的,不然我怎么知道?不,不用解释,没必要。我不能仅仅因为你收了他的钱就责备你——换了我也会做同样的事。可你得明白你在跟谁打交道。斯泰尔斯是一个腐败堕落的学者,他是一个雇佣文人,一个骗子。但他确是消灭证据方面的天才。如果他想要杀死我，他可以做得神不知鬼不觉。请好好想一想在莉莉身上发生的事吧。你真的认为她在藏书室掉了一个点燃的烟头？像她那样细致得过分的人？”他的头用力摇了两下，“绝不可能。”

“把你的控诉放到一边，”克拉丽莎说道，把扫帚靠在楼梯边上，“严格从法律上看，阿朗索，斯泰尔斯是可以告你的。你偷了他的文件。”

“很可能他的藏书有一半都是偷来的。既然他都开始怀疑到我头上，那我们可以把这个估算提高到三分之二。”

“但罗利的信不是，”我说道，“那是他……”

“别。”阿朗索举起一只手，“我禁止你说‘正大光明’这个词。你是说，他没有向你夸耀他是如何糊弄那家可怜的、迟钝的律师事务所的？没有告诉你他仅以百分之一、千分之一的价钱就买下来了？他就像个守着金窖的守财奴一样沾沾自喜。如果你认为这不算偷窃，亨利，如果你觉得这没有违背藏书家的每一条道德，那我可以不用在人文学界混了。”

“所以你就认为偷他的东西是理所当然的了？”

“不仅如此，这还将我们的事业提升到了体育游戏的范畴。”

我想起霍道尔的样子、莉莉、某种体育游戏。

“那这份珍贵的文件现在在哪儿？”克拉丽莎问道。

“就在亨利的胳膊肘边。”

好像变戏法一般，一张边桌出现了。新月状的桌子。玫瑰花岗岩的桌面，还留着死了很久的植物盆栽的印子。上面摆放着的唯一物件是：一个联邦快递的信封，细长而含蓄的样子。

全球各地，准时送达。

我不得不笑了。失窃的信件……远在天边，近在眼前。

&

信封厚度不到四分之一英寸。但我看的时间一长，觉得它似乎也变成了立体形状。

“看看吧，”阿朗索说道，“我肯定你今天已经洗过手了。”

“他不需要戴手套吗？”克拉丽莎小声说道。

“嘘——！手套坏了。继续吧，亨利。”

我拉开信封贴签，将食指慢慢伸入开口处，在黑暗里轻轻地转动，然后触碰到了某种坚硬凸起的东西。一个边缘，在我的触碰下微微往里挪了一点。

我用两根手指夹住它，极轻地往外抽出。

它动了，一开始有些勉强，然后变得乐意起来。一秒之后，它就全部出来了：是气泡膜包装。

“继续。”阿朗索低声说道。

我手指的动作现在可没那么温柔了。我扯下了包装上的透明胶带。

包装打开，露出两张档案材质的垫板。扔掉垫板，现在我手上只留着这封信了。

一般人都喜欢牛皮纸或者羊皮纸。而我却一直对布浆纸情有独钟。这种纸有拙朴古意，是用亚麻纸浆制造的。我喜欢它的一切：它半透明的颜色、它易碎的特质、它参差不齐的边缘，还有它的伤痕和褪色的样子。

这张特别的纸的一侧有微微发毛的边缘，左上角有一处划痕，划痕下方，是如同靶心的棕红色污点。还有那些最初的折痕！它们相距不足一英寸，因为伊丽莎白时代的人们总是把信紧紧折成一小束，就像在 11 年级的美国历史课上你传给朋友的小纸条。

阿朗索带着责备地咳了两声。我拿着信件走向沙发，并将它放到其中一个垫子上。这个垫子看上去似乎没有猫的呕吐物。随后我们都围着它，就像跪在榛树面前的德鲁伊特祭师一般。这也是我第一次能够越过信件本身、看到上面印着的字。

于此乱世追忆我们亲切的学院——我们曾经欢聚的地方。

暗夜学派，我想，又开学了。

“就是这样？”克拉丽莎问道，“就为这个原因，斯泰尔斯偷了你的书？还杀了莉莉？”

“这是他在得手之前要将我们统统杀掉的原因。”

“但这只是一页纸。”

“只是……”埃默里·斯维尔结结巴巴地说道，“一页……”

“我的意思是，它的市场价值会有多高？世界上唯一会花大价钱买它的——其实就这屋里的人了,对吧?"

"她说得有道理。"我说。

阿朗索倒在沙发上,吸了一大口气。

"以神圣的爱的名义。关键不在文件的正面,而是背面。"

"背面……"克拉丽莎扬起头,"你是说罗利还附了句什么话?"

"附……句……话?是的,没错。'非常爱你……有空常写信……向大家问好。'别傻了。背面不是什么信末附言。它甚至不是罗利的笔迹。但那东西具有不可估量的价值。"

"是什么呢?"

"托马斯·哈里奥特的草稿。"

这也许是克拉丽莎和我最没有料到的。

"慢着,"她说,"你是在告诉我托马斯·哈里奥特在一封沃尔特·罗利爵士的来信上打草稿?这算是对信件的循环使用吗?"

"这说得通,"我承认,"纸张在那个年代非常稀有,而且价格不菲。伊丽莎白时代的人们只要在纸上发现一片空白处——可能是商人账单的背面,也可能是书本的空白处——他们都会在上面写字的。"

"但这不是一般的纸,"克拉丽莎反驳道,"这是那个时代的一位伟人写的信。"

"对哈里奥特而言,罗利只是又一位朋友而已。可能几年来给他写过十几封信,那多这一封又怎样呢?不要忘了哈里奥特是个注重实际的人,如果他需要纸,他一定会抓过身旁最近的那张。"

克拉丽莎将交叉的手臂放下,伸直肩膀。

"那好,这样的话,我们就把它翻过来看看。"她说道。

开始一直无人响应。甚至早已宣称对这张纸具有所有权的阿朗索,也在那呆着不动。最终,倒是我压制不住冲动、再次把手指伸向那张纸。我将其举到空中,翻个面,又松手让其轻飘飘地落回原地。

它躺在那儿,上面的东西完全叫人看不明白。

Ahab's Beastiary　亚哈的野兽

Manteo's Lodge　曼蒂奥的小屋

Bridgett's Stone　布里吉特的石碑

Kewasowok's Bier　克瓦瑟沃克的棺材

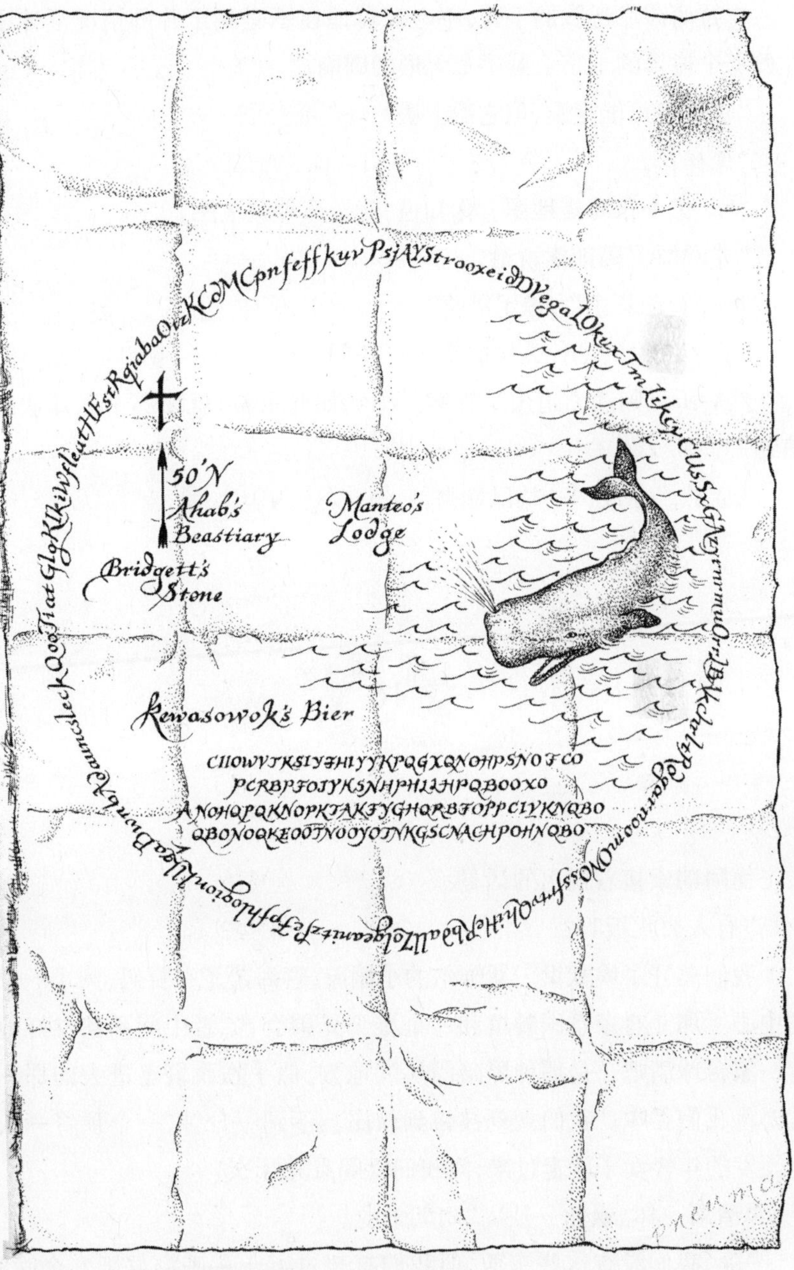

“这是什么鬼东西?”我问道。

“你可以把它看成个谜语,”斯维尔说,我感觉他在出汗,“是哈里奥特先生留下来的。”

克拉丽莎靠近我的手臂,小心翼翼地在不碰到纸片的情况下伸手在左侧那个诡异的十字上画了个无形的圆圈。

“这么说可能很蠢,但它看上去——”

“怎样?”

“嗯,像一张海盗地图。你知道,就是那种藏宝图。”

“非常像。”阿朗索说道。

我站了起来,用力搓了搓脸。

“我们谈论的是什么样的宝藏?”我问。

然后听见阿朗索道出了答案。感觉如此平常,就像那个联邦快递的信封。

“金子,”他说,“一笔巨额财富。”

16

而阿朗索接着说出的话是:

“有人要吃饭吗?”

我们离开了埃默里·斯维尔的小棚屋,背海走了一百码,到了一个购物中心。那儿有家泰国餐馆和一个雄鹰兄弟会,二者中间不甚友好地杵着一家台球酒吧。是那种黑暗闷热的地方,似乎在我们走进去的那一刻就要将我们吞噬。我们立刻被带到软座。不到一分钟,一个顶着一头凌乱硬发的年轻女子就走过来,问我们要喝点儿什么。

“请来一杯‘飘仙一号’。”阿朗索说。

“呃,我们没有这些东西,但我们有超过五十种啤酒好吧?今晚吗?

我们有蓝带啤酒大罐装特价活动好吧?”

他的头往后一扬。

“大罐……装?我只要一杯加冰的坎特一号伏特加,越快越好。埃默里,检查一下桌子,看起来黏糊糊的。”

阿朗索选这个地方是颇具战略眼光的。它隐匿在周围的建筑之间,挤满了被阳光烤得发焦的当地人。他们喜欢逗乐又尖酸刻薄,要么趴在九英尺的台球桌上,要么围着飞镖盘、桌上足球和弹球机。电视里正高声播放着ESPN的体育节目,背景音乐从头到尾都是五分钱乐队的歌,抽油烟机的轰鸣正好能确保我们的对话不被旁人听见。

“我想我没有提到,”阿朗索说,“我的好友埃默里,除了其他出众的才华,还是本地阿尔冈昆[1]传说的权威。”

“哎呀,我可不是什么权威,但我总是很渴望了解那些东西。我不确定你们对马特马斯基特这个名字是否熟悉。他们是海德县的印第安原住民,就在这儿的南边。我想故事可以从1654年开始说起:一个年轻的英国皮货商和他三个同伴划着小船从弗吉尼亚往南去冒险,船太小了,完全没有防御能力。”

斯维尔的套装口袋里插着紫色的薄绸手帕。现在他的叙述也慢慢带上了某种华丽的紫色调。他一直兴致盎然地在塔斯卡洛拉战争和卡克雷斯的陨殁上逗留不前。我甚至都开始思索伊利亚特战争的持续时间了。突然他就切入了重点。

“你看,随着印第安酋长国的瓦解,马特马斯基特人流散各地。并不是说他们灭绝了,因为他们根据需要,通过近亲结婚或自我隔离还是保持了部族的延续。所以,最古老的部落传说经过世世代代、原汁原味地流传了下来。哦,是我的小瓶装波旁威士忌么?非常感谢。

“由于是口口相传,现在这些传说在细节上已经是各不相同了。但其中一个传说特别打动我。是关于一个白人的。他是英国首批殖民者中的一个。这个人显然让大家记忆深刻,原因有三:首先,他说阿尔冈昆语,这极不寻常。第二,他没有敌意,并且几乎总是独来独往。第三……他非常

---

① 阿尔冈昆:北美印第安原住民的一支。

富有。”

斯维尔喘了口气，再喝了一大口威士忌。

“就这样，”他继续道，“这个白人被称为威罗旺斯·瓦萨多，翻译过来大致就是，闪亮的金之王。许多酋长的耳环都来自这家伙。据说他的金锭有大豌豆那么大。对了，这传说里还有一个奇怪之处。作为交换，这个人什么也不要，除了一样……”他开始摩挲着眼镜架——“我想你们会管它叫作信息。”

“什么样的信息？”克拉丽莎问道。

“他想知道东西的名字。当地人是怎么说鸟和树的，以及他们在哪里打猎捕鱼。他想了解他们的神灵，想知道他们的故事。那些印第安人从未遇见过这样的白人，以后很长一段时间也再没遇到。

“这个白人，”阿朗索说，“他的名字也流传了下来，是吧？”

“哦，天啊，是的。哈里——奥特。”

就这两个音节，似乎真切地在我们耳边回响着，然后逐渐变弱，直至无声。斯维尔抓起一个洋葱圈，以珠宝商的目光审视着它。

“那么，”他说，咬着洋葱圈的边缘，“我听过这个故事的不同版本——哦，但我从没想过它有真实的历史基础。后来，有天下午，我参加了在奥克拉科克的一个房产售卖会。房主是个穷困的老绅士，很不走运，但在当地的根基很深。嗯，就像往常一样，我以象征性的竞价买到了一箱……”

“垃圾。”阿朗索表示。

“不全是。”斯维尔反对道。因为在箱子底部放着一些完全出人意料的东西。不是一套缺口的茶杯或者《镜像》杂志……而是一个戴在胸前的十字架。四英寸长，两英寸宽。由于年代久远已经失了光泽，不再是金色，而是更接近于琥珀色。不过其出处是显而易见的。斯维尔一碰到这东西，就明白自己拥有了什么。

“就是在那个时候我给阿朗索打的电话。”

“当然，埃默里和我请人鉴定过了。跟我想的差不多，无疑有四百年的历史了。噢，但口说无凭，我的言语是不足信的……”

他从上衣口袋里掏出了一簇捆好的白色绸帕，将它放在桌子的正中间，再将绸帕一点点地拨开。

“请吧，”他拿出了一把随身携带的放大镜，递给了我们，“看看。”

当我和克拉丽莎透过镜片观察时，我们的头轻轻地碰在了一起。我首先看到十字架顶端有三个雕刻粗糙的字母。

TEH

横木上是另一串字母，已经腐蚀，但仍旧可以辨认出来：

MDLXXXVI

“1586。”我低语道。

“正是这一年，哈里奥特在此靠岸。”斯维尔说。

克拉丽莎靠回到座椅里，把她苍白的手臂放在脑袋后面。

“好了，小伙子们。告诉我现在这个十字架值多少钱。”

“从它的出处来看，”阿朗索说，“可以拍到一万美元，现在请想象一下，这个数再乘以一百或五百。不，一千。这才是我们现在计算的数量级。”

“谁说的?”我说，“拜托，从一个金十字架到一个腐烂的藏宝箱，这跨度也太大了吧。这上面刻的字——我是说，谁能说清楚是什么时候刻的?当地传说——恕我直言，大都是些谣传而已。我不想在你的兴头上撒尿，阿朗索，但这些说法太孱弱了。”

“没关系，”他心平气和地说道，“我们可以把它养壮实了。”

“但你忘了件小事。哈里奥特的报告中对于金子只字未提，而且在关于那次探险的其他记述中也没提到过。我是说，如果金子真从新大陆回到了英格兰会怎样？一定会掀起新一轮的探险潮。失落的殖民地就绝不会失落了，你会有十个殖民地殿后的。”

“金子没有回到英格兰，”阿朗索说，“它就在这儿。”

17

“埃默里，”他宣布道，“把洋葱圈拿开，好吗？”

阿朗索伸手从桌下抽出一卷新闻纸，展开后是一幅经过放大的哈里奥特地图的复制品。上面还用黄色荧光笔做了记号。

“现在请大家看这里，”他说，“有人——我们假定就是哈里奥特——画上了可爱的波浪形小卷纹。我们假定这里就是地图的最东边，因为这上面没有标注南北。我们还在上面找到了一条鲸鱼。那么托马斯·哈里奥特在哪儿——才会看到这样的生物呢？”

克拉丽莎举起手，挖苦地笑道：“大西洋。”

“这想法有意思。现在让我们向西走——朝着陆地方向——看看能否证实这种想法。我们看到了这些奇特的坐标，这些地方类似于……”他的手指轻快地游走着，从一个点移到另一个点。“曼蒂奥的小屋……布里吉特的石碑……克瓦瑟沃克的棺材……这些名字不存在于英格兰或欧洲的其他任何地方。相信我，我都查过了。哈里奥特说的只会是世界一个特定的角落。”他抬头微笑，“一个他称之为弗吉尼亚的地方。”

“我们都知道，”我说，“图上的水域可能是爱尔兰海。哈里奥特在爱尔兰待了三年。棺材、小屋——可能是任何东西，也可能什么都不是。可能只是某种颇费心思的玩笑。”

“你这差不多是节律预测，亨利，我已经忽略掉啦。你们可以看见，”他补充说，突然把纸翻过来，“我已经擅自把哈里奥特的笔记重新印了出来。这是他写在地图下方的东西。”

CIIOWVTKSIYFHIYYKPQGXQNOHPSNOFCO

PCRBPFOJYKSNHPHLLHPQBOOXO

ANOHQPQKNOPKTAKFYGHQRBFOPPCIVKNQBO
QBONOQKEOOTNOOYOTNKGSCNACHPOHNQBO

“这是什么?”克拉丽莎问,“是某种代码吗?”

“我承认,我觉得这是某种更深奥的东西。现在我们手里的是一种基本替代密码。简单得我都不好意思解释。”

“好吧,”她说,“那可否请你解释解释?也让我不好意思一下。”

“那好吧,”他拿出一个速写本和一只钢笔,“说到底就是这样。我们只需在规则的字母表中置入一个特别密钥——就创造出一套替代字母。就拿 Henry(亨利)这个词举例吧。看仔细了。”

规则字母	A	B	C	D	E
替代字母	H	E	N	R	Y

“你可以看到,A 变成了 H,B 变成了 E,后面的字母依次变化……”

规则字母	F	G	H	I/J	K	……
替代字母	A	B	C	D	F	……

“为什么 I 和 J 只用一个字母来表示?”克拉丽莎问道。

“因为在伊丽莎白时期的字母表里,他们都是同一个字母。就跟 U 和 V 一样。很好,我们已经完成了。原有信息里的每一个字母都有了一个替代字母,现在这个编码很容易就出来了。原来的字母 A 就用字母 H 表示。字母 F 就用字母 A 表示,以此类推。解码就是要弄清楚原始密码是什么。

“现在最简单的方法就是用自己的名字来做试验。哈里奥特这个名字——至少按我们的拼写方式来说——其麻烦之处在于它有一对重复的字母。同时有两个 r 是不行的,因为你得给每个 r 设定一个不同的字母,这就会造成困惑。所以我开始去看哈里奥特这个名字的其他拼写方式。在经过了一些试验和错误之后,我得到了这样的结论。

规则字母	A	B	C	D	E	F
替代字母	H	E	R	Y	O	T

“现在我只需把剩下的字母转换过来就行了——当然要留有余地,因为伊丽莎白时期的字母表要少两个字母——哦,对了,亨利,欢迎你来试试,如果你——”

“你继续。”

“那好,一旦我把那个做完,密码就会解开了。我只需要把字母划分成句法单位,瞧!”

他把那页纸翻过来,将速写本推到我们面前。

新大陆埋着我的宝藏
光彩炫丽使人目盲
满仓黄金累累,价值无匹
只待掘出,就在弗吉尼亚的土地上

“新大陆,”阿朗索说,“那直接来自哈里奥特的书名,《弗吉尼亚的土地》。我们都知道自己在哪儿对吧?但在这片天佑的土地里有什么东西?‘我的宝藏’,‘满仓黄金累累,价值无匹’。”

“隐喻。”我表示。

“别胡扯啦。哈里奥特到这来的目的到底是什么?是找到大自然的财富、矿产资源,是实实在在的东西。这才有理由说服英格兰接手这个地方,是不是?那我问你:还有什么比金子更实在的?我同意你的看法,如果单看地图、十字架或者古老的故事,那这些东西不过是一碗薄粥;但如果把它们都扔进一个锅里,再放进一些类似哈里奥特的亲笔书写这样的焦糖配方——好吧,我说这就是一顿美餐。国王的美餐。”

我伸手拿过我的啤酒杯,却发现已经喝光了。

“于是清廉的哈里奥特,”我说,“这个罗利把所有的钱都交给他管的人——无意间发现了巨大的宝藏,决定独吞?”

“我们只是说他曾经储积财富。为将来做准备。”

“好，都非常好，”克拉丽莎说道，呷了一口喜力啤酒，“但这不能解释为什么他要把金子留下。把金子埋在这儿对他有什么好处？”

“没有任何好处，”阿朗索回答道，“除非他打算回来。”

“他为什么想回来？”

“他为什么不想？仔细想想，对于王室来说，哈里奥特比任何人都更具价值。他通晓当地语言，他了解地形地貌，他还迷住了当地每一位酋长。他们要是没送他回去，那一准是疯了。”

“他们没送他回去。”我插了句。

“哦，的确如此，”斯维尔害怕地笑着，“但那原因不是人为能够控制的。英格兰和西班牙打起了仗，女王需要罗利，而罗利又需要哈里奥特。机会的窗户‘砰’地关上了。”

“但哈里奥特最初是在哪里找到金子的呢？”克拉丽莎问道，“卡罗来纳是不错，但那可不是加利福尼亚。”

“金子不是从地上来的，”阿朗索说，“是从海里来的。”

“续杯么？”女侍者出现在我们面前，欢快地问道。

阿朗索整个身体都朝她转了过去。

“你真是周到啊。我本想续杯，但比起口渴来，我更需要不受打扰的私人空间。这是一种老派得让人感动的需求。真是个僵局！我建议，请在十二分钟后准时过来，过来时脚步要重。我相信你可以做到。你高度的适应力让我惊叹。好了拜拜。”

他挥手让她离开，把图纸卷起放回到桌子下面。

“告诉我，孩子们，”他说，“除了莱特兄弟，外滩最著名的东西是什么？”

“风。”我说。

“继续。”

“风暴。”

“还有……”

“沉船。”克拉丽莎说。

“正是。大西洋的墓地。如果那时大西洋里只有一样东西，那就是船。等待着被埋葬的船。

“那是一个航海时代。海里到处都是方桅柯克船，还有大帆船，来自西班牙、法国和葡萄牙，来自丹麦、瑞典和荷兰，来自那不勒斯、威尼斯和热那亚，来自土耳其和北非海岸的船只。每只随潮汐而来的船上都满载着殖民者、商人、勇士和海盗，还有从新大陆掠夺来的所有财富：香料、烟草、宝石、白银……

“还有黄金。”

“那你的理论是什么？”我问道，“某只西班牙的大船不知从哪儿冒了出来，撞上一片暗礁或沙洲？刚好被冲到了哈里奥特的脚边？是不是有些不太可能？”

“也不是绝对不可能，”阿朗索深吸了口气，“许多船只都在那里沉没了，至少上百只。记住，那时他们可没有灯塔，也没有准确的地图。这地方是船只的死亡地带。”

克拉丽莎的身体从桌子那边靠过来。“但如果这么大的一次沉船事故就发生在卡罗来纳海岸，怎么就只有哈里奥特看见了？”

“还有谁会在那看？整个殖民地可能也就一百来人。其中大部分都在内陆，保卫着他们那愚蠢的堡垒。哈里奥特是唯一可以到处跑的人。对其工作的描述就是漫游，走过一英里又一英里。诺福克，伊丽莎白城……他是第一个到那些地方去的白人。我们可以认为，在很长一段时间里，他都是独自履行工作职责。甚至有可能他喜欢那样的方式。”

“但我们都知道，”克拉丽莎说，“一条船带着所有财宝沉了——这应该有记录的吧？”

阿朗索把手放到了她的手上：“我原谅你，因为你肯定喝高了。你认为那个时代的人会做什么样的记录？”

“我不知道。”

“现在也有这样的情况。在约六百英里以外的百慕大，人们仍然在将船骸从礁石上剥下来。没人提供关于失踪船只的报告。所有目击证人，老天保佑，都和船一同沉没了。如果托马斯·哈里奥特碰巧遇上一次沉船，他肯定明白谁见归谁的道理。”

“总的说来，”他说，“地理学告诉我们——这是一个以大船沉没而著称于世的地方。因此同样存在这样的机会——一个年轻的英国人在无人陪同的情况下漫游至此。我们还有证词——当地的描述、一张地图、哈里奥特亲笔书写的加密信息。‘满仓黄金累累,价值无匹。’”

他握着双手,手肘撑着桌子。

“女士们先生们,我不会说这是一次扣篮。但请容许我歪曲隐喻,这应该是一次轻松的上篮。”

到这时候,我们该鼓掌了。但是我的手却一点没动。

“噢,亨利,拜托,”他说,“如今世上还有谁比你更了解哈里奥特?还有谁能更好地破译他的逻辑?你是天定的人选。”

“天定要我做什么?”我问道,直勾勾地盯着他,“你到底想从我们这里得到什么,阿朗索?”

“我想要什么?我想要你们都来帮我找到哈里奥特的宝藏。并且,现在就开始。”

18

“如果根本就没有宝藏呢?”我问道。

“那我们就找不到了。”

“如果我们找到了呢?”克拉丽莎问道。

“你是说我们该怎么分吗?好吧,由于这项冒险是我的点子,我理应要求更多一些的回报份额。然而,我完全为此刻的精神所折服了,故我愿宣布放弃部分所有权。”

“那意味着什么?”

“我们将宝藏一分为四。”

“当所有这一切结束后,”克拉丽莎皱起眉头,“你得答应刮掉那可怕的胡子。”

“那是第一件要做的事。然后直接回到文明社会，带着一个最动听的关于遗忘症的故事。”

“而且伯纳德·斯泰尔斯会拿回他的文件？”

“完全同意。”

阿朗索停下来等着我们。然后，他用低沉而谨慎的声音问道：“都加入吗？”

过了好几秒钟，我意识到每个人都直直地盯着我的眼睛。

“你是说你会找到金子，”我说，“在其他人都没找到金子的地方。”

“我想要尝试。我想要创造历史。你呢？”

我能听见桌球重重撞击在台面上的声音……弹球机的声音……摇滚小子的歌声……而在这一切声音之下，奔流着阿朗索的通奏低音。

“亨利，”他说，“就这一次，拒绝平庸。”

我用了一秒钟来吸收这个打击，然后极为小心地跌出了雅座。

“狗日的！”

&

我以为我会独自度过这个夜晚。但人行道的边缘站着一个红头发的年轻人，正愤怒地弹掉没有滤嘴的烟头。她身材娇小匀称，穿着紧身牛仔裙。我完全想象得到她衣衫褪尽的样子。我们沉默地站在那里，相距十英尺，在风中轻轻摇晃着。

“他们招人讨厌，是吧？”她问。

“有时候是的。”我表示同意。

我本来可以多说一些，但手机突然铃声大作。我要弄着手机，没有接听。但看到手机显示的是以前熟悉的“未知号码”，还是接起了电话。一想到阿朗索对我紧缠不放，我就气得连句问候语都没有了：

“干吗？”

“你这只淘气的小猫。”斯泰尔斯说。

“什么？”

“离开华盛顿都不告诉我们一声。”

“哦，是的，对不起，家里有要紧的事……”

“我很想知道你进展如何。”

“正在取得重大进展。”

“我会假定是你取得进展。”

“是的。”

“没有主语,人们就绝对搞不清楚被动语态究竟说明了什么。好吧,我该睡觉了。我和霍道尔明天要去看莱特兄弟的飞机。”

“他们的飞机?”我的脑子突然停摆,“具体在哪儿?”

“怎么,当然在国家航空航天博物馆啊。国家广场那儿。”一段很长的停顿之后,“你认为我说的哪里,卡文狄什先生?”

“是我糊涂了。”

“但你现在不那么糊涂了吧? 这才是顶重要的事呢。”

红发女已经进去了,而我仍站在人行道边上。又有一个电话打进来。是一个华盛顿特区的号码,我不认得这个号。一个模糊而勉强的声音,让我觉得似有几分相识。

“我是艾克里警探,回你的电话。”

我六小时前曾打电话给他。那时我还不知道那个大家都认为死了的家伙仍然活着,还不知道人可能因为一本书而被谋杀,也不知道一个四百年前出生的科学家可以激励人们去劫掠北卡罗来纳州的荒地,寻找也许纯属乌有的宝箱。

“卡文狄什先生?”

“我在。我当时是想你知道,我在外滩出差,以防你认为我跑路或什么的。”

“那你没有跑路了?”

“嗯,没有。”

“那非常感谢你告诉了我。还有别的事吗?”

我把电话从我耳边慢慢拿开。

“没事。”我说。

“对不起,我没听清。”

“没事。”

&

阿朗索正喝着剩下的伏特加。埃默里·斯维尔飞快地转着套在他手指上的洋葱圈,像转一个小呼啦圈。克拉丽莎揉着眉头。

“我加入。”我说。

“很好,”阿朗索说道,然后瞥了一眼手表,“十点二十三分。暗夜学派开学了。”

英格兰,艾尔沃思,1603 年

19

玛格丽特·克鲁肯山克斯,二十二岁,是在赛昂府帮厨的女仆。2 月 20 日,她被唤到管家的住处。

“先生,你是要见我吗?”

管家绝非顶重要的社会人物——他是诺森伯兰伯爵的远房穷亲——但他态度傲慢,戴着御前马官雪白的环领,并且像君主那样习惯以第一人称复数形式说话。

“我们希望你翌日调到一个新岗位。”

“先生?”

“哈里奥特先生需要一名女管家助理。”

“是哈里奥特先生吗,先生?”

“是的。”

“从什么时候开始呢,先生?”

“公鸡打鸣的时候吧。不要迟到,收拾齐整。”

“是,先生。”

“你吃住也在那边。最好把衣裳细软带上。任何进一步的问题都可以请教格列弗先生,他是哈里奥特先生的男管家。或者问格列弗太太也可以,她是女管家。”

“是,先生。”

玛格丽特正要行屈膝礼,突然一个想法打断了她。

“冒昧问一句,先生,谁是哈里奥特先生?”

“我们可以很高兴地说,他是一位具有卓越才干和优秀品质的绅士。他从事各种实验并且一直都在学习。”

她立刻就明白了那是谁。

在她到赛昂府的第二天——那是12月的一个下午,她正提着装满泡沫和沙子的水桶向河边走去。她抬起头,看见一位身着黑色斗篷、看不出准确年龄的绅士正站在小屋顶上,就在屋檐上,手里拿着一大一小好像火枪弹的两个球体。

在收到某个无声的信号之后,他松开手,两个球同时坠落。最不寻常的是:有人在下面等着。一个男孩(她后来知道,是教堂唱诗班高音部的孩子)侧卧在地上,左眼扫视着地面,观察着两个球的每次落地。

“同时落地,先生!”

“你确定吗?”

“是的,先生。”

他们至少重复了三遍,每次都得出同样的结论。

“一样的,先生!”

这样的工作让观者无比惊奇。它与庄园的工作是如此不同,更接近于消遣,像是一件乐事。

据传管家无所不知,而他似乎也猜出了玛格丽特的想法。

“用土话说,哈里奥特先生就是一只奇怪的獾。但是对年轻女孩是无害的,你可以放心。即使是我们的亲女儿在那干活,我们夜里也能睡得踏踏实实的。”

管家并无子女,但他的语调却明确而坚定。

“我的职责是什么呢,先生?”

“会有人告知你的。但夫人要你必须谨遵一条:哈里奥特先生需要安静。很多事都好说，但是绝对不能吵着他。明白了吗？”

&

玛格丽特将这条规定铭记在心。所以在她敲响哈里奥特家的后门之前，她脱掉了自己的皮鞋，但却因此受到格列弗太太的责骂。

“什么样的姑娘才只穿着袜子走路？怎么，格列弗先生，他们给我们送了只冠蓝鸦来。”

“还有点儿懒鬼的样子。”

“不足为奇！从后厨那边过来的……”

跟许多老夫老妻一样，格列弗夫妇已经形成了一套对抗世界的共同信仰体系，但这体系私下里却随时面临破裂。这位丈夫是一个秃子，长着姜黄色的胡须。他身子微驼，块头却大得不得了，活像刚被人从牧场牵出来的牲口。格列弗太太总是汗淋淋的，白得像被漂过。她长着一张地包天的嘴，身形臃肿，看人的样子像个杀猪匠。

“我想你长得还算可以。但还不至于漂亮得会引起他的注意。”

格列弗夫妇花了许多精力告诉她哪些事不能做：若没人对她说话，她不可以主动说话；不可以比其他人更早休息，或者更晚起床；不许接待客人，无论男女；不许错过礼拜；不许发牢骚、抗议和顶嘴；不许提问题。

“好好记住我的话，姑娘。”格列弗夫人的鼓眼睛焕发出古怪的光芒，“不可接近主人。”

要是他走进了她正在干活的房间，她就得马上离开。如果她听见主人说要什么东西，她就得马上向格列弗夫妇汇报。她在任何时候都不能与他的目光对视、与他交谈，或者碰他的任何东西。要是没有遵守以上任何一条规矩，她将会被立即解雇。

格列弗夫人提示她需要特别留心的地方。

“你肯定不愿像简那样收场，对吧？”

后来玛格丽特才知道简是谁：她是前一任管家助理。她把自己的事情瞒了七个月，直到 1 月份才不得不承认她怀孕了。

孩子的父亲很快就被找到：一个来自里士满的凳子匠，是在篝火会上认识简的。定亲书马上拟好,上面关于婚事的义务从三条减至一条。一周之后,简·杰士珀挺着大肚子,变成了简·菲茨威廉。

“她的堕落就是从小错开始的,”格列弗太太说,“小时偷针,长大偷金。忠言逆耳啊。我们都还没来得及阻止,她就跟第一个找上门来的男人睡了。你千万别像简一样。”

&

每天早晨,玛格丽特五点钟就起床了,同挤奶女工一样。她一起身,刺骨的寒冷就将她包围,尾随她穿过整个屋子,寒风轻拍着她的衬裙。她铲掉昨夜的煤灰,发煤生火,将主人的靴子擦净上油之后又去打水。

早饭后,她要铺床、刷夜壶、扫地、拍净毯子,还要给草垫添上些新草。她整个下午都要干活,一直干到天黑:烤面包,搅拌黄油,洗熨衣物,擦地板,用鹿角膏擦洗盘子、银器以及格列弗夫人的锅碗瓢盆。

她自个儿在阁楼吃晚饭:全麦面包、一片培根肉或猪肉。每周日可以吃到牛脸肉。她也睡在那儿,在一张小矮床上。她累得骨头都冒烟了。阁楼仅有一扇窗。要不是壁台上点着一截蜡烛头,这儿完全是一片黑暗。她并不介意。这样反而可以让她不必看见自己的双手——曾是那么可爱的双手。

&

她偶尔瞥见过主人几眼:一次是楼梯上一闪而过的黑色身影,一次是隔壁传来的低沉的声音。她对主人的了解都是间接的印象。比如说他未经整理的床铺,还带着男性的印痕和味道。他的靴子,每天早上都在壁炉边等着她打理干净。他的衣物,其共同点令人吃惊:黑色斗篷、黑色衬衣、黑色紧身上衣、黑色紧身裤……还有白色环领,领子必须松软,因为他不喜欢上浆的布料擦刮着脖子的感觉。

天气暖和的时候,每周会有一次,她把衣服挂到绳上拍打。这时便会散出丁香、茴香和硫黄的气味……还有些她叫不上名字的气味,苦涩醇厚,带着烟熏味。

在换亚麻床单时她再次闻到了那样的气味。她搜寻了一会儿，最后寻到了窗沿上一串正在变枯的树叶。它们看上去就像塞在玩偶身体里面的木刨花。她拿起一片树叶，将它放在舌头上，吃惊地感觉到一股刺痛直达后脑。

就在第二天晚上，她躺在床上，因为身体疼痛而无法入睡。她又一次闻到了那样的气味，感觉如同一个梦，从她半开的窗户涌入房间。她起身披上床单，往外看去。

他就在她下方的院子里，坐在一个倒立着的奶酪桶上，嘴里叼着一支陶制烟斗。烟斗里冒出一串串水一样的烟雾，飘进夜空。她伸出手来，感觉烟雾环绕在她周围，使她的皮肤得到舒缓。

接下来，她看见烟斗掉落在了地上，主人把脸埋进双手之中，他的整个身体似乎都在摇晃着、冒着烟，好像即将喷发的火山。但他却没有爆发，而是渐渐陷入沉寂。

次日清晨，她依然能够闻到手臂上的烟草味。

&

管家一周会不定期地过来两次，视察她的工作。他说得深切且悲痛。

“客厅壁炉里的煤灰太多，食品储藏室的地板上也有面包屑，餐巾是脏的，水罐上有污点。我们还遗憾地发现，大厅地板上有一个明显的鞋印……”

管家一走，格列弗夫妇立马就接过话头。只有在玛格丽特身上，他们才能够取得共识，从而暂时忘却对彼此的怨恨。

“她管那叫接缝，是不是？”

“笨手笨脚！你简直会觉得她长了两只左手。”

“我想知道，她什么时候才去灌满主人的水壶。大概要等到米迦勒节了，你说呢？”

要是抓不到她的错处，他们就转而开始预言。

“我看她最终会像简一样。”

但这些冷嘲热讽已经起不到什么作用了。很久以前，玛格丽特就不再把简看作是自己必须避免的反面教材了。简逃掉了。她有了丈夫、孩子……和未来。一个年轻女子可以比简更坏。

&

四月的一个星期四，格列弗太太的胃痛又发作了。她在床上翻滚着，咬着枕头以免叫出声来，敷了莨菪药膏也无济于事。格列弗先生最后没法子了，慌乱无措地叫来了玛格丽特。

“过来！去把实验室打扫干净。要快！干完活就回来！”

实验室。这是一个多么陌生而复杂的字眼，却是一间多么不起眼的小屋。两张连在一起的凳子，三个文件柜，一张朴实粗糙的工作台，没有地毯、垫子或者壁挂。甚至都不清楚从什么地方开始打扫。

她有些茫然，在锡镴器皿、搅拌棒、铜盘、放大镜，还有用旧的羽毛笔和干的墨水池间挥着掸子。这是一片物品的海洋，其间点缀着白纸的小岛。

这是一个她永远也回答不了的问题：为什么这张特别的纸吸引了她的注意？

它看上去并不惹人注目：墨水的污渍和干掉的油蜡。这是一张表格，仅此而已。上面是名字和数字：

铜	2.43
金刚石	2.42
蓝宝石	1.76
硫黄	2.00
红宝石	1.76
玛瑙	1.54
蜜浆	1.49

最后，纸页上方潦草的拉丁文字迹吸引了她。

Problema：Datis fractionibis ab aere ad aqua et ab aere ad vitrum：fractionem ab aqua ad vitrum invenire.

她逐字审视着这些词语，嘴里跟着念了出来。

Aere…aqua…vitrum.

词语的意思宛如从某口暗井里涌出的水，滴落在她的脑海里。

空气……水……玻璃。

就在此时，过去那熟悉的音乐似乎又回来了。乐声震颤而哀伤。她站在那里，感到晕眩，仿佛脱离了时间。然后她听见一阵窸窣声，眼角的余光瞟见一片黑色，这才被拉回到现实。

是主人。

他坐在其中一张橡木硬椅上，腿上摊着一张纸。

她怎么就没看见他呢？是因为这些词语的魔咒吗？

她知道规矩。不要说话，马上离开，直接汇报。然而，她却被某些东西绊住了脚。

她试图开口为自己辩解。格列弗夫人……她病了……但却说不出来，也没有行屈膝礼。最后，是恐惧使得她盲目地向屋外跑去。

在她快冲出屋子时，他在背后叫住了她。他的话语如此可怕，因为那是他第一次对她说话。听起来有如雷鸣。

“你识字吗？”

20

玛格丽特识字。

为此她要感谢命运的巧合。她父亲爱书，恰巧又没有儿子。

事实证明，字词的魔法不适合玛格丽特的姐姐。于是玛格丽特高高兴兴地接过了字母卡。她举起那透明的纸片，凝视着那些奇怪而又耐人寻味的符号。

Aa... Bb... Cc...

主祷文是她学着读的第一个篇章。“唱出来”，她听见父亲说，好像这些词语是从她的舌头上跳着舞出来似的。

在那之后，她又认识了大拇指汤姆、狄克·惠廷顿、罗宾汉和亚瑟王。

到了该读更为严肃的书籍时，父亲又引导她通读了《日内瓦圣经》和福克斯的《圣徒传》。当父亲见她对每一个新的挑战都热情高涨时，他又引她走进了拉丁文的迷宫。

主格、属格、与格和宾格。时态、语气、人称、语态和动作体。她读了莉莉的语法教材，然后一点一点地、开始通读西塞罗和特伦斯，从《牧歌集》到《变形记》再到凯撒大帝的《高卢战记》，并从贺拉斯读到了塔利和卢克莱修。

有时候，在阅读中，她能够感受到，自己呼出的气息在纸页上蒸腾。那时她觉得恍如徜徉在温室之中（完全是出于自己的意愿），被词语之光所温暖，又因为父亲的声调而变凉。

“再来一次，玛格丽特。”

&

在从店铺回家的路上，父亲有时会掉头走向圣保罗大教堂的西门，买一卷她爱的十四行诗。“带着如此悲伤的脚步，噢月亮！……来啊安眠，噢安眠！……离开我吧，哦爱情！……有一天我将她的名字写在沙上……既然徒劳无功，来吧，让我们吻别……”

克鲁肯山克斯太太不认字，但她明白此刻占据着她女儿内心世界的光芒，只见她张开着双唇接受每一次献礼。

“放一边去！马上！”

玛格丽特长大后，明白了她是父母之间战争的原因和俘虏。而唯一通向安全的道路就是母亲憎恨的那些书。

玛格丽特十二岁时，父亲做了件史无前例的事情：教她写字。这对只会写自己名字的克鲁肯山克斯太太来说无异于当头一棒。

“她会不适合工作或结婚的！”

一个午后，玛格丽特发现母亲对着一张被自己胡乱涂写过的纸蹙眉。

“妈妈？”

母亲立刻把头扭到一边，但玛格丽特还是看见了她眼中的薄雾。

&

玛格丽特十四岁的生日刚刚过去两周,父亲的针织品店便因大火毁于一旦。由于没有资金进行重建,他开始到大街上售卖他的衣服。然而,父亲难以适应这样的工作和城里的空气。他每天睡得越来越早,再也没有时间阅读。降临节一过,他就得了暴病。两天之后,他死在了床上,脖子上垂着一个乳白色的十字架。

次日早晨,克鲁肯山克斯太太拿走了玛格丽特的所有书卷——她的奥维德、塔利和蒙田,她的《爱星者与星》诗集——把它们扔进一个麻布口袋,然后卖给了书商。

"不再需要这些了。"母亲说道。

她只是注重现实而已。她丈夫的债务使她的女儿们没有希望得到嫁妆、攀上好人家。现在首要的任务是生存。

十五岁那年,玛格丽特·克鲁肯山克斯开始出去做事。一个亲戚在兰伯思给玛格丽特找了份晒干草的活。她穿着红色粗毛呢衬裙,戴着一顶大草帽,每天要打十几个喷嚏。到了秋天,别人雇她当挤奶女工,但她的肩膀又不够强壮,提不动奶桶。在她跌倒三次之后,她就被解雇了。

她还做过麦芽酒,打扫过小教堂,采过麻絮。运气不错时,她每周能挣六个便士;不走运的时候一个子儿也挣不到。大多数时候,她每天只吃一顿饭。她在有气无力的时候能感觉到自己的体重在一斤一斤地减少。而她的骨头,却不可思议地变硬了。

她在夏天患上了山羊热,躺在床上,吐得翻江倒海。母亲看护着她。玛格丽特刚大病初愈,母亲就告诉她,她父亲的一个老朋友安排了玛格丽特去艾尔沃思,见一见赛昂府的监察官。

"想想,玛格丽特!那是诺森伯兰伯爵!"

那时她的双手还很美。为了让自己看上去气色更好,她在面试前专门散了一小时的步。她说话声音很低,眼神垂得更低。结果当场就被录用了。

&

五年过去了,玛格丽特还只是学徒。但在第六年的春天,她觉得自己有希望拿到工钱了。如果幸运的话,她每年会拿到三十先令。

她没有书。就算有,她也不会再读了。

&

哈里奥特先生无意之中在干柴上投下了一颗小火花。玛格丽特能识字。但从一开始这就是她不幸的根源。

这会再一次给她带来灾祸吗?当然,哈里奥特先生会因她的打扰而震怒。他还会告诉格列弗夫妇。明天早上,格列弗太太就会高兴地看到自己悲惨的预言变成了现实,立刻拿走她干活穿的衣服,打发她走,而且一分钱也不会给她。

&

第二天早上五点,她起床了,开始干每天指派给她的那些活计,等待着厄运的降临。她弯腰擦洗着壁炉的煤灰,听见格列弗太太大步走来的脚步声——她已经从病床上爬起来了。玛格丽特闭上眼睛,要自己顶住即将到来的一切。

然而让她大吃一惊的是,她并没挨一巴掌或是一阵暴打。倒是她的左脚踝边有些异样。

"蠢妞!你把这个落下了。"

她凝视着一双旧棉袜的顶端,那是她的抹布。

"主人还不得不亲自拿了来。"

她一时无法相信厄运暂缓了。上午的时间慢慢过去,她的骨头仍旧作痛。格列弗夫妇一如平常,在那里龇牙对骂。到了中午,她已经平静了。甚至当客厅北边的门打开时,她都没转头去看。

然后她听见有人清了清嗓子。这声音非常小心,绝对不会是来自格列弗夫妇。

是主人。他跟往常一样穿着全黑的长袍。一顶无边帽下压着他剪得短短的头发。

"我请求你的原谅,"他说,"我似乎吓到你了。"

然后他微笑了。或者,他尽力微笑了。但他刚露出牙齿——细密整齐,稍稍有点发灰——又旋即闭上了嘴。

“我要么不惹人注意,”他告诉她,“要么又过分惹人注意。似乎还没有找到中庸之道。”

她没有听出他声音里的歉意,忙不迭地向他赔罪。

“噢,先生,我真的非常抱歉。我不是有意的。我当时是在那儿做清洁。请不要告诉格列弗太太。”

“但我已经说了。我是说,我把你的抹布还回去了。”

她仍然不敢直视他的眼睛。

“我是怕自己冒犯了你,先生。”

“可为什么呢?”

“我不能碰你的东西,先生。那是绝对禁止的。这是一条规矩。”

“我想自己一点也不知道会有这些规矩。看起来是有人帮我制定了这些规矩。慢着,这就是为什么这房子安静得像死了一样吗?”

“是的,先生。这是第一条规矩。”

“啊……”

他一只脚踏进客厅,突然犹豫着要不要回来。

“我想请问一下,你在这工作很久了吗?”

“三周了,先生。”

“原来是另外一个姑娘,对吗?”

“是的,先生。是简,她已经走了,嫁人了。”

“是吗?”

他想了会儿,又说道:

“你的名字是……”

“玛格丽特。”

“听你的口音,是从伦敦来的吧。”

“是的,先生。”

他点了好几下头,试图微笑。

“那好,我叫哈里奥特。”

“是的,先生。我知道。”

“哦,当然。他们肯定说过很多遍。”

他微微红了脸。

“非常高兴认识你,玛格丽特。”

“谢谢你,先生。”

“那就这样。”

他举起手做出再见的手势,手里却拈着一张纸。他盯着那纸,仿佛第一次看见它,然后又清了清喉咙,把纸放在了搁板桌上。

她一开始并没认出那张纸来,但接着纸上的拉丁文闪进了她的双眼。

“你,你愿意便拿去。”

“拿去,先生?”

“我最近有很多其他事情要忙。我想你也许想要好好研读一下。我的意思是,在你闲暇的时候……”

在她闲暇的时候。

“谢谢你,先生。”

“当然了,这是用拉丁文写的。”

“是的。”

“我不知道你是否能……”

“我能,先生。一点点。”

他没有微笑,确实。他嘴唇的形状似乎要变得严峻起来。但在这种场合,倒也不会让人觉得不快。

“很好。那明天把它带回来,如果合适的话。”

“好的,先生。”

&

唯一的把戏是把纸藏好,不让格列弗夫妇发现。于是她把纸塞进了内衣。深夜,所有人都休息了。又过了一个小时,她才敢把它拿出来。她把这张纸放在草垫上,借着烛光阅读,非常小心不让蜡滴下来,就像一个逃亡者。

第二天,她确保自己在中午之前就到了客厅。这次她做好了见他的准备。

“我请求你的原谅,先生。我没太读懂。不是全部都理解了。”

他的嘴唇很薄，但看上去并不冷酷。

“告诉我你什么地方没看懂。”

“哦。”

她僵硬得像鲸骨架一样，把纸放在了桌子上。

“‘从空气到水’……这一行非常简单。‘从空气到玻璃，从水到玻璃’都可以理解，但到了 fractio……”

“fractionibis。”

“就是它。我把它理解成了是一种分数……”

“是的，我为自己的速记感到惭愧。这里提到的 fractionibis 是指折射指数。”

“请问先生，那是什么？”

“噢，是这样。当光线遇见了其他物质——一种透明的介质，比如说玻璃或水，它就会弯曲成某个特定的角度。折射指数仅仅就是测量不同介质对光线的弯曲或者折射程度。请原谅，我怕我没有解释清楚……”

“噢，不，先生，我只是觉得这个非常奇怪。”

“奇怪？”

“光线怎么会弯曲呢？”

“这一点也不奇怪。你一定见过彩虹，对吧？那就是光弯曲产生出不同颜色光线的效果。有一种相似的情况就是，如果某人将一根棍子伸进池塘，这棍子看上去就会——就会在与水面相接的那个点上发生弯曲。当然，这不过是光学的假象。引起这种现象的就是——折射。”

她点头，告诉自己得走了。但接着，让她自己震惊不已的是，她又开口说话了。

“那如何测量得到呢？”

“哦，是的，你提到了一个极有趣的问题。通过实验，我确定有一种颇具说服力的关联性，是关于入射角度——就是光线汇聚到其他物体里的角度——和折射角度——就是新出现的这条光束。用第一个角度的正弦值除以第二个的正弦值，二者的商就是折射指数。至少这是目前为止我所能得到的计算结果。”

她的手指轻轻碰了一下那张纸。

“那么所有的这些数字,都是折射指数吗?”

“是的,不同媒介的折射指数。你肯定可以翻译这些拉丁文。有玻璃、水晶、大理石、红宝石、铜矿,甚至硫黄!这个恶魔似乎在下面很是享受了一段黑暗的时光。”

他“咯咯”地笑了起来。接着,他害怕自己有些过了,又陷入了沉默。她也安静了好长一段时间,然后重新集中精力。

“请问,先生,你为什么想要知道这些事情呢?”

这个问题让他一下坐直了身子,吐了一口气。

“为什么……好吧,我本不该向任何人吐露这个原因,但我赞成德谟克利特学派的看法,即物质是由叫作原子的实体组成的。他们相信这些实体不可分也不可毁灭。同时,由于自身特性使然,它们小到肉眼无法观察。正因如此,光线证实了自己是对人类智慧的最好礼物。因为它可以向我们揭示所有事物表面下隐藏着的结构。我们越是更多地将光线射入各类的物质,它们就越多地向我们展示其最隐秘的本质,我们也就更加接近……”

他被自己的话惊着,一下打住了,接着双手交握,以一种判决的口吻低声作结:

“嗯,接近生命自身的本质。不知这么讲有没有道理……”

“是的,先生,的确如此。我认为这是最为宏伟高尚的。”

她立即后悔自己这样说。宏伟……高尚……在他刚刚向她展示的那个世界之侧,这些词语显得多么的微不足道。光、原子、生命。

“玛格丽特,我的目标是——我的确骗自己说有一个目标——那就是在这三个变量间找寻到一种数学关系。我说的三个变量是密度、分子结构和折射指数。这么做是为了——哦,天,恐怕我越说越乱,惹人讨厌了。我得道歉,但我们短暂的交流让我很愉快。”

“不,先生,是我高兴才对,这是我的荣幸,真的。”

“噢。”

他挠着下巴上的一块斑,走开了。

“我对荣幸一无所知。”

她明白了。阿谀奉承对他而言是一种悲哀。

“玛格丽特。”

“是的，先生？”

“你是否愿意观察方才提到的某些工作？更近距离地观察。”

“观察，先生？”

“刚好明天下午我将测量琥珀的折射程度。如果你愿意站在一旁安静观察，那是不会打扰到我的。噢，上帝啊，这个表情，我是不是又破坏了一条规矩？”

“好像是的，先生。”

他紧闭嘴唇。接着，一个想法无中生有地冒了出来。

“也许我可以跟格列弗太太说说这事！我看她不会怎么反对的。只是占用你白天工作间隙的十分钟而已，没有太大的不妥，对吗？”

玛格丽特简直不知该说什么好。格列弗太太会反对的，并且会非常大声地反对。但这是主人提出来的。谁又能驳他的话呢？

“先生，我应该……只要你觉得合适……”

“那就明天下午三点钟，在我的实验室。”

提议还附上了时间地点——他的计划在她眼中显得愈发吓人。但她对此又是如此无能为力。从她嘴里涌出的话语如同是命运的宣判。

“如你所愿，先生。”

北卡罗来纳州，外滩，2009 年 9 月

21

但以前的那个学院呢？读书那些年我和阿朗索建立的那个暗夜学派呢？

我们从未正式叫停这个学院。但在大学第一年的春天结束时，我们见面的次数越来越少了。我们都装作若无其事的样子，但都知道真正的逃兵是我。而我和阿朗索一样困惑。我还可以在哪些地方做得更好？做一个更慷慨忠诚的朋友？功课更好，而不只是读诗、讨论哲学和过瘾？

阿朗索从未要求占用我的所有时间，或者强迫我远离其他朋友。大家都觉得他对男人感兴趣，但他从未有过例如挑逗我之类的鲁莽行为。即便如此，我仍能感觉到我们在一起时对一些未做之事的渴望。我开始找借口，不再跟他见面。有时甚至连借口都不找。曾认为自己坚不可摧的阿朗索越来越烦躁易怒，就像一位知道学生从其背后溜走的老师。

秋天到来之前，我好容易找了一个女朋友。她来自奥斯汀，学的是政治学，脾气极差。阿朗索碰到了肯尼斯·马蒂诺，是制造纸板箱的家族产业继承人。他们的关系一开始是柏拉图式的，即便在是最具激情的时候也没有炽热的情欲。但肯尼斯对于震撼效果的承受力极弱，故而在她母亲的忌日那天宣布要把自己的一生献给阿朗索。肯尼斯的家人对此进行了威胁和责难。但残局完全收拾好之后，肯尼斯也离开了。在拉霍亚，她成了拾得构成主义艺术家的缪斯和赞助人。

至于阿朗索，学期还没结束他就退学了。但他特意同我保持着联系。出于愧疚，是的，以及残存的感情，我也对其给予了友好的回应。我们的学院活动或许是中断了，但它从未真的结束。因此我并不对那晚阿朗索在台球俱乐部的约定感到惊奇：他和我将会在每个早晨见面，然后进行当天的议事日程。

现在，我们再次焕发了男子气概，每天早上都聚在埃默里·斯维尔的小屋里（而埃默里则被叫出去当差了）。第一天早晨，我带来一个塑料暖瓶，里面装着咖啡。除此以外，还有一品脱橙汁、松饼，以及十八个硬面包圈。阿朗索的脸一下就埋进了食物当中，活像个难民。“我一直在——不好意思——我一直在考虑这工作该怎么分配。现在……”他舔着嘴唇上留下的面包屑，“我在想，我和埃默里可以负责实地调查，梳理熟悉的消息来源、咨询权威、进行现场考察……尽可能重建哈里奥特的轨迹。而你和克拉丽莎……”

“怎么？”

然后他让我看哈里奥特图上的那个圈轮。

初次看这图时，我忽视了这个圈轮。那是一圈写得极小的字母，像地球一样环绕在地图周围。阿朗索借助放大镜观察，将字母按顺时针顺序记录下来。

PsjAYStrooxeidDVegaLOkuxTmLikcyCUsSxGAzyrnrmuOrrLBAkchrltRdgarnoomONOssfrtvQhiHeRbdallZolgeanitzPeFpfhlogionLlLqaBwnbAdauncsleckQooTiatGlgKIkiWfleatHEstRqiabaOtzKCdMCpnfeffkuv

“这是地图的传奇所在，”阿朗索说，“我完全相信。如果我们破译了这个轮子，我们就破译了这幅地图。”

我的咖啡凉了，都可以将手指伸进去搅拌了。

“只是你很清楚，我不是密码学家。”我说。

“怕什么呢。克拉丽莎可是电脑专家。我要你做的，是提供参考框架。寻找短语、名称和字词。任何可让你联想到这个人或这个时代的东西，都要试一试。”

他重重拍了一下肚子，声音里全是恶作剧的调子：

“顺便说一下，亨利，我很喜欢你的悼词。”

我放下松饼，直勾勾地看着他的眼睛。

“哦，上帝。”

说到底，关于阿朗索的追悼会，我最不可磨灭的记忆是什么呢？是莉莉的咕哝抱怨，像一个疯女人。

我说：“我的上帝，你那时跟莉莉连线了。她对你该死的葬礼做了现场直播。”

“葬礼自始至终都很感人，亨利。你当时没有太过伤感。你知道我有多讨厌那样。对了，告诉我你认为克拉丽莎怎么样。”

“嗯……”我对着天花板做了一个手势，“她挺勇敢。”

阿朗索吼道：“你干吗不直接说她挺酸的？”

“嗯，我不知道。你相信托马斯·哈里奥特每晚都来看她吗？”

“我相信那是她看到的，是的。我相信这些幻觉来自于她自身之外的其他地方。”

“因为她说出了几个拉丁词。”

“因为她不想看到这些幻象。因为她拼命想摆脱它们。”

“精神分裂症患者也是这样。”

话虽如此,我还是想起那天早上离开克拉丽莎时的情景。她坐在旅馆休息室里的一张藤椅上,弯着背,像只羊角面包。她抬头看我,眼神空洞,好像得了青光眼一样。

“还有件事,”我说,“她为什么从一开始就在这儿?像她这样富有吸引力的年轻女人无疑应该在其他地方下注。”

“人们总是去他们该去的地方,”阿朗索说道,拿起纸盒,喝光了里面的最后一滴橙汁,“你不这样认为吗,亨利?”

&

问得好。我在该在的地方吗?

我是这世上对能找到金子最不抱希望的人。但事实是,在过去的二十四小时里,我原本有两次机会可以离开。并非托马斯·哈里奥特使我留了下来。在这样的意识下,当我看到塘鹅臂旅馆的粉砖时,我一下提高了警惕。克拉丽莎在海边的走廊里,闭着眼睛,头发在风里显得有些凌乱。她穿着一条金丝雀黄的太阳裙,衬着糟糕的灰色靠垫,显得十分怪异。她的脚趾涂了指甲油——牛排一样的朱红色——我承认自己很想咬上一口。

“我们有事做了。”我说。

于是她坐到房间的单人扶手椅上,打开她的苹果笔记本电脑,一头扎进工作中。哦,她只是偶尔上一趟洗手间,是的,偶尔伸展一下身体,喝一大口冰茶,不到一分钟时间又会直接回到解码程序中去。

我呢,我在膝上放了个记事簿,一想起跟哈里奥特有关的名字就赶紧记下。罗利、珀西、马洛和查普曼,以及所有相传是暗夜学派的成员。还有哈里奥特的地理教师——理查德·哈克卢特,哈里奥特的数学教师——托马斯·艾伦,同哈里奥特通信的开普勒,哈里奥特的竞争对手——伽利略,以及布鲁诺、第谷和罗杰·培根,还有约翰·迪伊、乔治·里普利和阿维森纳。

哈里奥特的所有朋友,以及同样数不胜数的敌人。埃塞克斯伯爵——他是珀西的大舅子;罗伯特·塞西尔——他是伊丽莎白女王和詹姆士国王的首席顾问;安东尼·艾伍德——他控诉哈里奥特具有关于《圣经》的奇怪想法并抛弃《旧约》;神父罗伯特·帕森斯——这位耶稣会修士说哈里奥特教年轻的绅士们嘲笑摩西和耶稣;尼古拉斯·杰弗里斯——他说哈里奥特否认"身体复活";波帕姆——这位判处罗利死刑的首席法官,曾要求罗利必须挣脱"恶魔哈里奥特"的影响。

然后我又开始罗列地名。克利夫顿——哈里奥特的父亲在那儿做过铁匠;牛津和圣玛丽堂——哈里奥特十七岁时在此被录取;谢伯恩城堡——可能是暗夜学派碰头的地方;达勒姆府——罗利在伦敦的房产;莫拉那修道院——罗利在爱尔兰的房产;还有前往美洲途中的诸多站点:普利茅斯、波多黎各、伊斯帕尼奥拉岛和沃克孔。

一个接一个的名字。每出现一个新的,就遮蔽了前面的那个。没有哪个名字给人带来特别的希望。克拉丽莎也没有比我取得更大进展。这对我的确是个反常的安慰。到现在为止,她已确定这串字母不是某种替代密码或算法。但不管她往解码引擎中输入什么,都只能得到更加抽象的结果。

我们没吃午餐,一直工作到晚上。七点半时,我们在当地的小凯撒比萨店里叫了一份三层肉比萨,以及半打内华达山啤酒。克拉丽莎双腿交叠,坐在潮湿的白色粗毛地毯上,一块接一块地吃着比萨,时不时地看看她的餐巾,好像要给它寻个准确的名字。

"那么,"她说,"告诉我。你恨他吗?"

"谁?"

"沃尔特·罗利。"

我喝下一口啤酒,斜眼看着她。

"我为什么要恨他?"

"他毁了你的学术生涯。"

"这跟罗利无关。我从没——我是说,如果你一定要知道的话——我现在只想为罗利正名。"

"但谁错怪他了?"

"这个……"我揉捏着颈后的肌肉,"历史,从某种程度上来说是这样。历史把他掩盖了。在他的所有身份里,他首先是一位诗人。而后才在空余的时间里席卷加的斯,与西班牙无敌舰队作战,从阿拉珀霍河顺流而下,并且——"

"把他的斗篷扔到水坑上!为了不让伊丽莎白女王弄脏她的鞋。"

"这也许是从未发生过的事。看看他实际做过的所有事情,他是什么样的人——廷臣、士兵——探险家、赞助人——但这只是他真正渴望的延伸。而诗歌,才是让他的人生具备意义的唯一方式。如史诗一般,永不消逝。"

我似乎有好几个世纪都没谈论过这个话题了。

"那好,现在,"克拉丽莎说,越过她那啤酒瓶子的边缘对我进行着设计考量。"你的生活又是什么类型的诗歌呢,亨利·卡文狄什?"

"散文,全是散文。"

她的脸上慢慢浮现出一个天使般的微笑。她一下爬起来,揉揉眼睛,有气无力地问道:

"告诉我这是谁的房间?"

"我的。"

"好吧,晚安。"

"现在还早啊。"

"对我来说不早了。明儿见。"

我看着她离开,一直在想,如果我要她留下,将会发生什么。

啤酒已经喝完了。于是我开车去了当地的通酿酒吧,喝下一公升紫月亮西拉红酒。回到旅馆不到十分钟,我就吐在了浴室的地板上。

体内剩余的酒精让我想听一听巨大的嗡鸣声。我打开特纳经典电影频道,半眯着眼,看珍妮特·麦克唐纳为抓住克拉克·盖博的心而费尽功夫。看着看着我就睡着了。

几小时后,门重重地撞在我的头上。于是我醒了,赶紧退到十英尺外。

是克拉丽莎。她穿着自己浅灰色的T恤,一步就迈进了房间,眼光热得发白。

"是哈里奥特。"她说。

“好吧。”

“真是他。”

“好。”

“他和一个女人在一起。她的名字叫玛格丽特。”

英格兰，艾尔沃思，1603 年

22

首先让人感到惊讶的是：哈里奥特先生用以寻求启迪的实验室……几乎一片黑暗。

看上去就好像有人把毛毯扔到了窗户上。玛格丽特停在房间的入口，从黑暗之中看到了一个移动的影子，听见有人粗声粗气地说：

“进来，进来。”

她两步就跨进了屋里，等待着眼睛适应黑暗。

“你可以坐下。”

终于可以看清周围的物品了。一张工作台，长约两码，用肉贩卖肉的纸包着。桌子上放着一个抛光后的三角形琥珀。正上方只有一盏用链子挂着的吊灯。

主人没说任何开场白，也没解释什么。他正忙着对测量过的每一段距离和每一个角度做最后的计算。

最后，他放下了指南针和尺子，停了一会儿，然后他把一段带槽的红木慢慢置入灯下。

效果立竿见影。一大片灯光突然就被滤成一道单独的光片，投射在了那块三角琥珀暴露在外的侧面。突然，一道同样类型的光束偏离了原来的光线,迸射出来。琥珀看似被劈成了两半,实则神奇地保持着完整。

没时间来欣赏这个效果。主人抓过量角器,又开始工作起来。他喃喃自语地念着每一个角的名字“ABH …… GBI …… FBM……”,潦草地写下每一个数字。工作进展缓慢,因为他坚持每个角都量两次。十分钟后,他就几乎意识不到她的存在了。她得把话重复说上一遍,他才能听见。

“打扰了,先生。我的工作……”

“哦哦,是的。”

她也不知怎么做才合礼数,于是往后退了一步,行了屈膝礼,直接朝门边走去。快些轻些,她对自己说着。鞋跟离地……

就像他们第一次见面那样,他叫住了她。

“明天再来吧。”

&

她第二天又来了。之后每天都来。她总是等在门外,在钟鸣三下之后才进去,然后低头行礼。

“我来了,先生。按你的吩咐。”

他为什么吩咐她来?他想从她这儿得到什么?她能说的就是,他不过就是要她来当个观众。但他却没有演员的虚荣。他烦躁,咕哝,抓耳搔腮,顾此失彼,一会儿又跟羽毛笔过不去……表现得就像是自己的奴隶。最叫人吃惊的就是,一个下午,他似乎拨开了周身的迷雾,对她说:

“玛格丽特,我能劳烦你记下数字么?”

她一开始畏缩不前。她很少练习书写数字。起初唯一的办法就是模仿他的写法。3 和 5 下面的弯写得有点儿尖,2 写得斜斜的,4 写得有些晃。她完全吸收了这样的写法,后来这就成了她自己的字体。不多久,她拿着羽毛笔,书写变得流畅起来。时间一分一秒地过去,主人表格上的栏目已被填满。她甚至为自己能在如此艰巨的任务中扮演这样一个小角色而异常激动。或者只是工作本身让她感到了放松?

不知不觉地,她在实验室里待的时间越来越长,从十分钟到十五分钟,再到二十分钟。在她告退时,他脸上的表情总是非常迷惑,好像她是被他置入方程的一个变量。

一个下午，他在桌上放了一个大水晶球。预言家的水晶球，她想着。他行动刻板，停顿颇不自然，好似一个法师。在把红木槽放到灯里的时候，他的手确实在发抖。

和上次一样，光线照了进来，但又不尽相同：光似乎没费什么力就点亮了水晶球，使它瞬间变成了一个多彩的王冠。靛蓝色、紫罗兰色、红色、橘色以及亮黄色。还有一种绿色，几乎可以让她闻到青草的芳香。每种感觉都膨胀了，但任何一种单独的感觉、甚至之前所有感觉都合在一起，也不能尽数。

她感到眩晕，从凳子上站起来，隐隐察觉到右边出了乱子。墨水瓶……被她打翻……带着苦味的墨水一下子倒了出来，眼看着要流到数据表上。

主人最先反应过来，一把抓过了那张纸。但在慌乱中，他的肩膀又撞到了灯上，一堆玻璃“哗啦”掉了下来。一秒钟后，桌子就着火了。

玛格丽特大口喘着气，抓过羽毛笔和墨瓶，感觉火焰已经在舔舐着她的手指。她看着主人扯下窗上的毯子，又将它扔到桌上。但是火焰又冒了起来，且火势更加凶猛，就像空气一样吞噬了毛毯。

外面传来了急促的脚步声。玛格丽特转身看见格列弗太太提着一桶水摇摇晃晃地进了房间。这情景足够让她大笑。但还不等她笑出来，水已经泼在了桌上。接着是一阵明显的“嘶嘶”声……一阵垂死的叹息……火焰变作浓烟，将他们围住。

格列弗太太喘着气，骄傲地放下了桶。她的声音凝重得像一个女预言家：

“哈里奥特先生，可别说没提醒过你。”

“这完全是我的错。”

“让一个小姑娘来干这样重要的工作是违背自然和常识的。这完全不靠谱。”

玛格丽特看着格列弗太太据理力争的样子，突然意识到：她一直在等着这一刻的到来。

“主人，你一定得明白。这姑娘是来为我们做事的。不是来给我们找事的。”

“是吗?”

他也许是想驳斥这个观点。但从他的声音里却听不出来,只是其他部分微微表现出了激动:眉毛、手指、脚。

他实在太畏畏缩缩了！要不是突然生出一股同病相怜之感,玛格丽特几乎都要看不起他来。托马斯·哈里奥特先生在自己的生活里也说不上话,就跟她一样。

“这已经够了,”格列弗太太说。“过来,玛格丽特。”

格列弗太太拍了一下她的下巴。只是轻轻打了一下而已。是刚才的话刺痛了她。这已经够了。这个管家婆似乎已在某种程度上与她母亲结成了同盟。

不再需要这些了。

&

那晚,玛格丽特躺在冰冷的床上,指尖仍旧刺痛不已,每个毛孔都还感觉得到被火灼伤的疼痛。她无法想象自己还能睡觉,但事实上,她的意识却渐渐模糊起来。迷糊间她听到轻轻的敲门声,紧接着一个声音响起。

“玛格丽特？你在吗?”

她迅速爬起来,裹起毯子,然后拔掉门闩打开了门。

主人站在那儿。穿着黑色袍子,没有戴帽。他擎着一根蜡烛,尽量用欢快的语气说道:

“啊！你住的地方……”

她曾不止一次地想象过一个男人来到她的卧室。但绝不是主人这个样子。

“玛格丽特,可否帮一个忙?”

“先生?”

“我想给你看些东西。”

他停了一下。

“到外面去。要是你不反对的话。”

她回去穿好衬裙、裙子和背心,而他在楼梯那儿等着她。然后他做了个手势，招呼她跟他下楼去。他在最后一级台阶上停了下来，手轻指着耳朵：听。

黑暗中，从一间里屋传来波涛汹涌的声音。格列弗夫妇的鼾声。

"格列弗先生发出的是高颤音，"哈里奥特先生说。"而他貌美的情人则是持续低音。"

还有十分钟就到午夜了。赛昂府的每一个人都已躺在床上。大地的鼾声也穿行在灰杨和银桦树里。

她低头看见主人的手里拿着一只圆筒，有一英尺半长，包在发霉的皮革里。

"这是我的望远镜，玛格丽特。很有年头了。我在很早以前把它带到了弗吉尼亚。当地的阿尔冈昆人完全被它征服了。请……"

她有些笨拙地抓着望远镜，把镜片举到眼前，朝天空仰起头……

她猝不及防，向后退去。夜晚的黑幕中突然出现了无数的星星。

一定是变了戏法，她想着，接着月亮涌入了眼帘。月亮是那样的大，她都不敢相信自己的眼睛。也无法将视线挪开。

"只是放大了两倍，而且视野相当狭隘，就像你所看到的那样。我会禁不住设想，有那么一天，通过对凸面镜和凹面镜的合理配置，人或许能——嗯，很难预测……"

"人就能真正看到月亮了。"她一边说，一边将望远镜放低。

"是的，月亮。以及它所有的——所有的特性。我们也许就会有些信心，可以证明月亮不是用绿奶酪做成的。"

或者是疲倦的星星，她想着。当她还是个小女孩时，父亲就是这么对她说的。每天夜里，最困的星星会游下来，在月亮上躺一会儿——直到他们有力气再爬上天空。

"先生。"

"怎么？"

"我能再看最后一次吗？"

"当然。"

月亮再一次颤抖着进入了她的视线：不是特别圆，也不太真实，但似乎相当自得。为什么她就找不到一个词来描述这样的体验呢？

她又何必烦恼呢？这世界的对话已经够多的了。青蛙、北美夜鹰、鸱鸟、欧夜鹰、鹑鸟……它们啁啾争鸣，以某种有违常理的方式彼此韵和。南边响起午夜的钟声，为这些声音打着拍子。而月亮仿佛凌驾于万物之上。

她听到主人的声音，低沉而坚定。

“是的，我是应该这么说。”

她抬头看他。

“先生？”

“我应该说夜间相当合适。”

她摇了摇头。

“请见谅，”他说，“我只是在思考研究光学性质的最好条件。在我看来，在夜间，由于光和黑暗的对比更强烈，我们可以进行更加细致的测量，进行折射之类的测量。”

她留意到了“我们”，或许他也一样。他重重地并拢了靴子的后跟。

“我们已经肯定格列弗夫妇在这个时候都睡死了。我想，我们可以自由支配这段时间。只要别再燃起篝火。”

她明白过来，他是在征求她的同意。她同时也明白，睡眠对于她来说已然是奢侈。她站在那里，在看似永恒的夜空之下，在夜晚最深沉的时刻。

“如你所愿，先生。”

23

第二天晚上，九点刚过，她出现了在那里。

乍眼一看，在这个时间见面似乎没有什么不同。工作还是老样子：烦琐的测量，一排又一排的记录。这房间比之前暗不了多少，只是阴影更浓,光线切入更深。

还有一个不同之处:记录。书写在白天还具有某种魅力,一到夜晚就变成了苦刑。她的手在纸上吃力地移动。听见数字,注意力却时而集中、时而涣散。甚至有那么几秒钟,主人的声音也变成了单调的嗡鸣,叫她难以辨认。

他是否注意到她的注意力不集中?他甚至知不知道她在房间?诚然,有时他会停止自言自语,并直接同她讲话。他甚至不时努力向她解释——比如关于正弦和余弦的计算——但这也带着教授的腔调。尽管她的拉丁文还不错,但她的几何学知识却刚入门。她知道一个直角就不是一条斜边。三角学对她而言就如同阿拉姆语一样难懂。

“当然,正弦和余弦函数之所以特别能够说明问题,玛格丽特,是因为它们不取决于三角形的面积。它们只是表达角度之间的关系……”

“是的,先生。”

这些词语如瀑布一般朝她倾泻而下,她似乎都要在它们之下化为乌有了。然后他叫上她,开始又一次测量。于是她迅速而潦草地记下结果。工作继续。

Angulus……refractus calculum hdb incidentia……

每天晚上,当工作结束,他会像一个普通男人那样休息放松。拿出他的烟斗,装上烟草,在最近的蜡烛上点燃,然后深深吸上一口。滚滚烟雾打着圈儿,飘得满屋都是:玛格丽特本来就痛的眼睛又得承受新的刺激了。

在某一时刻,她开口向他告退。他朝她转过头来。

“晚安,谢谢。”

她离开时总要偷偷回头看上一眼。但他总是跟道别的时候一个样。仍旧坐在那里,没有丝毫要去睡觉的意思。

然后总是这样,他可以想睡多晚就睡多晚。而在大多数的夜晚,玛格丽特都是快一点了才上床,四小时后又要起来。差不多在第一周,害怕被人发现的恐惧驱使着她打起精神干活。但由于长期缺乏睡眠,她发现,越来越难听见公鸡打鸣。一天早晨她不得不被格列弗太太叫醒。

“懒妞!”

她尽可能随时随地补觉。但更多时候，往往是睡意猛然将她俘虏。在打扫书房的过程中，她得在墙边靠一会儿，不然整个人就会垮掉。她弯着腰在洗衣桶边干活，醒来时发现自己的头靠在桶边。在铺床的时候，她跌在了床上，如同掉进了一个池塘。

在四月一个星期五的早上，她终于撑不住了。她从养鸡的院子里捡了鸡蛋，兜在裙子里往回走。突然，日光和风让她睁不开眼，她晃了几下——像一只垂死挣扎的公鸡，前胸朝下跌在了地上。

她被一种湿漉漉的感觉所惊醒。鸡蛋被她的身体压得粉碎，渗进了裙子，冷冰冰地贴着她的皮肤。她翻过身……等待血液回流到大脑……然后睁开双眼，看到面色铁青的格列弗先生。。

"你生病了吗，姑娘？"

她可以装病。但那样他们可能就会去请医生。搞不好还会请来管家。

"对不起，先生。刚才我似乎没站稳。"

"我看到的可不是那样。我看到的是一个缺乏责任感的姑娘。"

她一点一点地站了起来，查看裙子上那黏黏糊糊的碎鸡蛋液，觉得奇怪而又难为情。

"不会再发生这样的事了，先生。"

"是不会了。"

他抓住玛格丽特的衣袖，拖着她走出后门。在他们经过厨房时，格列弗太太立马心领神会地跟了上来。

是去伦敦塔，玛格丽特昏沉沉地想到，他们是要把我关进伦敦塔。

每天这个时候，主人都照例在写信。

"怎么了？"

"主人，我们有很糟的事情要报告。"

责难接踵而至。她不禁惊叹于自己罄竹难书的罪行。睡过头、打扫不认真、马马虎虎、拖拖拉拉、无礼、懒惰。夸张得简直让人发笑。格列弗太太火上浇油的叫骂更是让她费了好大劲才忍住没笑：

"她认为鸡蛋长在树上吗？"

在整个指责过程中，主人的双手紧握。只有他的眼睛在动，从格列弗先生看到格列弗太太,从地板看到天花板。随后,带着一种难以捉摸的古怪的不安,他的视线停留在了玛格丽特那散发着硫黄臭味的裙子上。

整个房间陷入沉寂。然后主人用几乎难以听见的声音说道:

"我想你抓错了人。"

"先生?"

"如果玛格丽特确实无力履行工作职责,那也是因为我私自占用了她的时间。"

格列弗先生的嘴顿时合住了,仿佛含着一块软骨。

"占用?"

"是的,实验,高度敏感的实验。并且国王和教会都很重视,要求立即进行,不得拖延。"

现在轮到格列弗太太来解读意思了。

"在晚上?"

玛格丽特一屁股坐在旁边的凳子上。她闭上眼睛,几乎都要飘走了,然而主人的声音又将她拉了回来。

"我很抱歉,格列弗太太。我忘了告知你我的决定。"

"决定,先生?"

"经过考虑,我认为现在是时候雇用一位实验室助理了。"

玛格丽特伸手拨开眼睑——惊恐地发现屋里的每一双眼睛都落在她身上。但她还不能理解发生了什么,只听得主人继续说道:

"我相信你可以马上开始工作,玛格丽特。不,不是马上。你可以在这周剩下的时间里休整一下。一两个晚上的良好睡眠也许就能让你完全恢复体力了。我们不能再给格列弗太太添乱了。"

一阵可怕的沉默,接着被这个老女人的叫声打破:

"这样不行!"

"的确不行!"老男人也喊道。

"恐怕必须如此。"哈里奥特说。

"可谁来干玛格丽特的活?"

"是管家把她送到我们这儿的。我相信他也能另找一个完全胜任这份工作的姑娘。"

现在格列弗夫妇完全明白了:他们有了一个新的主人,将会下达新的吩咐。

格列弗先生的声音极其狡猾:

“我不确定伯爵会怎么说。”

“谢谢你提醒我,格列弗。如果没有记错,我明天下午将同伯爵大人见面,从一点到三点。我到时会向他报告此事,并且相信可以说服他。我们很少求他,是吧,格列弗?”

主人与他们对视了几秒钟,然后带着抱歉的微笑示意他要写信了。

“我要工作了,请求你们离开。这样你们也好去忙自己的事。哦,对了,格列弗?”

“先生。”

“谢谢你来向我告知此事,再见。”

24

诺森伯兰伯爵的藏书室是全英格兰最好的藏书室之一:一摞又一摞朽蛀的书卷,全都纹饰着他的标注。然而,因为其性格中的某种特质,他可以轻易放弃与书相伴的生活,只为走进大自然的藏书室中。

在这个四月的午后,伯爵正坐在一棵柳树下,望着艾尔沃思磨坊的溪流。他右手握着一根钓竿,靴子上沾着春天的污泥,呼吸平缓,似乎又重新焕发了青春。

与他形成鲜明对比的是他的同伴。他的黑衣使他看上去好似一片侵入柳荫之中的乌云。哈里奥特对钓鱼和实验室都抱着同样的热情。的确,唯一能让他进行此类远足的理由就是:通过慢慢摸清不可侵犯的科学原理,他和伯爵将为未来所有的渔夫们指明道路。

在今天,那些原理似乎难以捉摸。两个小时了,俩人竟连一条鳟鱼也没钓到。的确,哈里奥特亲自选用黑羊毛和公鸭毛,设计了仿生苍蝇钓饵。他难道没把羽毛底面涂成黄色吗?他难道不是首先把它们浸泡在茴香水里吗?他难道没让它们再风干两星期吗?

就这样,哈里奥特对周围景色完全无动于衷:风吹过时柳枝的歌唱、溪面上斑驳交织的光影。唯一打断他思考的,是伯爵清嗓子的声音。

"亲爱的汤姆,关于你的那个实验室助理……"

伯爵没把话说完,接着是长时间的沉默。哈里奥特现在不得不说点什么了。

"大人,事实是这样的,我一直需要一个助手,但是又碍于面子没有开口。事到如今,我不得不拦住你的其他侍从,自行向你禀明此事。尽管这为你的家务和东道主热情都带来了压力。"

他是多么口干舌燥啊。

"就目前来说,我的光学研究刚刚进入了一个需要格外小心的关键阶段。而我觉得克鲁肯山克斯小姐将为研究的推进作出不可估量的贡献。这将使我们能获得、获得希望中的成果。"

伯爵依然保持着沉默。

"当然,大人,我无意为格列弗夫妇增加负担。他们对我一直都很忠心。我完全能够忍受由于人手缺乏带来的后果。凌乱也好,灰尘也好,邋遢也好——我绝不抱怨。甚至根本不会在意。"

伯爵将钓竿换到了左手,轻轻拽了两下钓丝,又重新靠坐在柳树下。

"你对此下定决心了,汤姆?"

"当然,不然我就不会提起了。"

"那你是铁了心要用这个人了?"

"是的。"

伯爵又提了一下钓丝。

"我该怎么说才能让你明白呢,汤姆?如果这种交往是你想要的——别,请让我说完——如果你想要这样的陪伴,那我一定是这世上最不会妨碍你的人。但你没必要编造出这样一种需要……来满足你的其他需求。"

伯爵微妙的措辞完全把哈里奥特引向了相反的方向。

"克鲁肯山克斯小姐不是我的情人。"

“我没说你做了丢脸的事，汤姆。我只是觉得不解。要是我没记错的话，你从来都没为仆人的事操心过。可为什么在这件事情上一反常态呢？”

“我不知道还能说什么。”

“她漂亮吗？”

“也许吧。也不是太漂亮。我不知道。”

伯爵大笑。

“恐怕你永远也成为不了一个写十四行诗的诗人。”

“大人，我对她的尊重与她的容貌无关。她有一种品质，但我承认很难准确地将其定义出来。”

“那就尽你所能吧。”

哈里奥特凝视着溪流对面。一株西克莫无花果树正徒劳地向他挥动着枝叶。

“大人，我想是这样的。是因为她并没有像其他这样境遇里的女孩子一样，向现实妥协。她正向着光明奋进。只是她没有察觉得到而已。”

“那你是如何察觉到的呢？”

“因为我在她这个年纪时也是如此。每当我看着她，我就看到了自己。”

伯爵心不在焉地笑了。摇了摇头。

“你们两个是完全不同的，汤姆。你是一个男人，有着男人的能力。你不能期望大自然会以同样的方式塑造一个女人。”

“大人，我不能妄称了解大自然赋予性别的不同角色。我只知道，如果处在玛格丽特这个年纪，如果有人告诉我——我不能学习……不能投身于这个世界，并了解它的奥秘和可能性……如果是钱的问题，大人，我十分乐意拿自己的钱来付给她酬劳。”

“哦，钱。我什么时候不是在大出血啊。比起我的产业来，没有哪个医生能让我出更多的血了。”

伯爵伸直了腿，让鱼竿悬在水里荡了一会儿。

“很好，汤姆，你可以认为我已同意了你的请求。”

“大人——”

“但作为报答，你也得同意我的请求。”

伯爵稍稍放低了声音。

“在六月八号，也就是本周日，赛昂府将承蒙难以言表的殊荣，迎接英格兰的国王陛下。这事我只告诉了你一人。我刚同意了你的请求，以此表达我的敬意。接着我又不得不向你提出无意冒犯的要求。”

“大人？”

“我恳求你到时不要出现。”

他们四目相对。是伯爵先移开了视线。

“汤姆，你是这个动荡年代的牺牲品。国王刚刚继位，每天都在谁是同盟、谁是敌人的问题上摇摆不定。不幸的是，他对待某个人的态度却从未动摇。”

“沃尔特爵士。”

“国王殿下将我们的朋友看作是生了坏疽的肢体。一旦他要将其截掉，那要怎么做才能保住其他相关的人呢？”

“那你是要防止感染蔓延。”

“我是要保护你，汤姆，以及我们所有的人。你不知道自己在宫廷里很出名。一旦国王注意到你，他就会想起沃尔特爵士。而这又会让他想到那个所谓的无神论学派。不消一秒钟，国王就会兴致全无。我可负担不起让他扫兴的罪名。”

他可不是随便使用“负担”一词的。伯爵现在只是租用着这块土地。如果他能博得国王的欢心，那他也许有朝一日将拥有赛昂园的永久产权。

“我至少很高兴，大人能逃脱像沃尔特爵士和我所染上的污点。”

“你知道，我费了好大劲才把自己擦洗干净。我们将要知道，这番努力是否奏效。”

哈里奥特先生的微笑中出现了一丝悔恨。

“我还能说什么呢，大人？告诉我最近的修道院在哪儿，我就到那去。”

“别忘了，我们居住的土地上原就有个修道院呢。你待在自己的房子里就好。”

伯爵呼出一口气，把手放在这个比他矮些的男子的肩上。

“如果我没记错，你从来都不太喜欢宫廷生活。”

“的确如此。”

“那就活在这样的希望之中吧。一旦我获取了国王的信任，或许就能恳求他慈悲为怀，对你和沃尔特爵士从轻发落。”

伯爵把头微微倾向一侧，半眯着眼睛。若不是他发出了尖锐的声音，旁观之人也许还会认为他在打盹。

“我想，没有痕迹。”

“什么痕迹，大人？”

“我们的黑暗宝藏。”

这是马洛给起的名字。怎样才能更好地描述一夜苦工之后的成果呢：五个人一直干到黎明，以恐惧来相互催促……更让人恐惧的，则是看到他们创造出了什么。

“大人，对我来说，这份宝藏在十年前就已消失。”

“那我们就祈祷它一直如此吧。近来，似乎有许多事情要重新冒出来了。”

他又注视着艾尔沃思磨坊的溪流。

“除了鳟鱼。”

北卡罗来纳州，外滩，2009年9月

25

“一个女人？”

阿朗索费了好大劲儿才把牵牛花松饼塞进嘴里。他喝下一大口蔓越莓汁，然后斩钉截铁地断言道：

“没有记录表明托马斯·哈里奥特曾和一个女人在一起。”

“嗯,不对,”我说,“他有个姐姐,在遗嘱中他还提到过呢。他还给一个女管家留下了一笔遗产。是个助理管家。他和一些夫人们也有来往,像罗利夫人,诺森伯兰夫人……”

“亨利,既然你有意胡乱曲解我的意思,那我就再说一次:在有关哈里奥特的文件里,都没有记载过一个叫玛格丽特的人。”

就在这时,克拉丽莎的话又绕回到我的耳边。

“也没有关于他出生的记载。但他确实出生了。”

阿朗索故意把三包无热量甜味剂都放进他的咖啡里,说道:“亨利,你不就是组织内部的怀疑者吗?”

“难道不是你认为克拉丽莎的幻觉——等等,你当时怎么说来着?——它们来自于她自身以外的其他地方。我刚刚才弄明白,你是想要得知那儿的最新消息。”

“不过比起追查玛格丽特啦贝蒂啦,我们碰巧还有更重要的事要做。今天下午,我要开车到奥克拉科克去见一位研究阿尔冈昆历史的专家。他老早就认识——天哪,埃默里到底去哪儿了?”

然而,我们四处都找不到这房子名义上的房东。我在离开十分钟后,发现他正在砾石马路上游荡。他的衣服换了:薄纹裤子和礼服衬衣。他的脸也不一样了。脸上每块肌肉都在投降。

“我没法让他听我的话。”他说道。

“你说阿朗索?”

“我一直在跟他说。一切都转移了,是不是?”

“一切都……”

“岸洲就是这样的啊。转移,又重组。”

他想让我明白,几千年以来,外滩群岛一直处在不停的运动当中。滨外沙洲的沙子被冲上海滩,又被下一次潮水冲走。自哈里奥特那批人来到罗阿诺克岛后的四百二十年以来,北边的海岸已后退了四分之一英里。现只残存了一个罗阿诺克岛的入口,其余的都已不见,并且岛的西南地区大部分已经消失了。

“我一直在跟阿朗索说,但他就是不听。不管哈里奥特认为他把宝藏留在了哪里,那宝藏也已经不在那儿了。”

我发现自己处在一个很奇怪的境地,因为我想安慰埃默里。

“哈里奥特可能把宝藏留在内陆了。”我提示道。

埃默里审视着他鞋底上沙粒形成的旋涡。

“我有时的确在想我们到底是不是该这样做——把东西给挖出来。也许不做才是更大的善行。”他低声说道。

然后,他突然一扫忧郁,朝着我满是勇气地露齿而笑。

“祝你今天过得愉快。”他说。

&

那天下午,克拉丽莎和我采用了一个不同的方法。我们不再往解密引擎输进名字,而是不停地输入各种数字。哈里奥特的出生年份:1560。去世年份:1621。来到伦敦的年份:1580。他起航前往罗阿诺克的年份:1585。以及伊丽莎白女王的出生及死亡日期、詹姆士的加冕日期。啊,我们还把黑斯廷斯战役日期、大宪章签订日期,以及所有我们能想到的纪念日都扔进了解码引擎。

接着,我们花了几小时把关键名字和数字组合起来。然后我们试着列出等式。我们试了拉丁和希腊字符、罗马数字,还有盖尔语和梵文……

我们一直在做着徒劳的努力,一天又不知不觉地过去了。我累得只剩吃昆斯诺肉丸三明治和喝一公升思维卡伏特加的力气了。克拉丽莎犹豫了一下,并没有喝酒。

我们吃得很快,我又喝了两小杯伏特加。然后我们清了清嗓子。克拉丽莎正要取她的笔记本电脑时,我说道:

“我们出去走走。”

我脑子里并没有什么目的地,于是我们去了海滩。我们在沙丘上停住了脚步,踢掉鞋子,感受着从下面吹来的风。空气中的气味使人立即精神一振:盐、腐烂的海藻,还残留着一股夏日烤人的气味。

月亮在海面上投下明亮的影子。一只系线的风筝在飘来飘去。远处是快要燃尽的篝火。这里只有我们两个人。

克拉丽莎抓住一根棍子,在沙滩上画了一个马蹄形。

"你还有其他亲人吗?"她问道。

"我有个弟弟,比我小五岁,是个医生。"

"跟你一样。"[①]

"他是治病救人的医生。我父母是非常能干的老年人,退休生活很愉快。我母亲是斯克茨代尔的玛丽女王。"

"是你瞎编的吧。"

"所以她讨厌这个头衔。"

"有孩子吗?"

"我? 上帝,没有。我的意思是,感谢上帝,孩子们没有我这样的爸爸。"

我眺望着大海,月影从金色褪成了凝结后的奶油色。

"你呢?"我问道,"还有亲人吗?"

"都去世了。"

"那肯定有些男朋友。"

"哦,算有过吧。他们太耗时间了。你让我想起其中一个。"

"那可不是什么好事。"

"你是不是……"她停下来,先往自己头上一拍,"算了。"

"什么?"

"我不想惹你生气。"

"看在上帝分上,说吧。"

"我就是想说……你似乎……喝酒太多。"她仔细研究着沙子,"我想我知道你为什么喝酒。只是希望你别这样,因为那些你认为非常糟糕的事情并不是真的。这就是我想说的,真的。"

让我自己惊讶的是,我竟然笑了起来。

"干吗?"她说。

"我不知道。我从未想过会有这样的——干预。从未想到自己会变成这样。"

---

① 原文此处为 doctor,在英文中同时具有医生和博士之意。克拉丽莎以为亨利的弟弟同他一样,也是博士。

“你曾想过自己会成为怎样的人?”

“我不知道,成为重要的人吧。我的意思是,我知道这听起来非常之蠢,但是在以前,我曾是……”

“继续。”

“好吧, 这样说可能会像个自大的混蛋,可我的确曾让人……”

“很期待。”

“嗯,是。我是说,可能是吧。我曾是一等荣誉生,不到二十六岁就拿到了博士学位。然后该死的奥里尔学院请我去念一篇论文。叫我这个美国人！去讲罗利！我知道这听起来很可笑:我这个英国文学教授认为自己是——呃,不是上帝——我能说的就是,刚开始,我觉得世界是按我的意志在运转。然后突然之间,就反过来了。我还没意识得到,我就已经……”

“被折断了。”

“是的。就这样了。”

“亨利,我不知道这算不算是安慰,但所有人在生活中都要弯腰让步的,不是吗？总有一点吧?”

“哦,肯定。”

“你只是不走运罢了。要是把所有因素都考虑进来,可以说你还不错呢。”

“你真好。不错这个标准真是太宽松了。”

我们又开始散步,走得更慢了,身后衣摆翻动。最后我们走到一堆蓬乱的蒲苇旁,这蒲苇在沙地上卷曲缠绕,形成一个小小的凉亭。

“有人在家吗?”克拉丽莎喊道,一边将头探了进去。

但凉亭里空无一人,和这海滩一样。在这样的地方,坦白说,我在念中学时一定能勾起某个妞的迷恋。但克拉丽莎可不是刚刚才发育的青涩的小毛丫头。她的双唇张开着,眼睛闪亮,向我靠了过来。我正准备好迎美人入怀,她却又说道:

“那首诗。”

“哪一首?”

“给你惹麻烦的那首诗,罗利的诗。”

我皱眉向后退了一步。

“那不是罗利的诗。”

“只要告诉我名字。”

“你这是在折磨我。”

“求你了。”

“你是要折磨死我吗？”

“我没有。我真的想知道。”

“《一个名字》，高兴了吧？”

“真是奇怪的诗，《一个名字》。”

“好吧，就是这样。”

她毫无征兆地跌进了沙里，把我的夹克抓得更紧了。“你能背两句吗？”她问道。

“天哪。”

“求你了，我会做你最好的朋友。我会做巧克力蛋糕给你吃。”

我笑了起来。

“就背两行。”她柔声说道。

我绞尽脑汁，想着再怎么拒绝。

“只能四行四行地背，”我说，“那首诗是四行为一诗节。”

“好吧，就背四行。”她回答，轻轻地拍着身旁的沙地。

我还没坐下就开始背了，心里盼着快点熬过这段。但风声盖住了我的声音，我只好提高音量重来一遍。那时我的脑海中浮现出德摩斯梯尼在大浪中咆哮的场景。

一个名字，于我既是欢笑亦是诅咒

我出生时的哭声，我过世时的灵柩

我生命的庇护之所，我甜蜜的灵魂之死

伊丽莎白——两种命运——一个名字。

我期待着，它将回响于自身的空洞之中。但是今晚它却违抗了我的期待。

“听得出来你为什么曾喜欢这首诗。”克拉丽莎说道。

“我喜欢过它，那是因为罗利。”

“不,诗很美。即使不是罗利写的,这首诗也是一样的美。”

“嗯,是。它是很美。”我掸去小腿上的沙子,“但我不确定是否值得为它丢了事业。”

“他会怎么说呢?”

我盯着她。

“我是指罗利。哦,等等!”她拍了拍自己头顶,“我刚刚意识到‘罗利’和‘愚蠢’是押韵的。噢,我的上帝,你之前注意到了吗?”

从来没有。一次也没有。

“没有人告诫我啊,”我说,忍住笑,“你当时不在我身边。”

我过了好一会儿才察觉到这句话的真正意义,于是不得不重复了一遍。

“你当时不在我身边。”

她把腿抱得更紧一些,仿佛要保护自己,然后却又将头靠在了我的肩上。我的手指滑过去,轻轻抬起她的下巴。我们双唇相对。

“嗯,”她低语,“盐。”

她的手指轻抚过我的下唇,接着用力地吻了过来。

&

噢,总是有些妨碍的:沙子磨着皮肤,找不到一个支撑点,恍惚中又怕被人发现。这已无法使我再如年轻时那般战栗。

我觉得和克拉丽莎接吻的唯一不同之处就是尴尬的环境没有对我们的行为造成影响。我们在对方身上找到一种让人震惊的认同感,彼此紧紧相拥。

之后,她蜷起来趴在我裸露的胸前,闭上眼……睡着了。这信任的盟约,给我带来一种朦胧却又强烈的感觉。因为在我的一生中——有过的女人并非太多——但每次做完爱后,我总是先睡着的那个。

我没有停下来想想,就我而言,这意味几何。我只是痴迷于这种感觉。这种不受审查的自由感觉——其中最糟的,是来自自己的审查。

我看着她熟睡,仅此而已。她与周围是如此协调一致,令我感到惊奇。在海天辉映的月光下,她的乱发仿佛一床海藻,她的肌肤闪烁着螺壳的色泽。她的眼睛好似海胆一般乌黑。她就像出生在这片特别的领地上似的。但这并没让我联想到哈姆雷特，却使我想起困在波西米亚海岸、在自然怀抱中成长的婴孩潘狄塔[①]。

想到这里，《冬天的故事》中的一段话在我耳旁诵起。

当你起舞的时候，我愿你是

海中的一朵浪花，永远曼妙如此

再无其他。

哎，要是我对自己引述起了莎士比亚，这通常意味着——就这么说吧：我非常乐意为克拉丽莎站岗放哨。

其实也没什么值得警惕的。一个老人正在挖蚌，他挥动着金属探测器，仿佛梅林挥动魔杖一般。还有一对更年轻的情侣，还站着，大麻的烟雾环绕着他们，袅袅地散开去。

最后，临近午夜时分，我被克拉丽莎压着的那条胳膊已经完全麻了。这时一只卷毛比熊狗逛了过来。

"去，"我向它嘘道，"快走。"

而就在这时，我听到克拉丽莎低语：

"走开。"

她这小小的附和逗得我微笑了。接着我才意识到她还在梦中。

然后，她猛睁开眼，突然直直地挺起身。在接下来的一分钟里，我只听到她用力呼吸的声音。

"是玛格丽特。"她低声说道，"不对劲了。"

"没事的。"

"不，有事。我们都死了。"

① 潘狄塔：莎士比亚戏剧《冬天的故事》中的角色。

26

在回旅馆的路上，我们一句话都没有说。奇怪的沉默：既不尴尬，也无羞怯。我们只想自己静静地思考。身体也是如此——没有晚安吻。克拉丽莎只是用食指在我脸上轻轻点了一下，然后就关上了房门。

我打开房门时还差十分钟到午夜十二点。我的大脑已经进入了半睡眠状态，甚至都没注意到窗边的灯亮着。要不是角落里传出的说话声，我甚至不知道房里有客人。

"都什么时候了！"

是阿朗索，他坐在藤椅上，穿着件宽大的淡青色丝质和服，手里挥动着半瓶灰雁伏特加，仿佛那是救世主的摇铃。

"你这儿怎么连个干净杯子都没有。"他吼道。

"你怎么不拿一个去洗干净呢。你知道我们有自来水的。"

"哪来的自来水？"

我看着他往瓶盖里倒了一点点伏特加，然后喝了下去。

"你来这干吗，阿朗索？"

他再次往瓶盖里倒酒，但这次没倒准，酒一下洒在了地板上。

"神经紧张。"我提道。

"每个人都有这样的时候。"

"那是当然。"

"这不丢人。我的意思是，要是埃默里在家的话就另当别论了。"

"他在哪儿呢？"

"我怎么知道？他是个夜猫子，白天瞌睡，晚上闲荡。根本找不着他。当然，在你不需要他的时候他就出现了，像荨麻一样黏着你。"

阿朗索盯着酒瓶看了一会儿，然后小心翼翼地把它放在地板上。

“我能说什么呢，亨利？我睡在他那炼狱般的窝棚里，我……我想睡，但睡不着。吃安眠药也不管用。还有好多噪音……”

他停下来，似乎期待着我也能听见那些噪音。

“没什么大不了的，”他又急急说道，“我只是想从一个同类那里得到些安慰，而你是我能找到的最佳人选。”

“我很荣幸。”我说，“不过我要睡觉了，你不介意吧。”

“睡吧。”他漫不经心地说。

我懒得脱衣服，一头扎进离我最近的一张床。

“你可以睡另一张床。”我含糊地说道。

“哦，好的。”

第二天醒来时已快到八点。他仍旧坐在椅子上，醉醺醺的，但还醒着。我不知道他有没有合过眼。唯一看得出的变化就是瓶里的酒变少了。

“早上好。”我咕哝道。

阿朗索没吭声。我一跃而起，去卫生间套上前两天穿过的短裤。接着我就去了阳台，也没跟室友招呼一声。

天已经热起来了，海滩上空荡荡的，和昨晚一样。只有一个身影，赤着脚缓缓地向南走去。他体格高大强壮，戴着渔夫帽，身上的白色T恤印着艳粉色的字：“冲浪奇兵！”他还穿着一条中裤，对其他人来说这都可以当长裤了。他的步子富有节奏感，且步调平静。他一次也没有向我这边看。

十秒钟后，我回到了房间里。一看见我，阿朗索就睁大了眼睛。

“发生了什么事？”他问道。

“麻烦事。”

就在我说话的当儿，我想起了克拉丽莎几小时前在海滩上说过的话。

“我们都死了。”

&

埃默里的小棚子看上去比以往更透风了。前门没锁。我们朝楼上喊了几声，也没人应。我们检查了埃默里的房间，发现床铺得整整齐齐。

“我觉得不妙。”克拉丽莎说道。

阿朗索绷着脸，带我们回到楼下的起居室，然后慢慢地进行着三百六十度的扫视。

“告诉我，亨利，你今早看到霍道尔的时候，他看见你了吗？”

“不知道。”

“不知道？”

“唔，这不重要，对吧？如果霍道尔在这儿的话，这说明你的老朋友伯纳德·斯泰尔斯已经知道我们在哪儿了。”

阿朗索坐到了印花棉布沙发上，在和服腰带上又打了个结。

“斯泰尔斯是否知道你在哪儿并不要紧，亨利。你可以编出合理的解释，就说来这儿是为了他的事情。至于我嘛……据他所知，我还是那个在切萨皮克湾分水岭自杀了的死人呢。他怎么会认为我还活着呢？你们两个不会告诉他。埃默里不会——”

然后有什么东西在阿朗索的脑子里使了个绊儿。

“埃默里——到——底——在——哪儿？”

“这不是他的东西么？”克拉丽莎问道。

她指着沙发左侧一处。一副眼镜撒落在那儿，就像一份旧杂志。特大号的飞行员镜框，镜片很厚，上面落满灰尘和花粉。一只眼镜腿已经折弯，快掉下来了。

“他肯定一脚踩到眼镜上去了。”阿朗索说，“笨手笨脚的家伙。”

“他不戴眼镜还能看见吗？”克拉丽莎问道。

“什么都看不见。”

我捡起眼镜，在手里掂了掂。想象埃默里没戴眼镜——就跟想象他没有皮肤一样困难。

“阿朗索，”我问道，“你最后一次见他是什么时候？”

“不清楚，晚上七点左右吧？我们喝了鸡尾酒，吃了法式硬皮比萨……然后我有些东西要看。埃默里就离开了。他说他有些事要办。”

“他没说要去哪儿？”

“没有。”

“或许他留了个条儿。”克拉丽莎提醒道。

我们快速搜寻了一楼，只发现了韩式外卖的菜单、雄狮食物优惠券和一大堆信用卡意见单，已被乱涂得几乎无法辨认了。还有一张《莎士比亚式谈判》的旧书皮（书已经不见了），以及一件让人惊奇的东西：一本安圭拉岛的宣传册——白沙滩上撑着两把遮阳伞。

“那份文件。”我说，“罗利的那封信。在哪儿？”

阿朗索的眼神完全凝固不动了。过了几秒钟，他跪下来，敲着一片发霉的壁板。壁板掉了下来，他从里边取出一个联邦快递的信封，眼睛凑近信封口。

“谢天谢地。”他松了一口气。

“是啊，不过埃默里还是不见了，”我说，“他有朋友吗？他有没有可能去拜访哪个朋友了？”

“他认识普尔太太。她比上帝还老，住在鲸骨路，顺着这条路走几英里就到了。她养着些栗鼠。埃默里几年来一直为了梅·萨顿的第一版书缠着她，等着她……”他顿了顿，“他一直在同她培养感情呢。”

“那埃默里可能是去拜访她了？”

“不，不，一般是她派车来接。”

“还有其他朋友吗？”

“上帝，我不知道。这儿太冷了，让我怎么思考呢？”

我走过去关上临海的窗户。但克拉丽莎的目光越过我的胳膊，首先瞟到有东西躺在外面。

“上帝。”

我是第二个看见的人。最让我吃惊的是外面那种超现实的正常状态。埃默里的后院已是一片烟头、酒瓶、罐头和绳子的墓地。至于看见一只手从沙里伸出来……哦，这不过是我们发现的另一样东西罢了，不是吗？

阿朗索拖沓而失真的声音从我身后传来。

“亨利。后面有几把铲子。”

27

沙子被一铲接一铲地挖掉。一条细小的胳膊渐渐露出来了,接着是肩膀,然后是脖子,最后是被沙砾糊住的脸——没戴眼镜,显得出奇的年轻。

我们是唯一的目击证人。我们站在巨大的沙坑前,环顾房子两侧的沙丘、灌木和海燕麦草。还有这非常哀伤的房子。这房子显得比任何时候都空,超出了我的想象。即使现在,在光天化日之下,一百个人可能会从我们旁边走过——就在刚才的二十分钟里,估计已有十几个人路过——却不知道这里发生了什么。

我慢慢站了起来,用力拍掉手上的沙子。

"你要干什么?"阿朗索声色俱厉。

"打911报警。"

"那你准备怎么跟警察说?"

"这我还没排练过。大概就是,这有一个人,先还活着,现在却死了。"

"对此我们无能为力。"

我的汗毛真竖了起来。

"我猜你是在用自己的方式来悼念埃默里,嗯?阿朗索?"

"我很抱歉。但就现在来说,悼念算得上是放纵了。"

"我来打电话吧,"克拉丽莎说,"阿朗索没必要参与进来。"

"噢,我怎么可能不参与进来?"他厉声说道,"埃默里是我的朋友,不是吗?你们来这儿是因为我的缘故,不是吗?"

"我们不能把他扔在这儿。"我说。

这次阿朗索没有说话——或者他的沉默已说明了一切。在那一瞬间，有两件事情完全清楚了：把埃默里留在这儿是可以办到的，也正是他打算要做的。

克拉丽莎肯定也猜到了这样的结论，因为我看到她脸更白了，眼瞳更黑了。

“我们不能把他扔在这儿。”

“我有说过要把他永远扔在这儿吗？”

“噢，上帝。”

“你听见我说过永远吗？”

“他是你的朋友啊。”

“就是该死的两天！”阿朗索吼道。

他被猛烈的情绪给震住了，立即陷入沉默。然后，他垂下眼睛，以更为安抚的口吻说道：

“四十八小时。我只要求这么多。就为了搞清楚。”

克拉丽莎刚张开嘴，他就作势制止了她。

“据我所知，我们只有两种选择。要么干完已经开始的活，要么就等着被人干掉。问问埃默里就知道了。”

阿朗索哽咽了一下……对着埃默里的尸体点了点头。

“如果这对你们来说都一样，那我可要为自己选择最后的安息地，而不是让伯纳德·斯泰尔斯来选。”

“阿朗索，”我说道，“在谁干了这事的问题上，如果你是正确的——”

“如果我是正确的？”

“那么，除了其他事情，我们还等于是放任凶手逍遥法外了。”

“别惹人厌了。潜在的受害者少得惊人。其实就是我们几个了。要检查一下事实吗？好吧。埃默里被杀了，为什么？当然是为了哈里奥特的地图。如果埃默里真知道地图在哪儿，他们现在肯定都已经得手了。相信我吧，埃默里在一秒钟内就会招了。如果当时我在这儿的话，他也会把我给供出来的。”

但阿朗索当时并不在这儿，我这样想着。他当时留宿在我的房间，喝酒喝得快瞎了。我们还把这诊断为神经紧张发作。今天看来，这是有一定预见性的。

“好吧。”我说道，“如果埃默里什么都不知道的话，他们为什么还要杀他？”

“因为他们想要传达一个信息。”

“究竟是什么信息呢？请解释一下。”

阿朗索等了几秒钟。

“伯纳德·斯泰尔斯是想让我们知道，他知道了。”

“知道什么？”

“知道我们要做的每一件事。斯泰尔斯知道了哈里奥特宝藏的事，而且和我们一样都想得到。现在我们都看到了，为了宝藏，他什么都做得出来。相信我，埃默里肯定不到五分钟就把事情吐了。”

仿佛是为了证实阿朗索的话，我的电话响了起来。

未知来电。

我翻开手机盖。

“卡文狄什先生！”电话那头传来熟悉而又刺耳的声音，“我怕是已经变成出了名的吱吱响的车轮啦！但是我非常想知道你进展如何。”

我盯着埃默里那苍白的躯体，感到它正变得模糊。

“我们可以先谈谈埃默里·斯维尔吗？”

“斯维尔？”斯泰尔斯说，“恐怕我不曾有幸认识他。”

“但我想你应该认识。”

“那么，你得帮我恢复一下记忆。他究竟是谁？”

一股热浪涌上了头。我等待着它退去，它却没有。

“我今早看到霍道尔了。”我说道。

“那一定是个惊喜吧？他一直渴望呼吸海边的空气。而有人告诉我们，北加利福尼亚的海滩比特拉华州的更美。”

“那么他的出现只是巧合。”

“唔，是的，应该是这样。因为，当然啦，你从未告诉过我们你在哪儿，卡文狄什先生。也没说过跟谁在一起。”

“我知道你在干什么。”我说。

“所以我们俩才不一样嘛，卡文狄什先生。即便如此，我还是非常相信你的能力，并且希望我们能非常愉快地完成交易。”

随后他又附上一句：

“祝你和你的同伴们好运，并请转达我对阿朗索的问候。”

28

“现在，”阿朗索说道，“现在你总该相信我了吧？”

我们三个都盘腿坐在埃默里那大烟灰缸似的院子里。起风了，一层细沙扬起，刺得我们的眼睛生疼。一群沙蝇在吸着我们脖子上的汗。

“确切地说，他并没承认啊。”克拉丽莎说。

“他为什么要承认。”阿朗索问道，“换作你会吗？”

她把一截小树枝插进沙里。

“那么，如果我们不想死在斯泰尔斯手里，就得找到斯泰尔斯的宝藏。”

“不好意思，那宝藏不属于斯泰尔斯。从来都不是。那是哈里奥特的。”

“斯泰尔斯似乎不这么想。”我指出来。

“这就是为什么我倾向于把整件事看作是一出伊丽莎白时期的喜剧。还有一两幕就到大团圆结局啦。”

一出喜剧，我思索着，盯着埃默里那如同奥西曼达斯般充满智慧的脑袋。飞沙正将它渐渐盖住。

“我们应当报警。”我说。

“容我再问一次，为什么？”

“这样我们就能安全了。”克拉丽莎说。

阿朗索看看我又看看她，然后同时看着我俩说道：

“你们想要怎样的安全呢？我可以向你们保证——由于我是装死的——一旦你叫来警察，我就立即会因欺诈而被逮捕。而你——是的，你们俩——也会被当作同犯被捕。还有,你们对'涉嫌谋杀'这个词有什么反应?"

就其戏剧效果而言,这不太像是伊丽莎白时期的,而更像是维多利亚时期的,即过分夸张的效果。

"那太荒唐了。"克拉丽莎说,"亨利看见了霍道尔。他看见他——"

"看见他在散步。在离这儿半英里远的地方。但没看见他拿着只冒烟的枪吧?这就是斯泰尔斯的天才所在。他从不留下指纹,也不留下脚印。如果当地警员按惯例办案的话,他们会围住距离最近的人。要这么着,我们就只能祈求上帝帮助了。"

"我们没有杀害埃默里的动机。"我说道。

"啊,动机。"他摇头晃脑地讥讽道,"你真认为那样他们就不抓你了?给我半分钟时间,我就能给你编出个动机来。一窝贼发生内讧……情人之间的争吵……吃了太多的多滋乐扭扭糖……相信我吧,他们肯定会把目标集中在过去几天里跟埃默里混得最近的三个人。他们才不管其他呢。

"一旦他们拿枪瞄准我们,你们觉得自己能有多安全?你过去有什么不法行为吗,克拉丽莎?还有你的那辆车,亨利。警察可能会查看登记,也会查看车主的名字。如果你们真以为自己的过往经得住仔细审查——如果你们真以为,不管给你们扣上什么样的罪名,你们都能脱身的话——那当然了,拿出手机来吧。现在就报警。"

我承认,我的心思都跑到奥古斯特·艾克里警官那儿去了。克拉丽莎的脑子里在想些什么,我也不能知道……但可以这样说,我和克拉丽莎在那一刻明白了自己的无能为力。我们夹在伯纳德·斯泰尔斯和阿朗索之间,不再能为自己做主了。

"我给你二十四小时,"我对他说道,眼睛却看着克拉丽莎,"就这样。然后我们就报警。"

"成交。"阿朗索说。

然后他也看着克拉丽莎,等着她表态。但她保留了最后一点自尊,走回到屋子里去了。

不到一分钟,她拿着个枕头出来了:那枕头原本放在埃默里的沙发上，印着狩猎图。她跪下去把枕头垫在死人的头下，又看了他一分钟，然后说道：

“他肯定在某个地方还有家人。”

“没有了。”

阿朗索干脆地回答。我想，这把他自己都吓了一跳，因为他的头垂下了一英寸。

“告诉我这事什么时候才算完。”克拉丽莎看着阿朗索说道。

“你什么意思？”

“我的意思是，先是莉莉，现在又是埃默里。”

“我们说完，这事才完，”他答道，“而不是其他人。”

然后他抓起离他最近的一把铲子，说道：

“我们快点吧。”

我做了他叫我做的事：让尸体消失在沙库之中。我盲目地一直干着。直到最后，阿朗索不得不拍拍我的肩膀：

“可以了。”

现在，连一根手指头也没伸出地面。

我走了——走上沙坑一侧，沿着小路走下去——一看到大海就停下了脚步，在一条长凳上坐了下来。由于常年侵蚀，长凳底座已经裸露出来。我在那儿坐了一段时间，没想什么特别的事情。海谷颜色宛如祖母绿宝石一般，海峰是棕色的，地平线处的海水则是蓝紫色的。白色的浪尖好似跳跃的鼠海豚。

阿朗索还待在原地，浑身都是汗和沙。身上依旧穿着他那件蓝色和服。

我们步履沉重地走进屋子……正赶上克拉丽莎风风火火地从前门进来，两只洁白纤瘦的手臂各抱着一只食品袋。

“你们肯定饿了。”她说道。

&

从许多方面来看，这都是我吃过的早餐中最野蛮的一顿，却也是最有人情味的一顿。特别是克拉丽莎转向阿朗索，问道：

“你和埃默里第一次见面是什么时候?”

“真想知道就告诉你吧,当时我侮辱了他。”

他俩是在莎士比亚协会的一个小组讨论会上遇到的。那次讨论会的题目是:“谁写了那些剧本?”阿朗索抱着激进的态度,认为就是莎士比亚写的;而坐在他左边的埃默里则支持牛津伯爵。这原本就是很难证实的。但是当埃默里宣布他想掘开伯爵的坟墓看看到底埋了哪些剧本的时候,阿朗索的耐心像粉笔一样被碾碎了。

“我当时就说,‘恕我直言,斯维尔先生,你是我见过的最让人吃惊的傻瓜。能遇见你真是三生不幸。再过几年,’我说,‘牛津伯爵理论就会像拉特兰郡伯爵理论那样被直接扔进垃圾箱。还有德比伯爵理论。还有克里斯托弗·马洛理论。更不用提弗朗西斯·培根理论了。’

“但埃默里有这么一个特点,你越侮辱他,他反倒越待见你。这点恰好让我们互相依赖,也叫人乏得很——我不介意这么说。同时我们在很多问题上看法一致。他有很强的侦查能力,说实话这很讨喜。在追查罗伯特·塞西尔的一封信时,他更是帮了大忙。那信埋在伊斯拉莫拉达的某处地下。但是埃默里认识一个寡妇——他总是结交些寡妇——嗯,亨利,你还好吧?”

我直直地望着窗外,看得是那样的专注,使得阿朗索和克拉丽莎也扭过头来想看看外面有什么。

“我知道了。”我说道。

阿朗索在沙发上直起身。

“你知道什么了?”

“哈里奥特的密码。我知道他用的是什么密码了。”

29

“给我一台电脑。”我说。

我们回到了塘鹅臂旅馆。我轻柔地抱起克拉丽莎的笔记本电脑，小心地走到我的房间。

“把地图留在这儿。”我说道，“过一个小时再来。”

一小时飞逝而过。我打开房门，引他俩进来。我脑子里的神经元突触还在进行着碳酸反应呢。

“你还说我吹毛求疵，”阿朗索说，大大咧咧地一屁股坐到扶手椅上，“你这房间闻着有股老太太的味儿。”

“现在是有这味儿了。都看得见电脑屏幕，对吗？”

“对对对。”

“那么在我们开始之前，”我说，“容我向阿朗索行个礼吧？我真得感谢他。”

“你要感谢我的地方多着呢。”

“尤其要为这事谢你。你提到了弗朗西斯·培根。”

“弗朗西斯·培根是……？”克拉丽莎问道。

“科学家、政治家、律师、道德败坏的法官。同时，他碰巧也是伟大的中世纪经院哲学家之一。对我们来说，他更是一位优秀的密码学家。阿朗索，那群傻子在想要证明莎士比亚戏剧是培根写的时，他们都做了什么？他们梳理每一行诗，寻找——”

“嵌入的密码，”阿朗索接道，不耐烦地点了点头，“但是区别就在这儿，亨利。那些人是傻瓜，但哈里奥特却不是。还有，你或许忘了，培根密码直到 1623 年才出版。那时哈里奥特已死了两年了。”

“或许你已经忘了，培根是在巴黎编出了他最为著名的密码。那时他还在为英国大使工作。大概是 1576 年到 1579 年期间。”

“那培根有没有可能与哈里奥特分享过这些密码呢?”克拉丽莎问道。

“嗯,这就是难住我的地方。看,我估计他们肯定认识。他们听说过彼此,这是无可争辩的。他们差不多是同一时代的人。事实上,培根在《论说文集》一书中还提到过哈里奥特。问题是,他们俩身处敌对的阵营。培根站在埃塞克斯这边,哈里奥特则支持罗利。后来埃塞克斯发动了那场差不多算是政变的运动,反对伊丽莎白。培根嗅到苗头不对,立马倒戈了。我得说,很有可能在人生中的某个时刻,这两位英国著名的学者坐了下来,聊了聊内行的话题。还有什么话题能比密码更合适呢?哈里奥特也是个不差的密码专家。”

“但到底什么是培根密码呢?”克拉丽莎问道。

“你还记得我让你把这些字都当成电脑语言来看吗?我当时还没意识到自己是怎样的一个天才——说真的,我确实是个天才。培根密码是人类文明史上最早的了不起的二进制系统之一。他用 A 和 B 的组合替代明文中的每一个字母。A 成了 AAAAA,B 成了 AAAAB,C 成了 AAABA,如此等等,一直到 Z……即 BABBB。”

克拉丽莎紧锁眉头。

“我明白了,”她说,“这比替代密码更难破译。因为你不可能拔除那些最常用的字母。所有那些像 e、t、a 的字母,本身就包含在二进制代码里。这就是为什么我们没法进行字母频率分析。每个文本里 A 和 B 的数量都差不多。”

“噢,得了吧。”阿朗索说道,“培根是在四百多年前创造的那套密码。你却告诉我现代解密程序不能破解?”

“不一定,”我答道,“看,这并不是真正的密码。从技术上讲——好吧,抱歉我得这么说——这其实是掩密术,这个词源于希腊语的‘掩盖’一词。这样书写密码,可以防止别人知道你写的是密码。密码就嵌在那看似正常的文本中。”

“明修栈道,暗度陈仓。”克拉丽莎说道,“只有发送者和接受者才知道是怎么回事。”

“正是如此。”

“但等等。哈里奥特地图上的铭文……那可不是段正常的文本。看看,亨利。”

PsjAYStrooxeidDVegaLOkuxTmLikcyCUsSxGAzyrnrmuOrrLBAkchrltRdgarnoomONOssfrtvQhiHeRbdallZolgeanitzPeFpfhlogionLlLqaBwnbAdauncsleckQooTiatGlgKIkiWfleatHEstRqiabaOtzKCdMCpnfeffkuv

“没有人会看着这个,”克拉丽莎说,“并且错把它当作写给妈妈的信。我的意思是,它明显就是密码嘛。”

“但不是我们想的那种密码,”我答道,“哈里奥特是个聪明的家伙,对吧?他知道人们的脑子是怎么想的。我们看着一串字母,就开始把它当作文本来读。这是我们想要解读的方式。我们必须离开文本内容,去看它是如何在纸上展示出来的。记住这一点。现在告诉我,你们看见了什么?”

阿朗索眯起眼睛。

“字母。”他粗声粗气地答道。

“这些字母之间有什么不同呢?”

“这样说可能太白了,”克拉丽莎说道,“有些字母是大写的,有的是小写。”

“这正是我们将其忽略的原因。因为它该死的太明显了。”

阿朗索从屏幕前往后退了一大步。

“天哪。”他倒抽了一口气,“大小写的区分。唉,我可真蠢,我还以为这是——”

“你还以为这是伊丽莎白时期的随意写法,我知道。我原来也这么想。但这不一样。现在让我们看看手上有什么,可以吗?将所有大写字母写成 B……再将所有小写字母变成 A……变变变……”

我把屏幕拉到下一页。

BAABBBAAAAAAAABBAAABBAAABABAAAABBABABBAAAAAAAB

AABBBAAAAAABAAAAAAAAABBBAAAAAABAABABAAAAABAAAAAAAA ABABAAAAAAAAABABAABAAABAAAAAAAAAAABAABAAABAABBAABA AAAABBAABAAAAABAABBABBAAAAAAAAA

“培根密码。”阿朗索低声说道。

“全变成了辉煌的二进制。如果你把每五个字母分成一组，就正好能得到对应的字母。慢慢来，一段接一段，很快你就会知道哈里奥特想要告诉我们什么啦。”

没人为我举行盛大游行，也没人为我塑像。阿朗索猛伸出手，极其愤怒地喊道：

“啊，天哪！快译吧。”

“已经译出来了。”我边说边拉到下一页。

U/V R B S S I/J O N A U/V R E A P A T R I/J A L A C T E A C I/J U/V E D E C O R A

“你在拿我们寻开心吧？”克拉丽莎说道，“这还是跟密码差不多。”

“因为你从没学过拉丁文。”阿朗索厉声喝道，“让开。”

他趴在键盘上，用空格键把那些字母分开变成文本。

U/V R B S S I/J O N A U/V R E A P A T R I/J A L A C T E A C I/J U/V E D E C O R A

“Urbs Sion aurea，”他反复吟道，“Patria lactea, cive decora…”脸上满是惊奇。“克吕尼的圣伯纳。”他喃喃自语。

“谁是——？”克拉丽莎问道。

“本笃会的一个僧人。”我答道，“可能是英国人，生活在12世纪早期的前半段。他是诗人，也激烈地批判过中世纪的教会。他写了一首讽刺诗，名为《世界沉思录》。诗中抨击了整个天主教圣统制，上至梵蒂冈教廷，下到教士和修女。这诗重印了无数遍。早期的新教改革者把它视作神圣的原始文本之一。到了十六十七世纪,所有识字的新教徒都知道这首诗,有的可能还烂熟于心。”

“对于暗夜学派来说,”阿朗索补充道,“它应该是最理想的教科书。它对天主教的批判,延伸开来就是对所有宗教的批判。”

克拉丽莎的手臂高高举起。

“打扰一下。我这个从未学过拉丁文的商科学生想再回到哈里奥特的地图。劳驾,谁能把这几句话翻译成英文啊?”

“大意是,”阿朗索说道,“塞恩[①]的金色之城,唔——这儿没提到蜜——牛奶之地,人丁兴旺。我承认,用拉丁文读起来更好听一些。”

“这么说哈里奥特是想告诉我们关于耶路撒冷的事咯?”

“不是耶路撒冷,”我尖锐地说,“是锡安。”

即便现在回想起这个时刻,我也难以梳理清楚阿朗索脸上呈现的那些表情。部分原因在于表情变换太快,先是骄傲,而后是谦逊,最后变成了震惊。推测一个接着一个。

“赛昂[②]府。”他轻声说道。

“如果真有哈里奥特的金子,那他一定是留在了那儿。在他自己的后院里。在那儿他度过了生命中最后的25年。金色锡安。”

“但哈里奥特专门提到了弗吉尼亚。”克拉丽莎道。

“也许是他善意的玩笑。你要不信,我们就再来看一看地图。”

阿朗索很清楚自己的神圣职责,于是在塘鹅臂旅馆充满樟脑味的床罩上铺开了地图。

“看来,我们的哈里奥特是个有趣的家伙,”我说,“谁知道呢?这些地名——布里吉特的石碑、亚哈的野兽、曼蒂奥小屋。听起来真有异国风情。你们脑中浮现出海盗湾、隐秘的小水湾,还有印度人出没的地方。可怜的埃默里到死都想着新大陆。其实是在旧大陆。具体来讲,就是哈里奥特居住的地方。”

“胡说,”阿朗索回应道,“曼蒂奥是个印第安名字。从这往南走几英

① 塞恩:Zion,耶路撒冷的一个迦南要塞,后泛指锡安山、耶路撒冷。

② 赛昂:Syon,由锡安(Sion)而来。

里，你就能找到一个同名小镇。”

“你还会发现曼蒂奥是个历史人物。他也许不及赛昂府出名，但我敢说也差不太远。英国人在哪一年登陆罗阿诺克的？”

“1584 年。”

“完全正确。正是哈里奥特去到那儿的前一年。他们离开时还带走了一个人作为战利品。一个非常有用的克洛坦人，曾充当他们的向导和翻译。此外——不管他愿不愿意——还担任了殖民者与当地人交往的大使。所以他不怎么受印第安同胞们的待见。但英国人呢？他们倒是非常看重他，所以将他带回伦敦，还立即为他施洗——尽管与波卡洪塔斯不同，他还保留了自己的名字。”

“曼蒂奥。”阿朗索低声念着。

“正是此人。他和同伴旺奇斯曾是哈里奥特的阿尔冈昆语老师。因为他们，哈里奥特在到新大陆之前就能说一口流利的当地语言。他们在英国时待在哪里？在沃尔特·罗利的庄园——达勒姆府。按箭头所指，大致是在赛昂园的东边。”

阿朗索挥着一只手：

“接着说。”

然后，我逐一开始介绍这些名字……

布里吉特的石碑

在成为富人的享乐殿堂之前，赛昂府曾是一处圣所。

英王亨利五世，曾因串通其父谋杀理查德二世而备受心灵折磨。1415 年，为赎其原罪，他决定建造一所英格兰顶尖的修道院。这座修道院又是奉献给哪位圣人的呢？在一块块道貌岸然的石头垒起之后，又将以谁的名义树碑呢？

圣·布里吉特。

“继续啊。”阿朗索咆哮了。

亚哈的野兽

英王亨利八世一宣布自己是英格兰教会首领，他的首席大臣就出具了报告，“证实赛昂的修女们与院长间的不节之行”。修道院随即被国王征收，圣·布里吉特修道会也遭遣散。一名方济会修士对这些渎神行径感到愤怒不已。他警告亨利，说上帝的审判“会临到他的头上”；终有一天，“他的遭遇将跟亚哈一样，狗将舔他的血”。

1547年2月15日，英王亨利的尸骨在赛昂府停放了一晚。天黑之后，他的棺材突然打开了。次日清晨，侍从们醒来，无比惊骇地发现一只狗正舔着国王的遗体。传说这是神对亨利亵渎神圣的审判。

亚哈遇到了他的野兽。就在这赛昂府的大厅里。

“再说远一点。”阿朗索说道。

克瓦瑟沃克的棺材

1603年3月，伊丽莎白女王即将离世。她的臣民大多数已想不起其他帝王。一些人几乎以为女王会长生不老。她的大臣和顾问们不得不赶紧决定继承人了。最有可能继位的人选似乎是苏格兰国王詹姆士六世——他是伊丽莎白的老对头、苏格兰的玛丽女王之子。诺森伯兰伯爵见大势所趋，便致信詹姆士，告之他的时代即将到来。詹姆士国王回信给伯爵，保证说“你真是我——詹姆士·R.举足轻重的至交好友”。

3月24日早晨，女王驾崩。哈里奥特以颠覆性的方式记录了此事。“克瓦瑟沃克”在阿尔冈昆语中意为“神化身的人”。那么克瓦瑟沃克的棺材还能在哪儿？肯定是在伊丽莎白的驾崩之地，萨里郡的里士满宫。正位于赛昂府的南边，泰晤士河的对面。

“这不仅证实了我的推测，”我补充道，“也缩小了历史范围。可以肯定地说，这幅地图是在1603年3月24日之后作的。”

阿朗索的脸开始抽搐。“并且是在那之后不久，”他说，“还记得罗利信中提到的两处吗？‘乱世。我的伤。’他知道詹姆士继位后自己会身处什么样的险境。”

“他曾身处什么样的险境呢？”克拉丽莎问到。

“嗯,这么说吧。女王三月去世。而罗利在七月就因叛国罪被捕。十一月,他被判处了死刑。”

“不是一般的处死,”我补充道,“波帕姆法官宣判应当先对罗利施行绞刑,然后趁他没有断气将他开膛破肚,掏心挖肠,切下生殖器扔进火中——接着挖眼——砍掉人头——五马分尸——”

“别再说了。”克拉丽莎说道。

“罗利还算走运。”我又说道,“詹姆士国王推翻了死刑判决。不过他还是被锁在伦敦塔中,又关了十三年。”

“而且别忘了,”阿朗索插话进来,“波帕姆在审判罗利时还说过什么话。”

“我怎么会忘呢?‘不要听信魔鬼哈里奥特或任何这类博士的话,说天堂里没有永生。如果你这样想,你将会在地狱之火里找到永生。’”

“‘魔鬼哈里奥特’。”克拉丽莎重复道。

她慢慢走到窗前。将窗帘绳绕在手腕上。

“好吧,亨利。关于你的推测,我只有一个问题。那只鲸。”

我们全都盯着面前那幅地图。

“这的确是让我纠结最久的问题。”我承认道,“只能说感谢上帝,赐给了我们谷歌教授。几年前,一头七吨重的鲸鱼沿泰晤士河逆流而上——经过了议会大厦——一直到了上游的切尔西,然后被困住了,再也没游回去。”

“上帝,我记得读到过这个。”阿朗索惊得倒抽了口气。

“那么你应该也知道泰晤士河是一条感潮河。所以时常有鲸鱼迷失方向,误游了进去。几百年来一直如此。你可以去查一下。”

我又一次挥手指向哈里奥特的地图。

“这片水域根本就不是海,而是河。是泰晤士河。而这,”我指着哈里奥特的十字标记,“正是我们要找的地方……赛昂园。也就是他的藏宝之处。”

一片沉默。一片喧嚣。窗户不胜其烦地“嘎嘎”作响;一只蚊子在我们的腿下探索着,“嗡嗡”声就像一根绷紧的金属丝……阿朗索发出一声微弱的嘘声,好像快咽气了似的。

“两面三刀的阿尔比恩[①]。”

我理解他的恶劣心情。他所有的想象都像是周六下午连续剧中的场景:埋着的箱子、斑斑血迹及西班牙金币——全都被销毁了。就像一艘全军覆没的大帆船。

但是我没料到的是,有一股狂热可以抵消掉这幻灭的悲哀。淘金热,这股狂热未受丝毫损害,不过另择其主了。

“最快是什么时候,”阿朗索问道,“我们可以搭飞机去伦敦?”

“这我不知道,”我抱住双臂,“一个死人办个护照需要多久?”

他一时不解,但马上就明白过来了。

“我给依玛赫罗打个电话。”

这四字音节又是一个谜:依玛赫罗。

另外还有一个谜:克拉丽莎选择在这一时刻将手伸进我的手里。毫无掩饰之意,倒像有意宣告。这个动作被静电的“噼啪”声打断。暗夜学派里出现了一丝光明。

阿朗索皱紧了眉头,紧盯着我们十指相扣的双手。

“亨利,你知道我对感情是什么态度。”

“我知道。”

“感情很复杂,而且会导致分叉。”

“我知道。”

他看着我俩笑嘻嘻的脸,一点办法也没有,只好长叹一声。

“噢,都成。但禁止在我面前亲吻。”

---

① 阿尔比恩:大不列颠岛的古称。

THE SCHOOL

第三部分

我们的灵魂,定有能力领悟构造奇妙的世间万物,

也能测出每颗行星漫游的轨迹:仍在攀登知识无尽的高峰,

像恒动的星星那样永不停息。

愿我们坚持到底,绝不休憩,直到我们收获最丰硕的果实,

那完美的欣喜和唯一的幸福,那甜蜜的成果——尘世中的王权。

~

克里斯托弗·马洛

《帖木儿大帝》

~

OF NIGHT

英格兰，艾尔沃思，1603 年

30

他们可以不必只在黑暗中见面了，但谁也没有想过要改变这一习惯。他们的工作在哪里停下，就从那里继续。主人坐到他的工作台旁，玛格丽特抚平面前的纸张，拿起墨水已干的羽毛笔……

结果手里的羽毛笔却被人拿走了。是主人拿的。

“你不再是我的女佣。”

她好半天才理解了他的意思。他真是让她自己去做测量吗？

“我的理论太单薄了，玛格丽特，除非其他某个人也得出了同样的结果。”

她走近桌旁，像个新的助产士一般，因为自己的手而惊恐不安。她拿起半圆量角器。她又把它比在光线上。她依次唤出每个角的名字……

FCD……ECG……

她听见了自己的声音，干哑而且无力：

“折射角，十度。请原谅，是十一度。或者应该说四十八分？”

大约过了一个钟头，她的声音里不复再有询问的语调。又过了几个夜晚，测量角度已经跟锁边一样简单了。从某种意义上来说更简单。因为如果她测量准确的话，就会只得一个结果。

五月转眼间就过了，她从固体量到了液体。盐水、松节油、酒精——每一种溶剂都被倒进一个中空的玻璃棱镜里，从五度、十度、二十度、三十度、四十度和五十度的角度，轮番用光加以照射。入射角的每一次变化都会引起折射角的相应变化。每个测量她都要重复两次，然后将结果填在表格栏里。

计算总是保留到最后。在这方面,主人也要求她尽快适应新岗位,即使这意味着要对她进行数学的基本训练。

“你可能还会记得,玛格丽特,正弦就是用斜边长度除以对边长度。”

“但哪条是对边呢,先生?”

“就是我们研究的每个角所对着的一边啊。实际上,正弦告诉我们角能上升多快,而余弦则告诉我们角能延伸多远。在上升和延伸之间存在一个永恒的张力。能听懂吗?”

她听不懂,起码刚开始不懂。后来她开始慢慢地明白了。不是强烈的顿悟,而是自信的慢慢积淀。在她看来,这有如突然跳进低地的迷雾里。视线一片迷茫,任何应对的方法都失效了。只有坚持不懈才会带她走向彼岸的那一边。对边。

“超乎寻常,是不是?玛格丽特?入射角和折射角之间总是存在相同的比例。如果有人要寻找——寻找一个先验的证据来证明神的存在,他也许只会做得更糟……”

&

他们从晚上九点到凌晨四点都待在一起:极为客气,吃得很少,交谈更少。主人仍习惯于独处,所以大部分时候他都在自言自语,且免去了许多礼数。每晚总有那么一刻,他的烦躁会达到顶点。这时他会拿起手边的蜡烛,一言不发地冲出房间。

看着他离去,她忍不住为他在黑暗中独自闲逛而担忧。万一被看门狗咬了怎么办?万一被农庄的看守人误认成窃贼怎么办?然而他总是平安归来,气色很好,看上起很强健。他还会带回一些东西:旧风向标、草蛇褪的皮、一桶满是小蝾螈的雨水。一天晚上,他带着谜一般的笑容,给她一个吹胀了的猪膀胱。

“我发现了一个近乎完美的球体。我要你现在想象三条直线从球体中心延伸出去,连接到球面上的三个不同点。现在,如果我们把这些点连接起来,会出现什么状况?”

“一个三角形,先生?”

“是的,但那是非常惊人的三角形。不管怎样,没有哪条边能保持直线。它们看起来差不多是这样。”

他在纸上画了出来……

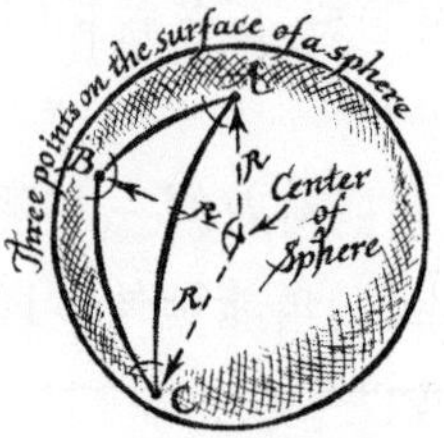

“难度在于如何确定这样一个三角形的面积。”

提出问题之后，他就不再管了。但这并不能让他释怀。在接下来的几个小时里，这个问题一直萦绕着他——在他倒溶剂的时候，在他进行测量的时候。这打断了他的思绪，不断挑起他的好奇。

当河面映射出第一道晨曦时，主人从椅子上站了起来。他是那样的小心翼翼，如同一个在酒馆里待得太久的男人。

他拿着羽毛笔在猪膀胱上勾画出了三个点。接着，他借助测量楔又画了一个接近标准的不等边三角形。

“我们来量三个角的总和。”

他的食指在角与角之间飞快地移动。

“我们从这个总和中减去 180 度。剩下的作分子，分母是 360 度……”

他点了点头。一次。两次。

“得出的分数告诉我们——是的——半球的表面积被这个最难以捉摸的三角形占据。”

他抬头看着她，笑容有些躲闪，眼神却很坚定。

“我们证实一下好吗，玛格丽特？”

&

公鸡都打鸣了，她才躺到草垫上。她筋疲力尽，是的，但比赛昂府的任何人都还要清醒。

数字、图形、角。她从未想到这些会是与她共眠的情人。她一闭上眼睛，它们就愈加纠缠不休。让人迷醉的起伏延伸，它们跟随她进入梦中，对着她唱着歌,爱抚她的脖子,将她从床上举起,进到她的里面,进入她最隐秘的地方。

第二天早上,她醒来时惊惧地感觉到双腿间的潮湿。她那幽灵般的情人,来去匆匆。

&

过后她走下楼梯,看见哈里奥特摇摇晃晃地走进门来,手按着眼睛。

"主人?"

"我没有受伤。"

"你受伤了!"

过了几分钟,他才坦白自己怎样庆祝昨晚的成就。

"测量太阳,先生?"

"哦,当然,我一直等它穿过一片薄云,这样它的直径就能保持清晰了。观察几分钟后,我发现那片云变暗了。我转过来面朝赛昂府,然后……整个世界就变黑了……"

但是现在,他坐在一张椅子里,她则像个老保姆一样围着他忙前忙后,给他拿来啤酒,为他的眼睛包上亚麻布。

"你得更加小心,先生。"

"噢,我想伤害不过是短暂的。我承认,我太好奇了,想要观察约翰·伍斯特笔下太阳上的斑点。我还想计算自转。我相信这一测量也许——也许最好由——"

他撬起右眼的绷带,盯着房里的阴影。

"乌鸦。"

"先生?"

"我看到一群乌鸦。黑压压地飞成一片。在很远的地方。"

玛格丽特朝窗户看了一眼,窗帘是拉上的。

"不要紧的,先生。"

随后两天他都能看见乌鸦。他躺在床上,脸上搭着湿毛巾。得到他的准许后,玛格丽特整理了他的箱子——一个极脏的箱子,里面的一窝蜡纸被揉成一团,看上去杂乱无章、皱皱巴巴,且墨迹斑斑。蜡纸中间居然整整齐齐地放着一捆文件:契约、买卖票据、库存目录、发票,全都按时间排着序,且点缀着神秘的首字母。

必须算上重量W. R. ……W. R. 批准? ……Cf W. R. 输出'01……

"打扰一下,先生。"

他躺在床上往上看去。绷带已经拆掉,乌鸦的影子在渐渐消失。

"可以告诉我谁是W. R. 吗?"

"呵,那是沃尔特爵士。"

这个名字在他说来多么简单。

"你是说罗利?"

"对,对。他让我监管某些产业事宜。是关于谢伯恩和达勒姆府的。"

她在那里站了一会儿。最后,为了掩饰尴尬,她转移了话题。

"沃尔特爵士写诗,对不对?"

"诗是他的生命。埃拉托高于克莱奥[①],这一直是他的座右铭。"

他掰了掰眼睑。

"你喜欢诗吗,玛格丽特?"

她迟疑着没有回答,因为这个问题带着点诱骗的味道。但随后,让她大为惊讶的是,他开始背起锡德尼的诗来。

并非在最初一瞥,亦非用任意一箭,
爱情给我留下了会永远流血的创伤;
它已知的效力在时间的隧道中延长,
直到渐渐地把我征服,迫使我就范。[②]

刹那间,往事如潮水般涌来。

"我说了什么不该说的吗,玛格丽特?"

"不是的,先生。是这诗,《阿斯特罗菲尔与斯黛拉》,那是——"

---

① 埃拉托:希腊神话中主司情诗的缪斯女神。克莱奥:希腊神话中主司历史的缪斯女神。
② 选自锡德尼的《爱星者与星》,曹明伦译。

她把话咽了回去。

“这一直是我最喜欢的一首诗。”

“想到我们距离星星斯黛拉的妹妹这样近,你一定觉得挺有趣吧。”

“先生?”

“没有人告诉过你吗?那好吧……”

他向她解释,锡德尼被那个时代的一位绝世佳人所激发,写下了一系列十四行诗作。这位美人叫佩内洛普·德弗罗,是个有钱人家的女儿。她的哥哥是埃塞克斯伯爵二世。据说伯爵在战场上杀敌甚多,但都抵不过为了佩内洛普的黑眸而送命的人数。她后来嫁给了罗伯特·里奇——谣传这不是出于她的意愿——而锡德尼……哎,他娶了老沃尔辛厄姆的女儿。但佩内洛普一直在他的心里闪耀。在他临终前的一个月,嘴边还始终念着她的名字。

“那应该是在聚特芬战役之后。他的大腿在战争中被刺。极为可敬的是,他把水让给了一个属下,说,‘你比我更需要……’”

玛格丽特从未听过哈里奥特说这么多,也未见过他如此动情。

“但如果佩内洛普就是斯黛拉……那谁又是斯黛拉的妹妹呢,先生?”

“多萝西·德弗罗。她没有佩内洛普那么貌美,但明显更具智慧,其才智足以和任何男人媲美。她匆匆结束了和第一任丈夫的婚姻,之后通过艰难谈判,答应嫁给亨利·珀西。作为交换,他得到了赛昂府,而她则作为女主人打理一切。”

在这儿干活期间,玛格丽特见过好几次珀西夫人。总是远远地看见,对一个仆人来说,她就像摩尔人的王子那样遥不可及。然而因为这错综复杂的环境,她们之间还是有些关联。

想想还会发掘出多少奇迹,而它们之间又将有怎样的联系!某些下午,她在炫目的茫然中穿过屋子,仿佛是跟在托勒密的灯笼后面。

是格列弗夫妇将她带回到现实。只听见那老头费力爬上楼时发出蛐蛐般的叫声。或者再具体些,是格列弗太太每次穿过小路时发出的“嘶嘶”嘘声。

“嘶嘶嘶母猪。”

“嘶嘶嘶懒女人。”

“嘶嘶嘶荡妇。”

一天下午，比平常更惹人恼，格列弗夫人犯了个以硬辅音开头的错误。

“婊子。”

玛格丽特一下子转过身来。

“我可不想把这话告诉主人!”

不过吓唬吓唬而已。但当她看到格列弗太太脸上闪过的恐惧时，她头一回明白了自己的新权力。不，这权力她一直都有，只是自己不知道而已。

“饶了我们吧，玛格丽特……你听错了……我绝不应该……”

自此以后，这个老太婆再没当着她的面说过一个字。她已被赶到了地下。

&

“哈!”

他们的笔几乎一致地在两张平行的纸张上画着。宜人的河风从窗户涌进来。这安静是那般凝重，主人爆发的声音仿佛在她的耳朵上猛击了一下。

“先生?”

“暗夜学派。”

他说话时没有看她。他也没有解释他的意思。但他的眼神明确无误地发生了变化，从幻想的炽热变为坚硬而深邃的冰冷。

“玛格丽特，请把我的斗篷取来好吗?”

31

女王生前每年的巡幸毁掉了许多贵族世家。她那一班廷臣、侍者、骑手、信使，还有乐师，全都吵嚷着要求管吃管住。饮食娱乐，必须一应周全。于是伊丽莎白女王只得莅临某座庄园，逼得其主倾家荡产。

而詹姆士国王本性简朴，且时局艰难，故而出巡轻俭。他已提前宣布自己在赛昂府就只待上一晚。他才不在乎他们是否为了向他表达敬意而停掉时钟。他弃绝露天表演、烟花、大炮、摔跤、杂耍、马上刺枪比赛、戏剧和假面舞会。他甚至克勤克俭到了把王后留在宫中的地步，尽管他倒不觉得这有多难。这不过是他的一次拜访，仅此而已。

但既然国王要来访，府上就得做一番接驾的准备：布置桌子，拟写菜单，请乐师；要订新制服，威尼斯玻璃器皿需要清洗；房间里，面面都须擦洗锃亮；挂毯、地毯、亚麻织品、瓷器都必须准备好。此外，还得留出赛昂府整整四分之一的地方，用以款待国王一行。

这还没把接驾算在里头。接驾时，伯爵府里所有的仆人都得使唤上。甚至把玛格丽特也叫了去——就一个晚上，而且主人哈里奥特也同意了——让她重回后厨打杂。现在这个地方在她看来太奇怪了。肯定如此，她一边想着，一边点燃旧炉子，擦洗案板，清洗盘子和银器，接着冲地板，倒垃圾……曾在这儿干活的肯定不是我，肯定是其他某个姑娘。

但她干起活来手脚麻利，好像从来不曾离开过。而且，由于知道就干几个小时，她甚至能够享受这种劳动。她忘我地干着。直到七点五十四分时，她听见了号角声，才想起今晚的重大场合。

接着她听见锅碗瓢盆的撞击声、厨子的咆哮，以及仆人们的嚷嚷。她不会看到国王的仪仗队行进，不会看到珀西夫人行屈膝大礼，不会听到欢迎仪式上的诗咏。她也感受不到那一触即发的紧张气氛：国王和伯爵带着僵硬的笑容，并肩走进大厅。

两人之间的差异不可否认。国王沉迷于神学与诗歌；伯爵则热衷于自然科学和哲学。国王是苏格兰人，而伯爵家族则世代征战苏格兰。更糟糕的是，伯爵曾经考虑过和阿尔贝拉·斯图尔特小姐成婚，而这段联姻则有可能让詹姆士继承不了英国的王位。

然而，难道不是伯爵以效忠的姿态在恩菲尔德参见了新国王吗？难道不是伯爵在国王进入伦敦时一直伴骑在右吗？让过去的就过去吧！而现在——在这飞蛾点点、芳香温暖的夜晚——伯爵和国王就着西班牙葡萄酒、肥肉、甜薄饼和姜汁面包，设法勾销旧账，像朋友一样达成共识。

由此一来，他们在盛大的场景之下又制造出了一种光晕。只有在完成工作后，玛格丽特才看到了这样壮观的场面。这令她如梦初醒。时值凌晨两点，四面八方的光足以照亮整个英格兰。府中每个房间都灯火通明……两排平行的火把照出一条通向河里的道路……水面上泊着皇家游艇，周围环绕着由篷船、舢板和大平底船组成的舰队，全都抛锚在岸，且伴着灯光歌唱。每一道光都映在水中，和天上的星星交相辉映。

多么让人眼花缭乱的景象。而在其背后，却只有一个词语——

折射。

光照射到一个物体。这番相遇永远改变了光，也永远展现出该物体。“这是所有事物表面之下的构造。”主人就是这么说的，这甚至也像诺言一般感动了她。就在此刻，她得偿所愿，感觉自己按在世界的皮肤上，透过其毛孔细细观察……何种话语才能将其道出？

一分钟前，她都快站不住了。而现在她正忍着脚上的擦伤，能跑多快就跑多快。她想让他知道。他也必须知道，她不在他身边时也绝没闲着。

主人的房子与周围截然相反，几乎是一片黑暗。她花了几分钟才找到他，因为他没有待在实验室，而是在书房里。他无精打采地坐在一个他喜欢的硬橡木椅子里。他的书——毫无疑问，他本打算通宵阅读的蒙田随笔集——放在他的膝上，还未打开。

他看到了她，一时有些说不出话来。书本在他起身时从他的膝上掉了下来。他弯腰捡起，随后又突然站得笔直。这一切行为都背叛了他。但更多的是他的眼睛。那双眼睛接收到她的形象，折射，吸收，又将其发回。

那么这就是爱情的样子了，她想着。完全不是我早该想到的那样。

伦敦，2009 年 9 月

32

我想这对美国的国家安全工作来说可不是什么光彩事儿，因为一个死人竟能在 2009 年 9 月 23 日晚登上飞往伦敦的航班。

为了维护交通安全管理局，我也就说这么多了。阿朗索到杜勒斯国际机场的时候，他已经是所罗门·斯皮格了。这可是个大活人呢，还有社保号和护照可以证明这一点。

再想一想：阿朗索看上去甚至比在外滩时更不像他本人了。诚然，他那如同烈酒走私贩的胡子已经刮掉了。但他留了个大背头，头发染成了黄褐色，裹着大码的格纹呢西装，系着范·休森牌条纹轻纱领带。你肯定会认为他是经营农庄的。

这一套伪装现已被塞进了维珍公司大西洋空客 A340 的航班，在 58 排靠过道的座位里，飞往希思罗机场。阿朗索讨厌坐经济舱。但这是克拉丽莎买的票，他也就不敢厚着脸皮要求坐公务舱。更何况克拉丽莎还用机场付费电话打给北卡罗来纳州戴尔县的警局，告诉他们沙里埋着个死人。

对她来说，这也许比我想象的还要不容易。因为她一上飞机就吞下两片安眠药，迅速戴上耳机，看着桑德拉·布洛克演的电影，然后慢慢闭上了眼睛。我拿过毯子给她盖上，还想着要不要在她脑后垫一个小枕头。坐在我另一侧的阿朗索嚷起来：

“不要!”

“什么?”

“如果这刻你还想着她睡着的样子很正点,我会揍你的。”

我把座位调下去了两英寸。

“没人比你睡得更正点了,阿朗索。”

“所罗门,”他嘘道,“你又怎么会知道?”

他说的在理。在我的记忆里,从没见过他睡着的样子。虽然我曾对着他打过瞌睡,不是吗?最近一次是在纳格斯黑德的汽车旅馆房间里。类似的情形还发生在大学时一个班会的尾声。我中午醒来,发现他对我皱着眉头,仿佛我是一个被送错地方的包裹。

“想问题要具有策略性,”我告诉他,“我们可以给克拉丽莎穿性感的衣服,让她去勾引那个人。”

阿朗索拉起维珍大西洋航空的眼罩:“如果你指的是斯泰尔斯先生,我想他更喜欢高大的刺客型女人。”

“你和斯泰尔斯到底怎么回事?”

“他偷了我所有的书。此外还有件小事,就是他想我死。”

“我刚才的意思是说,在我的印象里,收藏家之间普遍都比你俩相处得要好。”

“你非要管他叫收藏家。这真叫人抓狂。让我来告诉你我是怎样认识这个人的。我去伦敦参加一个布鲁姆伯利的拍卖会。你知道的,在可能的情况下,我总是习惯于在头一天查验一下货品。只有那次,我不是一个人。一个年轻人尾随我走过底楼——不,更贴切地说,是个卑鄙鼠辈。他瘦巴巴的,面带微笑,脚步轻快。或许他曾是一个卫星电视销售员,但干得不好。若是间谍就更糟了。我去哪儿他都跟着,在他的宽格主题簿上草草记着什么。

“我没有在意他。在第二天的拍卖会上,我发现自己竞拍的每件物品——说来奇怪——都有另一个竞拍者。是同一个竞拍者。他的脸皮有多厚,钱袋就有多鼓。在那天结束以前,那只‘鼹鼠’的老板——斯泰尔斯先生,把我看上的每一本书卷都抢购了去。不需要我告诉你吧,这样做太过分了。”

阿朗索一直等到下一次的布鲁姆伯利拍卖会。果然,那个脚步轻快的人又出现了。这回阿朗索跟他绕起了圈子,在目录里最不值钱的物品前逗留。第二天,他满意地看着斯泰尔斯把几千英镑花在了一堆垃圾上。

“一天后,这位大人物亲自召见了我。他急着要做出补偿,给我倒水沏茶,殷勤至极。就差替我揉揉鸡眼了。打动我了吗?没有。‘下次如果你想知道我的意见,’我说,‘你可以像别人那样付钱。’他答道,‘很好,多少钱?’‘对你,’我回答,‘我不卖。’”

“你没想过结果会怎样吗,要是你……”

“什么?”

“要是你对他友好一点的话,仅此而已。”

“对爬虫不应该友好。你得牢牢盯住他们,将利刃放在手边。”

不到一分钟,我们周围的灯光开始一盏一盏地熄灭。我又靠回到阿朗索旁边。

“既然你和斯泰尔斯打一开始就不和,那他为什么还让你接触到他的收藏?而你怎么还会跟他有联络?”

“现在应该让你知道了,亨利。收藏家从来不会自断退路。我们的利益绝不允许这样做。深入思考之后,我决定给斯泰尔斯一点甜头。他也回报了更多好处。接下去就有了一段整个看似诚挚的交情。如果这意味着得忍受他的粗俗举止,那么……”他打了一个哈欠,“嗯,最终证明还是值得的。”

值得,我思索着。莉莉在一个藏书库里窒息身亡,埃默里被埋在卡罗来纳的沙中,阿朗索是重罪犯和国际难民。而我,极有可能,是一名杀人嫌疑犯。值得。

“这儿我就是想不明白。”他说,“如果哈里奥特没有在弗吉尼亚找到金子,那他是在哪儿找到的?他再也没有离开过英格兰,他几乎从来没离开过他的屋子。”

“也许是罗利给他的。或者是诺森伯兰。我的意思是,这两个家伙在某一时刻都陷入了麻烦。国王没收了他们的资产。也许他们想为后人留点什么。”

“但在地图上,哈里奥特却称它为‘我的宝藏’。你不是暗示他把钱私吞了吧？”

我想，如果他这样做了，他会为自己招来一些凶猛的敌人。但没有这样的记录。罗利在他的遗嘱中将哈里奥特称为“忠实可靠的朋友”，并以一种异常亲切的态度表示，要把“我所有在这房子里的黑衣服”遗赠给他。至于诺森伯兰，他离开伦敦塔后做的第一件事就是买了一座碑来纪念哈里奥特。如果他们曾感到这位过去的老师背叛了自己，那他们真是隐藏得不错。

“我想有另外一个可能性。”阿朗索慢吞吞地说道。

“是什么？”

“也许你能想起哈里奥特在1599到1600年间曾研究过什么。”

&

事实上，哈里奥特倾听的海妖歌声，同样诱惑过许多伟大的思想家，使他们触礁沉没。莱布尼茨听到过，罗伯特·波义耳和第谷·布拉赫也听到过，艾萨克·牛顿去世时，梦着的不是重力或微积分，而是这块哲学家的点金石。

对于这些人来说，炼金术不仅仅是把铅变成金子，更多的是关于转化。如果他们能够改变无生命的物质的属性，也许有一天他们同样能改变人的属性。然后呢？嗯，我们肉体最后的杂质会如浮渣一般烧掉，然后整个尘世将停留在迷狂的完美状态。

这种梦想一直牢牢地抓住梦想家不放。难怪哈里奥特点燃炉子，将自己投入永生。只有一个问题……

&

“这是不可能的。”我提醒阿朗索。

“什么？”

“你没法单靠自己的力量把铅变成金子。这就是哈里奥特放弃的原因。”

“亨利，听着。在光学、天文学和物理学上，哈里奥特都领先于其他科学家几年、甚至几十年，对吧？但谁又能说，他在这件事上不是领先几个世纪呢?”

“哦,我明白你的意思了。哈里奥特只是——什么来着——鞭策自己赶制了这个金鸣笛壶,然后把它埋在地里,像埋一个该死的小矮妖。绝不让人知道,就让它在那儿腐烂。”

“他不能冒险告诉他人。在詹姆士国王的世界里,炼金术近乎异端邪说。”

“上帝啊,从哪里说起呢,阿朗索?”

“所罗门。”

“金原子比铅原子少三个质子,所罗门。在都铎时期破旧的实验室里,你是无法弥补那样的差异的。这需要——老天,一个类似于粒子加速器的东西。即便有了,你所制造的黄金的价值远远赶不上你投入的精力。”

阿朗索轻“哼”一声,渐渐陷入文献中去。

“还有更多的事情——”

“天哪。”

“……在天堂和尘世——”

“打住。”

“……是你的哲学所想不到的。”

“是啊,你猜怎么着?莎士比亚不知道粒子物理学。恕我直言,哈里奥特也不知道。”

阿朗索在那之后沉默了。但我了解他的沉默,那通常是一点都不让步的。至于我,我服用的苯海拉明终于发挥了药效。我戴上眼罩,拉过腈纶薄毯盖上,然后又将座椅调低了几英寸。

“耶稣,”我喃喃自语道,“炼金术。”

我怀疑的脸上没有暴露出任何破绽。我没告诉阿朗索的是,三天前,我在分神的时候瞟了一眼哈里奥特的原版地图。我也没什么特别的原因要看,因为这地图上的东西我都看过十几遍了。

但有一处。

在右下角,有一个词像一道伤痕那样浮现出来。那个词字迹潦草,几乎不见墨迹。只有在傍晚斜斜的光线下才能看见:灵气。

就我所知,这不是哈里奥特的笔迹。它甚至算不上草书,字母与字母间隔得太远,最后的那个“a”甚至蔓到纸页外面去了。

我盯着那页纸看了很久。我知道,在某种程度上,我只是在看着另一个词——希腊语的“灵魂”。亚里士多德把这个词像糖果一样扔得到处都是。

但我知道我是在看别的东西——中世纪的炼金术大厦。

灵气被认为是世上所有物质的活动原理或者生命力。要把一种东西变成另一种,像哈里奥特这样的炼金师就不得不转化其灵气——那天赐的精髓——从而使自己实际上成为另一个造物主,从混乱中触发出新的存在形式。

现在想来令人惊奇:从这一串字母中又涌现出如此多的新问题。哈里奥特在1600年之后仍然进行炼金术实验吗?他是否在某个地方失败了,故而没有历史记录?他会不会已经成功造出了金子,却不得不竭力隐藏?或者,至少相信他成功了?

&

在大西洋上空的某处,哈里奥特走进我的梦里。这跟克拉丽莎的幻觉不一样——只是潜意识的呈现。这个伟人——一袭黑衣,站在他的砂砖小屋前。我能感觉到空气中微微的寒意……我能听到头顶风吹云动的飒飒声……哦,是的,屋子正冒出黄金。

从屋檐上,从窗户中,从门廊里,从每一片土地里。金条、硬币、权杖和冠冕,像粮仓里的小麦一样越堆越高。哈里奥特站在这许多金子中间,扮着鬼脸道歉。

“我似乎没法儿让它停下。”他说。

33

我们出海关时，他们正等在那儿。

我其实还怀着一丝期许，想看看他们是否举着欢迎牌：亨利·卡文狄什，克拉丽莎·戴尔。

他们的态度却不甚欢迎，着装也是：黑色的定制西装、薄毛衫和锃亮的黑色便鞋。两个人中，个子较小的面色红润，脸上坑坑洼洼。他像匹围场里的小雌马驹那样踏着左脚，轻蔑地看着我们，仿佛我们盗用他的有线电视信号，被他抓了个现行。另一个的脸细细刮过，星冰乐咖啡一样的肤色。他高大得像个西哥特人，一张脸僵硬得如同石头。突然石头裂开了，露出歌舞女郎一般的笑容。

“欢迎！”他喊道，“一路还顺利吧？”

克拉丽莎先止住脚步……随后我也停了下来……但那西哥特人已经径直走向了阿朗索。

“斯皮格先生。”（这个假名似乎涂着一层极薄的讽刺的漆。）[①]“我是穆尼探员，这位是米尔贝格探员。我们……哦，等等！”

他在口袋里摸了一阵，掏出来一块覆了膜的徽章：

“非常抱歉。我们是国际刑警。”

“国际刑警。”阿朗索轻声重复了一遍。

“斯皮格先生，你算是遇到安全可靠的人了，请你清楚这一点。我们不打算进行公共展示。也没有犯人示众。”

“不用戴手铐。”他的同伴补充道。

“我们不会那样的。我们只想跟你聊聊。完事儿了你们就可以继续

---

① 斯皮格：原文中为 Spiegel，意为镜铁、锰铁合金之意。

愉快的旅程，欣赏有声有色的伦敦风景。”

阿朗索已经恢复过来，胸膛鼓得像只凸胸鸽：

“我非常忙。”

“我早就知道。”

“劳驾告诉我聊什么主题。”

“现在还不是聊的时候。”

“那要去哪儿聊？”

“当然是总部。到时你就什么都知道了。”

随后，他握紧双手，用营地领队的声音喊道：

“可以吗？”

“我的朋友们呢？”阿朗索抗议道。

“啊！”西哥特人绕着我们转了一圈，“他们也可以一起去！”

“他们当然可以。”米尔贝格探员附和道。

&

只有在英国，我们才可能享受这样的监禁礼遇——彬彬有礼且整齐有序。他们没对我们提高嗓门，而且还不忘客套一番。我们从行李传送带上拿下旅行包，全部捆到一块儿，在清晨的日光中眨了眨眼，顺从地钻进了一辆顶级林肯“城市”大轿车。这辆黑色的车涂了罩漆，配有电动腰托和可编程记忆座椅。全真皮内饰纯净得不容我们触碰。

克拉丽莎坐到了后座中间。在我们三个当中，她是唯一不太听话的人。

她说：“我从没来过英国。但由于这离伦敦还有好几英里，而且你们这些先生还是国际刑警……我赌十美元，你们会说这是带我们去秘书处。”

她的赌注似乎还抵不上靠枕的清洁费。只有米尔贝格探员无精打采地靠在副驾驶座的车门上，嘟囔道：

“对的。”

“哦，不不，等等，”克拉丽莎摇了摇一根手指，“国际刑警秘书处是在里昂，法国里昂。天，我在想什么呀。”

她陷入沉默,但似乎带着某种危险的张力,仿佛即将被针扎爆的气球。也不知为何,我在这时看向了窗外,想当然地以为我们是在四号高速路上,正朝东开往伦敦。而实际上,我们却是在A312主干道上朝北驶去。不知驶往何处。

这时,我才突然意识到克拉丽莎的话并不是对那两个探员讲的,而是说给我和阿朗索听的。她是在发出警报。

"嗯,不管怎样,"她说,"也算是给我上了一课。我又花时间想了想,好像记得国际刑警探员无权对人进行逮捕吧。"

前排的人还是不作声。最后,米尔贝格探员微微斜着头,咕哝道:

"规定变了,不是吗?"

"你肯定是对的。国际刑警的规定最近肯定变了。但我还不知道。抱歉抱歉。"

恰恰在这时候,我们两边的车门锁都锁了下来。

很奇怪,我的第一反应竟是松了一口气。我们没有被捕。我也没有马上被关起来的危险。因为这两个家伙拥有的执法权其实跟我差不多。

但我们也确确实实处在他们的掌控之下,不是吗?

我们有理由相信他们带着武器——黑西装里可以藏下任何小型枪支或左轮手枪。也别指望打电话求救。我们身处一个陌生的国度,又在一辆陌生的车里,天知道要去什么地方。都不用多废话,我们完了。

我看到克拉丽莎的手指在她大腿上不停颤动。起初我还以为是因为她也一样痛苦不安。后来我才慢慢发现她手上的动作是有意的。

就是说,她在发短信息。

她就像一个美国历史课上的十一年级女生,指法熟练,不时用余光向下扫一眼,看看短信写到哪儿了。从编写到发送,整个过程用了她不到一分钟的时间。我甚至没时间去想那是发给谁的,因为阿朗索的手机紧接着就振动起来。

他低下头,盯着手机屏幕……再疑惑地看了克拉丽莎一眼……接着手指点了两下,删掉了那条短信。然后他极其生硬地用手背抹着额头。

"对不起,"他说,"先生们,可以打开空调吗?"

克拉丽莎等了二十秒钟,然后说道:

“阿朗索，怎么啦？”

“不太好，”他说，按着太阳穴，身子微微晃动，“不……嘴……”

“嘴怎么啦？”

“刺痛……”

又过了几秒。

克拉丽莎低呼道：“天啊。”

阿朗索的脑袋开始颤动，然后从头往下一点一点地蔓延，他的脖子也开始痉挛，接着是手臂和指头，最后就连他身边的空气似乎都在振动。

米尔贝格探员半转过头来：

“他在打哆嗦，是吗？”

“你说的打哆嗦，”克拉丽莎故作镇静道，“如果你说的打哆嗦，是指低血糖的话，那就是了，他的确是在打哆嗦。阿朗索，告诉我，你最后一次注射胰岛素是在什么时候？”

胰岛素？

“昨天晚上。”阿朗索在颤抖的间隙答道。

“昨晚？老天——”

这时我也行动了起来——

“都是我不好。”

克拉丽莎突然把头转向我这边。

“你什么意思？”

“是我叫他不要把胰岛素针盒放进随身行李中。”

“为什么呀？”

“拜托，你知道的，要是机场安检发现了针头，他们的态度会有多奇怪。”

“啊，真是太好了，亨利。哇噢，你的提议——简直太谢谢你了。阿朗索，听我说。你的注射器在哪儿？”

他哼哼着，整个身子都打起了哆嗦。

“哪儿？”克拉丽莎问到，“快告诉我在哪儿。”

“行李箱……”

克拉丽莎重新坐直身子，呼出一道粗气。

"妈的!"

很难说我们做作的表演有多少入了前排那两位的眼。米尔贝格探员的反应是:

"马上就要到了。"

"嗯……"克拉丽莎手指捏着鼻梁,"你看,现在就这情况。等不及了。"

见他们没有反应,她又尖利地补充道:

"请看看他好吗?"

米尔贝格探员终究转过身来,看见了这样一幕:一个二百四十磅(保守估计)的男人,半闭着双眼,脸色惨白,全身都在战栗着,就像一棵暴风雨中的山杨树。

"我不想危言耸听,"她说,"虽然你们没问,但我也认为有必要告诉你们,他很快就会出现糖尿病昏迷了。那可是相当严重的。"

"阿朗索,"我轻声说,将手伸向他的肩膀,"不会有事的,坚持住。"

"他需要注射胰岛素,好吗?我们得把车停下。"

米尔贝格探员阴沉的脸上萌生出了不安。他瞟了一眼阿朗索,再看看他的同伴,而后慢慢地转过身去。

"看,"我说,"你们如果想要这个人死在这儿,死在你们的车后座上,没问题。只是我怀疑国际刑警组织对此可不会太高兴。"

没人回应。于是我加重了担忧的语气:

"他活着可比死了有价值多了。"

还是没人出声。我正要使出下一招时,穆尼探员低声发话了:

"他的药盒在哪里?"

"在他的手提箱里,"克拉丽莎答道,"我能找到。"

"我才找得到。"我说。

"拜托,亨利。你根本就不会找东西。而我半分钟就能找到。最多半分钟。"

我们俩盯着穆尼探员的后脑勺,等着他的表示。唯一的表示却是来自车子本身。车突然毫无预兆地向左转去,在一片沙砾中完全刹了下来,停在路边的排水沟旁。

“给你们一分钟。”穆尼探员说。

在克拉丽莎越过我爬到车门旁时,穆尼探员又恶作剧似的补充道:

“我的同伴乐意协助你。”

那个同伴有些吃惊,脸皱得像沙皮狗的褶子。

“西蒙找东西很有一套,”西哥特人继续说道,几乎压抑不住自己的幸灾乐祸,“对吗,西蒙?”

米尔贝格探员从胸腔中发出低低的抱怨声,同时用肩顶开车门,大步走到车后,打开了后备箱的盖子。

这时,我一直压抑着的恐怖感邪笑着涌了回来。克拉丽莎大可拖延时间,但是他们迟早会翻阿朗索的那些包,发现里边根本就没有注射器、针头和胰岛素。

那样我们所有的机会都没了。

穆尼探员像是看穿了我的心思,在驾驶座上朝后喊道:

“你们不会是在耍我们吧。我们都已经尽可能的亲切友善了。”

我没作声,解开了安全带,脱下外套搭在了阿朗索的身上。

“坚持住,”我轻声说道,“再过几秒就好了。”

只是已经过了几分钟了,后备箱却依然开着。也没有听到任何动静。

“那么告诉我,”我说,听见自己单薄的声调,“你们给斯泰尔斯干了很长时间了吗?”

“没听说过这人。”穆尼探员回答。

“啊,那就怪了。因为——除了他,我想不起还会有谁想跟我们谈谈。”

“这不是该我说的,对吧?天啦!”他呵斥道,轻按了三下喇叭。

我能看到他的目光扫视着后视镜,光光的圆脸上露出不满的皱纹。他轻声哼着,手在方向盘上跳着舞。最后,他忍不住了,调下电动车窗,朝着一边探头大吼:

“西蒙!我们可没有一整天的时间!”

就在那一刻,他发现一支枪正对着他的脑门。

准确地说,是一支“沙漠之鹰”半自动手枪。被克拉丽莎·戴尔那双白嫩的小手握着,那支枪看起来比平时还要大。

“劳驾，”她微微喘着气，“请从车里出来。”

“当然，当然，宝贝儿。”

他伸出一只手去开车门，另一只手却藏到了外套下面。

“你缴了他的枪，是不是，宝贝儿？真聪明。”

他外套上的褶子在他说话时起伏着。某种难懂的布莱叶点字式小伎俩……短暂地停留……然后他慢慢地再次伸出手。

“慢慢来。”我说。

通常我不会是他的对手——我两只手才能握住他的一只手腕——但现在，我在数量上占据优势。克拉丽莎拿着枪，眼睛一眨不眨。而他身后的阿朗索现在也挺直了身板，虎虎生威。西哥特人一下便知自己胜算几成。然后，他带着奇怪而羞怯的笑容，松开了握枪的手。

一秒钟后，枪便放到了我的掌中。球根状的枪柄还是热的。

“好啦，”克拉丽莎说，“穆尼探员，我来解释下该怎么做。先从车里走出来，站到这一边来。我可不想路过的司机可怜你。听清楚没？”

“清楚极了，亲爱的。”

只怕他还不是那么明白。踏出大轿车那一刻，他——也许是出于本能——一下子低下了头。原来他遭到了克拉丽莎枪托的一记猛击。西哥特人吓坏了，摇摇晃晃地跪了下去。

“上帝，这玩意儿真重，对吧？”克拉丽莎说，“我不知道国际刑警的探员还带着枪呢。但我也有可能错了。你认为呢，亨利？”

我没能回答，因为我刚看到米尔贝格探员。他手脚摊开躺在沙石路上。虽不是完全没有动弹，但也好不到哪去。

“怎么干的？”我低声问道。

“哦，”她说道，“我曾学过自卫术。”

“那接下来怎么办，尼基塔女郎？”

“这个，我们或许应该让穆尼探员趴到地上。”

西哥特人的脸上焕发出欢欣雀跃的表情，一边完完全全地趴在了地上。你简直会以为他因为可以休息而感到高兴。

“你那儿有什么，亨利？”克拉丽莎的声音低沉冷酷，“皮带，有吗？”

“我有一根皮带。”

“那——”

她有些恼怒地抬手朝趴着的那人示意。于是我在那人身旁蹲下，将他双手绑到背后。听见他的声音从地面传上来。

“听着，伙计。”

我用皮带缠住他的手腕。一圈……两圈……

“你甚至都不算在这里头，”他低声说道，“没人要跟你过不去。”

我把皮带系紧，然后把带子末端拢在皮带扣里。

“现在明白了吗？”他说，“你把情况搞糟了。你明白的，对吧？”

“就我而言，”克拉丽莎说，“我觉得情况在变好。”

她跪下来，松开挂在穆尼探员脖子上的红领带，然后用它来绑住了他的脚踝。她干得太投入了。我都不确定她是否听见了他的独白。

“听我说，你们两个，我现在可记住你们了，明白吗？我是说，你们要是就这样一走了之，我是不会对以后发生的事负责的，嗯？理解了吗？不，真的，你们……”

克拉丽莎在他的腰窝子上踢了一脚，才让他住嘴了。

“不好意思，”她说道，“我是想找到你的手机。”

是部苹果3GS手机，桌面是猎豹图片。我从他的口袋里掏出手机，浏览联系人名单，想找到斯泰尔斯或者霍道尔。但什么也没有。

于是我拿着手机回到车前，非常小心地将它放在前轮的正前方。

“那么好吧。”

克拉丽莎说完，抬起左脚踢了穆尼探员一脚……然后看着他越来越快地滚向排水沟。我对他的看法是：尽管他一声不吭，但我相信他脑子里一定吵着要报仇。

阿朗索自始至终都坐在车里。他是习惯于服务外包的人。当我和克拉丽莎钻进车子前排时，只听见他说：

“我一直在等。”

“等什么？”我问道。

“等你们夸赞我的悲剧表演。要是加里克和基恩[①]看了准会嫉妒得

① 加里克和基恩：二人都是十八世纪英国著名的演员。

大哭。莎士比亚恐怕都想专门为我写一套历史剧。”

“你太棒了。”克拉丽莎漫不经心地敷衍了一句，将驾驶座往前调了一下。

“亨利，他们车里没有 GPS。你确定能找对方向吗？”

“我想是的。”

“那我们出发吧，孩子们。”

车刚起步，我们听见了穆尼探员的苹果手机被碾碎的声音。然后她向我靠过来，正对着我的嘴用力亲了一下。她的嘴唇尝起来有汗水、铜和飞机上的鸡肉味。

“嗯。”我说。

“嗯。”她说。

“嗯，喂？”后座传来阿朗索的叫喊声，“邦妮？克莱德？[1] 我们还有正事要做。”

英格兰，艾尔沃思，1603 年

34

让人吃惊的是，他曾觉得她相貌平平。

是因为她那小嘴的缘故吗？他见过她在不同的心情下嘴的形状：好奇时湿润，幽默时圆润饱满，极其专注时唇角微微向下撇。他又注意到她那圆润的颧骨和那双绿得如同蕨类植物的圆眼睛是怎样的和谐。她身上最具音乐感的部分是那罗马式的鼻子、太阳穴上密布着的特尔夫特精陶

① 邦妮和克莱德：美国历史上著名的雌雄大盗。

般蓝色的细小血管，以及肌肉紧致的小臂中暗藏着的力量。他不止一次地、抑制不住地回想起锡德尼的诗句：

并非在最初一瞥，亦非用任意一箭，

爱情给我留下了会永远流血的创伤；

它已知的效力在时间的隧道中延长，

直到渐渐地把我征服，迫使我就范。

是的，已知的效力。现在他已经完全被爱情征服。他还能怎样？

他们一如既往，因为他们必须这样。但爱情的创伤已经改变了他对待她的态度。他一会儿闷闷不乐，一会儿又疾言厉色。当他被她身上那股绿苹果般的芬芳吸引时，他的情绪更是坏到极点。

“快点！你太磨蹭了。”

“你就不能写快点儿吗？”

“你挡着我的光了！”

她却逆来顺受，非常温驯。

“我很抱歉，主人。”

这更是激怒了他。

“你为什么叫我主人？我又没让你干佣人的差事。”

“那好吧，先生。”

“也不许叫我先生。”

“那我该如何称呼？”

他未经思考就脱口而出：

“朋友们似乎都管我叫汤姆。”

但他马上意识到这样是对她过分的放任，但要更正也来不及了。既然他不许她再以主人或先生相称，那她只好免去称呼。

&

尽管他们仍旧希望更多地待在黑夜之中，但夏天还是来了。白昼照亮了他们的藏身之处：黑夜渐短，白日渐长。毕竟没有人能抗拒自然的智慧。于是，经过一番讨论之后，他们决定利用下午的时间出去走走。

但他坚决不在寻常消遣上浪费时间：不上戏院，不去钓鱼，也不看斗鸡。既然他们要走进真实世界，他们就得为不能在黑暗中继续研究而获取补偿。于是他们研究了奇斯威克湖周围天鹅的分布形态，记录了宾福特岛的潮汐规律，在伦敦桥上用星盘测量纬度，在烟雾深锁的黑修士塔记录日光的折射情况。

六月的第二个星期，从格林威治传来了骇人的消息：人们在雷纳姆小湾发现了一条巨大的鱼，之后拿着铁鱼叉和鱼枪一路驱赶，最终迫使这条大鱼逆流而上，搁浅在了爱犬岛一处偏远的浅滩上。

没人能解释为什么这条鱼会从海洋漫游至此，也没人明白为什么那些渔夫没有在发现它时就立刻将其杀掉，而是一路围赶到这儿来。但渔夫们总算善有善报：一大群没见过世面的看客，听说可以看到从海里来的巨怪，都伸长了脖子，甘愿付半个便士一睹为快。

渔夫们一看还有利可图，就作出决定：只要人们多付一便士，就可亲手摸一摸这怪物。玛格丽特和哈里奥特自然乐得为此掏腰包。他们下到河堤。此时已经退潮，鱼尾以上的部分完全暴露了出来，所有细处一览无余。白色的肚皮，镰刀状的鳍，方正扁平的鱼头。身处众多看客之中，哈里奥特能做的只是比对数据了。

"估计120英尺长，60英尺高。围长我估计得12英尺，也许是13英尺……"

但他们没有随身携带纸笔墨盒。玛格丽特偏偏又围着大鱼打转，根本没闲工夫。他跟在她身后，觉得挺尴尬。她停下，他就跟着停下，陪她研究鱼的下腹部和头上的每一道伤口……还不得不说点什么。

"毫无疑问它在途中与船相撞过。不然就是人们沿着河床把它一路拖过来的。根据我的测量，泰晤士河的任意一处河道都不会超过两英寻①……"

她还是不停地走动着。

"这很不寻常，对吧，玛格丽特？我是说，都过了这么长的时间，它应该还在呼吸。我从未见过哪条鱼这样了得……"

接着，鱼头上的褶皱展开来，露出一只眼睛。

---

① 1英寻约1.83米。

没有睫毛、干燥、布满纹理……而且出乎意料地小。这只眼睛在眼眶中颤抖了好几秒钟，然后又闭上了。哈里奥特突然觉得一切发生了改变，但他又道不出所以然来。

玛格丽特抬起头，喃喃自语：

“上游。”

“你说什么？”

“它在看着上游。这太奇怪了，是不是？它为什么不看向下游？那是它来的地方呀。”

“噢，我想它对此没有选择。这只是——这只是由它搁浅的位置决定的。”

她摇头。

“上游一定有什么事情在等着它。”

“天哪，一条鱼能有什么事——更有可能，这鱼是被潮水的磁场变化误导了。或许跟星星的运行有关。很久以前，我就注意到了火星的运行轨迹关系到……到……”

玛格丽特双唇紧闭，微向下撇。她在注意力集中时就会这样。只是，她的注意力没有集中在哈里奥特身上。

“如果我们推它呢？”

“推？”

“把它推回水里。”

“亲爱的玛格丽特。”

“它或许就能找到回去的路了。”

“那太疯狂了。这家伙起码有两吨重。起码得五个大汉才能挪动它。况且，这东西可能已经没有力气可以支撑住一趟旅程了……”

他很理性。但这理性为何显得如此没有说服力呢？

玛格丽特的手久久地放在这鱼被日光晒得褪色的侧腹上。然后她开口说话了，声音带着柔情与诧异：

“已经好晚了。我们得回去了。”

&

深夜的一场暴雨使这条鱼的生命得以暂续。次日早晨，到七点还差三分钟，它停止了呼吸。渔民眼见看客的钱是没法再赚了，于是将它砍成片，放进大锅里熬油。

&

在接下来的日子里，哈里奥特越来越相信他与玛格丽特之间发生了变化。他找不到任何办法验证自己的理论，并发现自己在她没有注意的情况下暗中观察她，猜测她沉默的种种原因。某些时刻，哈里奥特鼓起勇气，冒险地提出直截了当的问题。

“你在这儿快乐吗，玛格丽特？”

“是的。”

“我是说，你感到满意吗？”

“当然啦。”

“你想换个活计吗？”

“这样就挺好。”

他清楚，这样的问答是为了叫自己安心。但阿斯特罗菲尔与斯黛拉之间会有这样的对话吗？

锡德尼笔下的恋人又是如何成为哈里奥特的爱情典范的呢？

不容置疑，他内心的某些东西正在变得柔软。他不愿如此，但又不得不跌跌撞撞地逃回过去——他的童年时代。随着仲夏夜的临近，他的这一习惯越来越明显。那年，那夜，他的父亲跳了支舞。那是切斯特主教吉格舞，是小哈里奥特知道的唯一一种舞蹈。那一夜，在父亲的陪伴下，他感觉安全。现在，只要闭上双眼，他就会重温旧日噼啪轻爆的篝火，就会看见那时的自己，不过六七岁光景，在碎柴间跳跃，收集柏树枝，将飞燕草和贯草别在门楣上。

在时间的流转中，6 月 24 日到来了。哈里奥特显得神不守舍。他的手指被墨水弄脏，抑或打碎小瓶子。要不然就一次次地叫玛格丽特做同一件事。最后他猛地离开了工作台。

“我办不到！”

她的回答一如既往。

“随你。”

但现在,这话却带着那么一点开恩的意思。他如释重负,兴奋得忘乎所以,对她喊道:

“我们放个假怎么样?”

“你是说今晚?”

“对。”

看得出,她对此没有任何准备。这甚至让他隐约感到更加欢喜。

“悉听尊便。”

他们从食品储藏室里拿了一大壶德文郡苹果酒,一些核桃,几片厚厚的荷兰奶酪。哈里奥特装好了他的烟斗。玛格丽特在烧着煤的壁炉里为他点燃。当他们走到门边,一阵强劲的北风携着夏日气息扑面而来。他们停下了脚步。

玛格丽特的声音显得异常微弱。

“我们去哪儿?”

他示意她跟上。他们穿过一道猩红栎和白杨环绕的门,走过雏菊盛开的草地,经过夜莺歌唱的花园,径直来到由巴思石修筑而成的大宅前。哈里奥特带着狡黠的微笑,伸手指向西北塔楼上的尖顶。

“上到那去?”

“当然。”

“一定要去吗?”

“如果爬那么多级台阶让你吃不消,你可以抓着我胳膊。”

她的回答有那么些拘谨:

“谢谢,我能行。”

府里的仆人们今夜大都得了假,自由活动去了,因而没有人阻止他们,也没有人询问他们要去哪儿。他们沿着螺旋楼梯拾级而上,唯一能听见的是自己的脚步声。

他们来到一扇钉了黑铁的笨重木门前。哈里奥特从斗篷里拿出一把钥匙,插入锁闩,铆足全身力气一推。“嘎”的一声——门开了,他同玛格丽特站在了赛昂府的最高处。

登高望远是如此不同！从这里，他们能看见燃到南边和西边的篝火，牛群在水草间放牧，榴红的夕照浸染着柳树的枝叶。

玛格丽特倚在塔的一个垛口里，低下头去。

“你是累了吗？”他问。

“不，我只是想起了小时候。母亲警告我们说在仲夏夜一定要当心，不然会灵魂出窍的。”

“上帝……”

“要想平安，最好一起通宵守夜。要是你胆大胡来，跑到教堂墓地边上，你就会看见迷失的灵魂纷纷飞过，其中一个说不定还会一把抓住你，将你带走。”

“那我们应当试一试。就今晚。”

“啊，不！我这么干过。十四岁的时候，我和姐姐溜了出去，跑到圣博托尔夫教堂。我们带了毯子，就躺在那些孩子的墓边，因为我们觉得他们最需要陪伴。我睡着了，后来被姐姐的尖叫声惊醒。她脸色煞白，指着停柩门，说，‘我看见了，玛格丽特，我看见了！’”

“一个灵魂？”

“对，她最初以为那只是一阵烟雾。但它飘过时，却有一种非常凄惨的感觉，所以姐姐知道那一定是某个不幸的人的亡灵。”

微笑渐渐从她的唇角消失了。

“我们的父亲年前死了。直到今天，姐姐都相信她那晚看到的就是父亲的亡灵。他在寻找安身的地方。”

哈里奥特吸了口烟，远远地望向田地和森林。

“你认为你父亲今晚会出来吗？”

她没有回答，他也没有追问。安静笼罩了他们。余晖已尽，傍晚的幽暗中透出了星光。白日的气味——谷物、干草、马粪和羊粪的味道如同千丝万缕缠绕着他们。

“啊！”

玛格丽特轻轻拍了一下自己的脸。

“我差点忘了！等着！”

她消失了差不多十分钟，回来时天已全黑了。因为爬梯，她几乎上气不接下气。她还带回来一样东西，在她身体一侧晃来荡去的，好像一段枯萎的枝干。借着月光，勉强可见那东西的形状：一个折射望远镜，包在绿色的外皮下，看上去挺眼熟。

哈里奥特想了起来：

“我还想它跑哪儿去了。”

“我拿了，用它用得很多……”

她用拳头抵在胸骨前，等着缓过气来。

“新包装看上去还不坏，玛格丽特。”

“我希望是更好。记得吗，你告诉过我，凸面和凹面的不同组合可以使放大效果加倍？”

“我是这么想的……”

“我没事儿时做了好多关于你这个理论的试验。我根据正弦定理改变了角度，还改变了镜头的直径长度。要说出每个细节会很烦人的。总之，在经历了很多错误和迷惑之后，我认为——我已经将放大效果增加了一到两倍。但必须请你来作出论断。”

他接过折射望远镜，举到眼前，望向天际。

“玛格丽特，这简直……”

“怎样？”

“非同凡响！”

“你真这么想？”

“噢，绝对！每一样事物都被放大了，真不错！这分辨率，还有这纹理……”

当他发现星星那么近地围在自己身边时，他的喉咙里发出了抑制不住的笑声。

“我的这些老朋友们！现在它们的光芒让我都快不认识了。天秤座……小熊座……那是——”

月亮。他正要说出。但月亮不应在那个位置上。

他前后晃动着望远镜，不能相信自己的感官。天空中有两个月亮。其中一个同原来没有两样，而另一个光芒更暗，体积更小，仿佛随时都要遁回黑暗之中……

上帝保佑。

“是金星维纳斯[①]。”

他低呼出这个名字，又重复道。

“维纳斯……”

&

好多世纪以来，人们都在说着金星的位相，但鲜有人以肉眼观察到它。所以哈里奥特很久以来也不再相信金星位相的存在了。

但如今，转眼之间，传说成真。金星就悬在那里，小得如同人的手指甲，刻在天空的记事簿上。

他惊讶不已地发现自己的眼眶变得柔软而酸涩。不再是像以前那样由于树脂和五倍子的刺激而引起的湿润。他流泪了。

哈里奥特赶紧掩饰。

“烟从河对岸飘过来了，怪熏人的。”

她拉过他的手，看着他。她的眼睛里没有同情，这让他感到极大宽慰。他能说的只是：

“谢谢你，玛格丽特。”

然后，他吻了她。他闭上双眼，感受她的双唇，他曾以为她的嘴太小了……但在他的亲吻中变得激情饱满。她是如此甜美。

35

爱人。

这个词的用法一向暧昧而奇怪。他想，古罗马人真是明智。他们知

① 在希腊和罗马神话中，金星是爱与美的女神，因此金星又被称为维纳斯。

道自己面对的是怎样复杂的命题，于是调集大量动词来描述它。他们称之为爱，还有尊重、喜欢、抉择和影响。

从恼人的语言学意义上来说，哈里奥特的感觉到底如何？欢爱，是的，他对此倒也有些见识。他年少时初到伦敦，曾频繁光顾一间叫“红衣主教的帽子”的小屋。那儿的女人干脆利落、经验老到，要价十八个便士。只消拿到钱，她们就立刻躺在残破的被单上，宽衣解带，做起那事儿来。

哈里奥特从不知道，同样的事情，做起来竟也可以毫无急迫感。挑逗、戏弄、细细品尝、回味、提炼……更多的动词！的确，有些时候，他会想象自己一再地与她完全交融。又有些时候，他又觉得自己……

“太老了。”

曾有一次，在未加思索的情况下，他这样说过。那时离天亮还有一两个小时。在他的四柱床上，他们的身体紧紧相契。他的手指绕着玛格丽特那浓密得令人惊叹的蜜色发丝，这是他第一次得享这独有的女性魅力。

“对什么而言太老了？”她问。

“对这事、对你而言都太老了。”

“噢……”

玛格丽特环抱住他，轻轻抚摸着他肩胛骨之间的部位。

“你的皮肤真软，跟婴儿似的。”

但她的行为可不像对待一个婴儿，毫无慈爱母性：她的手指颇为邪恶地滑过他的肋骨，在他的盆骨边缘游移。而这也是一个意外发现：在大多数时刻，他的身体都被笼罩在黑暗之中。或许这具身体也渴望光明，渴望占有，同时也被人渴望。

他揽过她，感觉到她的身体为他渐渐打开。但这不是顺服，而是主宰。因为当他们结束，他只能喘息着对她说：

“留下来。”

她的回答则永远是：

“很晚了。”

“就一个小时……”

她是不会发善心的，到底还是走了。没有了她的房间显得多空啊。这张斯巴达式的床原本对他一人来说都略嫌狭窄，现在却显得空荡荡的。

亚麻床单上仍依稀可见她的体态，毛毯上还残留着她的芬芳。

一天夜里，哈里奥特拿着一瓶甜酒来到床前。那酒中葡萄、玫瑰和糖果的芳香使他迷醉，于是他将酒缓缓倾注在玛格丽特的胴体上，而后吸吮每一滴琼浆。她也以彼之道、还施彼身。最后，甚至在达到高潮之前，他们就在彼此的怀里睡着了。

第二天早上，他们就被格列弗太太看到了。她如同幽灵一般悄无声息地飘了进来，目光闪闪，面若冰霜。

“求你原谅，主人。我……我还以为……”

次日下午，诺森伯兰伯爵意外地召见了哈里奥特。二人在伯爵的藏书室里会面。为了满足伯爵幽居之好，整栋宅子的北面都被建成了藏书室。从那儿的窗户可以看到最美的河景，然而人们却发现伯爵总是朝着另一个方向，朝向一排排装帧精美的书籍。它们有着小牛皮制的封面、牛皮纸内页和烫金书脊。书页上写满了注释。

“有人向我打报告了，汤姆。”

伯爵对哈里奥特说话时甚至没有动一下。哈里奥特只得上前将就他。

“这些报告跟我的助手有关吗？”

“是的。”

“是我的女管家打的报告吧？”

伯爵顿了一阵，方才开口：

“为你当家做主的那户人家可不好管。”

“我从未假装过自己是那儿的主人。”

“我也不是你的主人。我的管家从来不会因家庭琐事打扰我的宁静，但你的事让他破了例。”

“给他添了这么大的麻烦，我很难过。”

“请你谅解，汤姆，我绝非羞辱你。怎样生活是你自己的事。但如果因为谣言而使你的清名受损，我将十分痛心。”

“或许，我的名声没你想的那样好。”

伯爵将哈里奥特细细审视一番，然后拉出一把橡木扶手椅坐下，并示意他也坐。

"那倒不假。"

"我的心可以提出申诉吗？对。"

"你的心？"

伯爵的眉毛拧成一团，将手从嘴边拿下来。

"要是柯特现在能看到你的话，汤姆……"

"那我可不希望他的看法跟你一样。"

"难道我错了么？"

"大人，你认为我为了一个出身低微的姑娘不顾自己的名节，那简直是大错特错了。玛格丽特·克鲁肯山克斯是我有幸见过的最天生聪慧的人。如果你愿屈尊，我可以向你展示一些经她影响而产生的奇迹。"

"迪伊博士制造了伟大的奇迹。据说开普勒也是。但我可没见你对他们抱有同样的激情。"

哈里奥特双手交握，垂着头，好像等着领受老师的训诫。让人吃惊的是，伯爵的声调却是温和的。

"跟我说说吧，汤姆。"

"什么？"

"你的激情。那不是奇迹吗？"

"大人，很多时候，我的激情很可怕，也很奇妙。它就这样介于二者之间。"

伯爵点了点头，仿佛很满意。然后他站起身来，走开了。

"那样的话，我希望你在这方面的研究能够自然而然地得出结论。"

谈话至此，哈里奥特的眉心舒展开来，起身移步离去。刚到门口，又听到伯爵缓慢而清晰地说：

"汤姆，在某个合适的时候，你可以考虑娶她为妻。我对此绝无异议，乐见其成。"

过一会儿，他又补充道：

"婚姻才可确保名誉。"

他说这话时鼻翼鼓动，仿佛宣扬一部行为准则。

但在此之前，这绝非哈里奥特恪守的准则。他的工作一直都是男人的领域。他从未想到，也会有女人能胜任这项事业。现在，他既已发现了这样一个女人，那些过去的假设就站不住脚了。正因如此，伯爵的话激怒了他，也使他烦心不已。

婚姻才可确保名誉。

整整一个星期，他都在思考这个问题。他有时发现自己凝视着玛格丽特，仿佛她的出现让他失了方寸。另有怪异的时刻，他活像圣克里斯宾日上的演讲者，清了清嗓子，准备发表长篇大论。但每当看到她期待的眼神，他又开不了口。

一个周日的午后，在书房里，玛格丽特看见他在书房，面前摊着一本塞勒斯特[1]的旧文集。她一时起了恶作剧的念头，轻轻触摸着他。

“来吧。”

他俩重新踏上仲夏夜走过的道路，走向宅邸西北边的塔楼。这次是玛格丽特在前面带路。她没有拿折射望远镜，她步履坚定，宛如目标明确的战士。哈里奥特在她身后亦步亦趋。她从围裙中拿出钥匙，插入门锁，用力推开门，然后大步走向矮墙，指着西方。

在那日落之处，挂着两道彩虹的残片，其间除了空气，再无其他。

哈里奥特眨了眨眼，张开了嘴。

学者们称其为幻日。但首先浮现在他脑海里的却是他幼时第一次听到的名称：狗太阳。母亲曾说，如果天神嫉妒彩虹的美丽，他就会在彩虹出现时将其抓回去，只留下一些残存的光晕彼此相连。

当然，他曾信了母亲的话。现在，与玛格丽特并肩站在距离地面五十英尺的空中，他又一次见到这样的天象，此情此景却叫他再次陷入沉默。

玛格丽特只有寻找话题。

“你看，在距太阳最近的地方，是红色的光。最远是蓝色的光。中间的嘛……毫无疑问，是紫色的。但值得注意的是，这些光的颜色相互交融，并不明显。跟完整的彩虹比起来……”

他注意到，在落日的映照下，她脸上娇嫩的皮肤呈现出半透明的色泽，左侧太阳穴上的蓝色血管更加清晰。他甚至能感受到血液正在那流动。

---

① 塞勒斯特：Gaius Sallustus Crispus，公元前 86—前 34 年，古罗马历史学家、政治家。

“我总是忍不住在想，这其中是否还有别的折射原理在起作用。”玛格丽特说，“是我们肉眼所不能看见的一种结晶状态。你觉得呢？一定是这种结晶体使光线偏离自然的轨迹……”

“嫁给我吧。”

哈里奥特本希望他的请求听上去很自然——是这世上最自然不过的主张。但她却像听到平地惊雷，猝然跳开了，注意力立即从光线转移到他身上。

“你是在向我求婚？”

“我是。”

“你这样做是发自内心？”

“我是。”

“你明知我没有怀孕，明知你无须对我负责。”

“我都知道。”

“那让我以另一个问题来作答：为什么我们必须得结婚？”

他举起手，恳请她停下：

“除此以外，我们还能做什么？”

“就跟以前一样。”

“我不知我们是否能办到，也不知我是否想要这样。”

玛格丽特方才面容上的光泽已经消失。她的脸如同一张苍白而脆弱的面具。

“你到底怎么了？我们俩……”

“怎么？”

“像这样！我们甚至不了解对方，我们根本就来自不同的阶层——不同的世界。在不到两个月以前，我还是你的女佣。”

“而那之后，我们不是一起度过了每一个晨昏吗？难道你不了解我的心、我的……难道我们对彼此一点都不了解吗？”

玛格丽特红着脸，移步走到矮墙的另一边。她背对着幻日，声音极低，充满了烦恼。

“我现在甚至可以听到那些流言。人们会说我勾引了你，会说我如何诡计多端。”

"玛格丽特……"

"说我是个娼妇。有精明能干的格列弗夫妇在,肯定还有更难听的话呢。"

"你为什么要在乎世人的看法?我又为什么要在乎呢?"

他们都沉默了。她慢慢靠近他,握住他那修长白皙的手,抬眼看着他。

"我真希望能跟你说清楚。"

"那尽量说说吧。"

"这是我有生以来,第一次感受到了自由。这是你给予我的礼物。求你,别夺去我的自由。"

"我从未想过……"

"我知道你不是有意想剥夺我的自由。你愿娶我,是出于最善良的意愿。但结果都一样。一旦结婚,我就会成为你的财产。"

"你把我当什么了?竟然说财产……"

"如果是那样,我很快又会成为你的仆从。"

她抚摸着他的面颊,似乎带着怜悯,而不是愤怒。

"我爱你,汤姆。但我绝不能做你的妻子。"

&

第二天,他没有同她在一起。她一定以为他伤心了。相反,他独自沉湎于另一种感觉之中:没错,她拒绝了他。但在这极不寻常的时刻,她第一次唤出他的教名。

"我……爱……你……汤姆。"

爱——曾是让哈里奥特觉得难以捉摸的词语。现在他却完全领会了它的意思:他被爱着。这压倒了他的一切顾虑:格列弗夫妇的险恶用心、伯爵的清规戒律,甚至是他的使命感。没有玛格丽特,他的使命无从谈起。

&

次日,哈里奥特像往常一样准时来到实验室。玛格丽特已经在那等着他了。他们开始工作,对之前的事只字未提。的确,只有在工作时他才能完全忘却玛格丽特对他的拒绝。或者更确切地说,这让他看到,她的拒绝并非真心。

事情越来越清楚:她并没有拒绝他。她一切照旧,仍然是属于他的。

看看她:她在狭窄的房间里忙前忙后,围着他团团转;她一边轻声哼着歌,一边打扫工作台;她在午夜溜出房间,为他取回一大杯啤酒。

再看看他:他留下了一半啤酒给她;他唤她名字时自然流露出的爱慕之情,"谢谢你,玛格丽特……对,玛格丽特,就是这样";他们并未互定终身,但彼此之间却达成了一种无声而喜悦的盟誓。

入夜既深,他们哪天不是在他的羽毛床垫(他唯一的奢侈品)上逗留?他哪一次不是带着新婚的激情探索她的秘境?她会在天亮之前溜走,但那又怎样?第二天的下午,她又会回到这里,一如既往地帮他把烧瓶和棱镜安放整齐,将白镴罐和铜盘擦拭干净,因为他在测量时动作慢而斥责他,俯身看他演算,要不就在她自己的算术纸上写写画画。

某些时候,玛格丽特总要问:

"你为什么不打算出版这些研究成果?"

对此他只能含糊其词:

"我想……总有一天会出版的……或许明年……"

这是哈里奥特唯一对她有所隐瞒之处。他是天文学家,还被人认为是无神论者,他的朋友是这个国家里最受憎恨的人。要想安度时日,他就必须与世无争。

玛格丽特对此一无所知。所以她才会以愉快的心情对待他所有的文稿。她将其摞成高高一叠,用麻绳细细捆扎起来。她轻抚这些纸张,仿佛它们是哈里奥特那丰沃头脑中滋生出的惊人巨著。

一天夜里,玛格丽特在实验室里翻箱倒柜,发现了一个快朽坏的暗格子,她费力剥掉其最后一块潮湿的木片,看到一摞发黄的纸。当她将这垛纸拖到亮处,扬起一片灰尘。

"这是什么,汤姆?"

"是我的失败记录。"

玛格丽特并没认真听他说话。她的手指慢慢滑向首页那潦草而醒目的字体。

“金。”

她抬头看他。

“炼金术?”

哈里奥特点头。看着她眼里的热望,他的心却在变冷。因为他开始失去她了。

伦敦,2009 年 9 月

36

我们一到奥斯特利车站,就丢下这部林肯大轿车,立刻搭上一班火车走了。皮卡迪利干线列车稳载着我们先朝东北、继而向东一路驶向伦敦。我们仨坐在车厢里,因为一个问题而争论不休:

我们到底算是什么样的逃犯?

最后我们一致同意:警方并未搜捕我们。方才那两个抓捕我们的人没有履行正当的程序,又对国际法不熟悉,明显地是受雇于某家私人机构。他已经失手一回了,会不会再犯同样的错误?阿朗索坚信,如果斯泰尔斯就是幕后老板的话,他肯定能调集大量资源来追捕我们。

既然如此,我们随时有可能被人跟踪。那我们岂不是应朝着与伦敦相反的方向行进,做什么都成,就是别像现在这样。要不我们就该相信他永远不会知道我们此行的目的,并且继续我们的行程?

最后,我们选择了后一种方案,但进行了一定调整,打了些掩护。也就是说,我们在老宾福德站下了车。此地位于伦敦西郊,距塞昂园不过几站路。我们路过了假日酒店和旅行家酒店,但考虑到那里人太多,所以我们没有进去。最后,我们选择入住龙舌酒店。这家维多利亚风格的旅店房费包含次日早餐。它的最近一次整修应该在二十年前了,而且看上去两年之内必须大修一次。饭店装着老旧笨重的橡木护墙板,但居然有平面电视和无线网络,楼下餐吧里供应的豌豆泥又绿又亮,跟绿芥末似的。

阿朗索挑了迪斯累利套房,因为他喜欢它那昏暗的色调。一株老桑树挡住了所有阳光。"给我一个小时。"他说着,关上了门。一秒钟后,他的声音又从房里传出:"或者一整天。"我和克拉丽莎把行李搬进了与之毗连的老皮特大房。房间条件尚佳,就是过于简朴,只有一把藤椅、一个仿桃心木梳妆台以及一张盖着茶花图案床罩的雪橇床。

"我们今天要去赛昂府吗?"她问道。

"应该是明天。要是没有计划,阿朗索是连衣服也不会换的。"

她心不在焉地点点头,然后走到窗边,拉开百叶窗,看着阴云低低地聚到河面上。

"你认为我们找得到吗?"

"什么?"

"哈里奥特的宝藏。"

"不知道。"

两秒钟后,我感觉到克拉丽莎身体发出的诱惑,像同心冲击波一般穿过了床垫。她的发丝酥酥地扫过我的脸,带着一股佛手柑的清香。

"你还累吗?"她问。

"嗯,"我睁开眼,"当然不累。"

还没说完,我就来了精神。

&

我一直认为:与人共寝的一个好处就在于后面那懒散混乱的状态,甚至,这也许是最大的好处。她的胸前香汗淋漓。而自己那激情过后双腿间的疲惫感受,带着夏日特有的慵懒。

"亨利。"

"嗯。"

"跟我说说你的事。"

我转头看她：

“你是说高度？重量？”

“我能感觉到你的重量。跟我说说两天前你不会告诉我的事。”

我将她的手按在我的额前，几乎把它当作了一块退烧的湿毛巾。

“嗯，”我说，“那么你先来。”

就是那一回，克拉丽莎告诉我她父亲是个阵发性睡病患者。但他非常骄傲，非要在全家度假时开车，结果每次旅行都变成了恐怖的朝圣经历。她母亲平静的声音会不时响起：“丽思？”那是在提醒克拉丽莎。她就得在父亲的脑袋右边猛拍一下，免得他睡着了，把车开出马路。

“那你母亲为什么不开车呢？”我问道。

“我们根本就没想过还能这么着。或许那时候的母亲们都不开车吧。”

“那你当时不觉得那情景很怪吗？”

“我还以为所有的爸爸都是这样呢。你是说，其他的爸爸不这样？”

我吻了她的眉，然后是她的眼。

“好吧，”我说，“我在十五岁那年写了一首诗。”

“嗨——我都写了几万首——”

“这可不是那些关于旋转木马和独角兽的诗，好不好？我写的是一首彼得拉克体十四行诗。”

“哦。”

“我的灵感来自一个叫萨利·马科维茨的女生，她比我低一级，是啦啦队员，最多也就是知道有我这么个人而已。我为她写了这首诗，并且拿给我母亲看。”

“天呀。”

“因为我母亲是英文教师，我想要是她都觉得这诗写得不错，萨利也一定会喜欢。”

“然后你妈看了……”

“从看第一行起就开始发笑。我觉得那是她笑得最开心的一回了。她还拿给我爸看，他也笑得不行。”

“然后你怎么样？”

"嗯……我回到房间,差不多是刻意地忘掉了那首诗。我现在甚至没法跟你背一下。"

她将手放在我的胸前。

"很抱歉,亨利。"

"不,这可是你叫我说的。我本来压根不会想起这事——"

"好吧。"

"所以别再问我啦。"

"不会了。"

她静静躺了一会儿,还是忍不住冒险问道:

"你是从那时起成为作家的吗?"

"我是从那时起突然明白了研究其他作家的价值所在。"

克拉丽莎放声笑了,翻身压在我身上,头发滑落到我的嘴里,黑眼睛闪闪发亮。她抚弄着我的额角,食指缠绕着我的头发。她的呼吸之中带着小豆蔻的甜美气息。

"你知道吗,亨利?要是这个故事是你编的,我可要杀了你。"

"没准你真干得出来,"我说,"但碰巧这个故事是真的。"

"好吧。要是刚才你哭了的话,我甚至都不会问了。"

"我干吗要哭。这可是我的个人骄傲。"

"嗯。"她缓缓地合上眼,"亨利,知道吗?你可以让你妈坐上我爸开的车,这样我们所有的问题都解决了。"

我们整个下午都躺在床上,睡着,醒来,疲软了,坚挺了,反反复复,几乎没有休止。有时我醒了,发现自己正与她身体的不同区域纠缠:吻着她的耳垂或她背下方凸起的脊骨。我围绕着她的光环而转,惊艳于她的风情万种。约有十来分钟,我沉迷于她耻骨间的部位。那一片旖旎风光如同月亮一般稀有:各种角度逐渐趋于圆满。整个构造中的突兀之处不断延伸,直至变得平缓柔和……

"亨利?"

克拉丽莎的声音仿佛从树上飘下。

"嗯。"

"要是我们离开会怎样?"

“要是我们——”

“要是我们放弃在做的事情呢？回家怎么样？”

我抬起头，问道：

“我们为什么要那么做？”

“因为我们可以呀。”

这次换我翻身将她压在身下，下巴抵着她那平滑完美的腹部。

“那么，”我说，“究竟把家安在哪儿呢？”

“我倒是想过。”

“是吗？”

“目前我倾向于选择基洼岛。”

“哇！”

“那儿挺可爱。”

“当然。我只是……我们能干吗？在高尔夫球场捡球？打理草坪？……”

“我觉得你该在大陆上当个公园护林人。”

“工作稳定。”我承认。

“你穿制服一定帅极了。你忙的时候，我就可以……可以用回收材料制作首饰，可以学打高尔夫球。我们还能乘游轮玩牌，亨利。”

“有你在，我们永远都无须担心碰到劫匪。”我说。

“基洼岛上没有劫匪，只有一对短吻鳄而已。你可以在海滩上看书，念莎士比亚写的每一首十四行诗。把脚趾埋在沙里，旁边的冰瓶里装着莫吉托鸡尾酒。想想吧，亨利。”

我真的试着想象那个场景。当我闭上眼，想着沙滩时，我又开始昏昏欲睡——但我在梦中记起了埃默里的手戳出沙子的情形。我一下惊醒了，用力眨眼让意识恢复清醒。然后发现自己凝视着克拉丽莎光滑洁白的躯体。她回望着我。

“噢，你知道，我不过在开玩笑。”她说。

“那其实是个不错的想法。”

“我知道。”

“只是现实……”

“当我没说过。”

她听上去并没有生气。但为了确认起见，我往上移了一步，跟她面对着面。

“那我再问一个问题。”她说。

“好。”

“要是阿朗索没有参与这件事，你会走吗？”

“你说他没参与，这是什么意思？他明明参与了啊。”

克拉丽莎没有说话。我长叹一声，翻身离开她。我看着镶嵌的天花板，说：

“是阿朗索把我带进圈子的。其他人都没这么做。所以我欠他的。”

“我明白，真的。我只是忍不住想——我是说，你怎么知道自己什么时候才不欠别人的呢？”

她的手指从我的耳朵滑向锁骨。

“因为你要是需要人带你进入，我可以做到，亨利。”

她的邀约对我来说已经足够。至少，我将其视为一种邀约。的确，当我再次翻身将她压住的时候，她的脸上盛开着赞许。不过几天后，事情完全变了，因此我也不确定当时是否真的明白了她的话。

&

天黑了，但我也无法告诉你太阳是何时落山的。房间里永远有一种暮色，与黎明交织在一块。每次，当我以为自己快醒了的时候，我又会沉沉睡去。外面的世界昏暗不明：水管发出扑哧扑哧的声音，街上时有人争吵，汽笛鸣响（这也许只是幻想）。有些时刻，我听见大堂报时的钟声。一下、两下……我只数到八下就乱了……我应该继续睡觉，但却出于本能地伸手探向床的另一侧。没有人，我猛地起身：

“克拉丽莎？”

我看向暗处，发现了她：赤裸的身体有一半被街灯镀上了金色。慢慢地，我的眼睛适应了黑暗，渐渐看清了她的样子。

她站在窗边，头发睡得很乱，但站得笔直而专注。

“克拉丽莎？”

她转向我，那双空洞的眼睛简直不像人类的眼睛。然后她开口说话了：

“她快死了。我们得帮帮她。玛格丽特快死了。”

37

“上帝呀，”阿朗索说，“他们对鸡都做了什么？”

他推开灰铜色的炒鸡蛋，双手交叠抄在胸前。

“怎么老是这个叫玛格丽特的女人？她到底是谁？她要死了又跟我们有什么关系？”

“我不过是个报信的。”我投降地举起双手，答道。

“好得很，赫尔墨斯[1]，如果你那个小骚货不下楼来，拜托替我传个信，告诉她专心组织一些新的幻觉。关于金子的。必要的话，你可以对她拼出这个词：G－O－L－D（金子）。”

我把烤豆子和烘蘑菇拨到盘子周围。睡了十二个小时，我却不觉得饿。

“她把我们从很糟糕的困境中救出，阿朗索。要不是她，我们甚至不可能在这儿。”

“这我同意。”

“更关键的是，她没法控制幻觉。你自己不也这么说过吗。正因如此，你才相信幻觉。”

“我毫不怀疑那些幻觉是真的。但我觉得它们不再能提供任何帮助了。”他突然把最后一节香肠塞进嘴里，“再说，你不是说过她在飞机上吃了安眠药吗？”

① 赫尔墨斯：Hermes，希腊神话中宙斯与迈亚之子，众神的使者。

“那又如何?”

“哦,安眠药具有很多副作用,其中就包括梦游、梦食症,还有健忘症。我的一个表亲在迪拜的时候吃了两片安眠药,结果一晚上都神志不清,好像玩滑水道那样,随时要一头栽下去。”

“克拉丽莎没有忘记任何事。她只是——”

记起来了,这本是我想说的。结果表述却突然变成——

“疯了。”

因为她在房间回头看我时,我看到了她眼周的阴影。我似乎看到她的神志在消失,而且没有终点。

“亨利,问题是,一旦我们开始行动,她必须停止那些麦克白夫人[①]的幻想。要是她帮不上忙,她可以待在房间里洗净她的手。”

但克拉丽莎轻快地走了下来。这时九点刚过,她看上去比我和阿朗索的气色都好。她喝下了两杯咖啡和一杯西柚汁,还吃了两大片涂满黄油的全麦吐司。

“可以出发了吗?”她喊道。

&

我们并不像过去那些尊敬体面的访客,从西门进入诺森伯兰伯爵的府邸,而是像贩夫走卒那样从北面进入的。我们走了很久,途经一块空地,不久那上面就将建造一座希尔顿酒店……或者一栋矮胖的公共机构大楼……或者一家室内历险宫。现代化的触角终将延伸至此:喷气式飞机每隔几分钟就会在我们头顶盘旋,搭载着一批批新来的游客飞向希思罗机场。

我们最终来到了赛昂公园中心。那儿有一个餐厅,一间茶室和一个水族店。在店里花上三百五十九英镑,你就能拥有一套三叠瀑布装置。我们只是花了九英镑买了门票,然后踏上了一条环绕着这座建筑物北面的沙石路。我们一脚深、一脚浅地走着,鞋底刮擦着路面发出高低起伏的

---

① 麦克白夫人:莎士比亚悲剧《麦克白》中主人公麦克白的妻子,因为怂恿丈夫谋杀篡位而承受巨大的精神压力,最终在梦游中宣泄了自己的罪行。

声音。头顶的云层越来越厚。突然从北面吹来一阵疾风,吹得我的裤管紧贴着双腿。

突然间,我们并不是在向前或向后走,而是在穿越。我在罗利堡时就是这样的感觉:仿佛滑进了时间的裂缝,随时都会遇到穿戴轮状褶领和紧身上衣的男人或穿着衬裙的女子。走得越久,我就离自己的世界越远。

“亨利?”

我感觉到克拉丽莎拉着我的手臂,发现我们已站在入口门廊处。这就足以打破方才附在我身上的魔咒:因为在哈里奥特的时代根本就没有这样的建筑结构。哈里奥特也绝对认不出我们走进的大厅。这儿早已没有了坡屋顶,没有了泥土、灰浆、皮革和木材的痕迹,取而代之的是大理石或粉饰灰泥的希腊罗马式的雕像。经由苏格兰建筑师罗伯特·亚当之手,这间衰败的都铎式大厅已经变成了金碧辉煌的新古典主义代表作。亚当拆去了原来所有的东西,仅保留了亨利·珀西旧居的骨架。

尽管亚当试图全面翻新这座屋子,但其中的一间长廊仍然充满旧日的气息:那位巫师伯爵曾在此处的一排排书架前徘徊,为其装帧精美的藏书狂喜不已。现在那间长廊已变成了展厅,装饰着盖恩斯伯勒和凡戴克等十八世纪艺术家的画作。展厅通往一间满是桃心木和椴木家具的起居室。从起居室可以去到一间有着仿云石壁炉的绿色休息厅。看来,哈里奥特是不可能在这里面藏着什么的。

每走进一间屋子,我的心就更往下一沉。一个穿着菱形花格毛背心的壮硕女人向我们走来,我们全都神色恍惚地看着她。

“有什么问题吗?”她问道。

“没有你能回答的问题。”阿朗索咕哝道。

我们在那屋里待了不到十分钟就仓促地出来了。风停了,天空在太阳的映照下显得光彩斑斓。奶牛的哞鸣将我们带回到古老的英格兰。但这都不重要了。古老的英格兰从未远去。

我看着阿朗索那一身乔装打扮,甚至挤不出半点笑容。他穿浅黄色高尔夫球衫和山沙贝特牌裁判裤,梳着康威崔提[①]式发型,在太阳底下显

---

① 康威崔提:美国二十世纪五十年代流行音乐明星。

得如此突兀，昭示着我们的失败。

“好吧，”阿朗索说，“那好吧。”

他从绷得紧紧的宽松版长裤口袋里掏出一份哈里奥特地图的复印件研究起来，仿佛占星术士研究星相一般。

他说：“我们没有理由相信宝贝就藏在这栋房子里。”

阿朗索好容易舒展眉结，克拉丽莎的声音同时传来：

“要藏在这儿的话，人们早就应该找到了。经过所有这些改造，原来的墙都给拆了……”

“他又不是傻瓜。”

就这样，我们又燃起了希望。难道不是吗，我们最不该去的寻宝地就是这栋房子！如果哈里奥特要藏什么的话，他应该在院子里找一处地方——一处只有他自己知道的地方、一处他可以随时回去的地方。

“我们现在唯一要做的，”阿朗索指着哈里奥特地图上的十字，说道，“就是找到起点。”

克拉丽莎接着说道：“然后我们只需向北走五十英尺。”

“如果真是那样，”我说：“我们干吗不从哈里奥特的房子开始？”

至少有一个理由能充分说明为什么。这儿已经没有哈里奥特的房子了。在距赛昂府大约一百码的地方，哈里奥特当年所住房屋的地基还残留着，埋在硬地之下至少有三英尺处。

但我们还是去了。进入一道门，路过一个旧冰库，我们站在了一座小山丘上——这里正是哈里奥特曾经生活工作过的地方。

我们从一些文献中了解到，哈里奥特的房子原长九十英尺，高十八英尺，房顶用瓦铺就。它曾有一间内室、长书房、餐厅、食品储存室、厨房和图书馆。房里曾经堆满纸张和“各类书籍”（国王的探子在搜查该房，并对里面的陈设一一记录后如是报告）。但现在仅存的不过是一种感觉。

站在这里,有种奇怪而眩晕的感觉:这里曾发生过什么。

我们的沉默持续了好一阵。最终,阿朗索说道:

“我们走吧。”

“去哪儿?”

“还能去哪儿? 向北。五十英尺。”

接着,阿朗索从他那山沙贝特牌裤子的口袋里掏出一只基板指南针,丈量我们行进的距离。我们走了五十英尺后,站在了一片小树林里。这些树都是在哈里奥特死了好多年之后种下的。没有刻下的箭头记号,没有加密信息,也没有十字标识或其他路标。只有树干和树根。以及这个季节里的第一批落叶,在我们脚下沙沙作响。

“我们是什么……? 我们要去哪儿? ……”阿朗索开始在杨树和松树上慢慢地画圈。

我靠在一棵雪松旁,揉着太阳穴。

只有克拉丽莎还毫不动摇,决心要保持自己的高昂士气:“嘿! 这儿不是还住着一位诺森伯兰伯爵吗?”

“现在是诺森伯兰公爵。”

“那我们干吗不去拜访一下他呢? 跟他说说我们这个令人激动的计划。说不定他愿意跟我们合作,共同开展一项……一项考古发掘。”

“噢——顺便说一句,没准我们最后找到了一些金子。别担心,我们离开时会将它们带走。圣诞快乐!”

克拉丽莎并未因为阿朗索的尖酸语调而动怒。她只是在那儿站了很久,嗅着空气里的线索,然后迈开了步子。

她倒回到哈里奥特旧居原址上,然后再次穿过那道门,在那儿短暂停留之后,继而向西朝着椴树街的林荫道走去。

然后她走到胡椒瓶小屋——诺森伯兰于 1603 年始建的一对哨岗。这时她方才转身。

我和阿朗索站在她的两侧,一齐举目看向赛昂府。那是文艺复兴时期典型的方形庭院,有三层楼高,带着内院,四角上各立着一座雉堞状的塔楼。

我的头脑里正在形成一幅图片:中间的入口被抹掉了,两侧各开一道门;除掉巴思石外墙,露出原来的砖;加上坡屋顶,布下无数喷着煤烟的烟囱;再从屋子两侧延伸勾画出两栋砖筑的建筑……

接着,只见克拉丽莎伸出手。

“那儿。”她指向西北的塔楼。那座方石砌面的砖造建筑距离哈里奥特的屋子最近。

“那儿。”她又说了一遍。

“阿朗索,你估计那塔有多高?”我轻声问道。

我甚至还来不及跑去找个讲解员询问清楚,克拉丽莎就拿起手机对着塔拍了张照片。

“你在干什么?”我问。

“这是一个应用程序,可以帮你测量建筑物的高度。”

的确是很厉害的应用程序。因为不消一分钟,她就得到答案了。

“差不多五十英尺。”

就在那时,我狂笑起来。

阿朗索说:“亨利。别这样,让人瘆得慌。”

我拭去笑出的眼泪,说:“我忍不住。哈里奥特又把我们耍了。”

“怎么讲?”

“因为我们以为他所说的北方是就纬度而言。”

“不然还能是什么?”

“高度。”

阿朗索脸上困惑的表情渐渐散去。他惊异地笑了。看着塔楼,他崇拜地惊叹道:

“这个杂种。他把东西埋在了地面上。”

“地面以上五十英尺。”

轮到克拉丽莎了,她提出一个接下来面临的、再自然不过的问题:

“那我们到底怎样才能去拿到呢?”

38

的确,怎么做?这个问题给了阿朗索当头一棒,使他陷入了什么也不能打破的沉默之中。在他大步穿过龙舌酒店的前门、迅速爬上楼梯回房时,才想起回头对我们说:

“给我一天时间。”说完就消失了。

“他要干吗?”克拉丽莎问我。

“他啊,他要打电话给一些人。”

“一些人?”

“更确切地说,是秘密的同谋者。”

她直盯着我:

“你是说罪犯。”

“不是那样的人。”

“可阿朗索怎么会认识那些人?他出生在一个正派的家庭呀。”

完全是最好的家庭。这我同意。早些年,威克斯法官曾是哥伦比亚区最具声望的刑事被告辩护律师。他接手过形形色色的案子:欺诈、性犯罪、醉驾、藏毒贩毒、侵犯人身安全、持枪抢劫、谋杀……在耕耘这片恶土的过程中,他会翻出些有趣的幼虫。要是这位律师有个聪明的儿子,做儿子的就会学到如何在父亲不知晓的情况下收获那些幼虫。

克拉丽莎紧闭了一下双唇,又说:

“怎么?于是阿朗索搞到了一个歹徒电子记事本吗?”

“没那么夸张,不过是条电话链而已。”

“一直通到伦敦?”

“至少把他带这儿来了。你认识的死人中,有几个能在四十八小时内搞到护照的?”

我们回到了老皮特房。我坐在藤椅上，而克拉丽莎则坐在我的腿上。我忙着为她解开头发，并在这事上获得了深深的满足感。

"亨利。"

"嗯?"

"第一次告诉你我见过暗夜学派时，我知道你认为我是个疯子。你当时就是这么想的。我不怪你。我的意思是，我也见过那些通灵表演。"

"那你的又有什么不一样呢?"

"我没有通灵。我从未预见过什么神迹。而且也没有人在我耳边讲话，根本没有人。我只是……只是突然地发作，看见些飞快掠过的片段。"

"那塔也是你看到的一个片段?"

她重重吐出一口气:

"我不知道塔上是不是有宝藏。我只知道，他曾在那儿，她也曾在那儿。"

克拉丽莎似乎又有些后悔，于是站起来，不再坐在我腿上。只有腿上微微肿胀的感觉表明她曾坐在上面。

"好吧，"我说，"那这个玛格丽特跟哈里奥特的宝藏又有什么联系呢?"

"我不知道。她在一间屋子里……上帝，我能感觉到她的生命在渐渐消失。"她停了好一会，又说，"屋里还有个人。"

"是哈里奥特吗?"

"如果他是哈里奥特，那就是了。这个回答怎么样?"

"那他在做什么?"

"我想他是在杀死她……"

&

我们原本认为最明智的做法是待在房间，远离要命的人群。但一想到要鬼魂缠身地待在这里，我们就无法忍受。于是我们将对穆尼和米尔贝格探员挥之不去的恐惧暂时抛在一边，朝着克佑桥的方向散步。

此刻，散步更是让我感觉惊险。刚走过几个街区，我就开始对眼前的世界疑神疑鬼。每一个不理会我的行人都好像对我抱有明显的敌意。我得说，是克拉丽莎让我更加勇敢。而她所做的一切，真的，就是给我注入一股生命力。仅仅是我们双肩轻轻相擦，就能重新唤回我的意识。这极其寻常居家的感觉竟让我吃惊地发现自己饿了。在此情景下，这的确是继续往前走下去的最好理由。

于是，当我们走到克佑桥的时候，我已经完全不再惦记是否有人跟着我们了。还带着极大的愉悦俯视泰晤士河。潮很大，河水卷着叶子和树枝愤怒地急流而下，然而两个穿着厚滑雪背心的男人还是能划着划艇安稳地前进。他俩甚至都没看我们一眼。

这幅图画在哈里奥特的时代该是多么不同：一队方帆驳船载着货物从上游驶来；还有舢板、有篷的小船、粪船……在船靠岸时，乘客们会朝着晒得黝黑的船夫喊道："划呀！划呀！"泰晤士河，在那些岁月里，是更狂野的猛兽。它在顷刻之间就会漫上河堤。河里充塞着污泥、垃圾、粪便、死狗和猪肠，甚至看不到黑线鳕鱼在游动。

我把克拉丽莎拉过来，用大衣裹住她，对她说道：

"就算确实有个玛格丽特，就算我们知道地图制作的确切年份。"

"1603 年。"

"如果是那样，我们应当记住那一年发生的事：除了詹姆士继位，国内还发生了瘟疫。"

"不，"她说，"伦敦大瘟疫发生在 1665 年，第二年发生了伦敦大火。"

"你说的是大瘟疫，"我解释道，"由于当时卫生条件差，到处是跳蚤老鼠，几乎每个时代都会发生瘟疫。而 1603 年发生的那场瘟疫——"我一字一顿地说道："是最严重的。"

&

灾难首先袭击了南华克区，然后向着北部和西部漫入伦敦城。到 7 月底，每周大概有 1400 人死于疫病；到 9 月，这一数字超过了 3000 人。在那时的伦敦，每六人中就有一人染病或正在死去。伦敦已变成了一座空城，齐普赛街荒草丛生。

我告诉克拉丽莎："人们关闭了戏院，取消了宴饮和集会，甚至法院也不再开庭。詹姆士国王出行时，他那威严的仪仗队本应经过全城，但他却不得不仓皇赶往汉普顿宫。他最后在索尔兹伯里停下。除非你有文书证明你不是来自疫区,否则你甚至进不了宫。”

克拉丽莎凝视着一小队沿河而下的天鹅。

“那你是说玛格丽特可能是死于瘟疫?”

“我是说,如果她来自大伦敦区,那就很有可能。”

“那我们怎么确定?”

“死者清单。那时伦敦城的长官每周都会编制一份疫病死者名单。他们就是这样记录瘟疫情况的。当然,他们不一定把每个死者都记录在案,但那些教区牧师的记录却都详细得要死。我想这值得搜索一下。”

“到大英图书馆去查吗?”

我摇头:“那太费时间了。我有个朋友在哥伦比亚大学教都铎历史。我给她打个电话。”

克拉丽莎眯起眼睛:“朋友?老朋友还是新朋友?”

“老朋友。”

&

不仅如此。萨宾娜和我最近才成为了朋友,但我们在离婚问题上可打过很久的交道。我们结婚又离婚,反反复复一共三次。

这也可以说明为什么,当我打电话给她时,她听上去比结婚当晚友善多了。她没再提起我跟瑞吉酒店的菲律宾酒吧女招待调情的事。我们从未清理过婚姻里的碎屑。我们共同的朋友里,许多人生活幸福——或者至少说很安定。仅仅是这一事实迫使我俩心照不宣地组成了一个小小的互助团体。当然了,只有当我们都单身且不幸福时,我们的互相扶持才得以持续。

正因这个缘故,我向克拉丽莎看了一眼,感到一阵不忠的战栗。我们站在克佑桥的北桥头。她穿着羊毛短外套,是那样的冷艳动人。她的红唇在风中显得更加鲜艳。

我对着电话说:“萨宾娜,我有点急事。我现在伦敦,或者附近。我的一个同事有个问题。”

“一个同事。”她生硬地出了一口长气,“告诉我你要什么,亨利。”

&

在返回龙舌酒店时,克拉丽莎和我都饿得肚子“咕咕”叫了。我们本想直奔餐吧,但克拉丽莎想先加件毛衣,所以我们先上楼回到房间。我刚从口袋里掏出笨重的木制钥匙串,就见阿朗索从他房里蹦出来。他紧抓着两只购物袋,像个电视传道者那样笑着。

“我知道你的尺寸,亨利,但克拉丽莎的就只能靠猜了。”

他把袋子塞给我们,等在一旁,对自己的不耐烦毫不掩饰。

“看在上帝分上,穿上试试。”

“试什么?”

然后我看见克拉丽莎从袋子里拿出了一件紧身胸衣、一双长袜、一个鲸骨裙架、一件外衣和衬裙。我打开手里的袋子,找到了一顶羽毛帽、一件短斗篷、一圈雪白的轮状领,都是松软陈旧的样子。

“别告诉我你又为这个花了一大笔钱。”我说。

“你那小脑袋瓜就不必为这个费神啦。对了,晚饭也是我请。但你们得保证吃完饭就马上睡觉。别再发情了,拜托,我们要为明天养足精神。”

“我们要去哪儿?化装舞会?”

他对我们笑得多么开心!简直有如一千个太阳那样灿烂激昂。

“我们要去参加婚礼,孩子们。”

39

看看这幸福的一对。

她:摩根斯坦利美邦公司驻伦敦的投资银行副总裁。他:拉尔夫·劳伦品牌发展部的高级广告文案撰稿人。他们每年的收入超过五十万英镑。当婚姻要求资产整合时,他们也在其中关键的细节上达成了默契。

这对夫妇是在一个伊丽莎白主题化装舞会上相识的，所以他们最想要的是一个都铎式的婚礼。还有比赛昂府更理想的婚礼举办地吗？它在周六时不对外开放，但却可在那里举行私人仪式，而且对隐私要求越高越好。

于是，在这个九月里一个周六的晚上，伦敦最富有的几百个人费力地套上吊袜带、衬裙、充丝绒胸饰和硬布马甲，就是为了出席一场远观犹如高端文艺复兴节的盛事。

这就是阿朗索强加给我们的殊荣——连同羞辱，百味陈杂。要是他计划把我们排除在外，他也很好地隐藏了这一意图。我们冒出的每一个问题，他都轻轻带过，好像糖放进了淡茶里，轻轻一搅就化了。

"我们为什么要去参加婚宴？"

"因为这样做合情合理。"

"为什么是夜晚举行的婚宴？"

"看在上帝分上，因为我们是暗夜学派。"

"我们怎么通过安保？"

"他们是按照既定路线进行安保巡逻的。相信我，我已经探查过那个声色场了。噢，对了，我从未想过自己会说出刚才的那句话。"

"我们怎样才能不触发警报装置？"

"哦，是了，那是谢默斯要干的活。"阿朗索回答道。听上去已经乏了。

他在这个问题上再无多言。婚礼开始前两小时，谢默斯本人到了。这个扮成了西多会修士的小伙子不过二十八九岁，矮小精瘦，长着一对演员格劳乔那样的粗黑眉毛，阴冷得像煤一样。他背着一个帆布包，一动不动地坐着，从不主动说话，也绝不虚耗精力。

阿朗索这才教导我们："别让他的举止骗了。谢默斯是个狂热的登山爱好者。他可登上过雷尼尔山和马卡鲁峰。更别说安纳布尔那山和乔戈里峰了。他更是攀登阿尔卑斯山岩和高海拔冰川火山的完美典范。坦白地说，我们找不到比他更适合的人了。"

"更适合干吗？"我问。

"亨利。从地面到赛昂府那座塔塔顶的距离是多少？"

"五十英尺。"

“乔戈里峰多高?”

“比那高。”

“哪一座更容易爬上去?”

“赛昂府塔楼。”

“完全正确。”

我看着他:“你是提议攀登西北角塔楼?”

“跟安纳布尔那山相比,这不过就是在郁金香花丛中踮踮脚尖而已。我们只用十分钟就能爬上去,对吧,谢默斯?”

“等等,”我说,“我们?”

阿朗索的角膜闪出一点红斑:

“得啦,亨利,你干这个挺合适!对不对?”

“我可没登过安纳布尔那山!让我去爬,那你又会在哪儿?”

“在地上,当然了,和戴尔小姐待在一块儿。我们把风。”

“还要接住你。”克拉丽莎说,眨了眨眼。

我一口气喝完杯里剩余的咖啡,闭上眼睛,想象着自己从她伸出的手臂间穿过、一头撞在地上的情景。

我说:“好吧,还有一个问题。我们怎么进去?这应该是个独家专场活动。”

“亨利,难道你就没有过闯入婚礼的经历吗?”

“只有我自己的婚礼。”

“那听着,这是可以办到的。我闯过就职典礼、加冕典礼,还有割礼。得不留情面地横冲直撞,就这样。”

说到不留情面,阿朗索可不仅仅是横冲直撞。但我相信他还是为赛昂府那晚的安保等级感到吃惊。在停车场,一个姜黄胡子的海盗会拦住你的宾利、捷豹或雷克萨斯混合动力车,用那只没被眼罩遮住的眼睛细细审查你的驾照,然后才放你进入停车场。于是我们干脆改乘公车。在到达后我们也没有立刻走进去,而是找到了一条河边的路,路的尽头有道矮墙。造化神奇,那里距离举办婚宴的帐篷竟然只有二十英尺。好一条捷径,我再一次感到自然法则在面对阿朗索的意愿面前也会屈服。

但站在入口处的家伙却不会屈服——那是一个穿着刽子手衣服的暴

徒模样的人，揣着枪支，耳机从他方正的头边冒出来。他的每个毛孔都在透出怨恨。倒回去四百年，他应该是汤普克里夫[①]的二管事，将螺钉钉入拒绝皈依英国国教的天主教徒的手指。

我们没跟他正面交手，而站在一辆G系奔驰车旁，假装车是我们的，同时观察那些真正的客人。他们身着名牌盛装，三三两两站在暖房里，必要时看看手表、手机或者掌上电脑，从而暂时回到现代世界。

“他们看上去很惊慌。”我说。

“可谁又能怪他们呢？与其来参加一个都铎式婚礼，我倒更愿离开。”克拉丽莎说。

我们花了半个小时才发现了一个或许能帮上我们的人。那是一个轻巧瘦削的女人，年龄在四十到六十岁之间，留着一排橘色的假发卷，穿着一条带裙撑的裙子。与其说是都铎风格，倒不如说罗宾汉风格。但那裙子也有一个好处：其所到之处，道路全被清扫干净了。

阿朗索很想知道：“我们能躲进那条裙子里去吗？”

“那大小对亨利倒正合适。”克拉丽莎说。

从外貌上来说，谢默斯这个酷男更适合去引诱女性，但他那时已沉浸在iPod播放的音乐之中。“疯狂迪斯科”组合那急迫的电吉他和弦从他的耳机里漫了出来。克拉丽莎又坚持说我那身埃塞克斯伯爵的累赘行头显得我的腿型非常好，阿朗索也表示同意她。于是，没有任何先兆，他俩一把将我推了出去。

我靠近时，那女人正在手包里摸索着。她气恼地掏着口袋，自言自语地咒骂着。

“这是你要找的吗？”我问，递过去一个打火机。

她很吃惊，并没有拒绝。一点上她那骆驼牌9号香烟，她就开始怡然自得地打量起我来。

“太紧张了。”她最后说。

我以为她在说我，但她紧接着补充道：“如果这是个禁烟的婚礼，那就

---

① 理查德·汤普克里夫，伊丽莎白一世时期的地主和议员，因为追捕和拷打天主教神父而臭名昭著，常被称为“伊丽莎白女王的首席审问官”。

应该提前告诉我们,在那讨厌的请柬上写明白。别让那些监控空气质量的小盖世太保来摆布我们。”

说着,她又颇为挑衅地深吸了一口烟,再把我仔细审查了一番。

“你是美国人吧?怎么会在这?”

“我是奥蕾丽亚的表亲,从纽约来。”

她那精心修过的左眉高高挑起了半厘米:

“她从未提起过她有美国亲戚。”

“她怎么会说呢?我们让她觉得难堪。我被明确告知只能一个人待着,不能跟任何人说话。”

“那你没能履行职责。”

“鉴于目前的情况,我丝毫不感到后悔。”

我笑了。她想了想,也笑了。

“告诉我,先生……”

“丹尼尔。”

“你住在哪儿?”

“克佑区。”

“看来他们的确想把你藏起来。”

“我没什么好抱怨的,这是奥蕾丽亚的大日子。”

她掩住嘴:

“那好吧,丹尼尔先生,我要把你留在身边。”

“我很乐意。但我该如何称呼你呢?”

“米莉森特。”

“是真名吗?”

“目前是。”

我也掏出一根烟,和她一块在沉默中吞云吐雾。接着她突然轻轻抓住我的胳膊,宣布道:

“讨厌鬼又来了。”

那刽子手一见我,脸色变得有些凝重,手立刻伸向耳塞……只听见米莉森特细声慢调地说:

“丹尼尔先生是跟我一起来的。”

她说话时带着在公学里培养起来的慢吞吞的调子。一听到这句话，那大个子农奴就慢慢退后了。

我来不及品尝胜利的滋味。一进入帐子，立刻不见了阳光。我们被包裹在昏暗的布幕中。只有间插着的提基火把全然不顾防火规范，烧得烟雾缭绕，才叫我们觉得舒服一点。透过袅袅烟雾和竖琴、小笛子以及扬琴此起彼伏的乐声，我不住地冒着汗。

“你知道他们都用什么垃圾招待客人吗？”米莉森特说，“熏火鸡腿、浓啤酒。我现在得跟谁睡觉才能搞到点香槟？”

我的眼睛逐渐适应了黑暗，开始看清周围客人的样子……再没有比这些组合更别扭的了。“伊丽莎白女王”与苏格兰的“玛丽女王”愉快地交谈着，“亨利八世”正跟教皇亲热地厮混，一个年轻的主教和一个古代的挤奶女工跳着四拍子舞，一个由胖女人组成的牧歌合唱团正唱道：

她不见了，

他到处找；

当他找到她时，

他们吻了彼此。

米莉森特的手指在我的腕间跳着舞。她对我已经说了起码两分钟了。

“……哎，别介意，我有什么权利抱怨呢？我的婚礼就像一层痛苦的纱，我一想就觉得难受。”

我盯着她戴着戒指的手，问道：

“你丈夫来了吗？”

“可能吧。”

一群玩杂耍的围绕在我们身边戏火。他们喷出魔鬼般的热浪，甚至把我的汗都烤干了。我闭上眼睛，感觉棚顶在朝我垮下来。

我喘着气，努力眨着眼睛让自己保持清醒。在我头脑一片空白的当儿，米莉森特却搞来了两杯香槟。

“我难道不是个机灵鬼吗？”她夸口道。

“这是他们为了祝酒准备的香槟吧？”

“我们现在更需要。”

她的手偷偷地滑进了我的手里。奇怪的是，她皮肤的触感给了我极大的安慰。在这样近距离的情况下，我得以看到她纤细的骨架，闻到她那伊丽莎白式样的假发下散发出的爽身粉的味道。我想象着她开车将我带至诺丁山一处临时寓所里，在那儿有一张垫得厚厚的沙发床……

但良心的责罚犹如一道匕首戳穿了那幅图景：克拉丽莎就在帐篷外不过十五码的地方。这距离让我备受折磨。尽管我的新伙伴不停地跟我聊天，摸我的手、胳膊和腰，我现在全部的所想却是："克拉丽莎在哪儿？我怎么才能带她进来？"

颇具讽刺意味的是，到头来还是米莉森特救了我。在我们随着《这个月是五朔节》的牧歌在舞池里笨拙地打转后，她又喝下一杯香槟，然后将两张崭新的五十英镑钞票塞进我的手里。

"帮帮忙，去问那保镖买点可卡因。"

我瞪着那钱。

"得啦，"她说，"你干过这样的事吧。"

"那人会杀了我的。"

"唉……"她摸着我的下巴，"要知道，他是道上的。我们之前有过交易。"

我还在犹豫，她就已经先发制人，把我一掌推了出去，就像阿朗索和克拉丽莎先前做的那样。

"快去。"

那保镖从背后看去更显高大。好似巨大的花岗岩，在海洋里经过了几个世纪的冲刷，最终磨出了玛瑙的光泽。

"那位女士——"我脱口而出。

他下巴四周的肌肉开始集结。

"她想知道，是否能给她来点比烟草更带劲的东西？"我说。

他看着我足足有五秒钟，仿佛在想象将我的脸从头上剥下来会如何。接着他后退半步，把头往右一偏。

我一边跟他走，一边在身后挥手示意。这个动作貌似徒劳无功，但当我转过来时，我高兴地看到我的同谋者们如同一道清风飘过了已经打开的门口。一分钟后，我回来了，口袋里装着货。

“聪明的孩子。”米莉森特压低了声音说道。

她无意分享，将战利品一把塞进自己的紧身胸衣，径直朝着“女更衣室”的手写标牌走去。

“千万别妨碍女人吐烟圈。”阿朗索说。

他那双小得不成比例的脚到底跟在我身后溜了进来。

“谢默斯在哪儿？”我问道。

“在打盹。”

“不可能。”

“我们在维金纳琴和立地大键琴之间找到了一个安静地方。听着，我跟你说话的样子就像我们才认识似的。一两分钟后我们就分开。记住这条原则，你跟其他客人一样，同我不熟。我马上要给你样东西，别作声。”

一样光滑冰冷的东西滑入了我髋部右侧的剑套中。

“是什么？”我问。

“当然是把长剑了。每一个伊丽莎白时期的绅士都会佩剑。”

“怎么看上去不够长。”

“哦，不好意思，当时离我手边最近的就是这把刻刀了。我是从一个酒席承办人那儿偷来的。”

“我是要用它来……”

“以防万一吧。”

“好吧，那告诉我克拉丽莎在什么地方。”

“就在某个地方，等着向你投怀送抱。敬请抑制性冲动。”

不过，领土主张是另外一回事了。十分钟后，我找到了她。她正被一个好色的牧羊人缠住，那人为了引诱她上钩几乎使尽了本事。她看到了我，脸上的无聊之情一扫而光。这让我很开心。

“嗨，”她拍拍牧羊人的肩，说道，“你能为我再倒一杯蜜酒来吗？”

他有些不悦，但还是去为她效劳了。我立刻转过去，占据了他刚才的位置。

“根据阿朗索的指示，我们只有一分钟的说话时间。”我说。

“既然如此……我爱你。”

让我现在都羞于提起的是，我在当时的第一反应竟是狂笑。声音之大,起码有三个人扭头看向我们。我继而凝视着克拉丽莎的眼睛。她的眼里没有丝毫玩笑的意思。

“你不相信我吗?”她问。

“不存在相信或者不相信。我不……我只是……”

从你走进阿朗索的葬礼那一刻我就爱上你了。

话已到了嘴边,也许我当时应该说出来。或许我是被这样的突然吓到了。过去几个月以来,我们一直在这种突然里绕着圈子,误打误撞,或许我还没从中恢复过来。我的一部分、很大一部分不能相信此刻的事情。就这么简单。没有什么比认真地说“我爱你”、并让某个人也认真回答“我爱你”更简单的了。

我停止说话,无助地望着她,看到她眼里的光芒变得黯淡。我本想说点什么,什么都可以——只要能使那光芒重现。然而这时有人轻拍我的肩。我一开始还以为是那个牧羊人。但却不是他,而是一个面色凝重、眼袋松垂的男子。此人六十出头,穿着托马斯·摩尔的服装,看上去却像是戴着锁链的马利[①]的鬼魂。

“你可以给我妻子带个话吗?”他说话时仍带着英格兰北部的生硬口音。

“你妻子?”

他远远地朝着一处地方点了点头。米莉森特正在那儿,一副光彩夺目又情难自禁的样子。她的一条腿正绕着帐篷柱子,假发歪在一旁,紧身胸衣都弄脏了,鞋也不见了。

“告诉她我累得不行,叫她来车里找我。”

他在我身旁又站了一分钟,看着他妻子晃着纤腰,将香槟洒在了手腕上。

“她的确喜欢跳舞。”他承认。

&

舞会的甜美时光正在接近尾声,但潮湿、羊毛和腌渍食品的味道,加

① 马利:英国作家狄更斯小说《圣诞颂歌》的人物。

上婚礼招待会上本身就有却又控制得不太好的狂热情绪，都开始让人受不了了。我在寻找克拉丽莎，同时觉得自己有点脱水。她低落地倚坐在冷饮点旁的凳子上，看上去仿佛内在的灯光一盏一盏地熄灭了。

“上帝，”我说，“你还好吧？”

“好啊。”

“你确定？”

“嗯……”

我半转过身去，目光越过舞池地面，然后听见她说：

“亨利。”

她有些想站起来，但又立刻坐了回去。

“抱歉。”她说，“我刚才不该那么说。”

“噢，没啥。”

“我想是因为蜜酒吧。那酒劲对女的来说是太大了。”

“没事，挺好的。”

我又一次变得软弱无力，再说不出什么，于是我就站在那儿，希望她的脸色能好些。

我的髋部突然感到一阵震动。不是长剑，是我的手机因为来电而发出烦人的震动。

“喂？”

“你他妈的欠我情了啊。”萨宾娜的声音响起。

“等等，”我说，“我听不清。”

我转身四下搜寻，找到了一个挂着貂皮大氅的架子。我躲进架子后面，总算滤掉了一些噪音，然后拿一根手指堵住耳朵，说：

“继续。”

“首先呢，死亡者清单只记录了具体每个教区的死亡人数，没有姓名。”

“嗯。”

“所以，由于我是个该死的圣人，我梳理了 1603 年所有教区的死亡记录，一个教区接一个教区地找，才找到了。你欠我太多了。”

“死亡记录上说了他们是怎么死的吗？”

"没。但按时间来看,可以推断是死于瘟疫。"

"教名是什么?"

"好吧,母亲名叫奥黛丽。"

"女儿叫玛格丽特。"

"啊,不,是玛玻小姐。所以我拖到现在才给你打电话。但我觉得这名字在那个年代很少见,或许你会感兴趣呢。"

她说第一遍时,我没能听见,所以又请她说了一遍。

"亨利,你在吗?"

"在,抱歉。"我说,感觉筋疲力尽。

"你那儿太吵了。"

"我在一个舞会上。"

"我想你的'同事'应该也在吧?"

我的"同事"。

我急忙转身,拉开貂皮袍子,发现克拉丽莎还在那儿,坐在冷饮点旁的凳子上,安静而疲惫。

我才松了口气,下一秒心就提到了嗓子眼。在我们中间十五英尺的地方,走来了一个人。这个人带着某种意图,慢慢向克拉丽莎靠近。

霍道尔的身材像异族人一样高大魁梧,但他今天脱掉了美国的旅游纪念衫,换上斗篷、轮状领和御前马官的羽毛帽,显得文雅许多。他走起路来像个过高的舞蹈者,背挺得笔直,肩膀柔软放松,扭着身躯,还不时瞟着克拉丽莎的脸。

萨宾娜的声音冲击着我的耳膜:

"亨利,亨利。出什么事啦?"

但我正朝着他们跑去,顾不上回答了。

或者说,我试图跑,但婚礼上的人群似乎都在联合起来同我作对。一个戴着纸皇冠的"朝廷弄臣"挡在一侧,"沙娄大法官[①]"和"奥赛罗[②]"挡在另一侧。我调转肩头,一层层突破人墙,却不想一头扎进正闲话长短的

---

① 莎士比亚戏剧《温莎的风流娘们》中的人物。
② 莎士比亚戏剧《亨利四世》和《奥赛罗》中的人物。

"西尔狄区妓女"当中。好不容易脱身,又被一群不停踢着坚实白腿的莫理斯舞[1]者团团围住。我大声咆哮着,拼命推开他们。但在陶笛和钢鼓的声音中,没有人听见我的叫喊。甚至没有人看见我跌跌撞撞地跑向冷饮点。在克拉丽莎刚才坐过的椅子上,已经空无一人。

她不见了。

40

如果当时地上裂开了一条缝,把克拉丽莎吸了进去,那么严格说来她并没有消失。我仔细勘察了四周,简直是掘地三尺,一圈一圈、一处一处地细细搜寻,在他们离开时可能经过之处一再查找。我就差拿着鞭子,对婚礼上的客人进行拉网式搜捕了。但没有用。克拉丽莎不见了。

我曾以为自己知道无助的感觉,因为我曾眼见自己虚掷人生而不奋起改变。但我现在才算知道无助是什么样的滋味——这是等待的痛苦。

十分钟后,我的电话响了。这无异于救我一命。甚至于斯泰尔斯那过分拘礼的声音,在我听来几乎都是亲切的了。

"卡文狄什先生。"他说。

"她在哪儿?"

"放轻松,亲爱的孩子,她可累坏啦。"

我攥紧了电话。

"你这该死的杂种。"

"如果说有人干了很杂种的事儿的话,卡文狄什先生……你很清楚,要是你从一开始就跟我合作,事情就不会发展到今天这一步。"

"但我们俩一直都有所保留,你说是不是?"

① 莫理斯舞:英国传统民间舞蹈,舞者通常为男子,身上系铃,扮民间传说中的人物。

我的声音很平静，但我的眼睛却细细地扫视着帐篷里的每一处，想看到是哪一个人正用手机贴着耳朵。

“如果你在找我的话，”斯泰尔斯说道，“恐怕你不怎么走运。我甚至都不在赛昂公园。不过别介意，卡文狄什先生，我明白你的意思了。既然双方都有意开诚布公，那我先说可以吗？我们都有对方想要的东西，现在我们只需做个简单的交换。”

“你是说那封信。”我说。

“当然。”

“那好吧，你找错人了。信不在我这儿，在阿朗索那儿。”

“啊，是的，已故的阿朗索。那可太不幸了，卡文狄什先生。我原以为你会提出更具企业家精神的倡议呢。毕竟是笔大赌注。”

我知道，这赌注对阿朗索和对我而言有不同的意义。要让他在救出克拉丽莎和找到哈里奥特的宝藏之间选择的话，他一定会犯浑选择后者。对此我毫不怀疑，所以我得拿其他东西去喂斯泰尔斯。

“那我们加大赌注。”我听自己说道。

我都觉得自己说得太隐晦了，但电话里传来的笑声表明听者完全明白了我的意思。

“卡文狄什先生，你不会当真以为我会相信关于哈里奥特宝藏的鬼话吧？”

“那你为什么一直紧追着我们不放？”

“人老了，总得找点乐子。”

“是真的。”我说，“那宝藏是真的。”

这一回，起码他没再笑了。我抓住他沉默的当儿，趁势说下去：

“我也曾怀疑过，斯泰尔斯先生。我过去也不信。但确有证据表明，哈里奥特的宝藏的确在那儿。”

“你为什么要让我相信呢？”

“因为只要你能给我几个小时，这些财宝就是你的了。”

“你太慷慨了。”他干巴巴地说道，“但你又要什么呢，以回报你的善举？”

我用手指按住眼睛，用力地按着，回答道：

“你之前提到了交换。那就是我唯一想要的。”

“噢，卡文狄什先生，你很是侠骨柔情。”我几乎都能听见他的眼睛“噔”地亮了。

“别担心，给我些时间，凌晨三点以前。这是我全部的要求。”

更长的沉默。

斯泰尔斯说：“要是你知道金子藏在哪儿，干吗不直接告诉我呢？这样你就省去了一切麻烦了。”

“我不能那样做。你得相信我，我是唯一可以重新找到宝藏的人。”

“在发生了这些事后，我凭什么还能相信你？”

“因为，因为这事关系到克拉丽莎，所以你可以……”我停顿了几秒，尽量控制住自己，“你可以相信我。”

然后我闭上双眼，开始数数：1……2……

接着听见斯泰尔斯说：

“很好。”

他静默了好一会儿，突然又说：

“请在三点钟准时给我打电话。要是没有接到你的来电，那我就会将我们的约定视为失效。清楚了吗？”

我想到了斯泰尔斯之前杀过的人：科尼利厄斯·史诺顿，在邮递员公园被杀；梅齐·哈兹布林克被扔到了公车底下；那个南汉普顿的教授被人从房顶推了下去；还有埃默里·斯维尔。他们都是斯泰尔斯所谓的失效。

“清楚了。”我回答。

&

几分钟后，阿朗索找到我时，我正在一个挂着树脂白鸽的顶棚下晃荡。

“老天。”他说，“你看上去像是被什么人锁在了地窖里。”

“我认为我尝了点米莉森特的白粉。”

“你认为？”

“记不清了。”

“我都没法告诉你这让我有多高兴。亨利，你没发现吗？每一次猎狐行动都需要一个瘾君子。至少,我希望克拉丽莎能对此保持冷静。”

“克拉丽莎走了。”

我的声音多么勉强,多么单薄。

“她走了?”阿朗索说。

“她不舒服,匆匆忙忙赶回酒店了。私底下说吧,我想她已经吓得屁滚尿流了。说实在的,现在谁需要让人泄气的事儿?我们可得打起精神。”

他盯着我,好像我的皮肤正变成一根根长条在往下掉。

末了,他说道:“也许你是对的。也许克拉丽莎已经发挥完了她的作用。”

只是最后那个词带着轻微的讽刺。我不禁揣测,到底是谁冒犯了谁。

“让我们看看,”他说,“婚礼舞蹈快跳完了,祝酒也完了,新郎的母亲烂醉如泥。是的,这里很快就要散场啦。”

“那我现在怎么做?”

“打起精神,当然了。”

&

新郎和新娘在十一点半前逃离了这里。婚礼工作人员也在午夜十二点前将客人们赶走了,多少带点强制性的意思。只有三个客人留了下来。

事情差不多就像阿朗索曾保证过的那样轻松。我们轻手轻脚地绕着大花房的尾部打转,然后爬进了赛昂府的花园里。我们在那儿找到了谢默斯,背着帆布包,埋在一堆树叶里。现在我们唯一能做的就是等待。

下起雨来。雨水冲刷着猩红栎和栗树,格外酣畅。星星早已躲进了橘灰色的云层后面。米莉森特的女低音从某处远远地传来,如同一条幽灵般的河流漫向我们。

“丹尼尔先生?……丹尼尔先生,你在——哪儿啊?”有几次,我几乎都相信她会找到我们了。但她的呼唤还是渐行渐远了。我想象着这样的一幅图面:她找到了她的车,而她那永远昏昏欲睡的丈夫居然也还在等着她。

过了一会儿,我们能听见乐手们互道晚安,人们把东西装上食品车,安保人员的步话机发出“噼里啪啦”的声音。接着就什么也听不见了，除了夜莺的歌声。

然后我的电话响了。

阿朗索：“嘘！别接。”

但本能战胜了谨慎。我已经把电话拿到了耳边。

“卡文狄什先生？”

“是我。”

“我是大都会警署的艾克里警探。”

刚听到这个名字时，我压根儿没反应过来。看来我已经走得太远了。我不得不逐字消化信息：大都会警署，华盛顿特区，我的居住地……

“你好。”我敷衍道。

“你现在有时间吗，卡文狄什先生？”

噢，你瞧，探员，我正要爬一座塔。目的是找到埋在那儿的宝藏。天亮之前，我爱的女人或许会死，我也可能会死。而有个已正式宣告死亡的人或许还会再死一次。

要不然，我们全都会变成亿万富豪。

当然也是罪犯。

“我只有一小会儿时间。”

“你已上床睡觉了？”

“没。”

“你那边很安静。”

“这很重要吗？如果你一定要知道，好吧，我在国外。”

“这我倒不知道，卡文狄什先生。”

“我之前没告诉你。”

要是他为我的傲慢无礼而感到吃惊的话，他也没有表现出来。

他说：“我认为你可能会想知道，我们正在调查彭茨勒小姐的死。我想给你看点东西。”

“是吗？”

“但你又在国外……”

“也许你可以先跟我讲一下。”

他沉默许久。

“我可以向你保证,”我说,“我绝不是畏罪潜逃。”

艾克里警探一定很难打破长期以来怀疑我的习惯,所以我真的无法解释他为什么最终相信了我。抑或说,在听完他的讲诉后,我的头脑为何还是拒绝相信他话中的暗示。

“卡文狄什先生?”

“我一回华盛顿就跟你联系,可以吗?”

“什么时候?”

“我还要在这儿花几个小时处理些事情。应该是周一或者周二吧,行吗?”

“看来只能这样了,卡文狄什先生。”

我刚把电话拿下来,又急忙贴回耳边:

“探员?你还在吗?”

我承认,有那么一刻软弱的感觉。但阿朗索只是朝我看了一眼,就打消掉了我的那种感觉。当我在外滩看见埃默里从沙堆中伸出的手时,就应当把一切都说出来。现在,我们已经走得太远,回不去了。

艾克里警探的声音在我耳边嗡鸣:“卡文狄什先生?”

“抱歉,我只是想说,谢谢你打电话来。”

“例行公事而已,卡文狄什先生。”

“当然。”

“祝你在那边一切顺利。”

“多谢。”

我拿着电话,然后将它放回了口袋。

雨停了。一弯新月破云而出。

“是时候了。”阿朗索说。

41

没有历史记载表明为什么赛昂府原来的主人——萨默赛特公爵决定在宅院四角分别修建四栋五十英尺的高塔。只是为了更好地观赏泰晤士河吗？他的敌人偏向于认为那是为了打仗而修的军事堡垒。而萨默赛特最终也因煽动叛乱而被处死。

不知为何，这些塔楼却被保留了下来。萨默赛特公爵怎么也不会预料到，会有一个谢默斯那样的入侵者直奔西北面的塔楼而去。他随身所带的并非火绳钩枪、长弓及攻城车，而是一口袋小玩意：齿轮吊索、角度支架、蝙蝠钩等等，恰恰是这些装置，在其微小的外壳下却蕴藏了巨大的力量。

谢默斯本人也具有这样的特性。阿朗索曾提到过，他的休息脉搏为每分钟36下。“就像冬眠的熊，亨利。”他摆弄着装备的手的确有些像熊爪子。他早就脱下了外套，只穿着细抓绒运动服和短裤，皮肤下紧绷绷的肌肉清晰可见。整个人显得尤其精悍，且具有某种野性。尽管比他高半个头，但我可不是他的对手，于是也就不愿去打扰他。甚至阿朗索也不愿待在这儿。

“我还是别在这儿碍事了吧。”他说。

“那你去哪儿？”我问。

阿朗索点头，示意近旁的树林。

“别急。”他补充道，“我是去那儿放哨，这样就能看到每一个走过的人。听着，亨利，你一上去就给我打电话，明白吗？我要知道上面的整个情况：每一道缺口，每一条裂缝，明白吗？我们都知道，我们一定能找到的。对了，亨利……”

“什么？”

“做个好样的。”

我忍不住微笑，说道：“排除万难。”

感谢上帝，幸好我们没有拥抱。但我们依然传递了彼此的感受。当他转身走向树林时，我看着他那笨重的身躯和怪异的小脚，突然觉得胸口被重重一击。我真的那么说过吗？我真要把阿朗索的宝藏拱手交与他人吗？

接着，在我和阿朗索的过往交情中，插进了克拉丽莎的身影。就如我最后看到的那样，在霍道尔突然转身时，她就在他的身侧。

我闭上眼睛，但怎么也抹不去那最后的一幕。于是我干脆看着谢默斯。他正清理着他的工具，将它们一件一件地摆放整齐。

我开口了：“谢默斯，能问你个事吗？”

“嗯。”

“你为什么要这么做？”

他刚将钩子插入塔身，非常小声地咕哝道：

“他会资助我的下一次登山。”

“谁？”我问道，“阿朗索吗？”

他的双肩微微向上抬起，说，“那可不得了。下一次是南伽峰，又叫吃人峰，海拔 4600 米。”

他向我点了一点头表示强调。但我得承认，比起南伽峰，阿朗索的厚颜无耻更让我震惊。无论今晚发生了什么，相较于我们找到宝藏的概率，谢默斯获得劳动报酬的可能性更小。看着他将黑钻偶像牌照明灯捆在头顶，穿上浅帮攀岩鞋爬上网梯，我几乎可怜起他来。

他说：“我上去后，会向你打灯示意。反复两次，就这样。然后你将绳子系到背带上，拽两下，我就拉你上来。”

“你要把我拉上去？”

“我举起过的奶牛比你个头都大。”

这话不无冒犯，但也教人放心。

“我不需要电筒什么的吗？”我问。

“一双脚就够了。”

谢默斯再次检查了装备，并给我穿上背带，然后迅速屈膝一跳，抓住了钩子。

“加油,老弟。”

然后他向上爬去。

只是如此平淡的一句话,实在没能表达出他那动作的纯正、简洁和韵律。他钻入塔身,双脚一蹬,又往上了一步——动作节奏毫不间断,好像在你眼前展开了一幕生命演化的画卷。或者更确切地说,是两个有机体共同的演化:塔和谢默斯,二者的染色体相互交织,汇成一股金线。

十分钟后,抬头已看不到谢默斯附着在塔上的身影,这让人颇为震惊。塔会坍塌吗?但最后掉下来的却是一根绳子。这绳子细得让人吃惊:聚酯外层包裹着尼龙绳芯。我等待着,然后上面发出了信号:两次微小的闪光,直直地照在了我的头上。我将绳子穿过背带孔环,打好结后拽了两下。紧接着绳子一紧,我还没反应过来,双脚就已经离开了地面。当我摇晃着靠近墙体时,胸中突然冒出一阵恐慌。我那穿着便鞋的脚觉得又闷又热,乱蹬着湿滑的砖头,并随着绳子被再次拉紧,迈出了它们上天之旅的第一步。

我没有谢默斯上得那样快,但也很不容易了。我是在赛昂府中绕绳上升。若想对此事实淡然处之,唯一的办法是凝视着天鹅绒般的橘色夜空并告诉自己,我是在下降,而非上升。我将降至一片橘色的海洋里。

但这幻想随着我脚下一滑而消失了。于是我开始幻想另一幅画面:克拉丽莎正在塔顶上等着,双臂好似苍白的柱体。我一直想着她,直到看见塔顶的垛口和城齿。她本会在合适的位置接住我,但黑暗中却响起一个声音:

“谁在那儿?”

这声音仿佛来自古代,怪异而可怕:如同古代领主的哨兵,俯身查问骑着一匹饱经风霜的老马的陌生人。我停留在距离上帝的土地四十英尺的位置,以为那声音传唤的是我。正在不得不回答的当儿——我听见阿朗索在下面的树林中大声叫道:

“非常抱歉!可以帮我一下吗?”

绳子不动了,我也不再往上爬了。在黑暗中,我就悬在那儿,双脚在塔身上滑来滑去。这种中断的滋味可不好受。

又一分钟过去了,所有人都屏声敛气。从下面传来阿朗索极不连贯的声音,他再三道歉:

“真的非常抱歉!……我一定是睡着了……找不到……对不起给你添麻烦了……婚礼很可爱,对吧?”

阿朗索是在用他的块头——他的尺寸和体积吸引人们的注意。他一边信誓旦旦,一边把他们引开。他们渐渐走远,他的声音也慢慢听不清了。

我等待着:一分钟,两分钟。然后双脚贴墙,攀住绳子。

谢默斯正等在塔顶——在我意料之中,也在我意料之外。在他将我拽进塔里的那一刻,我长舒了一口气。

我脱下背带,站了起来,抬头望向天空。

月亮明亮得如同发着烧一般。我站在那儿,克拉丽莎的失踪好像冷暖气流的交界面那样影响着我。我转过身,看到的是安静待命的谢默斯,等着我开始行动。

“阿朗索。”我说,开始找我的手机。

“换了我就不这么干。”谢默斯说。

他是对的。如果阿朗索已经被拘留了,最不能做的事就是给他打电话。

“那好吧,”我说,“可以借一下你的灯吗?”

“可以,只要你别把光射得到处都是。”

我跪在地上,拿着灯小心地探照着平台的底部。光照之处,那些石头突然焕发了生机;光一移开,它们又陷入晦暗之中。没有门在魔法下打开,也没有在古代饮过血的箭。这儿一片空白。在这后面是更多的空白。我正站在英格兰最为显赫的一个世家的顶上,但我所找寻的东西与我之间的距离就像我在大洋另一边时一样遥远。

“看那儿。”谢默斯说。

不愧是老练的登山家,他发现了一个矩形的堡垒,其大小可容一个盒子或者一个人通过,它比两旁堡垒的颜色要暗几度。

那是因为它曾被使用过,我立即想到,颜色更暗是由于曾有人将它改造过。

谢默斯将手指插入其间的裂缝,说道:“有点脆了。”接着他从背包里掏出一把很薄的双刃刀,“我们倒要看看这只老鸟是怎么回事儿。”

要是我还有力气的话,我一定会笑出来的。但谢默斯已经将刀插进了堡垒。然后他又从包里掏出刀和量角器等越来越具重量级的家伙。他还用一把墙锤将那些插在墙里的家伙敲得更深。外墙就这样一块一块的被剥离下来,好似抗议一般腾起一团团小小的尘土。最终露出来的只有石头,此外别无它物。

谢默斯抹去额角的汗水,放下开凿工具,然后长长地出了口气。他根本没有看我。然而,一听见我说“试试看”,他就立刻抓起锤子,先是试探性地轻敲了几下,然后用力砸向石头,每一次都砸得恰到好处,声音在我们的脚边就消失了。

直到此刻,谢默斯的工作成效都还是以逐步递增的方式显现出来。我想我们俩都以为,这些石头也只能一点一点地砸掉。但这静静的工事——经过了几个世纪的日晒雨淋和时光荏苒,突然在第十次重击中被彻底摧毁:石头突然裂成碎片,旋即消失掉了。我们仿佛望着一片纯黑的画布。

“上帝。”我轻声说。

我跪下来,将手伸进地上的洞中……却只感觉到空气。我趴下,胸贴着地面,将手伸得更远。还是只有空气。

我盯着这个洞很长时间,等待着,希望能有什么东西从黑暗中自行出现。但我等到的,只是一股带着烟熏味的冷气,就跟从井里冒出来的气味差不多。

“你得把我放到那下面去。”我说。

谢默斯挑起一道粗眉,说:

“那可是直线下降。”

“我知道。”

“到时候我没法看见你,这灯照不到那么远。”

“我知道。但没有其他法子。”

现在他能做的唯一抗议,便是保持沉默。对此我也只有一个解释可以将其驳回。

我说:“我认为,在我们俩人之间,我才是知道要找什么的人。”

当然,其实我不知道,不算真的知道。但谢默斯还是被我说服了,帮我套上背带,将探照灯装在我的头上。然后他走到滑轮旁站定。在给了我几秒钟重新思考的时间后,他喊道:

“准备好了吗?”

准备好了。

但我却说不出这话来。我所能做的只是点了点头。即便如此也觉得说不出的费力。

但这些都不如进去那么大费周章。谢默斯开凿出的裂口倒是可以容人勉强进入,但绝不会让人轻易就可通过。之前没有看见的障碍不知从哪儿冒了出来:锋利的坚石碎砾耙过我的肋骨、腰和胸骨。石头磨破了我的膝盖,戳到了我的屁股。在我认为这一切已经好不容易过去的时候,我又一下子被石头完全卡住,好像卡在了赛昂府的咽喉里。

最终,在重力的帮助下,我还是下到了黑暗的通道之中,好像进入了变宽的食道。背不再擦着石头,双脚自由地晃荡着……

然后我突然着陆了。我所降落的地方又硬又脆,因为我不可原谅的粗鲁而发出震怒的声音。我没法触摸脚下——这儿甚至没有足够的空间容我弯腰。于是我再次抬起右脚踏了下去,然后分辨其回声。我又踏了一下,最终确认:

木头。

我站在一个木箱上。

&

不知过了多久,谢默斯的声音传来。但我好一会儿才听明白他在说什么:

“还好吗?”

我想回应,但注意力却被一种深重的撞击声吸引了。然后突然意识到,这是我的心跳。它被这狭窄的空间放大了,听上去好似在敲击这房子的基石。

“好。”我喊回去。

然后我想起来,我的头顶上捆着一只灯。

我低下头,好使光线洒到脚边,黑暗被光线驱散了……还是什么也没有。

直到在黑暗里呈现出一截已经变软的、腐烂的橡木,已经被我的重量压碎了。深藏其间的,是一个帆布袋。我摸不到也看不到,所以不知道其中包裹着什么。

事后看来,我当时应该回到上面去,告诉谢默斯我的发现,并想办法把那口箱子拖至亮处。但想见又不得见的复杂心绪是如此的痛苦而诱人,让我无法离去。我不停地弯曲并扭转身体,尽一切可能想要看清我的脚下到底是什么

但我绝没想到,同样就是这堆盖在外面的腐朽材料,其内部构造已然发生了变化。几个世纪以来,支撑着木箱的框架一直等待着有人跌落,将其压塌。

&

这就是接下来发生的事。在我还来不及祈祷平安或发出抗议之时,我就直直地掉了下去。

更让人惊惧的是,我不再往下掉了。绳子的另一头仍系在谢默斯的滑轮上,随着降落运动骤停而在我周身猛然束紧,将我用力往回一拉。这使得我的脊柱被突然拉伸,胃一下子紧贴胸腔,双脚悬空。我能听见下方传来木头砸落在石头上的声音……但我还在这儿。活着。

&

至于后面发生的事——嗯,我有些不厚道地怪起我父亲来。

八岁那年,我告诉父亲我的朋友艾萨克·沙皮罗和汉斯·比约能都已经加入了童子军。言下之意很清楚:我也想成为其中一员。但父亲提醒我说我已经在练棒球和足球了。要加入童子军,他一周就得开车送我参加三个活动。这超过了他的承受范围,换作其他父母也是一样。

“你想当童子军?”他说,“那就得在棒球和足球之间放弃一项。而且你可别指望我会去当童子军团长。”

所以我从未参加过童子军的打包行军。正是由于这个原因，我一直都不擅长给绳子打结。具体到这个晚上，就是，在我将绳子系到背带上时，我以为自己打了个牢固的单套结。而实际上我却错误地打成了半活结，或者说四分之一活结。或者，什么也不是了，因为它正在自行松开。

我睁大双眼，试图重新给绳子打结。但除了双手，我身体的其余部分、我的重量，却在向着相反的方向发力。绳子的纤维如同沙粒一般从我僵冷的手里滑走。

等我意识到正在发生的事时，已经太晚了。我开始又一次地往下坠落。只是这一回，上面再也没有什么东西拴住我了。我一直往下掉，没有声音，没有阻碍。在我的恐惧之下，却另有一种平静，想象着自己正穿过地球。而迎接着我的，是世界另一端的清晨。

但不消一秒钟，我就从幻想中幡然醒悟：地球如同一个狂热的情人那样拥抱了我，让我周身剧痛。一种新的黑暗从我身体之中产生，与四周的黑暗融为一体。

“玛格丽特。”我低语道。

然后黑夜完全将我吞没。

英格兰，艾尔沃思，1603 年 8 月

42

他给了她一张专用的桌子。他安放好所有的仪器：秤、平底锅和罐子；以及用陶土封底的二十六个玻璃容器，按字母顺序排列着。他一页一页地翻开笔记，向她展示在每种物质上实验过的气压和冷热度。他不太情愿地向她说明每个实验在何处中止，向她展示那些已经呈现的奥秘以及尚未揭开的谜题。

“玛格丽特，至少在我看来，难点是在提纯每种基本元素物质的同时重构其固有的自然平衡。由此产生的金属便构成了行星、恒星以及天空的精髓。”

他会继续讲授，但开始讨厌自己老师般的口吻。而且，要道出炼金师的真正目标——那颗哲学家的点金石，这难道不是冒险吗？那颗石头本身就将改变造物的本质。

即便像阿奎纳斯和罗吉尔·培根那样的伟人也在此遭遇重创。他对于将玛格丽特与他们相提并论并未感到太大的不安。他对她——或者任何人在此取得成功都不抱太大的希望。但哈里奥特又不能挡住她探索的道路，这比他自己的放弃还要让他难受。所以，在第一天，他所能做的只是微笑，并向后退了两步。

“有什么需要叫我。”

最后是锦缎帘子。他之前在天花板上装上了铁杆，挂起这道锦缎帘子，从而把实验室一分为二。哈里奥特礼貌地点点头，拉上了身后的帘子。现在剩下玛格丽特一个人了。

整整有一分钟，她根本就动不了。接下来，她甚至也只敢做一些简单的事。

拿起铅条。

将铅条放进长颈玻璃瓶里。

把玻璃瓶放到火盆上方的架子上。

将煤点燃。

等待。

起初，变化发生得很慢，几乎不能察觉。铅条上首先出现了一层雾气。接着一个银泡冒了出来。铅条发出微光，气泡突然间猛地吐出红焰，又立刻消失了，只留下一层薄薄的灰烬。在发生了这样的反应之后，铅条又恢复了原状，怎么加热都没法让它再起反应。

玛格丽特戴上棉手套，将长颈瓶从煤火上拿下来，并朝里面窥探着。黑色。她很清楚，那是失败的颜色，表明这些残渣在和“他者”进行了短暂的调情之后，又复归于残渣。

但留在她脑海里的不是黑色,而是那一闪而过的红色。这使得她在第二天晚上又回到实验室来,为的就是能再次看到那道红色,并且想办法让它停留得更久一些——再久一些,最终使红色变成一道变化的盘旋上升的螺纹,宛如每道彩虹的最外层所交织着的那种色彩。

玛格丽特还对温度进行了试验:对比低温、少许加热、高温加热以及更长冷却时间的效果。她调整了长颈瓶和火焰的位置。她用台钳向铅施加不同的压力。她还试用了硬煤、烟煤等不同的煤炭。但怎么都唤不回那一抹红色。

哈里奥特一开始以为,她每晚最多用一个小时来研究炼金术,其余时间仍会用来协助他进行光学研究。但她却越来越沉迷于此。有天晚上,他叫了她三次,她都没听见。最后他不得不从帘边探过头去,不无讽刺地向她庄严宣告:

"我亲爱的克鲁肯山克斯小姐,我极其荣幸地告知你,我马上要测量红砖的折射率了。"

往常,她会微笑。而今夜,她却像一个梦游者那样离开了她的研究项目。

"当然。"

哈里奥特能听出她声音中的犹豫。他的眉毛拧在了一起,说道:

"干脆继续你的事情吧。"

"你确定?"

"我不能阻挡进步的浪潮。"

一天天地,玛格丽特偷偷留给自己的时间越来越多。她不是有意如此,她对此甚至没有留意到。哈里奥特从不抱怨。事实上,他蹑手蹑脚地从一个角落走到另一个角落,对她变得过分关心起来。

"真对不住,亲爱的。我的鞋拔掉了。"

他若不是道歉,就是在编造各种理由离开。

"散会儿步可以使头脑清醒……"

哈里奥特会出去大概一个小时,回来时情绪高涨。但玛格丽特看得出那是他装出来的。她想象着,他如何在房外的走廊里一点点地在脸上堆满欢笑。

"运气还好吗,玛格丽特?不是?噢,那继续。"

但不论玛格丽特怎么努力都没法交上好运。每一天都如同一个登记簿,记载着她烧伤的手指、烫伤的手腕和烧焦的眉毛。烧瓶爆了。煮沸的沥青烤焦了墙壁,腐蚀了地板。神秘的气体刺激着她的鼻孔,灼伤了她的喉咙。

而她不得不展示的实验成果又是什么样的呢?一堆土块样的残渣,说不清是从哪儿来的。一堆废物。

&

一天晚上,哈里奥特回来了,看见她正盯着一个破裂的容器和桌上粘着的一摊黑色硬壳,整个人处于极度绝望之中。

他什么也没说,作势去取烧瓶中的残存物。

玛格丽特叫起来:

"小心!你会被烫伤的。"

"啊,那这是什么?"

他带着狡黠的微笑,从中拿出一个完整的金戒指。

"你创造了奇迹,玛格丽特。"

她忍不住大笑起来。他把戒指递给了她,她明白过来,这不仅仅是一个玩笑。

"别担心,"哈里奥特宽慰她说,"这不是订婚戒指。你戴在哪根手指上都行。也可以藏在枕头底下。我不会为此生气的。"

她最终将戒指戴在了左手的小指上,觉得这样就不具备特别的意义了。那天他们都没再提起这事。然而,次日清晨,她在窗边的光线下,发现了戒圈内壁刻着的拉丁文:

Ex nihilo nihil fit.

无中不能生有。

玛格丽特不熟悉原子论,因此不知道这是巴门尼德[①]说过的话,也不知道这是他对于 creatio ex nihilo 即"无中生有"信条的反驳。在古希腊人

① 巴门尼德:公元前5世纪的古希腊哲学家。

看来,世界不能脱离虚空而存在。因为世界是一直存在着的,并将永远存在。人必有一死,而物质则是永恒的。

玛格丽特对此一无所知。她唯一能感觉到的,是这句话中的否定意味——无中不能生有。

然而,她对哈里奥特的信任以及哈里奥特对她的信任使她对这句话做出了相反的解读:没有付出,就没有成就。这意味着万事皆有可能。

她想,总有一天,我会用我炼出的金子打一枚戒指送给他。

玛格丽特重新戴上戒指,开始工作。

&

先是铅,接着是锌,然后是锡。玛格丽特无所不用其极。火焰一道接着一道腾起,仿佛基督教的殉道者。她就站在那儿,仔细观察它们的痛苦,记录每一次酷刑的颜色和形态。但最大的酷刑则是:一切化为乌有,只有烧焦的废料慢慢渗出。

她并不觉得向哈里奥特坦陈自己的困惑是件丢脸的事。

"同所有存在的物质一样,铅的本原不也是原子吗?为什么外力就不能迫使这些原子改变形态呢?说到底,水能结成冰,火能烧成灰烬。为什么铅就拒绝改变呢?"

哈里奥特摇了摇头,说:

"这世上根本没有答案。"

后来,回想起他所说的话,她才听出了他对"世上"二字的强调。当初她一头扎进炼金术中,从未回头。但在某些寂静的时刻,她明白为什么像詹姆士国王那样虔诚的人会对炼金术怀有一种特别的恐惧,因为它模糊了造物主和被造之物的界限,使得上帝所造的人可以成为自己这个宇宙的造物主。

&

接下来的一个下午,在加热铜的过程中,发生了不同寻常的事。铜并未像以往那样,变成阴沉的黑色废块。相反,它绽放出了色彩。

这般绚丽的色彩!银色……紫色……蓝色……绿色……

她屏住呼吸,是孔雀蓝。

这就是几周来的艰苦工作所收到的效果。玛格丽特根据第一印象判断出,她已经使一种元素发生了转变,并使其更为完美。

此时此刻,这一切发生了。她有些不可置信地看着孔雀蓝渐变成令人激动的黄色,然后是绚烂的橙色。最终,她看到橙色的物质在爆裂中变成了红色。

这一次并不仅仅是火焰。这是一个庄严的进程,涵盖了整个红色的谱系:玫瑰红、宝石红,再到深红,最终成就了一种具有非凡活力的绯红色——任何一个罗马神父都愿意骄傲地披上这绯红色的袍子。

她没有意识到自己大口喘气的声音惊到了隔壁的哈里奥特。他立马扯开帘子,注视着最后一抹红色。完美的颜色,是她创造出来的颜色。

此刻,玛格丽特觉得自己离他是如此遥远。无论哈里奥特对她说了什么,无论他怎样努力调整自己的语气,那红色都是属于她的。永远如此。

&

哈里奥特和玛格丽特之间的相处开始变得别扭。他们不再察觉到对彼此的动作,因此常常撞到一起。要不然就是为了避免相撞,定在那里,困惑地看着对方。

他们唯一轻松相处的时候是在床上。即便在那时,她也不是完全属于他的。过去她曾全神贯注于他的皮肤和身体。而现在,那不过是本能反射的结果罢了。尽管她尽力隐藏自己的感觉,但他还是感觉到了。一天夜里,他问她:

"我想知道,你的脑子到底感染了什么?关于金子的幻象吗?"

他的语气里含着一丝苦涩。

她想告诉他,不是关于金子的,而是关于一张餐桌。

桌子边坐着亚里士多德、阿奎纳斯、开普勒、哥白尼、布鲁诺和第谷·

布拉赫[1]。还有托马斯·哈里奥特,他们聚在一块,吃着晚餐。那儿为她预留了一个位置。但她怎么才能坐上去呢?她,来自圣海伦主教门的玛格丽特·克鲁肯山克斯,有何成就可以坐在那里呢?

最让人痛苦的讽刺莫过于,为了能与哈里奥特相配,她必须离他越来越远。

他不再为发出声响而道歉。

他不再为了她不眠不休。

她醒来时,他已经起身。

她也不再留意他从帘边探出头来。

&

玛格丽特遭遇的挫折越多,就越是勇往直前、越是忽视周围的世界。她若不在实验室里工作,就是在钻研关于炼金术的教科书。其中宣扬了这样一种信仰,即今日的炼金术不过是重新发现古人那早已失传的技艺。它隐藏在典故、象征和预言那几乎无穷无尽的面纱之后。

于是她浏览《旧约》和伪经,阅读奥维德的《变形记》。还有关于迈达斯国王的古老神话、伊阿宋和亚尔古英雄的事迹,以及大力神赫拉克勒斯和他的七次试验。但不管她怎样埋头苦读也一无所获。

七月初,玛格丽特开始用水银做试验了。这给她的身体造成了缓慢却可怕的影响:她的两颗臼齿脱落了,双手几近瘫痪。她每天早上都会发现掉落在枕头上的大把头发。

影响最甚的还是那些烟雾。一天下午,她正在观察变化的最后一个阶段,突然长颈瓶中喷出一团浓烟,将她全部包围。那一刻,她的全部知觉像时钟一样停摆了。

“玛格丽特!”

哈里奥特跪倒在她身边。她以仅有的一点意识制止他:

“我没事。”

---

① 阿奎纳斯:中世纪伟大的哲学家。开普勒、哥白尼、布鲁诺和第谷·布拉赫均为文艺复兴时期的著名天文学家。

玛格丽特站了起来，刷了刷围裙，身体吃不住又晃了一下。接着她径直回到了桌边。

他看了她一会儿，然后消失在了帘子的另一边。

第二天下午，她下楼时看到了身着行装的哈里奥特。眼见他要只身出门，她却没有丝毫吃惊或警觉——这说明事情已经到了何样的地步。她只是出于礼貌，问道：

“你要去哪儿？”

“去看一个朋友。”

43

这儿已经很舒服了：沃尔特·罗利见过更糟的住处。

毕竟，他现在的牢房大过船上的小隔间。可以肯定的是，这儿也比圭亚那的丛林更舒服，他曾在那儿度过许多饱受蚊蝇之苦的夜晚；比加的斯更安全；远没有蒙斯特或者泽西岛那样荒凉。房间的通风状况挺好，箱子和桌子也还能用。如果这草垫子都不够大的话，还有什么床能容下沃尔特爵士呢？

哈里奥特想：没错，一个人若是连迫在眼前的死亡都能漠视的话，那血塔[①]也奈何不了他。

沃尔特爵士正用一根月桂木的牙签剔着牙齿：

“我希望这餐饭你还吃得惯，汤姆。”

炸兔肉、羊肩肉、韭葱蘑菇炖鸡，两杯意大利甜白酒。

“还不错。”

---

① 血塔：伦敦塔中的一处关押点。在十六世纪，因幼主爱德华五世及其胞弟被关于此并惨遭杀害而被时人称为血塔。沃尔特·罗利曾被关押于此长达数年。

“我相信你带了烟斗来。”

他们在炉火边坐下——即便在盛夏，伦敦塔仍然冷得刺骨。罗利的仆人给他们点上烟斗。然后二人在安静中吞云吐雾，觉得非常满足。有那么一两分钟，他们完全又回到了谢伯恩城堡。

只有一个烦人的细节：罗利的胡子。

过去，罗利的胡子总是梳理得非常整洁，拢成一个精致的胡子尖。其他的绅士偏爱用烙铁卷胡子，他可从不需要这个。而现在，罗利的胡子松散无状，好似一块筋疲力尽的毯子，挂在厨房的窗户上。

“你瞧，他们不许我用剃刀。”

罗利主动开口证实了哈里奥特的猜测。

“是，我就是想到了这个。”

“我向他们保证说，我要是还想试图自杀，也会找到比剃刀更有效的法子。你知道，我对毒药还算了解。”

然而，三周前，罗利并没使用任何异乎寻常的毒药，而是用一把卑微的刻刀朝着自己的心脏捅去。但刀却卡在了肋骨之间。他的秘书爱德华·汉考克在制裁这件事上远胜过了他。或许这是罗利这个伟大人物生平蒙受的最大羞辱。或者说，这从反面证实了他的生命力：无论他怎么做，他都无法消灭自己。

那道伤口现在藏在一层层的黑天鹅绒下。这个伟大人物转身对着窗户，他的眼睛蒙上了一层麻木的神情。

“贝丝和瓦特怎么样？他们都还好吗？”

“他们仍旧是罗利家的人。”

“可这些罗利家的人很快就要没有容身之所了。”

“你有许多朋友。我们会安顿他们的。”

“恐怕我的敌人更多。”

罗利在炉石上敲着烟斗，抖掉烟灰。

“他们当然将埃塞克斯的死归咎于我，说是我密谋杀死了他。”

“不是那样的。”

“你这样说是因为你了解我，汤姆。但普通的人并不知道。”

他放下烟斗，费力地站起来：

“现在我有了一个锻炼的地方,为此我应该心存感激。”

这再次表明罗利的身份非同一般,因此墙头上有一段地方可以让他走动。天气好的时候,他最远能看到格林威治。而今天,伦敦一直下着雨。雨水汇入河中,水雾如同一道虚幻的帘子将伦敦塔罩住。伸手一碰,这层薄雾就消失了。

“恐怕我真把事情搞糟了,汤姆。”

“你什么罪都没有。”

“那我不需要为自己辩护了?”

“噢,我的朋友!我怎么也想不出你能干出这些恶行。与西班牙结盟?密谋弑君?根本说不过去。”

“但他们总能证实我有罪。要是找不到证据,他们就伪造证据。科巴姆已经对我提出了指控。而且还会有人屈打成招,供认自己是我的同谋。”

“你曾获得过自由。走出了伦敦塔的狮子门,你还会做得到的。”

这个伟人温柔地笑了:

“没关系,汤姆……我只想确保贝丝和瓦特将来不会挨饿。”

“这你放心,我向你保证。”

罗利俯看着泰晤士河。即使是现在,挂着方帆的各国船只仍在河中川流不息。这些船来自荷兰、瑞典、热那亚、威尼斯和法国。都是他终生不会再看到的地方。

“你是坐船过来的吗,汤姆?”

“已经封城了,只能坐船。”

罗利点头:

“他们说瘟疫正在向伦敦塔蔓延。已经有三个看守染病死了。说不定等我行刑的时候,城都空了。只剩下屠夫的砧板。”

“我恳求你,我的朋友,别那样说。求你——想想你的家人和朋友,大家都在为你祷告。”

“他们都在向谁祷告,汤姆?”

沃尔特爵士的眼睛不再有睡意,它们发出冷峻的光芒。哈里奥特谨慎地回答道:

“向创造天地万物的主。如今他依然在用他那永恒的、爱的智慧为我们人生的航船掌舵。”

“这是自然。”

沃尔特勋爵的声音好像干燥的引火柴。

“尽管如此,汤姆,你还是让我想起了原打算问你的事。”

“什么?”

“我们的黑暗宝藏,究竟出了什么事?”

&

几周前,诺森伯兰伯爵问过他同样的问题。这是自然的。当船夫摇着船沿河而上经过赛昂府时,哈里奥特的思绪飘回到在谢伯恩度过的那个夏夜。

当时出席的只有他们五人:哈里奥特、罗利、诺森伯兰、马洛……还有一个陌生人来到了他们中间,是马洛的新助手。在马洛的要求下,他们为这位新人在学院密室里留了个位置——此举实属罕有。

这个年轻人还很青涩,而且易受惊吓。在晚上的大部分时间里,他都坐在一侧,缄口不言。哈里奥特一反常态,首先开始讲话。因为他想谈谈弗吉尼亚。

“沃尔特爵士或许已经告诉了你们我所负责的事情,那就是储存可能用于商业开发的自然和人类的财富。我的表述有误吗,沃尔特爵士?”

“没有。”

哈里奥特接着说:

“为了实现这一目的,我在阿尔冈昆人的地界上长途跋涉。一路上我都很高兴。我从一个村子走到另一个村子,非常注意同当地的祭司发展关系。总的说来,他们都很欢迎我,并且对我向他们展示的物品十分着迷。我给他们看了手枪和数学工具,还有指南针、小望远镜和星盘。就是这些最简单的东西,却让他们极其惊叹。对了,还有发条钟!看看,没有手去动它,它却能自己走。向发条钟致敬!

“他们用粗糙的双手捧着这些不可思议的法宝,一个一个地传看着。他们会问,谁创造了这些成果?神还是人?

“是人，我告诉他们。但我又立即告诉他们，是全知全能的伟大上帝创造并启发了这些人。我向他们展示了我们的《圣经》。他们当然读不懂，但他们按照一贯的习性，将《圣经》拿到胸前摩擦，又把它按在自己头上，并一遍又一遍地亲吻着它。他们完全为此折服了。

“我是个虔诚的基督徒，所以尽力使他们停止了这样的偶像崇拜行为。我告诉他们，救世主的力量并不是来自《圣经》的物质形式及其本身，而是来自于其中的内容。我得说，这才是基督拯救世人的真正教旨。

“他们看不出这有何不同。对他们而言，《圣经》就如同奇迹一般——上面写着文字，毕竟他们之前从未见过。但这也不会比一只发条钟更神奇。怎么说呢，福音书是我们英国军火库中的一样新武器。它应该与火枪和小盾牌并列其位。

“于是，我就一点点地使未开化的祭司们皈依了基督。我怎么办到的，通过上帝的启示吗？不，我玩了些把戏，让他们目眩神迷。（摩西曾施行骗术，记得吗，柯特？）他们容易轻信，所以我才能得手，骗他们说我们的这些发明是神赐的。我还使他们相信，没有我们的上帝，他们的村子和庄稼都会遭到毁灭。如果他们要死了，那也是上帝的意图。就算马基雅维利[①]也会对我的表现感到满意的。

“噢，你们尽可以用轻蔑的眼光去看待这些野蛮人，就像看一群绵羊。但我要问你们，朋友们，我们在去到神那里的时候，又有什么不同吗？我们在儿时不也受到戏法的吸引吗？不也被音乐、焚香、符号和征兆所引诱吗？我们难道没有在权力面前感到头晕目眩吗？我们的父母、牧师、国王和女王们，不全都宣称对我们行使的是神授的权力吗？比起那些弗吉尼亚的土著，我们不也是容易轻信吗？我们不也是很快顺从了吗？

“自打出生开始，我们就被人玩弄利用。先生们，我们确确实实就像那些阿尔冈昆人一样被征服了。为什么？因为如果未经普遍同意，未经所有人的一致同意，社会——教堂——君主就无法指望长存。所以，必须通过手中最快的、最有把握的方式才能确保这一致的同意。那就是……

---

① 马基雅维利：1469—1527，意大利政治思想家和历史学家，著有《君主论》，强调通权达变，为达目的不择手段。

上帝。

“今夜,我要问你们。上帝可曾与你们交谈过? 你们可曾亲耳听到他的声音? 或者,上帝只是使你跪下的教鞭?”

&

众人良久不语。但哈里奥特很清楚,他们的沉默不是出于愤慨,因为这个小型学会此前已私下讨论过许多学科问题。他们是在试图找到一个简明扼要的回答。

最后,马洛拿过蜡烛,抓起纸笔开始写起来。

他说:

“我们继续。不管自然或不自然,都要得到一个结果。我们一起来。”

于是在那天夜里,他们写了一首诗。

诗是以五步抑扬格写成。喜欢卖弄的马洛一开始要求采用彼得拉克十四行诗体。但没人理他,而是你一句我一句地抛出了诗句,甚至马洛的助手也说了一两个句子——最后,这首杂糅的诗歌已经大大超出了原先为其设定的界限。马洛奋笔疾书,写完一页又拿出新的一页开始写。

黎明到来。又过了一个半钟头,马洛写完了最后一个句子。他眼睛灼热,双手颤抖。他站了起来,拿着纸向他们伸去:

“看! 我们的黑暗宝藏!”

接着,他开始朗读,语调坚定平稳。直至此刻,这群人才发现自己是如何的忤逆冒犯。

有些圣贤,在智慧上超越了平庸,
他们知道,岂可轻易获得安稳法治,
若想人们听话守法,首先要采用上帝、宗教、天堂和地狱的名字。
然而这些不过是虚构的影子。

在朗读的过程中,马洛毫无愧疚之意,反而越发轻狂。在念到自己写的那两句诗时,他的声音抬得更高。

只有怪物可叫世人为之恐惧,
并且让他们安静地负上自己的轭具。

白昼的第一道光线正偷偷地从窗帘边溜了进来，蜡烛已经烧尽。马洛终于念到了最后一个诗节。

在死亡虚空的国度，永恒暮夜执掌国法，

保护邪恶，扶持异己。

在这里，邪恶之人无所惧怕，

比起捐躯的义人也分毫不差。

因为在死中，没有什么降临，

我既活着，便要将生活痛饮。

他们完全遵照了马洛的建议，作完了这首诗——而且完全没有得出结论。

在长久的沉默后，罗利站了起来，说道：

"为了向我们的努力致敬，也许最好的方式就是烧了它。"

他几乎有些害羞地笑了，补充道：

"不然我们恐怕就会葬身火海了。"

最后，让众人吃惊的是，马洛那一整晚不太说话的助手，最先站了起来，从桌上一把抓过写着诗句的纸，扔进了火里。

克里斯托弗·马洛看着他们整晚的创造化为乌有，脸上淌下了一滴清泪。

&

他们以为事情就此完结。这样想是可以原谅的。但三年后，一部由匿名作者所写的悲剧却开始在伦敦流传。这部惊世骇俗的剧作名为《塞利玛斯的悲剧统治第一部》，是关于一个专横的突厥统治者。这个暴君在解释他为何弑父时吟诵出了学院成员在很久之前的夜晚写于谢伯恩的那首诗。

那首他们称之为"黑暗宝藏"的诗歌是如何在烧尽之后流传出去的？谁把它保留了下来并将其发表出来的？马洛已经死了，罗利和诺森伯兰都不敢使其重见天日，哈里奥特也是如此。唯一的怀疑对象就是那个马洛带到谢伯恩来的温和的年轻人。

关于这个几乎一言不发的年轻人，他们突然间想到了种种从未想过的可能性。那一夜，难道他整晚都在默记他们的诗句？或者他在最后一刻耍了花招，将黑暗宝藏藏进了斗篷、而把另外一些纸投入了火中？他现在不就是借用了马洛最偏好的体裁——悲剧——向学院剩下的成员示威吗？

唯一手下留情之处是剧中没有提及学院及其成员。但在幕后，却可以看到已经形成的关联。马洛在被人谋杀之前被指控身为异端及亵渎上帝。就在《塞利玛斯》公之于众的几周内，罗利和哈里奥特就受到教会委员会的传唤，要求他们就无神论和叛教的指控回答质询。最后由于证据不足，指控被撤销了。但他们的名声却留下了污点。

现在，沃尔特·罗利爵士即将因为叛国罪而被处死。那些昔日的诗句也许会支撑着他走向坟墓。

因此，当他与哈里奥特一道站在血塔顶上时，他会想到要问：

"我们的黑暗宝藏究竟出了什么事？"

"我们失去了它，就像过去一样。"

"你的意思是，它在某位先生手里？"

"以我之见，的确如此。"

罗利看着一对海鸥。它们盘旋着，然后俯身冲向船上的空桅杆。接着，让哈里奥特吃惊的是，罗利大笑起来。

"柯特应该管好他的情人们，你说是不是？"

44

1603 年 8 月，将死的伦敦。

数千人正在死去。一个小时接着一个小时，一条命接着一条命。在客栈里，在百叶窗紧闭的家中，在灌木丛里，在阴沟里，在小巷中，在教堂的门阶上，都有人在死去。

瘟疫的预兆有时会提前一天出现,而有时则只提前几分钟。几周前,街道上还因为詹姆士国王的加冕礼而挤满了人,现在却成了空荡荡的鬼巷。那些不得已要出门办差的人小心翼翼地走在路中央,以免受到感染。但走到哪里都听得到那些声音:哀哀的呻吟声,常常伴随着突然发出的短短一声惊叫。死亡仿佛不过就是被人掐了一下。

詹姆士国王躲到了很远的地方。伦敦的有钱人早就弃城而逃了。穷人没有更好的办法,只能盲目地流散到乡下。没有一户人家和村子愿意收纳他们。许多人就这样在路上、地里和牲口棚中死去。有一个人拉着独轮车,走了七英里,到达了赛昂辖区。但瘟疫还是逮住了他。在晚上八点三十一分,当云雀开始歌唱的时候,他死在了污脏的河岸上。

在赛昂府附近,诺森伯兰伯爵宣布他将带着家眷搬至泰恩茅斯城堡。他的每一个随从,无论职务高低,全都动员了起来。甚至受伯爵保护资助的那三位智者也将自己的日常职责放到了一边:罗伯特·休斯监督杯盏碗碟和水晶制品的打包;威廉·华纳负责重要的艺术品;而托马斯·哈里奥特则负责书籍。

毕竟,照管诺森伯兰伯爵藏书的职责是不能委与一个普通仆人的。想想路上可能会发生什么:车夫打个盹,车滑进了阴沟,西方智慧的丰盛典藏就会漂在污泥和羊粪当中了。

伯爵说:

“这事非你不行,哈里奥特,再也没有人比你更明白这损失会有多么惨痛。”

于是,哈里奥特从藏书室中选取了具有代表性的两百册书卷。他将它们包在草垫里,看着人将它们装好车后,再在上面盖上三层防水帆布……然后一路护送至诺森比亚。

路上走了三天,哈里奥特守着书不离左右。而在这期间,哈里奥特的房子看似安静,实则不宁。白天,格列弗夫妇占据了屋子,忙着打包裁剪;到了晚上,玛格丽特踩着实验室的地板,工作兴致更加高涨。

她一直没见到格列弗夫妇,而他们也有意地避开了她。所以,当她看到格列弗太太端着银质托盘站在那儿等着她时,她着实吓了一跳。盘子里仅有一张粗纸,折成四方形,用红蜡封着。

“我猜这是给你的。”

肯定是哈里奥特写的便笺，指示她如何安置他的那些仪器。或者，只是他在旧伦敦路上记下的突发随感。

不是哈里奥特写来的。玛格丽特怎么都不会想到，来信者竟是——她的母亲。

我最亲爱的玛格丽特：

我病得很重。我想你能在我身边。回来好吗？

如不回，请为我祷告，我的女儿。

字迹很陌生。当然了，因为克鲁肯山克斯太太只会写自己的名字。她一定是请邻居或教士代写的。

更让玛格丽特感到陌生的是：信中的语言。我的女儿——我想你——最亲爱的玛格丽特。这太不像她的母亲了。母亲从未有过亲热的举动，自玛格丽特出生以来她就是这样。

看来母亲大限已至，她才会在生命中的最后几个小时里变成了她一直想要变成的那个样子——当她还没有因为生活的艰难而改变时的样子。

玛格丽特一遍又一遍地读着这张便条。她很清楚哈里奥特不在帘子的另一边，但她也完全想象得到他要是在的话将会怎么说：

“这封信已经是一周之前的了，玛格丽特。你母亲——愿上帝让她的灵魂安息——极有可能已经死了，甚至已经埋了。你和任何人都已经不能再给予她安慰了。”

他还会说：“你一踏进你母亲的房子，他们就会把门封起来。市政府的代表会守在外面，确保你不会离开。玛格丽特，你唯一的出路——你仅有的希望——就是自己死在里边。这几乎是肯定的。”

要是这番话还不能打动她，哈里奥特一定会提醒她，她有很急的试验要做。

“为了炼金，你已经抛开了一切：你的健康、内心的宁静——还有我们的爱情——”

不，他是厚道的人，不会说出最后那几个字的，但她还是会明白他的意思。她就要离开，放弃的不只是她的工作，还有她才锻造的新身份。她要赶到母亲身边——尽管这个女人曾尽力打压她的这种行为。

几个小时过去了,玛格丽特仍坐在那儿,盯着她母亲的词句,直到再也读不明白。

在她上床时,她的意识已是一片混沌。但记忆中的一个片段却慢慢渗了出来:一天下午,她发现母亲正看着她写字。克鲁肯山克斯太太因为看不懂而流露出了羞愧的神情。还有愤怒,不是吗?因为她曾被剥夺了这样的机会。

一阵短暂的虚弱感,但一段失却的历史被"啪"的一声打开了,迅速地将这种软弱压了下去。这是她无力抗拒的时刻,她必须回去。说也奇怪,因为是这一时刻将她与母亲最紧密地联结在了一起。

&

次日晚上,哈里奥特回来了:他周身疼痛,感到十分厌烦。更让他生气的是,他发现只有格列弗夫妇在等着他,而他的文件还没有收拾。伯爵明天就要举家离开了!

"玛格丽特到底在哪儿?"

他们没有回答,只是递给他一封信。

汤姆——

母亲叫我回去。她病了。

我没有等你回来,是因为你一定不许我走,

而我很有可能会听你的话。

我欠你太多,道之不尽。恳求你相信我。

我并非鲁莽行事。

言辞无力,请相信我的心。

玛格丽特

他甚至没有意识到发生了什么,只是背贴着墙壁,慢慢地倒在了地板上。

她去了伦敦。

格列弗夫妇以少见的识趣,退出了客厅。哈里奥特也没注意到这个。

他躺在那里一动不动。尽管如此,他跌跌撞撞地穿过时空:这里的一切都同他离开时不一样了。

“玛格丽特……”

哈里奥特伸手蒙住了脸。十分钟过去了,接着是二十分钟,最后他将手拿开了。在眼睛脱离黑暗的那一刻,他突然注意到近处的一样东西:黑色壁炉里有一样白色的东西。

他缓缓站了起来,朝着昨夜炉火的余烬走去。那儿躺着一张纸的残片。由于木头潮湿,它没有烧尽。

他的第一个想法是:那是玛格丽特写的另一张便条,是对第一张的修改。她改变了主意。现在她正一路飞奔着回到他的身边,求他原谅自己的愚蠢。

但这不是玛格丽特的笔迹。这封信出自他从未见过的人之手。

致克鲁肯山克斯小姐:

令姐希望告知你,你们的母亲已于本周三离世。

她遭受了极大痛苦,但很快就得到了解脱。她已经回到了上帝身边。

以兹为证

这……

下面的一角已经被烧掉了,但全文意思清楚。真是让人震惊。

哈里奥特攥着这页纸,从客厅走下厨房。格列弗夫妇正躬身在那儿喝着两杯浊啤酒。他将纸放到他们面前,看到他们睁大了眼睛。他的声音在发抖:

“你们似乎干得不够利落。”

在行径暴露的时刻,他们显得如此之蠢:头耷拉在一边,目光游移。像困在角落的狗。他想到。

“要是我没弄错的话,这才是玛格丽特应该收到的那封信。”

他们还是没有看他。

“你们却给了她另外一封,对吗?一封伪造的信。你们让她相信她母亲还没死,并且盼着她回去。”

现在,一看见这俩人的脸,他就无法忍受。于是他在他们身后绕着圈,盯着二人木头似的脑袋。

“我敢肯定你们清楚自己做了什么。你们杀了她。这跟你们拿起匕首捅进她的心脏没有区别。”

他们这时候的表现也非常典型:一经施压,便立刻方寸大乱。

“信是他写的。”

“但不是我想到的,是她的主意。”

“嚯,他立马照办了,难道不是吗?”

“没想到那姑娘当真了。”

“你看着她出门也没拦她,不是吗?”

“你还不是一样,婆娘。”

哈里奥特的手重重地拍在了他们中间的桌子上。

“卑鄙。你们俩都太卑鄙了。”

他转开去,看向厨房的窗外,直到自己再次恢复冷静。

“你们就那么恨玛格丽特吗?”

他没指望他们会回答。他肯定没想到,一声愤怒的喊叫直直地从格列弗太太的嗓子里冲了出来:

“我原本也是可以派上用场的!在她来之前!这不公平!”

英格兰,艾尔沃思,2009 年

45

克拉丽莎的肉体紧贴着我。她的双腿盘绕着我的髋部。我的颈项间感受到她温暖的呼吸。她托起我的脸,轻轻地拍着我,使我苏醒过来……她……

冰冷得如同死亡一样。

我醒了，却发现另一个人的手搭在我的脸上。一只死人的手。

我大叫一声，惊跳着摆脱那只手，看着那些指骨飞进黑暗之中。我坐在那儿，生怕它们又爬回来。但现在唯一动着的其实是我。肺、心脏和头颅……我身体的每个部分都因为寒冷、疼痛和惊惧而颤动着。

我这是在哪儿？

我所能感觉到的是，与其说我是跌了下来，不如说是跌了回去。回到了大概六个世纪以前。因为这个寒冷阴暗、让人害怕的地方肯定属于一座修道院。赛昂府就是在此废墟上修建的。

当我发现自己完全有可能一直被埋在这个地方时，我只能怆然一笑。

那时我已经完全忘了谢默斯还在塔顶等着。我忘了阿朗索。最后听到他的声音时，他正在极力摆脱赛昂府的安保人员。我甚至忘记了克拉丽莎，忘了要是凌晨三点前我没给斯泰尔斯他想要的东西，将会发生什么。

是，我只能想起这些，没有更多的了。于是我回到了那一刻——五分钟前？或者十五分钟？——就在我掉下来之前。我又一次想了起来，在一切垮下去之前，我正站在什么东西上。

一个箱子。

是口木箱子，看不清里面装的东西。这箱子先我一步落了下来，也砸在了这地面上，就在这深不可测的黑暗里等着我。

现在我又重新爬过地面，晃动着手臂朝各个方向探去——却发现每伸一下手，我的身上就会出现新的痛处：肋骨、膝盖，还有肩膀。寒冷浸透了我的皮肤。很快地，我晃动起手臂，只是为了保持血液流动——直到我的左手碰到了一样坚硬顽固的物体。

慢慢地，我摸出了它的轮廓：那是墙角。另一个墙角。

还有木箱的盖子，已经砸得粉碎。

我向空地弯下腰去。黑暗中仿佛有什么东西。好像是金属物品，在黑暗中闪着光。

我将它拾起，举在眼前。四周仍旧一片漆黑。但我的头脑里开始慢慢充满光明，因为在这一时刻，我想起自己还有个登山探照灯。

尽管我之前备受碰撞,但它仍旧牢牢地系在我的头顶,居然还能在空无一物的黑暗里投射出一道直直的亮光。

这些东西做得真结实,我想。就像谢默斯。

我解开探照灯,拿它照着手中之物。

是一个戒指。

样式简洁优美。是用黄金制作的。戒圈内壁刻着六个字,尽管模糊,却在即刻发出了回响:无中不能生有。

这正是出现在克拉丽莎幻觉中的话。

我打着探照灯,开始盘点箱子里剩余的东西。最后我转过脸去。我靠着箱子,直直地看着前方,好像失去了听觉——直到一声怪异的擦刮声传入了我的耳朵。

我最先以为是老鼠。但声音很快就消失了。接着,在十到十五秒钟后,突然发出一声巨响。没有任何预兆,我面前的墙就被炸开了。一瞬间,灰石俱下。两个人摇晃着走了进来。他们手里挥舞着 LED 手电,好像给黑暗空间里投下了一个个火团。

我立刻认出了第一个人:霍道尔。他还穿着那身在婚宴上显摆过的伊丽莎白时期的官员行头。后面跟着斯泰尔斯,穿着带粉色条纹的白套装。他拿着伞,仿佛手持轻剑:

"卡文狄什先生。"

他看上去就像一个十九世纪的古怪绅士:他乘坐的热气球刚刚降落在了比利牛斯山。这时,他正从气球里走出来。我开始大笑,让他着实吃惊不小。

"那好,"他一边说,一边掸掉袖子上的泥灰,"很高兴看到你心情不错,卡文狄什先生。我的表显示现在刚过三点。你是个守信的人。祝贺你。"

"也祝贺你,"我说,"能他妈的找到这么个入口。"

"那我得非常高兴地说,霍道尔在他的职业生涯中学到了许多实用技能,其中包括拆毁建筑物。"

"你不会认为也能拆毁我吧?"

"知道吗,我们真没想过。你伤得很重吗?"

“不是被你伤的，”我揉着肋骨，说道，“下来的过程很不容易。”

“噢，别担心，你有好多时间来慢慢恢复。现在，敬请举步离开那箱子……”

我站起来：

“要是我没记错的话，我们之前说好了要做个交换。”

“当然。”

斯泰尔斯向霍道尔点了点头，后者探身出了墙口。一秒钟后，克拉丽莎朝我走来。她看上去苍白而弱小，几乎显得不真实。

“你……？”

我的问题没有说完。或者说，我以另一种方式自问自答了：我将她紧紧拥入怀中。力气之大，让我们俩都感到吃惊。我们就这样紧紧拥抱着。此刻，我感到巨大的宽慰，觉得自己可以一直这样抱上好几个小时。但她突然挣脱了我的怀抱，而且神色羞惭。

“好啦，好啦，”斯泰尔斯有些尴尬地说道，“结局好，就一切都好，是不是，卡文狄什先生？或许这会显得无礼，但我现在还是要重复一遍：请离开那个箱子。”

“再想一想吧，”一个声音有如雷鸣，“待在那儿，亨利！”

我真傻，还以为斯泰尔斯的戏剧化入场无人能匹。阿朗索的入场虽然没有烟花特效，但其厚颜无礼之态足以填补这一缺憾。当他跨过墙口时，首先进来的是肚子，然后是胸，极富喜剧效果。当手电的光交错投在他的身上时，他就像站在聚光灯下的唐纳德·沃菲爵士[①]，高声说道：

“晚上好，各位。或许我应该说，早上好。”

早上，我想到。真是如此吗？

这是对我的真实感的最后一击。我是指这种概念——在我们头顶大概十二英尺以上，世界照常运转，一如从前。而在这地下，两个全世界最了不起的藏书家却像即将开战的拳手那样，正围着彼此绕圈。

“阿朗索。”

“伯纳德。”

---

① 唐纳德·沃菲爵士：1902—1968，英国著名演员，擅长表演莎士比亚戏剧。

那俱乐部男子特有的、经过粉饰的腔调,在这样的情景下显得怪异而尖刻:斯泰尔斯身上沾满了砂石粉末,而阿朗索还穿着都铎时期的服饰,衣摆长长地拖在身后。两人倒也不觉得掉价。

“亨利,”阿朗索说,“能问你句话吗?”

“嗯……”

“你为什么要跟这个笨蛋交易呢?”

“因为他当时要杀了克拉丽莎。”

“他不会。”

“你不知道——”

“我知道。克拉丽莎是他的人。”

他说这话时,我正看着克拉丽莎,还在想为什么她要跟我隔着六英尺,而不站到我的身边来。我到底还是从阿朗索的话里明白了个中缘由。

“你就从未想过吗,亨利?为什么斯泰尔斯从一开始就占据上风?他是怎么一路跟踪你到了华盛顿、北卡罗来纳,再到这里的?每一天,你在何时何地,他都了如指掌。他要么有个无比精巧的水晶球,要么——以我的论断——他极可能有个间谍。

“最初,我承认我以为是埃默里。他人很好,不过用买一片法式土司的钱就能买通他。不幸的是,我正要跟他对质时,他却突然死了。这意味着他绝不可能告诉斯泰尔斯我们要去英格兰。更别说我们要在哪天参加哪场婚礼这样的信息了。通风报信的应该另有其人。对不对,戴尔小姐?”

我近距离地看着克拉丽莎。她的脸上毫无表情。倒是阿朗索突然悲痛难当:

“噢,我很抱歉,根本不是戴尔,对吗?是戈登。克拉丽莎·戈登。

“你很好地隐藏了自己的痕迹,干得真漂亮。在谷歌上根本找不到关于你和你老板之间关系的条目。真的,我查过了。但你去年春天出席格罗里埃俱乐部晚宴时还是被人拍下来了。我都死了嘛,肯定没法参加这个活动。不过闲着没事时看了活动资料,才看到你的照片。我只是希望早点看到照片就好了,这样就能使我的好朋友亨利免受一些附带的损害。”

紧接着,阿朗索把手伸进了我那已经打蔫的白色环领里。它居然还围在我的脖子上,让我惊讶不已。不到十秒钟,他就从中取出了一块一英寸见方的、带着铰链的金属。在手电筒的照射下泛着幽冷的蓝光。

阿朗索将它轻轻置于手掌上,说道:“是全球定位系统,一看就知道。我想人们也用这个来定位孩子的行踪。”

告诉他。我的每一个神经细胞都在向克拉丽莎传递这样的信息:告诉他,他错了。

但她的目光是如此呆滞,完全避开了我的注视。在无人反驳的情况下,阿朗索继续说道:

“她很有可能是在今天下午把这玩意安装在你身上的,亨利。不然她跟斯泰尔斯是怎么找到你的?他们可不想给你任何反悔违约的机会。他们这样相信你的能力,亨利,你也真该将此视为一大褒奖。”

阿朗索可能是出于好意。但如果你非要我掐死这屋里的某一个人,我应该会选他。

“噢,别做出那副样子,亨利。我是应该早告诉你,但我也没有确凿证据。只有到了英国,我才能做出更明白的调查。才能看看这游戏究竟会玩成什么样。

“但你肯定觉得被人背叛了,亨利。换了我也会有同样的感受。但你必须看到,这其中也有好的一面。这些野蛮人再也控制不了你了。我们将自己做主,亨利,愿意干吗就干吗。”

斯泰尔斯清了清喉咙:

“这里面涉及一个小小的法律问题,阿朗索。请注意,你是个诈骗犯,也是个贼。”

“那你呢,伯纳德,你是夜盗,也是恐怖分子。你刚刚才在英格兰最伟大的府邸里炸了个洞。为了礼貌起见,我还没提你是个杀人犯呢。”

“他没杀任何人。”克拉丽莎垂着眼说道。

“嗬!”阿朗索微笑着转向她,“难道这就是你怀揣的小小幻想吗?难道你的老板是个诚实的好人吗?在这个问题上,莉莉和埃默里也许会持相反立场。”

“哎呀,”斯泰尔斯将手放到下巴上,“阿朗索,你不会真的认为我有如此冷血吧？你可证明不了。休想满意。”

“我无须证明什么，”阿朗索不动声色地说道，“我唯一必须要做的事就是，在我和亨利拿走属于我们的东西时，我定要好好欣赏你眼里的表情。”

斯泰尔斯柔和的声音里闪过一丝锋芒：

“拿走属于你们的东西？那封信是属于我的，一直都是。”

“包括附属的所有知识产权吗？我可真要笑了。要不是我，你根本就不会知道自己手里面拿的是什么。”

斯泰尔斯勉强地笑了：“你也不知道你手里有什么。”

“够了！”

这两位收藏家朝我转过头来，都是目瞪口呆的样子。

我说：“真希望你们能看到自己现在的蠢样。为了你们掠夺到的珍贵赃物而争执！我能提个建议吗？别吵了，先来看看被你们糟蹋的东西吧。”

&

有趣的是，俩人却都不急。也许斯泰尔斯认为我不过是在耍花招，而阿朗索的情况可就更复杂了。我相信，他一直都在憧憬着这一刻。这已在他的心中镌刻成了永恒的画面。而现在，现实却可能成为这一完美画面的唯一妨碍。正因如此，在就要实现憧憬的那一刻，阿朗索退缩了。而且与其对手一样，冷硬无言地站在这修道院的地板上。

最后，还是克拉丽莎夺过霍道尔的手电，厉声道：

“看在上帝分上。”

她将手电的光对准箱子，朝其俯下脸去，细看向箱子里。然后她站了起来，慢慢地转过身去。

接着，他们一个一个走上前去：阿朗索、斯泰尔斯，甚至还有霍道尔。他们的动作全都一样：弯下身，站起来，努力寻找语言。

“我不……”

“这个……”

这是我生平第一次、也是最后一次，听到霍道尔开口说话：

“不。”

我不能怪他。他看到的不是金子,而是一具遗骨。头骨探向一旁,仿佛正在嘲笑着什么。其右侧手臂抬起,好似正在致意。唯一美中不足的是,手臂尽头却没有手。十分钟前,那只手还在抚摸着我的脸。

“这就是哈里奥特的宝藏。”我宣布道。

46

“坐下,让我给你们讲个故事。”我说。

只是,这里真还没有可供他们坐下的地方。于是众人站着。只有我坐了下来,坐在冰冷坚硬的地板上,靠着那口“嘎吱”作响的破箱子。

“哈里奥特终生未娶。但他爱过一个女人,名叫玛格丽特·克鲁肯山克斯。”

克拉丽莎抬头看我。

“有记载表明,她死于1603年9月,在圣海伦主教门。她的母亲先她两周而死。根据时间和地点,我们可以断定她极有可能是死于瘟疫。但不知怎么回事,哈里奥特却神秘地带回了她的尸体。他将她埋在了赛昂府中的一个地方。除了他,没有人找得到。这个地方对他——还有她来说也许有着特殊的意义。就是西北塔。”

听众此刻都很安静,没有什么比这更让说故事的人满意的了。

“时间就这么过去了。但哈里奥特的悲痛却没有消失。我猜测,他从一个想法中获得了最大的慰藉。那就是,他所爱的这个女人也许有一天会为人所知。不,不是他的同代人,他们不可能理解。他将希望寄托在了未来。

“当然,他完全可以用语言直接抒发哀思。但他更乐意做最为擅长的事情。也许,他甚至认为她会喜欢这样的方式。通过对数字和字母的编码，使其‘折射’成另外的形式。这样，一些与他有着相同见地的人将会明白他的某些感受。他的全部感受。”

阿朗索面露愠色：

“噢，为了爱情——但哈里奥特并没留给我们一部《亡灵书》[1]，亨利。他留下的是一张地图。而且他说得再清楚不过了：‘丰富的黄金，价值无匹，在弗吉尼亚的地下等着与你相遇。’”

“是，有意思。我的一个朋友查了1603年的教区登记。玛格丽特·克鲁肯山克斯的确记录在册。但她的教名不是玛格丽特。她在受洗时用的名字并不常见，这名字的联想亦会让一个年轻女孩觉得非常尴尬。”

克拉丽莎张开嘴，顺口道出了这个名字：

“弗吉尼亚。”[2]

“对于一对爱国的父母来说，还有什么比给自己的女儿起名为弗吉尼亚更能向他们的处女女王伊丽莎白表达敬意的呢？”我问道。

我站起来，同他们一个一个对视。

“哈里奥特没有在赛昂府埋下黄金。他所埋下的，是他心灵的宝藏。就在这儿……”我向着摔散的棺木点了点头，“这儿就躺着他的宝藏。”

克拉丽莎拖着缓慢而沉痛的步子走了过去。她的目光探入棺木的裂口，最后一次深深地看着那古老的遗骨。

接着她眼光一闪，伸手进去，取出一样东西：是一个长筒望远镜，包裹在古旧的皮革里，因为氧化已经变成了绿色。

“让我看看！”阿朗索叫道。

但克拉丽莎却双手紧抱着那个望远镜，仿佛那是从她子宫中生出的孩子。

“别急，”我说，“这不是什么宝贝。至少不是你们要找的那种。这是个望远镜。哈里奥特用它观察星星，还有月亮。”

“还有金星维纳斯，”克拉丽莎兀自低语，“金星的星相。”

我们陷入了深深的静默中。最后，阿朗索的伤心长啸打破了寂静：

---

① 《亡灵书》：古代埃及人为死者奉献的符箓。

② 弗吉尼亚：Viginia，与纯洁、处女有关。

“这个老杂种！”

他一点一点地滑到地上，把脸埋在手里，又扯出一声笑来。

他说：“那么这就是对我们的奖赏了。在经过这么多艰难之后。一个该死的小望远镜和一袋尸骨。”

他接着双手一拍，像打锣一样。

“算了。”他说，“我们没有理由丧失信心。我们不过绕了个弯，错误地理解了那该死的东西。”

“阿朗索……”

“我个人倒是一直认为来这儿是个错误。我和埃默里正认真研究印第安传说呢。真的，要不是我们绕了圈子，我们已经——不，相信我，这只是时间问题，我们迟早会——”

“阿朗索！”

我的脸离阿朗索的鼻子大概只有一英寸。终于，他看到我了。

“结束了。”他说。

“啊，是的，”斯泰尔斯宣布道，“但也没有。”他晃着手电筒，在我们周围刻画出一道小小的椭圆光圈。最终，光打在了阿朗索的身上。

他说：“你那小小的所罗门王的宝藏毫无意义。那是结束了，而且也是好事。我总觉得没有什么比当寻宝猎人更俗的了。但还有件小事没完：我的信。”

他伸出一只手，像一只托盘。

“我建议你现在就还给我，阿朗索，趁我现在还有善心。说到底，这对你可一点好处都没有。”

阿朗索什么都没说。斯泰尔斯的声音显得更温和了些。

“你看，先生。我可以既往不咎。我知道，我们过去有许多不和，但我们应当修复关系。你要做的仅仅是把我的东西还给我。”

“我没有。”阿朗索说。

“你当然有。”

“没有。”

斯泰尔斯的语调极其忍耐：“阿朗索，你有过许多可疑的判断失误，但就算是你也不可能蠢到把它弄丢了。我是很有耐心，但我的耐心也是有限度的。也许我现在应该从一数到十？”

“你数到一千万都成。”

他们就这样站着，他们俩，一人在光里，一人在暗中。我希望在有生之年，再也看不到有人像他们那样——在那一刻恨极了对方。

“这真是太不幸了，我都没法说。”斯泰尔斯说。

他几乎不易察觉地点了一下头。一切都变了。霍道尔就像一只扑上石楠木丛的美洲豹，一下子扑在了阿朗索身上。他的一只长胳膊扼住阿朗索的粗脖子，另一只手抽出一把泛着寒光的雪亮的长匕首。

“命运暴虐的毒箭”[①]，我想，但一看见阿朗索的脖子上渗出了血滴，我立刻咽下了笑声。

“伯纳德，”克拉丽莎厉声说道，“请别。”

“阿朗索刚才说我控制不了他。我只是在努力修正他的设想。说真的，这只是假想。”

刀子再次往里一戳，一道血流顺着阿朗索的锁骨滴落。

“脖子真是样了不起的东西，”斯泰尔斯说道，“我充分相信，要是人类继续进化下去，颈动脉和气管都会明智地长进去一两英寸。这样就不会这么可怕地暴露出来了。”

霍道尔仿佛为了阐释主子的理论，拿刀在阿朗索暴露的区域刻了一个圈。血一下子涌了出来。

“告诉这杂种东西在哪儿！”我喊道。

阿朗索的胸脯剧烈起伏着，喉咙里汩汩作响。一滴眼泪顺着他苍白的脸庞滑下，但他眼里的神情依旧未变。

那一刻我无能为力。我只要敢动一下，霍道尔的刀子就会直击阿朗索的要害。

“我知道在哪儿！”我叫道。

斯泰尔斯轻轻向我偏过头来。

“真的吗，卡文狄什先生？在哪儿？”

“在他的房间里。”

---

① 莎士比亚戏剧《哈姆雷特》中的台词。

“哪个房间?”

“我们住的酒店房间——龙舌酒店。他妈的就是——就是迪斯累利房。”

“你真是好心,愿意这样唤起阿朗索的记忆。但我希望你能理解,在这种紧急的状况下,我需要他亲口告诉我。”

刀子又往下一划。血像手指画颜料一般从阿朗索的颈间倾注而下。

斯泰尔斯若有所思地说道:“从技术层面上讲,杀掉一个法律意义上已经死去的人——我不认为这够得上谋杀。”

接下来发生的事情似乎有违物理定律,让我震惊不已。霍道尔刚刚还站在那儿,手臂钳着阿朗索的脖子。下一秒他就跪了下来——接着又趴下了,刀子也随之被抛进黑暗之中。他原来的位置上站着克拉丽莎。她挥舞着哈里奥特那支老化变硬的望远镜,好似挥着一根警棍。

阿朗索从霍道尔的钳制中被释放出来,踉跄着向我走来。我一把拉下身上埃塞克斯伯爵的斗篷,将它缠在阿朗索的脖子上。

“到此为止,可以吗?”

“卡文狄什先生。”

斯泰尔斯还在原地,丝毫未动。但唯一不同的是,这回他手持一把韦布里38式左轮手枪。这是一把古董枪,但经过整修装弹后完全可以使用。

他的另一只手打着手电筒。手电的光将我们挨个照亮:先是阿朗索……然后是我……然后带着特别的用意逗留在了克拉丽莎身上。

他说道:“噢,亲爱的,你好像得了讨厌的斯德哥尔摩综合征[①]。我想一定是因为你跟敌人们待得太久了。”

他的目光如同手中的枪一样冷硬。

“敌人是正确的,伯纳德。”

“敌人永远不会正确。”

“你是凶手。”

---

① 斯德哥尔摩综合征:又称人质综合征,指被害者对犯罪者产生情感、甚至反过来帮助犯罪者的一种情结。

"哼,我是商人,彻头彻尾的商人。"

我得坦白,我当时的确低估了阿朗索。他并不像我想的那样,在照料自己的伤口,他是在伺机而动。说时迟那时快,他一把将用作绷带的斗篷朝斯泰尔斯扔了过去。

这一策略虽然没有实现预期目标,但也收效不错。斗篷只是掠过斯泰尔斯的头边,挂在了他的肩上。我想,是血——是阿朗索的血起了作用。老斯泰尔斯的皮肤、头发和衣服染上了血,使他慌了一阵。这也给阿朗索留出了时间,用自己庞大的身躯扑向了斯泰尔斯。

斯泰尔斯的手电筒掉在了地上。接着他本人也倒了下去,像一棵被人砍倒的枫树。尽管他的右手动弹不了,却仍旧紧握着那把左轮手枪,并且扣动扳机,一阵扫射,打到了最近的墙上。在我这样一个伤痕累累的人听来,那枪声简直是来自地狱的召唤。我捂住耳朵,等着枪声结束。在我恢复知觉的过程中,一个庞然大物确凿无疑地抓住我的上腹部,把我掀翻在地。

我吓坏了,在霍道尔猎豹般的双眼中看到自己大限将至。

他精准地扼住我的咽喉(脖子是样了不起的东西)。他会杀了我,用最利落最人道的方式结束我的性命。

他用力掐着我的脖子,就像挤出风箱中残余的氧气。当我感觉自己快要背过气去的时候,又有什么东西压在了我的身上。是克拉丽莎。她不停地打着霍道尔的后背和肩膀,抓他的皮肤,扯他的头发……但招致的结果是:为了摆脱她的攻击,他抡起拳头向后重重一击。克拉丽莎给打飞了。在我快要闭上眼睛时,我看见她奄奄一息地躺在旁边的地板上。

霍道尔这下可以集中精力完成他的工作了。他正竭尽全力。让我惊讶的却是,此刻我非但没有恐慌,反而非常平和。我那逐渐模糊的意识向我解释了这一过程:

就是这种感觉,亨利。死亡的感觉。

我想,要不是尚存一丝逃生的念头,我真会这么死去。若非如此,我怎会想起那把刀来?

是阿朗索在婚礼上给我的那把刀,就系在我的身体右侧。虽说不是一把长剑,但也不错,容易上手。但我此时却被压在冰冷的石板上,四肢无法动弹。

我体内残存的全部力量正集中到右手的手指上。我的手指爬过髋部……在大腿上部稍作停留……然后用尽全力伸向刀套的搭扣……一毫米接着一毫米……最终一点一点地抽出刀来……

刀已拔出,正是这一行为给了我勇气,让我能采取下一个步骤:我紧握刀柄,向着霍道尔的大腿刺去。

只听得低哼一声,他向外挪开了腿。最多两英寸,刚好让我能抽出刀来,复又举刀刺去。

霍道尔下半身遭受的攻击总算扰乱了他的动作。他那掐着我脖子的手松开了,但我的意识正在很快地消退。只剩最后一次机会了。于是,我用尽全身力气,把刀插进了他的腹股沟。

霍道尔哀号着,身体向后一挺,从我的颈项间骤然抽回了手。大量空气涌入我的肺部,给了我完成最后一击所需的动力。我又一次举起刀,直直捅进他的腹腔要害。

这一刺本不算猛,但重力帮了忙。随着刀子更深地刺入,霍道尔很快就不行了。我现在什么也做不了,只能静观其变:他唇边最后的血流凝结了,瞳孔越来越大。

霍道尔一直挣扎到最后一刻:他咬牙切齿地吐出诅咒,朝我挥着双手,整个人都被仇恨点燃了。唯一支撑着他的一定是伤害我的欲望。上帝知道过了多长时间——两分钟,还是二十分钟?我只能说,我挣扎着想要站起来。就在这时,霍道尔的目光停滞了,呜呼一声断了气,手也不再抽搐。

我并未欢庆胜利:我的身体也感觉到剧烈的疼痛。未曾料到的是,空气重新涌入肺部,比窒息本身更让人痛苦。我还记得当时所想:就像一个初生的婴儿。只是没有啼哭。我甚至没有力气将霍道尔的尸体从我身上移开。

于是我就这样躺在那儿——我们都躺着——直到呼吸渐渐变匀,我的整个人也随之清醒。我推了霍道尔一下、两下、三下,终于满意地看到他那高大笨重的身体滚到了一旁。

由于没有东西可扶,我只得自己摇晃着站了起来。我的右边趴着克拉丽莎，脸部朝下；左边四仰八叉地躺着斯泰尔斯和阿朗索，俩人半在光里，半在暗处。

又是一分钟过去了。其中一人醒了，对屋顶眨着眼睛。他端详了一会儿手里的韦布里手枪，又注视着另一人胸膛上不断扩大的血迹。他一边呻吟着一边费力地坐起。

“亨利，你可不能说我没警告过你。”阿朗索说道。

47

克拉丽莎一只眼睛瘀青，两只鼻孔都在渗血……但她还在呼吸。我屈膝跪在她的身旁。她的眼皮动了两下，双眼睁开，又迅速地闭上了。

她小心翼翼地摸了一下鼻子，喃喃说道：

“上帝。”

“骨折了？”

“嗯。”

我伸手过去，将她扶了起来。她看了看斯泰尔斯，又看了看霍道尔，最后看着我，也许是无法相信我竟是唯一站着的人。

“耶稣啊。”她最后说道。

她站了起来，衬裙发出一阵窸窸窣窣的声音，然后踉跄着走向哈里奥特的望远镜。那支望远镜已经碎了，散落在霍道尔的手电灯光下。她拾起破碎的镜片，将其放在手掌上。

“它毁得其所。”我表示。

克拉丽莎脸上又戴上了那副专注沉迷的面具，眼神空洞。她又陷入了幻象，只是她现在完全醒着。

阿朗索说：“原谅我打扰二位。我想也许我们该撤了。”

“克拉丽莎，”我说，“一起走吗？”

她摇了摇头。

我说:“你不能待在这儿。”

“亨利……”

“嗯?”

“再见。”

她的语调平静而怪异,但却带着诀别的意味。我停下脚步,但阿朗索却粗鲁地推了我一把,让我继续向前。甚至在我离开房间的那一刻,我都在等她叫住我们,告诉我们她也是不得已……但她最后的话已将一切道尽。

&

我们得为此感谢斯泰尔斯。他为我们的撤离留下了完美的示意图。我们只需循着他和霍道尔的足迹原路返回:走上地下室的台阶,穿过大厅,再走出被霍道尔巧妙撬开的前门。直到登山家谢默斯再次现身,我们才停下了脚步。他的表情严峻且波澜不惊,背包紧贴着他的背,仿佛已经化成了他身体肌肉的一部分。

在我们消失的时间里,他只是绕绳从塔顶滑下,并在那儿候着。即便他有一丝好奇我们到底发生了什么,他也未露出任何痕迹。

“晚了,是不?”

的确很晚了。我们匆忙向伦敦路赶去。现在已快凌晨五点,237 路公车已经收班了。我们急切地想打到一辆出租车,但我们这副样子——浑身是伤,还穿着都铎时期的衣服——使得没有出租车愿意载我们。最后,我们只得走回布伦福特。阿朗索送走了谢默斯,并给了他一百英镑还承诺说剩下的钱以后再给他。然后他才回到酒店。

我们从我的剃须刀盒里翻出杀菌剂和邦迪胶带,对阿朗索脖子上的伤进行了临时处理。然后,我们又从餐吧里偷来冰块,放在我的头上止痛。然后再无事可做,我们便各自回房养伤。

即便我服下四粒镇痛药,也同样睡不着。我躺在硬床上,看着第一道阳光透过百叶窗溜了进来,接着起身冲了个澡,再用我没有失效的信用卡订了两张维珍航空的机票。起飞时间是下午一点,飞往华盛顿。然后我敲响了阿朗索的房门。

一小时后，我们已经坐在了楼下，挑三拣四地吃着盘里的香肠和土豆。我们怎么打发面前整整一个上午的时间呢？说话？做事？鉴于刚刚发生的事情，这似乎都不合适。于是我们选择：穿上外套，出门溜达。

这是个寒冷的早晨，天因为刚下过雨而显得格外明亮。每当刮来一阵寒风，我就忍不住怀念那套埃塞克斯伯爵的行头——以密不透风的羊毛制成的帽子和盛装。伊丽莎白时期的人们便是以此御寒。

“人们会发现他们的。”我说。

“你是说我们死去的朋友吗？我猜人们已经发现了。”

“我们应该担心吗？”

“呃……”阿朗索撇了撇嘴，“等警察查出来的时候，我们早就离开啦。”

“但可以引渡。”

“亨利。”

“我不知道，那儿有毛发。还有指纹 ……”

“拜托，这不是《犯罪现场调查》[1]，没人会在那间阴暗的屋子里使用显微镜。我们会没事的。”

我们会没事的。

是个不错的符咒。但一看到克佑桥，那六字真言的神力就消失了。在走过这座桥时，我没有办法不想起克拉丽莎：瑟缩在红色的短外套里，红唇在风中显得更加鲜艳。回忆就像一道伤口。

“一丝不挂。”我喃喃自语。

“什么？”

“这是克拉丽莎说过的话，是个英式俚语。她却说自己之前从未到过英国。”

阿朗索探究地看着我。

“其实你也怀疑她了，对吧，亨利？”

我将手放在桥栏杆上。

---

①《犯罪现场调查》：一部极受欢迎的美国刑事系列电视剧。

“也不完全确定。只是……她与斯泰尔斯和霍道尔一道走进了图书馆的大厅。而且他们一直都没有加害于她。她是个鬼魂,神出鬼没。”

“她现在也应该是那样。我只是不明白,你为什么没为这事过于生气。”

我带着一丝疲惫的微笑,说道,“我不知道。当你四十四岁时,你就学会了忽略很多事情,不论这些事有多麻烦。”

阿朗索的嘴里发出嘘声,同时转身面朝河水。

“我绝不会教你该如何体会,亨利。但请记住,她从一开始就在骗我们,并且利用我们。尽管这么说会显得没品味,但我还是得说,她是盗窃和谋杀案的共犯。”

“噢。其实她不是,阿朗索。”

他双手交握,问道:

“为什么这么说?”

“因为斯泰尔斯没有犯盗窃罪,也没有杀人。至少莉莉·彭茨勒不是他杀的,可能埃默里也不是他杀的。”

我刻意掉头看着西边某处,说道:

“昨晚艾克里警探给我打电话了。”

“你提到过那个警察。”

“他们似乎在检查你那旧宅的安保录像时发现了一些有趣的东西,就是莉莉死那天的录像。”

“哦?”

“走进东南角的是另外一人——那人可比住在这里的老鳏夫们年轻多了,而且更高大。”

我顿了一下:

“从某个角度看去,那人很像你,阿朗索。”

我现在不会看他——即便我能,我也不会看。

“当然,艾克里警探也不能确定,因为——他从没见过你。而且还有个问题,从法律意义来说,你已经死了。而且……好吧,就当你没死……你为什么要冒险让摄像头拍下来呢?”

“就是,为什么?”

"这是个有趣的解释。那台摄像机已经坏了一年多了。三周前,物管处才找人来把它修好。但你不会不知道吧,阿朗索?"

他的双臂交叠在胸前。

"监控摄像机,"他讥笑道,"亨利,我都找不到话来说——我的意思是说,我哪有什么要说的?莉莉死时我在北卡罗来纳州。你很清楚。"

"哦,是吗?我不——清楚。"

"埃默里可以证明。"

"他没法证明了。这真好笑。昨晚,当我们在赛昂府的林子里晃荡时,我开始思考一些事情。我想起,你曾问过我,莉莉怎么可能将烧着的香烟掉在藏书室里,像她那样细致得过分的人。"

"我的确是那么想的。"

"我的想法却不一样。我是想,你是如何知道香烟的事情的?"

我想象得到他紧抿双唇的样子。

"我读了邮报上的文章,甚至为了确认起见刚刚还上网查过。报道说你的藏书被盗,但根本没有提及莉莉的死因,压根没提香烟和藏书室。警方会管目前这种状况叫可疑场景。"

我的视线最终离开了河水,看着阿朗索。

"这真是个愚蠢的错误,阿朗索。而我居然蠢得没有想到这个。百科全书布朗[①]知道了一定会将我从他的树屋里踢出去。"

他的声音没有丝毫的动摇:

"你说的没错,亨利。我没有读到过那些东西。"

"那你是如何知道的?"

"有人告诉了我。"

"谁?"

"我不愿辜负人家的信任,亨利……"

"拜托……就这一次,可以吗?"

我闭上了双眼,然后听到他说:

① 百科全书布朗:关于一个叫布朗的少年侦探的冒险系列故事。主人公布朗因其聪明智慧而被称为"百科全书布朗"。

“乔安娜。”

我的眼睛睁开了。

“乔安娜?”

“莉莉同父异母的姐姐。上帝呀,亨利,她打电话给我的时候处于极其慌乱的状态。我跟她说,‘慢点,我完全听不见你在说什么。’我应该态度好一点,那倒是真的。她当时几乎神经错乱了。我也不晓得为什么,要知道她跟莉莉一直不太亲。”

“是吗。”我思忖着点了点头,“但是你说过,莉莉死时,乔安娜正在意大利的五渔村。她刚做完脖子的整形手术,还是你付的钱。”

我让阿朗索无言以对。要是换作平时,我一定能从中获得极大的快乐。但现在我没工夫欣赏他的状态:垂着头、耷拉着肩、双手紧握的样子。

我宽慰他道:“我知道,忏悔不是你擅长的事,但我们现在没有太多时间。既然如此,我来打个头,怎样?”

我又将目光投向河流上游,透过水雾,看着赛昂府的塔楼所在地。

“这么说吧,”我说道,“你深陷债务之中。我之所以知道这个,是因为我是你的遗嘱执行人,可以翻阅你的账簿。你已经刷爆了五张信用卡,而且不断陷入小额法庭纠纷。你到哪儿都赊账——从卖烈性酒的商店,到街角的杂货铺,再到干洗店。你的房租差不多一年未付了。如此看来,我估计你总共得有一百万的亏空,或许更多。

“知道吗,阿朗索,我猜我们在机场碰到的那两个笨蛋——穆尼长官和米尔贝格长官——他们根本不是给斯泰尔斯干活的。他们倒更像是一般的收租人,是为他们放高利贷的老板讨债来的。一个人不管跑到哪儿都逃不掉他的欠债,对吗?”

阿朗索没有说话。

我接着说道:“但关键是你有一笔很大的资产。我们都知道,你的藏书价值远远超过了一百万。要是你能让藏书消失,你就根本没有必要靠变卖它们来还债了。

“当然,要是这么做,你就成了首要怀疑对象——保险公司会觉得事有蹊跷。所以,首先,你得做另外一件事情,那就是让你自己消失。因为一个死人是没法偷自己的书的,对吧?当然死人也不能获得保险赔偿。

这样一来,你就需要一个保险受益人。这个人必须是你信得过的,可以帮你保管那些钱以备不时之需。呃,很明显,那个人就是——我。但你却没告诉我。

“至于接下去的事情嘛,我猜是莉莉把书转移到了一个无人知晓的安全地点。而你,见鬼,你可以逍遥自在了。你可以溜到北卡罗来纳州,暂住在埃默里的小屋里,追逐你的梦想,为你那摘月般不现实的行动精心布局。

“的确,你抱负远大,而且智谋过人。你一定知道斯泰尔斯不会放过你。他想拿回他的那封信,所以迟早要回来找你。你真是个聪明的家伙,知道可以利用他,让他成为你的替罪羊。”

阿朗索仍旧是那副样子,不过将头缓缓倾向一边。

“这时克拉丽莎出场了。”我说,“你一早就看穿了她。但你还是任由她向斯泰尔斯报告情况,因为你知道斯泰尔斯收到报告就会行动起来。你很清楚他会扮演什么样的角色——这个角色是你一手创造的。得了吧,你要做的无非是跟他待上一分钟,并将他置于死地。

“不,阿朗索,你对斯泰尔斯的角色设计很成功。更棒的是,他也很合作。而我呢,我看完了整场演出。当我们在机场遇到那两个暴徒时,我还以为他们是斯泰尔斯派来的。在埃默里被杀后,我忽略了一个再明显不过的事实:案发当时你是唯一跟他共处一室的人,唯一完全有可能……让我想想,阿朗索,你是怎么杀了他的?毒死的,还是闷死的?”

他的唇角向下撇着。

“至少,”我说,“至少我猜得到你为什么这样做。埃默里需要钱,而且他很容易买通。也许你发现他正要跟别的收藏家做交易,甚至说不定对方就是斯泰尔斯。不要误解我的意思,阿朗索。我不能赞同你的所作所为,但我能——从某种程度上来说我能理解。”

我顿了一下,然后说:

“但是莉莉……”

我向他走近一步。

“阿朗索,这个女人为你服务多年,你怎么能那样干?”

“这不是莉莉的错,”阿朗索低声说道,“她只是太弱了。”

我盯着他,看了很长时间。

“这话到底是什么意思,阿朗索?”

“意思就是她应付不了。”

现在,他那重达二百二十磅的大块头因为愤怒而哆嗦着。

“她都告诉我啦,亨利！才喝了两杯,她就差点把整个事情向你和盘托出。你觉得她能顶住警方的询问吗？不行,明显不行。”他摇着头以强调自己的裁决,“我需要更多时间,她却给不了我。”

我用手扶着头。

“噢,上帝,阿朗索。”

我想,在某处,世界仍然照常运转。而这里,一切都静止了。

“好吧,”我说,“还有件事,你打算拿我怎么办?”

他看了我一眼。眼神里是完完全全的,甚至可以说是毫不掺假的震惊。

我接着说道:“你不能怪我这么想。我是说,既然宝藏已经找到,我也就没有任何用处了。没有理由还把我留在身边。”

其实我并不生气。我仅仅想要知道而已。然而,阿朗索的反应却大大超乎我的预料。他猛然抬起脸来,声音极为狂暴,甚至吓到了两个路人。

“怎么可以?”他吼道,“你怎么可以说出这种话?”

几秒钟后,他开始变得激动难安。

“亨利,难道你——哎——难道你真的认为——这些年来,我一直把你留在身边——都不是出于善意吗?”

他像个在小酒馆里比赛的拳手那样竖着拳头,朝我走来。

“除了帮助你——将你从你那该死的事业,从你那几次该死的婚姻里保释出来以外,你真的认为我没有更好的事可做了吗？当你低落的时候,当你胡闹的时候,你认为人们不想弄明白我为什么那么在意吗？你认为我自己不想弄明白吗？要是我能有法子不在乎——相信我,亨利,要是我能找到法子,我早就找到了。我无法为自己开脱,亨利。从我在那该死的重生周里见到你的那一刻起,我就失去了——失去了自我。我不能想象没有你,我会是什么样子。差不多就是这样。这他妈是我人生中最大的悲剧，亨利……”

话说到一半，他倒吸了一口气：

“也是最大的喜悦……”

我一辈子都会记得他当时看上去是何其年轻：他深深地凝视着我的脸，等待着什么。什么？我当时已经丧失了思考能力。唯一可说的，是他开始笑起来。那是我听到过的最悲哀的笑声。

“要知道，就算我的钱全部打了水漂，我也不在乎。当时我还想，好啦，这回算是扯平啦，我和亨利都陷入该死的麻烦了，我们总算可以平起平坐了。后来斯泰尔斯给我看了那封信——我只看到了信的第二页，当时就想：对亨利来说，还有什么礼物是比这更好的呢？托马斯·哈里奥特亲口说的话？还有什么比这更能唤回全部……”

他的手掌重重地击在我的胸膛上。

“全部你曾有过的激情和光芒，亨利。而你却抛弃了它们。我还因此怨恨过你。但这仍然没有关系。”

他的表情就在我眼前崩溃了，脸上出现了一样我从未见过的东西——痛苦无助的眼泪。

他抽身退了回去，猛地抹了一下脸。

“听着，亨利。这跟宝藏本身绝对没有关系，而是关乎它所带来的东西。还有其他的宝藏。这世上多的是这样的宝藏！我们迟早会拿到保险金。没错，相信我，我们会拿到的。那就是我们全部的原始资本，可以用来——”

“什么？”

他踌躇着挣扎了一秒。

“上帝啊，逃走。去某个地方，任何地方。无论我们活在哪个地方，亨利，我们都可以成为我们一直想要成为的那种人，是思想的人生。我不是要求身体的——东西。你知道我不会的，那不是我的方式……”

他颇为压抑地咆哮道：

“要是你想要女人，就找个女人！我从未抱怨过，不是吗？就把克拉丽莎带上，看看我是不是在意。我要求的——我唯一要求过的——只是请你待在我身边。那应该不是太难，对不对？有些事情更难，对不对？”

泰晤士河又开始流动起来:缓缓地,非常之慢。两只海鸥对着我们俯下身去。一个晨跑者正沿河坚定地跑着。钟声响起,不知从何处传来。

礼拜日。

我的手穿过头发。

“阿朗索,”我说道,“我不能相信你做这一切事情都是为了我。”

“是为了我们。”他纠正道。

“那我非常难过。我为那些因我们而死的人感到难过。我为自己不值得他们为之死去而感到难过。我希望自己能忘了他们,但我做不到。”

他的面容看上去不再那么年轻了。

“那你是在说什么,亨利? 毕竟我们一起熬过来了。怎么,你要实施公民逮捕[1]吗? 手铐呢?”

我向后退了一步,说道:

“我今天下午飞回去,一点钟的飞机。明天早晨,我就给艾克里警探打电话,告诉他我知道的所有事情。”

“亨利,你在忘却你那所有肮脏的罪行的时候,你指望我会怎么做?”

“我不知道,”我说,“我不在乎。”

就算我当时拿一根别帽针直直插进他的头颅,我想我也不能使他退缩。

“没有落日余晖等待着我们走进去,阿朗索。暗夜学派已经关闭。”

他点一下头,又点了一下。然后他低下头去,从外套口袋里抽出一卷纸。

“那是什么?”我问道。

“还能是什么? 哈里奥特的地图。”

“不是原版的吧。”

“当然是原版的。”

我颤抖着伸出手,却又在距其一英寸之处停下来。

“别跟只蠢鹅似的,亨利。斯泰尔斯再也用不上它了。你也许会将它妥善保管。”

---

① 公民逮捕:指任何一位公民在目睹犯罪发生时,有权对犯罪者实施逮捕。

接着,阿朗索极为奇怪地傻笑着,补充道:

“不然我可就要把它丢咯。”

我接过那张纸的时候,有两种冲动在我头脑里打架:一种是感谢他的好意;另一种则是当场将它撕碎。无论哪一种冲动都没能占上风,所以我只是默默地站在那儿,直盯盯地看着这张制造了所有麻烦的纸。

“你还要赶飞机。”阿朗索说。

我略略点了一下头,正要张口,听得他说:

“再见,亨利。”

他的话好似一种奇怪的共鸣,因为这是那天第二次有人向我道别。

当我沿着克佑桥向北走时,我产生了一种伤感的错觉:仿佛英格兰也在说着再见。托马斯·哈里奥特和玛格丽特·克鲁肯山克斯,沃尔特·罗利和亨利·珀西……所有这些过去的人物都飘了出来,萦绕着某个新的人。

我在风中瑟瑟发抖,于是裹紧了外套衣领。过去二十四小时带来的疲惫终于席卷了我的身心。我现在最想要的,莫过于待在屋里、躺到温暖的床上。我自己的床——尽管这听上去很差劲。但我能清清楚楚地看见它那杂乱无章的样子。

所以当我在桥北侧,看见迎面走来的穆尼和米尔贝格探员时,我完全没有丝毫准备。

他俩仍旧穿着在希思罗机场穿的那身定制套装,但看上去分明比那时还要不友善。他们带着难以对付的目的,朝我大步走来。

我站在那儿,看着他们走过来,无法提出任何抗议。他们可以扑上来一下把我抓住并带走,而我都没法吱一声。

然而,事实证明,我无须那样做。他们从我身边掠过,甚至没有瞟我一眼,继续以掷地有声的悦耳节奏向前行进。我记起穆尼探员曾试图对我说的话:“你甚至都不算在这里头。”

阿朗索才是他们一直追寻的猎物,而这次他是逃不掉了。这些年来他不断冒险举债——旧债累着新债,一个债主顶着另一个——现在终于要塌了。

一想到阿朗索要被埋在债务垮塌的碎石下,我立刻清醒过来。我突然转身,被迫张开了嘴,想要发出警告他的叫喊声……

但却没有人可以警告。阿朗索不在那儿了。

也就是说,我离开他时,他还在那儿,现在却不知所踪了。我不得不四处张望,看到了那穿着防水风衣的大个子:他正以让人吃惊的敏捷翻过桥栏。真是一秒钟也不会浪费的人。

我竭尽全力向他冲过去,但我知道太迟了。他跳了下去,没有一句话,没有一个手势,没有向后多看一眼。等我跑到那儿时,他已经消失在了河面之下。

&

很多人目击了阿朗索的第二次死亡。一个母亲正推着婴儿车,里面坐着她的小女儿;一个英国国教牧师正停下脚步调他的苹果播放器;两个十几岁的光头少女推着滑雪板;一个戴着宽边领带的老绅士,身后拖着多节的木手杖,好似拖着狗绳。

我听见一声尖叫以及两声回应的叫喊,看见陌生的人们跑向桥栏。他们带着一种博爱的热忱眯眼看着下面,好像他们能把跳河的人哄到河面上来似的。

我看见穆尼和米尔贝格探员几乎停也没停地走了。

现在这些都不重要了,因为阿朗索再无挂念。他真正像一颗流星那样陨落了。而青灰色的河水淹没了这刚刚掉进来的货物,带着它流向大海。

THE SCHOOL

第四部分

噢，雄辩，公正而强大的死亡！

你所说服的，无人可以规劝；无人敢做之事，你却能做到；

举世恭维之人，你却将其丢出人世并鄙视之。

你淹没了人类的一切深远伟绩，一切骄傲、残酷和野心，

并用下面短短数语将其埋葬：这里葬着……

~

沃尔特·罗利勋爵

《世界史》序言

~

OF NIGHT

英格兰,艾尔沃思,1603 年

48

哈里奥特黎明就起床了。迅速穿戴之后,他匆匆赶到赛昂码头,想雇船出行。但现在却没一个活着的船夫愿意到伦敦去。甚至连问一问都是对他们的侮辱。

“你要带我去干吗?”

“只有死路一条。”

因此,在这个九月的早晨,哈里奥特不得不这么干:他被迫花大价钱买下一只舢板,在无人协助的情况下爬上了船,然后自己向下游划去。

他的使命迫在眉睫,而江潮却在跟他作对。他没有同其进行斗争,而是强迫自己放松以适应河水自身的节奏。一个半小时之后,他透过早晨十点左右的雾,隐隐看见西敏寺教堂的屋顶。那些古老的景致以其独有的秩序经过他的眼前:修道院、星法院、白厅大门,以及查令十字街凸起的大理石。哈里奥特足足用了超过一分钟才意识到少了什么。

船。

泰晤士河空空如也。

下游的船队以及上游的农民都在极力避免染上瘟疫。于是哈里奥特,就像他早些年在弗吉尼亚那样,在了无人迹的水域里划船行进,只听得到波浪拍打着船身的声音。

但码头上没有人向他招呼致意。暮色天鹅码头的台阶上没有一支迎候的火把。也没有人出于友爱或善意为他提供马匹。如果哈里奥特要找到圣海伦主教门的话,他就不得不步行前往。

他看了一下他的指南针。寒意尚重,他披上斗篷,开始大步向鱼街走去。

此时距他上次在伦敦城中闲逛已经将近一年,但那时的伦敦与现在判若两城。没有一个妓女上前拦住他。所有的宴饮和集会都已取消,方圆五十里内禁止一切市集。客栈用木板封了起来,所有行会会馆都空置着。没有唱着民谣的歌手,也没有当街吆喝的小贩。甚至听不到一声狗叫——由于市政当局认为狗是疫病的主要传播途径,并为此已宰掉了几千只狗。

在伦敦的街道上竟听得到风声,这是多么荒唐离奇的事啊。风刮得弃置的空房"嘎嘎"作响,并在街巷中随意穿行。在每一个教区,风和着教堂的钟声准时响起,为越来越多魂归天国的人们而鸣。

哈里奥特继续走着,穿行在由潮湿空气织就的网中。他一边从长颈瓶中抿上一口德文郡苹果酒,一边破开核桃,将空壳扔在身后。只有当什么东西真正挡住去路时,他才会停下来看看:一辆被弃的马车,一匹死马,它的鼻腔里还充塞着芸香植物的气味。刚刚经过十字密钥客栈,他就差点被一个人头绊倒了,头上的眼眶直瞪着天空。他继续赶路时又发现了一根人的股骨。骨头中段裂开,骨髓已经流空。

在恩典堂和奥德门街的转角,一个乞丐蹒跚着从他身边走过。这是他经过几个街区后看见的第一个活人——但这个人几乎已是行尸走肉。

"行行好吧,先生。"

但当哈里奥特拿出一先令准备给他时,他却视而不见地继续踉跄前行。

"行行好吧……行行好……"

&

太阳刚刚经过了最高点。哈里奥特拖着沉重的双腿,走到了圣海伦主教门。这里没有钟声。教堂的平行中殿里空空如也,很暗。哈里奥特急切地要在靠背长椅上坐下来稍事休息。这时他看见圣器收藏室的门边有一圈光晕。

一个年轻的教区牧师在那儿。他挽着袖子,仿佛正要擦拭周围散放的香炉,但手却还搁在膝上。他留着长长的胡子,浸湿的白法衣已经成了灰白色。他的眼里是一种狂野的空洞神色。当他听到另一个声音时,那种空洞才渐渐消散。

“克鲁肯山克斯?”

“是这个名字。”

“上帝保佑,她是差不多四天前埋的。我们还向教区的执事报告了此事。”

“我知道。她女儿要我处理她的财产。”

“没多少财产,我可以向你保证。”

他看着哈里奥特,抿紧了嘴。

“你是才到伦敦的吗?”

“今早刚到的。”

“那就恕我直言,先生。如果慈悲的主现在还没有将你带走,那他会希望你尽快离开这里。”

而后,这个牧师似乎又为自己某种无法容忍的粗鲁而感到内疚。于是他急急地补充道:

“尽管我应当为有人做伴而感到高兴。”

“你真是太善良了,跟主一样。但恐怕我的职责在召唤着我,而我必须履行。可否请你告诉我,在哪儿可以找到克鲁肯山克斯的屋子?”

牧师四周泛红的眼里涌起一丝怒意,而后又恢复了空洞的神色。

“比维马克斯,圣玛丽斧东街。”

“十分感谢。”

在离开圣器收藏室时,哈里奥特听见那个牧师的声音尾随而至。

“可否请你把门带上?我无法完全保证我还可以忍受另一位到访的人。”

&

这个象征恰当地说明了事情发生了怎样的变化。由罗马人修筑的伦敦墙原是为了抵挡外敌的,现在的任务却是防止本国公民进城。比维马克斯刚好位于伦敦墙南:这是一条凋敝的老街,几处地方不过几英尺宽。街边的阁楼一座歪向另一座,好像喝醉的情人。然而,在普通的夏日午后,狭窄的街道上挤满了从贮水池取水而归的孩子以及倾倒瓶罐、晾晒衣物的妇女。还有掏粪工、拉货的马车夫、皮革商和捕鼠人。偶尔还能看到犹太人,低着头从街上走过。

今天,这里却只有一个小男孩。这个小男孩不过八九岁光景,坐在一张白棉布毯子上,浑身赤裸,只在腰间裹了张狗皮,颈项上还戴着圣克里斯托弗的浮雕项链——带着一丝异教色彩。他骨瘦如柴,张开的嘴好像一个蓝果木色的坑。

哈里奥特摸出一把先令,将其放在男孩迟钝的手掌中。

“克鲁肯山克斯家在哪儿?”

男孩握住钱币,头慢慢向后仰起,仿佛快睡着了。

事实上,他是在用这个动作示意哈里奥特。就在南边,隔着六户人家,有一栋橡木结构的三层楼房。这房子看上去枯萎凋敝,斑驳不堪。要不是房门上涂着一英尺长的鲜红色十字,根本就无法从周遭环境里辨认出它来。十字上方是这样的招贴:

愿主宽恕我们。

前门的椅子上倚着一个二十来岁的男子,看上去无所事事,外表粗蛮,好像拥有某种神秘的资格,仿佛一个世袭地所有者正沾沾自喜地看着他那五十英亩土地。他是个看守人。市长大人招来这样的人,用以看管那些关着染病之人的屋子,以防任何人试图逃走。

哈里奥特躲到一扇凸起的窗后,仔细静听自己的呼吸。

不要贸然行事。一着不慎,满盘皆输。

于是他调整了态度,将他刚看见的这个人视作希望的象征。因为一个看守人不会在死人的屋前浪费时间,不是吗?屋里肯定还有人活着。

哈里奥特抬起眼睛,透过被木板封住的窗户,清楚地看到一线暗淡模糊的赭色灯光,如同被困在屋内的蛾子一样。

她在那儿。玛格丽特在那儿。

但他甚至不敢为此感到喜悦。因为要将她解救出来几乎是不可能的。

人们说可以买通看守人。但这个人身形庞大,鼻翼鼓起,纹丝不动,却带着杀气。在他一侧是一支造型邪恶的戟,集钩子、斧头和刺刀于一体,随时准备着刺向或掷向妨碍他的人。

那戟自是不可忽视之物。就算它的主人在等着人的主动表示,哈里奥特的钱包里也只剩几个硬币了。要是这个人真是暴虐无常的话,哈里奥特可能就会被套上铁镣,送进伦敦西区的新门监狱,带走玛格丽特最后一线自由的希望。

须另想办法。另谋出路……

让人颇为懊恼的是,他的身体据此行动了起来。首先是他的眼睛:在屋子前面发现了一道裂隙。然后是他的腿:迂回穿过厕所、空马厩和死寂的花园。还有他的手臂:推开一堆又一堆丢弃的亚麻布、盘子和烛台等本该早让拾荒者捡走的东西——辟出路来,走向那儿原有的一条巷子。

他的脑袋吃惊地晃了一下,明白过来身体其余部分正在做的事:找到一条新路。

他的心里微微激动了一下……然后突然一紧。因为当他绕到克鲁肯山克斯家的屋后时,他意识到事情完全没有变得更容易。屋后屋前一个样,丝毫没有突破口。实心木材,一层又一层的黏土和石灰。只有一道孤零零的门,断然锁闭着,每扇窗户上都钉着十字形的木板。

他的手一下子放到了脸上,用力揉着太阳穴。在他一片晕眩的视线里,某样东西出现了。

一扇窗。

是的,是的。

也许因为是仓促赶工或者工期失察,甚至可能是有意为之,三楼最右边的窗户上半部分没有被封起来,不过六英尺见方。但可以从这儿进去,或者出来。

有那么一刻,哈里奥特以为自己能爬到上面她待的地方去。但无论他怎么跳起怎么攀爬,也无法接近那光线。他把自己扔到荒凉的墙面上,感觉是如此无力而天真。他不敢喊出她的名字,只得用拳一次次地捶着石灰墙面。

他用力地敲打着,竟敲下来一大块灰土。起初他的注意力完全集中在草皮上,估算着在何处立足……下一步又在何处落脚……丈量着整栋大厦。

后来哈里奥特看着脚边那块灰土,双眼发亮。他捡起它,在手中掂量了一下,然后瞄准窗户扔了过去。

但扔出的土块在离窗户还有一英尺的地方"咔嗒"掉回了地上。他重新拾起土块。这一次他离目标更近了。土块砸在玻璃上,发出的重重回响似乎连他脚下的土地都感受得到。他等待着。过去了十秒,二十秒,但没人跑过来。

哈里奥特并未气馁,又将土块扔向窗户。一次,又一次。当他第五次举起土块时,一道光,有如一个音符,从黑暗中飘了出来,接近窗口时变得更细更亮了。

他屏住呼吸,随即看到她那张苍白的鹅蛋脸正贴着窗玻璃。

这是他之前从未想象到的一种感觉:看到她正看着他。

开窗,开窗。

她做出一个抬起窗框的动作,但这仅仅是一个动作。因为她知道他的想法。窗户已经被钉死了。

之前充斥在他们之间的欢乐瞬间消失了。他犹如困兽,手按着额头,仰望着窗户,带着哀求的神情。

她只是回望着他,然后举起一只手指。

他注意到是她右手的食指。她举着手指,然后手指晃向一边……然后指向他来的方向。

回去?

她不可能是这意思。

但她果断而缓慢地点了点头,算是回答。她的手指猛然一戳,他就像真的会挨一铲子那样后退了。他极不情愿地折回巷子,经过成堆的灰尘和污物。他默默地呼唤着她,已是悼念着她了……

玛格丽特,玛格丽特。

他并没有更大的计划。他感受到的只是折磨人的个人职责。最终,当她的尖叫声传来,他完全不能忍受了,双手一下垂在身体两侧,肺突然缩紧。

然后他跑了起来。

只有恐惧才能让哈里奥特跑出那样快的速度。抬起头,他看见了看守人从木然中惊醒,困惑地从椅子里慢慢站起来。他的惊醒——与其说是因为尖叫声,倒不如说是因为看见哈里奥特像个疯子那样朝他跑来——咆哮声充斥着整条街。

“你必须开门!有个女人快死了!”

看守人沉下脸来。

“我还不知道她快死了?”

“不!不,我是说她已经死了……”

现在二人相隔三英尺:哈里奥特呼哧喘着粗气,看守人斜眼看着他。然后,他颇为恼火地从口袋里掏出了钥匙,将其插入锁里。

整整二十秒钟过去了,看守人还在捣腾着那门。终于,门一点一点地打开了,露出一具完全苍白的身体。一个躺着的女人,仅着一件直筒罩袍,嘴唇微张,双目盯着天花板,却没有丝毫焦距。

玛格丽特。

他听见看守人喊道:

“走开!”

但顾不得任何礼节了。哈里奥特像一张纸那样,折身倒在了玛格丽特的尸体旁。他的脸紧紧贴着她的,用气息将她包围。

然后他看着那双睁大的眼睛很慢很慢地闭上了,刚好对他眨了个眼。

现在哈里奥特发出的究竟是呜咽还是笑声?不重要了。他已知道了他需要知道的一切。

他宣布道:

“我说对了,她的确死了。”

“那让我看看。”

哈里奥特的手轻轻抚过玛格丽特的脸,为她将双眼合上。

“随你。我可不负责,要是……”

他没必要把话说完。无须惧怕这个冷漠的看守:他一向为自己的粗蛮康健而骄傲不已,唯恐失去它,绝不能忍受它遭受一丝感染。于是他面带愠色,怨恨地站在那儿。与此同时,哈里奥特再次感受到了呼吸、脉搏、生命。

“太不幸了,这么年轻。”

看守人一言不发。哈里奥特感觉到了那沉默的压力，急忙补充：

“我是个医生，当然。”

他听出自己声音里的虚假，但他不得不继续。

“自然该由我来处理尸体。我碰巧知道……我想有一个公墓……在离这不是很远。”

“一个公墓。”

看守说话的声调中带着不妙的征兆，眼里尽是不祥的讯息。他张开嘴，露出黑洞洞的微笑。

“你真是一个基督徒，先生。但看来你可以卸下这个重担了。”

哈里奥特起初没能理解他的意思。后来他听到铃声传来，接着是另一个男人的声音——尖利而压抑——响彻整条街道。

“把死人丢出来……死人丢出来……”

哈里奥特从开着的门望出去，看见一辆三轮货车，滚过街道的污泥。拉车的是一个长着稻草色头发的巨人，手里拿着亮红色的手杖。

就像神话中的场景，哈里奥特麻木地想到。但抓住他视线的不是这人，也不是这车，而是车上的货物。那是汇聚纠缠的人类肢体。尸体上堆着尸体，一具累着一具。

运尸车。

49

由于她专心致志地让每一次脉搏、每一种感觉都保持安静，因此玛格丽特很长时间未明白她的命运。她听到哈里奥特喊着：

“没有！这简直太可怕了。我决不允许这样做。”

她又听到看守冷酷的回答：

“你又是谁，也可以说不允许？你有市长大人的授权吗？没有？那好，埃德加！”

谁是埃德加？由于闭着眼睛，她反而听得格外清楚。车轮碾压路面发出的“咯吱”声，一个男子粗糙的羊毛裤的摩擦声，还有看守那仿佛皮条客一般的咕哝：

“给你弄了一个。”

“年龄？”

“我咋知道。”

“姓名？”

“克鲁肯山克斯。”

“教名？”

接着她听见了那个名字：她已经有将近十五年没有听人说起过它了，几乎都忘了这个她曾有过的名字。它就这样被人从洗礼记录中拖了出来。

“死了多久？”

“才咽气。”

没什么好怕的，玛格丽特告诉自己。埃德加是个教区执事，正在登记她的死亡。他一定也这样登记过她母亲的死亡，为她的一生做个了结。从他们的言谈之中，她知道自己完全骗过了他们，这几乎让她松了口气。

可是，为什么，哈里奥特如此激动？

“你不能！”

“这不在你考虑的范围，先生。”

“你没有权利！”

“你必须退后，先生。”

哈里奥特在听吗？他可能会离开吗？

又一次地，是她的皮肤感觉出了变化，正在变得越来越冷。要是皮肤也能发声，那它一定会喊：

“留下……”

但她一听到看守人的声音，就知道不好了。他说话声音很大，要是他谈论的那位先生就在近旁的话，他是绝不会这么说话的。

“要我说，那是个盗尸人。”

“什么样的人都有。”是车夫埃德加的声音。

“我没揍他就算他走运了。”

为什么不喊出来,玛格丽特?为什么就让他们把你带走?

玛格丽特很快就得到了答案,冷酷而又清楚。

因为如果你不继续装死,你会被送回那可怕的房子里,待在那儿等死。

待着别动,就当自己已经死了。在外面,你至少还有一线机会。

于是她这样告诉自己。但是,他们拿单子将她裹了起来——就在那短短几秒钟里,自由的允诺消失了。她不再感觉到他们紧挨着她的皮肤——她原该为此觉得感激,但他们却从地上把她抬起,然后晃起她来:一下……两下……松手……她突然觉得恐惧,意识到自己飞了起来。

这并不像她开始差点以为的那样,不是向上、而是与地面平行飞过,最终落在一堆极为尖利的物体上。

玛格丽特的自保能力发挥了出来:她想象着自己正躺在蔬菜上面。多节的芜青、胡萝卜和甜菜。她今晚的睡床。

但是一绺发丝却横躺在她的嘴上。这不是植物的东西。这应该属于某种动物。

如此一来,她的幻想消失了。蔬菜变成了人的手肘、膝盖、脚后跟、下颌。她的大脑还来不及提出抗议,车又巍巍颤颤地动了起来。车夫的铃声再次响起。

“把死人丢出来!把死人丢出来!”

现在她很清楚她将去哪儿了:瘟疫坑。

&

玛格丽特几乎没留意到车子在驶过地面的鹅卵石和坑洞时的上下颠簸。甚至当另外三个死人被扔到她上面时,她也没有一丝躲避;她甚至因为它们的覆盖而心存感激。因为,现在,她终于可以放松伪装了。她可以睁开眼了。

首先映入视线的却是一个人张着的嘴。

她也说不清是男是女,只看见一个由舌头、上颚和灰白牙齿组成的小宇宙，直冲她而来。

她要尖叫，但其他身体压在她身上的重量将她的尖叫压回了胸中。她根本无法移动，且呼吸艰难，唯有忍耐。因为车夫在履行职责方面，表现出了强壮、耐心和不知疲倦的品质。他走街串巷，朝着空荡荡的房子喊叫。这是一个与其职业结了婚的人。

玛格丽特身陷溃烂的尸体之中，发现自己的祷告不是为了得到释放，而是为了求得……净化。在将死之际，她想要上帝的全班仆从——读经者、执事、司事、牧师——领着她，如同牧着一只羔羊，带她走向归宿。

接着，教堂的钟声响起，丰美的和弦仿佛是对她愿望的回应。这完全是给她送去的信息。

“我们将会想念你，玛格丽特。你离世时我们将感到悲哀。”

&

有几分钟，玛格丽特失去了意识，陷入了单调而苍白的睡眠，没有做梦。而后，她被……静止所惊醒。

车停下了。

他们走了多远？现在在哪儿？她身上的重压渐渐消散，一缕阳光在她身上涓涓流淌。还是白天，某个地方的白天。

她的肺部再次感觉到了空气！她没有停下来问为什么。压在她身上的尸体往上抬起，她一下子就明白了正在发生的事情。车夫已经到达了终点站。他正在履行合约的最后部分：处理尸体。

将一具尸身赋予永恒只需不到一分钟的时间。于是，要看看自己还剩多少时间，这对玛格丽特来讲已经完全成了一个计算问题。她之后又有三具尸体被扔到车上。就是说，她之前将有三具尸体先入坑。

该她了。有了之前的练习，现在装死并不太难了。她在车夫的臂弯里显得多轻啊。他一定是为要与她分离而难过不已，因为他靠在她耳边低语：

“嗨哟，往上。”

完全不是往上，是向下，下。

也许是六英尺，也许是十英尺，她无法确定。但她知道有什么与她相伴。因为他们全都躺在她的周围，或者身下。新来者紧接而至：一具尸体接着一具，仿佛流星从天空落下。

终于结束了，不再有尸体落下。她在那儿躺了很久，一动不动。她的呼吸很轻，而她的感官却是前所未有的兴奋。

车夫终于离开了——车轮的"嘎吱"声逐渐远去。尸体都暴露在外——在这瘟疫肆虐的时候，没人顾得上埋死人的事情。她解脱的时刻到了。

玛格丽特一下睁开了眼睛，她已经不再脆弱受惊，这多少带来一点安慰。她的周围全是腐烂恶臭的皮囊——他们龇牙咧嘴的笑、他们紧闭的眼睛、他们泛蓝的赤裸的四肢，似乎仍在遭受痛楚。无非碍事而已。他们挡了她的光。

唯一的诀窍是要找到一处不动的地方，可以由此跳出去。这些尸体在她面前颇为害羞，因为他们总是滑开，她怎么也抓不住。她得踩在某个可怜人的肚子上，结结实实地踏稳了，然后往上一跃。

恶臭的气味几乎要了她的命，但她也将此撂在一边，不去管它。同样被她撂在一边的还有她在此遇见的每一个人的身份：不是母亲、祖母或儿子，而是手肘、肩膀、髋部。这亚麻色的长发绝不属于某个人的女儿，它不过是可供攀爬的理想藤蔓。

玛格丽特发出可怕的呻吟，但这也为她注入了能量，让她有力气找到气穴和缺口，有力气爬到下一个台阶并思考接下来该怎么做。

她奋力挣扎着。世界的轴心似乎倾斜了。她不再是向上、而是向外爬去，游过血肉的海洋……

最让人震惊的发现莫过于，在尽头，有另一个泅泳者，同样在奋力拨水。他的手臂摸索着向她伸来，嘴唇微张。她也张嘴回应，呼出了也许是她尚存的最后一丝气息。

"汤姆……"

50

他们步履沉重，俩人都是如此，一步步向河边走去。他们的嘴唇很干，双眼盯着前方。当看到哈里奥特的船还泊在暮色天鹅码头的台阶旁时，他们简直深感震惊。

他扶她上船。有一刻，他待着不动，仿佛正将这座城市从记忆中调出或者抹去。然后他开始划桨。

回去的一路上，他们都很安静。坦白地说，赛昂码头也不值得他们提起。那儿连一支照路的火把都没有，这是因为诺森伯兰伯爵及其家眷仆从几小时前已经逃离了这里。黑暗中，他们没有希望能找到哈里奥特的小屋。这两个行者只得在他们的所站之处就地暂宿——他们已经倒了下去。直接倒在了正等候着的冰冷潮湿的草地上。

只消几秒钟后，他们就倒在了彼此的怀抱中。这难道不是合情合理的吗？他们不是跟死亡掷过骰子并且赢了吗？

他们在欢欣快意中躺着，仿佛刚刚才认识对方。那种初识的激动又回来了，较之以前更是强烈许多。随着二人之间细腻的联结，激动渐缓。全世界只剩下他们俩。

"弗吉尼亚。"他低声唤她。

"汤姆，别。"

"但我喜欢这个名字。"

"那是我父亲的奇想。他梦想有一天能将我呈献给女王。他太蠢了……"

他将一只手指放到了她的唇上，吻上她锁骨上方的凹陷处。

"弗吉尼亚。"

&

他醒来时,发现脸上有一滴露水。一只蝴蝶正盘旋着坠落。草地上,一只兔子在嚼着黑莓。天鹅在水中来回悠游。从西方传来笛声。而她正枕着他的手臂安眠。哈里奥特再不羡慕任何人了。

&

格列弗夫妇已被开除,于是这栋小屋现在完全属于他们了。他们一头扎进了床上,醒醒睡睡,一上午都是如此。午饭后,玛格丽特起来了。她从井里打来了水,然后把水放到厨房的炉子上加热。她扯下罩袍,带着欢快的心情,开始擦洗从伦敦带来的一身风尘。

但有一样东西却擦不掉:那是在她左肩上的一块煤烟的污迹,大概有一个便士那样宽。诡异的是,无论她如何用力擦拭,它都顽固地待在那儿。

她用手摸了摸。这绝对不是煤烟,而是从身体里面长出来的某种东西,某种昨晚还没有的东西。

那一刻,她从头到脚都觉得寒冷。她听见一声大叫,但不是自己发出的,是哈里奥特。他正站在厨房门边,望着她肩上的记号。

他一下就跪了下来,爆发出连续的抽泣。她不得不抱紧了他,唯恐其情绪决堤。

&

玛格丽特当晚就发烧了。病情来得很陡,暴发起来也同样凶猛。她一会儿紧紧搂着床单,一会儿又发狂地将它扔掉。而哈里奥特,除了打湿或擦干她的额头,需要时还会在她耳边低声软语,让她确信她一定会好起来的……很快……很快……

她突然弓起身子,剧烈地摇摆起来,好像一个着了魔的人。他抱着她,等到她力气耗尽,又将她放下,让她睡回到枕头上。

现在她的脖子、腹股沟和腋下等处都极度疼痛,皮肤下的痛楚更是有如刀剐。哪怕瞟上一眼,对他而言都是折磨。他想做的每一件事他都办不到。为了缓解疼痛,他给她喂了一点鸦片糖浆。但她很快就吐了出来。

她翻滚着,哀号着,弄湿了衣服,又在亚麻布床单上撕出破洞……他的无助感越来越深,将他包围。

要换作是我就好了,他想到。这样她会坚强许多。

&

哈里奥特曾经细细思考过关于瘟疫的理论。还在牛津的时候,他推断,卷着很多灰尘的风,田里的烟和腐烂的土地一道滋生了不健康的空气环境。一遇到暴热的气温,就会迸发出毒物质。

过了些年,他受到瘟疫周期性质的启发,转而在星相学中寻找原因。去年一月份,他还用了三天时间进行研究,试图找出瘟疫爆发与人马座中土星和木星的关联。

事实证明,这些抽象学说在需要的时候是多么的贫瘠无力。理论让位给了实践:更换衣物,清洗被单,抹去病人呕吐的秽物、胆汁和血。

他之前所知甚少。

&

黑色的印记在她全身遍布开来,好像小小的足迹。他尝试过听来的每一种疗法:在床边放上削了皮的洋葱;橙子和丁香;大蒜、黄油和盐。他用玫瑰水擦拭她的皮肤。他烧了糖蜜、柏油和旧鞋子。他将一块烧得炽热的砖放进装满醋的盆里。他将一小堆刺柏和月桂叶子点燃,放在锅里,端着它从一个房间走到另一个房间。

毫无疑问,他自会竭尽全力。如果龙液和白芷根能止住一阵哆嗦,哈里奥特一定会悉数将其买下。要是供给匮乏,他定会拿起火枪,寻到最近的一只独角兽。

&

玛格丽特尖叫的时候完全意识不到有人在看她。当她一阵发作后,也不会像他所希望的那样睡着,而是目光呆滞、浑身发抖,不耐烦地等待着下一次发作。

一天夜里,她误把他当成了那个车夫。她拼命想挡住他的手,将他推下床去。当他重新爬上床时，她立起身子，脸色苍白地乞求他：

“别停下来……现在还不到时候……”

第三天早晨，她的谵妄症状有所好转。她坐了起来，啜饮几口啤酒，漱了漱口。她的脸呈现出一种亮蓝色，仿佛是被通宵捶打后的大理石块。

“纸……”

他抓过离手边最近的纸——就是那封信，这些天来一直放在他那等着打包的文件上。他也没看作者是谁，只是翻了个面，然后放在她的膝上，将羽毛笔蘸入墨水……

他等待着。

玛格丽特的手在纸上徘徊着。接着，她似乎直接从空气中逮住了字句，草草写下了一个词：

灵气

笔掉到了地上。她不会再写什么了，但她已告诉了他全部他需要知道的东西。

想来也怪，黑暗之中，他们的想法竟不约而同。或者，借着这唯一的一丝光明，她设法将二人引向了同一个方向？

灵气。这是原始造物的微小火花，存在于万物之中，永远不会熄灭。在死亡来临之时，这颗火花必会脱离肉体，暂时悬在外面——哪怕只能持续一秒钟。而一个娴熟的炼金师必能捕捉到它，使其转化为纯净、真实而永恒之物，从而骗得死亡的战利品。

他在她的床边跪下，湿湿的脸颊紧贴着她的手。

“我不打算让你这么做，玛格丽特。我想要你待在这儿，和我在一起。”

说话对她来讲是种严酷的折磨，但他需要她说。最后一次。于是她张开焦干的嘴，低语道：

“汤姆……你必须这样……”

&

那些仪器和她离开时没有两样:架子、浅锅和罐子、陶土封底的玻璃瓶、煤、石头。

哈里奥特最后再做了一次检查,然后颓然回到玛格丽特的身边。

他把她从床上抱起,发出一声叹息,不是因为她很重,而是因为她好轻。他将她抱到实验室,将她放在那张稻草床垫上。这垫子是她之前从阁楼上偷偷拿到这儿的。

哈里奥特在火盆边坐下,把煤点燃,看着火烧旺起来。过去他常看她这样做。他自己也常这样做。

他的思绪因为恐惧而起伏不定,眉际颈间汗流如注。他已经游离到了自己的领域之外,他很清楚。一个自然哲学家是无法成就这样的变化的,他必须要让自己成为一个祭司。

哈里奥特反射性地低下头……却只听见罗利嘲弄的声音环绕着他:

"那你在向谁祷告呢,汤姆?"

"我不知道。"

"你又祷告着什么呢?"

"我不知道。"

最终,他唯一回想起来的,是他刻在送给她的戒指里的话。现在那枚戒指像一个轮子,松松地套在她左手的小指上。那曾是他的信条:没有什么东西会完全丧失。曾经存在的,现在一样存在着。现在存在的,将来还会继续存在。

一派谎言!因为随着时间一秒一秒地过去,他正在越来越多地失去她。他跪在她的身旁,感觉她的脉搏越来越微弱,看到她的目光变得凝固呆滞。在她急促的呼吸中,那安静的间隔越来越长。

"玛格丽特……"

她没有作声。

"玛格丽特!"

他一惊,踉踉跄跄地站起来,发狂似的四下张望。她在这儿,就在他身边,正等待着他。

他急急地将青金石扔进铜锅。

“无中……”

他点燃铜锅下的油脂。

“……不能……”

他听见石头“咔嗒”作响，活了起来。

“……生有。”

一阵青烟腾起，旋又化作粉末。空气因而变得凝重。哈里奥特猛然向上伸出双手，仰天长啸。四个世纪过去了，他仍在呼喊……

华盛顿特区，2009 年秋

51

这就是我所看到的。

一个肩宽膀阔的男子登上大教堂纹章后的楼梯。他戴着太阳镜，还戴了顶在夏天不常见的毛线帽。他走得极慢，仿佛在反复斟酌，左手放在身后，扶着楼梯栏杆。

总之，他在那愚蠢不清的监控摄像里出现了不到三秒钟。相比之下，艾克里警探倒是个真实得多的形象。他一直在这儿。

“既然我无缘见到威克斯先生，”他说，一边将他的手提电脑推到我这边的桌子上，“所以我想请你看一下，并告诉我你的看法。”

“我的什么看法？”

“我想知道这位先生是不是像阿朗索·威克斯。”

我噘起嘴，身体前倾，作势研究着这个变化的形体。

“噢，你知道吗？”我说，“我能看出你为什么认为这可能是他。”

“你能，对吧？”

“他的个头跟这位差不多。”

“我就这么想的。”

“至于其他嘛……”

“怎么?”

“嗯,从很多特点看来,我不得不说,不是他。”

“特点。”

“看,我正看着这人的脸。我是说,你看看,他的脸比阿朗索稍微圆一些。而且他——他走路的方式也不一样,摆动更大。”

“摆动?”

“还有手和其他一些小细节,真的。我也不知道该跟你说什么,警探。我认识阿朗索很长时间了。这不是他。”

“尽量说说看。”

“由于——你知道,这图像的质量。”

“你可以再看一次吗?”

“当然,我很乐意。只是……没错……不是。我认为不是他。”

艾克里警探重新靠回到椅子里,双手支着下巴。

“威克斯先生的姐姐,”他突然说道,“我们之前也给她看了。”

“是吗?”

我意识到,事情开始有点陡了。我同样意识到,来这前我吞了三粒β-受体阻滞药片[①]。

“她怎么说?”我问道。

“她看了一下,就说‘别胡扯啦’。还说,‘我弟弟已经死了’。”

“啊。”

艾克里警探轻抚他那茂盛的胡须。那胡子跟他那双小眼极不协调。

“你还想再看一遍吗,卡文狄什先生?”

“不了。真的。我肯定。”

“噢,那好吧。”

我们站了起来。我半伸出手,而他的手臂却丝毫未动。

---

① β-受体阻滞药:用于治疗心脏病和高血压。

“占用你的时间，很感谢。”

“非常乐意。”

“你的旅程怎么样？”

“我的旅程？”

“英国，我应该没有记错。”

“没错。”

“还顺利吗？”

“顺利，谢谢。”

“好。”

没有点头，也没有请我离开的正式表示。上一秒钟他还看着我，一下秒就转过身去了。

我看着他拉开了办公桌的抽屉，掏出一盒没有过滤嘴的幸运牌香烟。他并没点烟，而是将其放在掌上掂量，仿佛那是一袋金粉。我想，透过这扇窗户，可以看到艾克里警探那糟糕的工作。

“警探。”我说。

他抬起那双处变不惊的眼睛看着我。

“要是你想知道我的想法，”我说，“那就是，我相信阿朗索·威克斯已经淹死了。我相信他不会回来了。”

&

要是艾克里警探更聪明一些、更具有职业敏感性，他就会特别留意伦敦那天的报纸。但关于一个不明身份的男子跳下克佑桥的报道会引起他特别的关注吗？他会猜到阿朗索·威克斯会两次使用同样的退出策略吗？

根据警方报告，尸体现在还未找到。而目击者的说辞又众口不一，相互矛盾。最后，记者只得徒劳地写了篇不足两百字的报道。

至于另一个故事——唉，相关报道比我想的还要少。有人闯进了赛昂府，这毫无疑问。但大楼工作人员却宣称那儿什么东西也没丢。唯一可写的内容，就是警报系统被拆除、西北塔楼上的那个洞以及旧修道院墙上被炸开的神秘裂口——对作案者及原因只字未提。也没提到被人留在那儿的几具死尸。

有两种可能性:要么是伦敦警方有意为之,缄口不提凶杀事件。要么……鉴于克拉丽莎的才干,我要补充一种可能性——她也许是把尸体处理掉了。

若真如此,她又是怎么办到的呢?单是搬动霍道尔就需要半天工夫。尽管她的鼻梁折了,也许还有脑震荡,她还是在清理了犯罪现场之后溜走了。她做得的确干净。这就是为什么三天后,当爆出斯泰尔斯失踪的新闻时,克拉丽莎是最先接受采访的人。

新闻报道对她的身份也是众说纷纭:副手、助理、顾问……但无论她的岗位名称是什么,她都抛出了同样的信息:"这太让人困惑了"(《卫报》),"显然我们都很担忧"(《泰晤士报》),"我们没有放弃希望"(《每日电讯报》)。她始终周到慎重,但真正能证明其谨慎的却是每篇文章不约而同的结语:"警方尚无线索。"

这比我斗胆想象过的还要厉害。在这一切发生之后,难道我真的可以逃脱,连一张罚单也不用交吗?

我估计,克拉丽莎已经彻查了斯泰尔斯的电子文档,抹去了全部与暗夜学派或罗利的信有关的痕迹,删掉了所有涉案的电话记录……把历史清理干净了。有时,我希望她也可以把我清理干净。我脑子里的鬼魂——斯泰尔斯、霍道尔、埃默里,还有莉莉,还有阿朗索,全都蛮不讲理地挤进我的脑中。有一些夜晚,他们在里面大声喧闹。那声音除了我之外没人听得到。

&

十月末,我收到一个道明担保银行通过快递寄来的一个信封,里面是一张支票,填着我的名字,数额是三百四十万零六十二美元。

我将它放在小桌上就走开了,仿佛它正发出烦人的声音。然后我拿出手机,打给了道明银行的帮助热线。

"你就是亨利·卡文狄什呀,你不是吗?"

"是。"

"这是你的社保号码吧?"

“是。”

“那就没错，先生。你是阿朗索·威克斯指定的保险受益人。刚提到的数目是威克斯先生藏书的公平市值评估总额。”

威克斯先生的藏书。

阿朗索丢失的书籍。这些天、这几周来，我都没想起这些书。现在要报应在我身上了。

“那这是真的了？”我问。

“是的，先生。”

我立刻跑过去，把那张支票攥在手里。我几乎可以透过纸面摸出那些数字。

“还有什么事吗，卡文狄什先生？”

“没。”

&

那晚我睡得很不好。第二天早晨，我去了游隼咖啡馆，点了拿铁咖啡——三份量，上面还用滚烫的牛奶绘出鸢尾花纹——感觉有一点点铺张。然后，我穿着毛衣坐到了户外，弓身耸肩地对着马克杯，列举着我应该留下这笔钱的各种理由。

1. 阿朗索已经死了。这次是真的。

2. 我又没有主动要求过成为他的保险受益人。

3. 他的藏书的失窃跟我一点关系都没有。我对此一无所知，也没想过自己会从中受益。

4. 我不知道那些藏书现在何处，也不知道如何才能找到那些书。唯一知道的人已经死了。

严格从法律意义上来说，我对这笔赔偿金的主张似乎没有问题。

至于法律之外的考量……阿朗索不是想让我得到这笔钱吗？不就是我吗？

在这点上，我的道德大厦开始土崩瓦解。如果这真是阿朗索所希望的，那我又怎能以善良和正义之名去推翻他的意愿呢？

我喝完了杯里的咖啡，将杯子重重地放在了桌上。接着我看到对面的椅子移开了。

或者我以为是它自己动了。但接下来,我看到一只小手,放在椅子的靠背顶端。

克拉丽莎·戈登——曾是戴尔——穿着短风衣,苍白而疲惫,但同时也在这秋季里恢复着生机。她的嘴唇更加红艳,她的眼睛更加黝黑 。

“这儿有人吗?”她问。

52

但坐的地方实在不怎么样:遮阳伞都遮不住我们俩。于是我们起身去散步。

现在的天气比我们上次在国会山漫步时凉爽多了。此时阳光柔和,唯有红枫炽烈而绚烂。就像以前那样,克拉丽莎走了两个街区便停了下来。

“你介意我们坐下来吗,亨利?”

她看上去毫无疲惫感。

“这个……我不觉得……”

“就坐这儿好吗?”

她指着一根刻着动物花纹的小石凳。它就坐落在一栋老农舍的门前,会让你幻想:你的孩子们在七月漫长的午后坐在上面,笑着,喝着柠檬汁,编织着回忆。只是你知道,这幻想永远不会成真。

“那可是别人家的院子。”我指出来。

“肯定没人在家。”

我们要坐上去的唯一办法,就是一前一后地弯下身来,将膝盖抱在胸前。这感觉原本完全不像成年人……但我身体里却萌动起了成年人的感觉——完全是被她那混合了薄荷与丁香的气息所激发出来的感觉。

她说:“我一直在想种种你会恨我的原因。这样吧,我先把这些原因一一列举出来,然后你告诉我有没有漏掉的,如何?”

“好。”

“首先,是谎言。这我承认,但我也没有完全撒谎。我的专业的确是讨厌的商务。伯纳德喜欢这一点,他没想让我成为专家。”

“否则你就破坏了你那讨厌的商务专业的掩护了。”

“差不多。我的重点是……我问你的所有关于哈里奥特和罗利的问题,都是出自真心的。我是真想知道。而且跟你和阿朗索在一起——确实能学到很多。”

“我也从你那里学到了很多。”

“才怪。真的?”她把膝盖抬到了下巴底下,“这我不打算深究。你可能恨我的另一个原因是你认为我的那些幻觉也是装的。不是这样,因为那是当初我认识伯纳德的原因。那时我正住在伦敦,每天晚上都出现这些该死的幻觉。它们——几乎要折磨死我了。而伯纳德又正好在人文艺术中心开讲座。噢,知道吗,讲的就是暗夜学派。

“于是我就去听了。讲座结束后,我走上前去,告诉了他我遇到的问题——几周后我也同样告诉了阿朗索。伯纳德说:‘有意思。我也有个问题。既然如此,我们合作怎么样?你将会了解到一切你需要了解的信息——一切关于暗夜学派的信息,而我将会拿回我的文件。’从各方面看,这都是个共赢的提议。”

她停了一下,接着回答自己的审问。

“我需要钱,而且这是份不错的差事。至少一开始我以为是这样。”

她捡起一片豆梨树叶,开始非常小心地撕起来:她从叶子的边缘撕起,然后是小叶脉,再到中脉。当只剩下叶梗的时候,她把它扔掉了。

“在婚礼上,亨利。我告诉你——”

“哦是。”

“我的意思是,我对你说了‘我爱你’。”

“对。”

“嗯,那也不是谎言。只是——你知道的——只是那时机太糟糕了。反正,我为所有撒过的谎而道歉,真诚道歉。而且我也从来不想让你卷入危险之中,但还是拖累了你。还有……"她呼了口气,晃着肩,"还有其他的吗?"

"我不知道,"我耸耸肩,"我似乎没有保留相关的数据表。"

"哦,那很好。"

"你来了我很高兴。"

"噢。我又失业了,所以……"

我们又坐了几分钟,无人打扰。只有一辆三轮车神秘地驶过,没有孩子坐在上面。

"那不是说那句话的糟糕时机。"我说。

"不是吗?"

"你看,问题在于——我是说,你得明白,我对这样的话总是感觉很紧张,好了吧? 我对最先同我做爱的女孩说过。当时我对她感激得要命,话就这么说出来了。打那以后——上帝,说了有十几次吧? 也许超过一打的女人听我说过这样的话。坦白地讲,很多时候,她们都误解了我的意思。但我绝不是虚情假意。我只是没法说出那样的话了。我觉得那完全是胡扯,是我这辈子最不想遇到的事,尽管我也不是很确定那之后会留下些什么——在胡扯之后。"

"好吧。我明白了。"

"不,不……"

现在我没法再坐在那根叫人难以忍受的小长凳上了。我的腿由于弯曲太久,已经麻了。我正要站起来,但却两腿一弯……一下子跪了下去,是的,跪在了冰冷的草地上。我抬头望着克拉丽莎,很清楚我现在丢脸的样子,但同样也很清楚这是倒下去时所能采取的最好的态度了。

"我爱你,"我说,"我爱你,克拉丽莎·戴尔……戈登……波吉亚[①],不管你到底叫什么名字,也不管你有多么臭名昭著。我爱你,爱到不惜伤害自己,或许也伤害了你。我一直都爱着你:五幕戏,加上收场白,加上谢幕。我不求回报地爱着你。"

---

① 波吉亚:14—16世纪在意大利极具影响力的家族。该家族的女儿卢克蕊齐,后为费拉拉公爵夫人,文艺复兴时期著名的文学和艺术的庇护者。

克拉丽莎的眼角颤着一滴泪花。她生气地将其一把抹去。

“亨利。”

“我很抱歉——”

“什么?”

“因为要再站起来真是太难了。”

她笑起来。

“你知道的太少了,亨利。”

她帮着我站起,拉过我的手绕在她的肩上,然后一把将我拉了起来。她就在那儿,突然之间,她的全部——芳香、触感、心脏和灵魂,全都汇聚在此,令人销魂。她的黑眼睛闪烁着,就像是明天。黝黑的面庞才是美的极致……

“很高兴我们把事情清理干净了。”她说。

这时,一个老妇人经过我们身旁。她身着颇具艺术感的毛衣,正在遛狗。一见我们,她脸上立刻浮现出那种好搬弄是非的笑容。我们也朝她咧嘴笑了,为她对我俩关系的准确猜测而开心不已。

“我们走吧。”克拉丽莎建议道。

于是我们走了起来,走过了无数个街区,漫无目的地乱逛。我们路过了鸟浴池、杜鹃花丛、街角的店铺,还有空无一人的中学。微风吹来,我们感到了一阵寒意,而后暖煦的阳光又照耀着我们了。我再不羡慕任何人了。

“亨利,能问你个事吗?”

“当然。”

“阿朗索。他是不是……就是从克佑桥上跳下去的那个人?”

我点了点头。

“噢,我很抱歉。我会想念他的。希望我的话听上去不会很奇怪。”她说。

“不奇怪。我不知道是否——我发现阿朗索就是——”

“莉莉和埃默里,对啊,我差不多已经猜着了。上帝知道,伯纳德不可能那么做。就算他做了,我也不会特别吃惊,但他没有作案动机。”

“那么宝藏呢?这不算动机吗?”

她摇了摇头:“伯纳德从未特别重视这事。他倒情愿保持一点距离,看看到底怎么回事。他是另有所图。”

“图的什么?”

她颇为不解地看了我一眼:“那页信,亨利。”

“但是那个……”

我皱起眉,突然掉过头去。

“这说不通啊。为什么他会那样在乎沃尔特·罗利写的几行字呢?我是说,当然,这值一些钱,但也不会太多。肯定不值得为它而死吧。”

“对他而言,是值得的。”

“为什么?”

“因为要是没有这第二页的话,就没有罗利的签名,那信的第一页就失去了很大的价值。可以说毫无价值。真的。”

我盯着她。

“还有第一页?”

“是啊。”

“但阿朗索——”

“从未见过。知道了吧?伯纳德可不像阿朗索想象的那样蠢。他也许会给你看一两张牌,但他绝不会亮出全部底牌。”

“就是说第一页自始至终都在斯泰尔斯的手上。”

“对。”

“而他想要的,仅仅是……把第二页要回来,好让这封信完整无缺。”

“没错。”

“那这第一页究竟有什么特别的吗?”

克拉丽莎慢慢展开了一个傲慢的微笑,接着打开她那科尔多瓦皮制拎包,抽出一张叠着的纸。

“你自己看。”

这是一份经数字化处理后的复印件。与那一页信一样,的确是在同一时间出自同一人之手。所有事情一下子都不一样了。

“这不可能。”我低声说道。

“读下去。”

致我至亲的朋友和主人、伦敦的托马斯·哈里奥特先生：

你挂念着我们的健康，实属善意。

女王已死，正躺在白厅。她在秋天叶落之时降生，又在春天离世。我想，举国从未像今日这般皆着黑袍，同你一样。此乃国殇，但你定能理解，我有理由比所有人都感到哀痛。命运之轮转变了方向，一轮新日从北方升起。将我逮捕不再需要事实依据。

可耻的诽谤已经广为流传。我也不知自己何时会被捕。尽管如此，我得承认，我的心情并不沉重，相反却是一味的轻快。我也不知为何。我和贝丝还去了律师学院看戏，那儿正上演大师莎士比亚的最新杰作。这部戏叫作《皆大欢喜》，是我所看过的最为奇妙怪异的戏剧了。最打动我的是专为主角设计的特点，即愚蠢懒惰而又春情萌动的男孩。

无论怎么看，这不都是柯特曾对莎士比亚说过的话吗？我希望，你还能记起，在谢伯恩的那个夜晚，柯特带着他的情人来与我们学院的成员们混了很长时间。他甚少说话。尽管我们竭力体会，想知道在他的只言片语中是否别具深意，但他也确实平淡无奇，天赋远不及他所钟爱的柯特。这个沃里克郡的小伙子，我们之后就没怎么关注他了，除了他因为柯特的嘲弄和奚落而哭成泪人儿的时候。

我一次次地读着这页信。信上的字并未像我预想的那样散开，而是固执地、超现实地待在原地。而第二页又自然恰当地接续了下去——从我的记忆中浮现出来。

他并非柯特如此相待的第一个情人。他瞬息间就能翻云覆雨；无论狂风如何肆虐，他都能为魔鬼或救世主召唤出证言。

我从未细想——马洛的情人竟然就是这位长期凌驾于世人之上的巨匠。

我笑得太厉害了，瘫坐在了一个树坑里，身上还挂着一串麦冬。

“亨利？”

我得为自己辩护一下：研究莎士比亚的学者圈可不会每天都炸开锅。这样激烈的颠覆足以让一个相关学者颤抖不已。

“呼吸，亨利。”

可问题是,有太多的氧气。也太多的可能性。

该从哪里说起呢?要是这封信是真的,这将会是最令人兴奋的发现——自莎剧诞生以来最令人兴奋的发现。

这恰好填补了从莎士比亚在伦敦初次登台到他的双胞胎出生之间的七年时间。

这会让暗夜学派重新闻名于世,因为它曾孵化了英国最伟大的文学作品。

这将会把莎士比亚同罗利、哈里奥特和查普曼联系起来……最让人震撼的是他和马洛之间的联系。马洛不仅是莎士比亚的同行、对手或者伙伴,还是他的恋人。

而且我还试探性地得出了这样的结论:这封信将为莎士比亚的创作生涯勾勒全新的轨迹——一道复仇的弧线。

&

"坐起来,"克拉丽莎说,"解释一下最后那部分。"

"如果我们相信这封信是真的,"我说,"那就是说,年轻的莎士比亚疯狂地爱着克里斯托弗·马洛。'但他也确实平淡无奇,天赋远不及他所钟爱的柯特。'"

"噢。"

"但这不是一场公平的浪漫史。他们是同龄人,当然,他们的父亲都是生意人,但马洛上过大学,他读过马基雅维利,满脑子都是那种'新哲学',他所有的剧作都体现了这一点。而比起马洛,莎士比亚没有那么多的学识和成就,是个不折不扣的乡巴佬。"

"而马洛却让他为此感到痛苦。"

"应该是这样。但也不只是马洛。所有的学院成员都有些看不起他。'这个沃里克郡的小伙子,我们之后就没怎么关注他了。'我猜测,他们从没请他回去过,而且估计马洛不久后就抛弃了他。而一个被爱冲昏头脑的年轻人——"

"野心。"

"——会像经历百万次的鞭打那样使人剧痛。"

太阳已经完全出来了,照得这张白纸十分晃眼。

“那莎士比亚又做了什么呢?”我自问自答道,“他穷其一生——一生的作品——来同暗夜学派作对。他在自己的戏剧里嘲笑他们的做作。他将自己的旗帜投向了他们的敌人——埃塞克斯的阵营。而且他并未就此罢手。他也许还提供了对马洛不利的证词,也许还出言诋毁过哈里奥特。”

“你这是在猜测。”

“但某人泄露了暗夜学派的活动。谁最有可能这么做?就是那个被抛弃的情人。想一想在詹姆士国王调查罗利时发生的事情。不知从哪里冒出一首诗来,‘地狱诗篇’。这诗被认为出自罗利之手,其中充满了无神论的情绪。这几乎是罗利的心头大患。谁有可能会泄露这样一份具有毁灭性的文献证明呢?是某个真正心怀怨恨的人,而且是掌握了学院活动第一手资料的人。”

克拉丽莎皱起眉头,用手遮住脸:“突然之间,莎士比亚不再像个好人了。”

“且不论好与不好,这不重要。他是与众不同的人,不仅是他们中间的幸存者,还是参与者。他为自己向那些拒绝过他的人复仇。”

脑子里的熊熊烈火已经让我无法承受了。我不得不将脸埋在手中。我不得不……呼吸,亨利。

但我想的却是自己过去十年的生活。我的自由职业的小小荒原。我所累积的财务与精神的双重债务。现在,亏了阿朗索和斯泰尔斯的帮助,一切都即将改变。单就是这封两页的信就会——斯泰尔斯当时怎么说的来着?“这或许能催生一部绝佳的专著。这样某些人就能重整他的学术生涯了。”

“上帝!”我跑向克拉丽莎,“你有这页信的原稿吗?”

“我负责伯纳德的安全系统,可不是白做的。我搞到了原稿,还藏了起来。你呢?有另一页原稿吗?”

“我有。”

“那我们去吧。”

她说得这样简短,我也就机械地跟着走了。但可悲的是,我总是习惯越过动词,看到完整的谓语结构。去……哪里?

"我们不能,"我咬紧牙,说道,"我们不能。这甚至不是合法的。"

"为什么不合法?"

"这信是斯泰尔斯的财产。"

克拉丽莎就像一个走钢丝的人那样,抬起一只套着牛仔裤管的腿,脸对着头顶上方的山茱萸。

"理论上我同意你的看法,亨利。只是我很确定伯纳德搞到那封信的手段也并不干净。他跟你说了他是如何在一家律师事务所的档案堆里找到那封信的吗?我查了,他的说辞根本站不住脚。再说了,要是他是通过合法途径获得了这封信,那在他发现信不见了时为什么不打电话报警?这样会给他自己省了多少麻烦啊。"

"那现在……是否还有什么东西可以将这封信同斯泰尔斯联系起来?"

她想了想,然后摇摇头。

"不会再有了。"

"有其他人知道此事吗?"

"据我了解,只有死人知道。"

但死人也能把你毁了。我的学术生涯就是因为一个十八世纪的业余文学爱好者而脱离了轨道。

"说不定是伪造的。"我沮丧地说。

"也许是,"她说,"我想那应该由你去弄明白。"

"我?"

"还能是谁?"

然后她微笑了。足以让我心碎。

"因为从理论上来说,亨利,这得是一年后还活着的人。"

53

医生们一致认为:这是最为罕见的情形。

克拉丽莎在三十六岁时出现一个七十岁妇女才会有的生物指标:染色体端粒缩短了,体内动态平衡不断衰退,细胞分裂骤减。她正以两倍于正常的速度在老去,但其症状却与任何已知的病理(包括早衰症、维尔纳综合征[1]、共济失调,等等)不同。而相较于她身体其他部分的痛苦症状,她的皮肤、头发和骨骼却奇怪地没有出现任何衰老迹象。

"这种变老的方式就像好莱坞电影,"她告诉我,"直到最后都是非常迷人的。已经是再好不过了。而且你知道人们将以我的名字来命名这种病。"

我们应该想尽办法,去看超过一打的专家——生理学家、老年医学专家、遗传学家、生物进化学家、胚胎学家。她将接受微阵列分析、生物信息学分析、全基因组测序。他们会观察研究她的头发和唾液,就像研究内脏那样。他们也会观察研究她的内脏,还有她的上皮细胞和骨髓。一个贝塞斯达的研究人员会试图向她提供国家卫生学会的整座边楼。一个俄克拉荷马大学的教授还会乞求她,请她死后将器官留给他。

来自任何领域、任何学科的人都无法解释在她身上所发生的事情。他们的唯一共识是:生命的终结。

但我要替她说句话。克拉丽莎的使命绝不是像一把老旧的椅子那样垮掉。她有一个故事要讲。

当她拿起那个古老的折射望远镜时,那些几个月来缠绕着她的片段

---

① 维尔纳综合征:又称成人早衰征,是一种极为罕见的常染色体隐性遗传性早衰征,1904 年由德国人维尔纳最先发现。

开始汇集成了某种完整的叙事。当然，其中仍有大段缺失，连贯性也存在漏洞。但当我把这些都写在纸上时，这些缺口却自行弥合起来。故事开始自行诉说。克拉丽莎说，我写。就算最终的成果虚实各半，但我知道，起码对我们来说，这是真实的。

“你知道这意味着什么吗，亨利，你知道吗？”

我刚刚打印出我们的终稿，克拉丽莎相当害羞地将其抱在胸前。

“这意味着你现在跟我一样疯狂了。”

我不太确定。当然，我不是医学专家，甚至不是有执照的精神疗法专家。但有些时刻，当我那经验主义的屏障变得不太坚固时，我转而形成了一套自己的理论。当其爱人身处死亡边缘之时，哈里奥特并没有无助地站在旁边。也许是运气使然，也许是有意为之，也许是二者兼有，他捧起了她的精华，将其送进了未来，从未想过这精华会落在何处。

自然，我们并不期望他第一次就能做到完美。于是，随着精华每一次的化身显现，它的火花会逐渐消减。也许它终将随着克拉丽莎一同逝去。也许永不消亡。

这就是我所知道的。和她在一起是件难得而快乐的事。若不是因为它的短暂，我们又怎能感受到它的难得和快乐。我们越过了一段关系的所有正常阶段——探索、进化、退化——直接进入了家庭生活。克拉丽莎将其称为——我们的黄金之年。

&

钱的事？目前，我们只使用了阿朗索的资本利息。克拉丽莎草拟了一张遗愿慈善清单。而我也有自己的打算。暂时保密。

罗利的信？我曾为此思考过一段时间，后来决定，世上最简单的办法就是将它装进一个加衬的马尼拉纸信封，然后匿名寄给福尔杰莎士比亚图书馆。让专家们去找出真相吧。如果他们愿意，也让他们享此光荣吧。让我十分惊讶的是，我的职业生涯却是在这儿，在公园的长凳上。

&

我曾问她：“你为什么穿成那样？”

“哪样?”

“就是举行阿朗索葬礼的那天,也是我第一次看见你的那天。你没穿丧服。你却穿了件夏裙,绯红色的。”

“噢。”

她闭上了眼睛,我以为她又在打盹儿了(她常常这样)。但她其实是在斟酌字句。

“我想那是因为,我不相信死亡,”她说,“一点也不信。”

在我看来,这是最好的一种叛教行为。在我最坚强或最软弱的时刻,我也选择不相信死亡——如果这都不能使我从暗夜学派毕业,那就没有什么可以了。

英格兰,艾尔沃思,1603 年 10 月

54

赛昂公园一片寂静。布谷鸟、燕子、乌鸫和画眉都已飞走,只留下这个季节里最后的玫瑰、猩红栎和覆盖着榆树和山毛榉叶子的池塘……苍鹭的叫声不时从河对面传来,只是想知道是否有人在听。这是死去的好时机。

然而,死亡似乎放过了他。为什么没让他追随玛格丽特走进坟墓?其间几周里,为什么他的健康没有受到一点损害?他难道不是已经为此做好准备了吗?

诺森伯兰伯爵的管家在十一月初回来了,惊诧地发现哈里奥特仍旧待在他的小屋里,还留起了胡子——这在管家的记忆中是从未有过的情形。与伯爵那时髦而浓密的胡须不同,哈里奥特的胡子苍白稀松而又杂

乱无章。这简直就是最惨的胡须，让对此充满疑问的人欲言又止。

驳船最终又满帆驶向下游。伦敦安全了。但对罗利来说并非如此。一首被认为是罗利所写的无神论诗歌广为流传，甚至使他最坚定的支持者们惊骇不已，导致舆论对他极其不利。在前去受审的途中，伦敦市民站在街道两旁，只为向他抛去咒骂，或者烟斗。

然而，罗利在为自己的生命而辩护的过程中表现出了极其高贵的态度。尽管他还是被判处了死刑，但当他现身时，他已成了英雄。据说，那些曾想从百里之外赶来看他被吊死的人，现在都情愿跋涉千里将他救下。詹姆士国王没能扛得住民意的突变，决定免除罗利死刑，并将他送回了伦敦塔，并终生关押于此。

哈里奥特绝非怠责之人。他定期带着科学仪器去看望这位老友和曾经的资助人。但哈里奥特过去常说的那些鼓舞的话语，却再也听不到了。现在，倒是罗利常常引导着他们之间的谈话。一日下午，他们漫步在高高的、可以俯瞰泰晤士河的行道上。当他们经过一群鸽子时，这个伟大的人以自己的方式说出了鼓舞的话语。

“暗夜学派。它依然活着，对吗?”

&

回到赛昂府，哈里奥特有半天都在睡梦中度过。他避开了所有的工作，从一个房间走到另一个房间。他的胡子已经不见了，因为他讨厌它带来的瘙痒。但对她的渴望却仍在那里。这渴望比悲痛更深，或者说，是悲痛的另一张面孔。

他活着，却又不像活着。教会他人生的艺术的那个女人已经不在了，而要这个学生离开他的老师却又是多么的困难。唯一能挽救他的或许就是如此了。在四月一个明亮而多雾的清晨，诺森伯兰伯爵从哈里奥特开着的窗户外探进头来。

“汤姆，钓鳟鱼去?”

&

仲夏夜是他最难过的时候，因为他会忍不住回忆和玛格丽特一起在

塔上度过的那个夜晚。金星的星相……她富于激情的饱满双唇……她说的关于跑出来的鬼魂的故事。

那一夜,他登上西北塔楼的台阶。天空多云,却没有雾。他凝视着雨水,等待着。

“你在吗,玛格丽特?”

&

他常希望自己曾为她写过一首爱的抒情诗。但他又想,他如何比得过《阿斯特罗菲尔与斯黛拉》呢?

所以,他拿起留着她潦草遗笔的那张纸,开始在上面写起来……他写的不是诗句,甚至不是词语,而是密码、谜题和间接的提示:是他们生命中共有的流通介质。事实上,这让他很愉快,想象着当他在放大镜下尽可能写出最细小的笔画时,她就站在他的身后。

“是的,我明白,汤姆。干得漂亮。”

他最终没有死于瘟疫。但他鼻子的左上部却出现了一块刺目的红斑。他对此没太在意。而这块红斑渐渐地占领了整个鼻子。十三年后,红斑扩散到了嘴唇。最后它不耐烦地加快了速度,逐步扩散至他的上颚、舌头和下颌。

最后,说话变得非常困难。呼吸本身也让人恼火不已。他在针线街度过了最后的日子,客居在一个布商家中。多年前,这个布商曾与他一同坐船前往弗吉尼亚。他们请来了医生——其中一个医生甚至将哈里奥特的问题归罪于烟草。他只看得见那个长期陪伴着他的护士。

“我知道你的痛苦,”她说,“但你很快就会得到解脱。你还会想这些麻烦究竟是怎么回事。”

其时诺森伯兰已死。罗利正关在伦敦塔中。哈里奥特离世时,另外三人站在他的床边,并且都认为他的话是对自己说的:

“噢,你是对的。是的,我知道。你真是对的。”

感　谢

虽说不是数以千计，但的确有许多善良的人帮助了我，减轻了我的愚昧。其中有：杰西卡·贝尔曼、史蒂文·西姆罗、丹尼尔·德·西蒙、特蕾莎·格拉夫特、巴里·密根、凯瑟琳·内维尔、乔治·佩利柯诺斯、约翰·瑞利、乔纳森·西蒙、法兰西斯·斯拉凯以及丹·崔斯特。我要特别感谢福尔杰莎士比亚图书馆中耐心的人们，尤其是乔治安娜·齐格勒、理查德·库塔、贝特西·沃尔什、海瑟·伍尔芙和凯伦·里昂。

我在国会图书馆的研究天使艾比·约切尔森接住了我可能扔给她的每一个怪问题。加里·克瑞斯特的书《奢侈》为我提供了有用的结构模板。詹姆士·瑞斯则给予了我无价的反馈意见和鼓励。在我提出关于其财产遭受夜盗的小说场景设计的询问时——我自己都感到这样的询问是无礼的，莱斯里·费厄里和赛昂府的员工给予了我善意的回应。我希望他们能原谅我，宽恕我小说里及现实中违背事实的犯罪与冒犯。

最后，感谢马乔里·布拉曼和克里斯托弗·谢林。他们从第一天就搭上了这趟车。当然，我还要对蒙图里说，你读此字句之罪已免。